Break the Rules

VICTORIA ARABADZIC

BREAK THE RULES

ROMAN

HARPERCOLLINS FRANCE
83-85, boulevard Vincent-Auriol, 75646 PARIS CEDEX 13.

www.harlequin.fr

ISBN 978-2-2804-4611-2 — SSN 2271-0256

Never love anyone who treats you like you're ordinary.

N'aimez jamais quelqu'un qui vous traite comme si vous étiez ordinaire.

OSCAR WILDE

Playlist

Voici une sélection de musiques qui m'ont inspirée lors de l'écriture et ont un sens avec l'histoire. J'espère qu'elle vous plaira et vous accompagnera tout au long de votre lecture !

Call out my name – The Weeknd
Halo – Beyoncé
I hate u, I love u – Gnash, Olivia O'Brien
Dynasty – Miia
Coming home – Diddy, Dirty Money, Skylar Grey
All I need – Within Temptation
Shallow – Lady Gaga, Bradley Cooper
With me – Sum 41
Propuesta indecente – Romeo Santos
Bad liar – Imagine Dragons
No one – Alicia Keys
Love the way you lie – Eminem, Rihanna
Crazy – Daniela Andrade
Mirror – Lil Wayne, Bruno Mars
Million reasons – Lady Gaga
All of me – John Legend
Dans l'Univers – Nekfeu, Vanessa Paradis
Printemps blanc – Niro, Ivy
In my bed – Rotimi, Wale
Gangsta's Paradise – Coolio, L.V.
Crazy in love – Sofia Karlberg
Under – Alex Hepburn
In the end – Linkin Park
Someone you loved – Lewis Capaldi

Cette playlist est disponible sur Spotify sous le nom « Break the Rules » (avec quelques titres bonus).

Prologue

Je me rappelais encore le jour où Jake était parti. Il m'avait embrassé le front avec une force démontrant toute sa douleur. Il s'était excusé, de nombreuses fois. Il m'avait promis que tout irait bien alors que je savais pertinemment que c'était faux. C'était impossible qu'il y croie. Je le perdais, lui, le seul homme qui avait été là pour moi, le seul qui m'avait permis de rester digne suite aux scandales essuyés par notre famille.

La colère que j'avais ressentie était bien trop grande, bien trop puissante. Je le détestais et je me détestais de l'aimer autant. Pourquoi avait-il agi ainsi ? Il n'était qu'un pur égoïste, un sombre abruti.

— Pourquoi ? ! avais-je hurlé. Pourquoi toi, Jake ? !

Un des agents du FBI m'avait retenue fermement. Je m'étais débattue, j'avais donné des coups de pied, malheureusement sans résultat.

— Je suis désolé, Adria… Je n'avais pas le choix, m'avait-il murmuré, se sentant visiblement coupable de devoir m'abandonner.

— Bien sûr que si !

Des larmes coulaient abondamment le long de mes joues, mes poings étaient serrés et mes ongles plantés dans mes mains. Tout mon corps tremblait.

Jake avait gardé la tête baissée. J'avais eu envie de le frapper de toutes mes forces. Il ne semblait pas regretter son geste, comme s'il était presque fier d'avoir tué Ethan McCartney de sang-froid.

Mes parents, qui n'exprimaient aucune émotion et paraissaient juste avoir honte de leur fils, m'avaient demandé de me calmer.

— Il est temps de partir, avait alors déclaré l'un des agents d'un ton ferme.

Jake m'avait chuchoté qu'il m'aimait avant d'être emmené par les six hommes des forces de l'ordre. Totalement perdue, j'avais eu l'impression de me retrouver seule au monde. Mon univers venait d'entièrement s'écrouler. Ma grande sœur avait été tuée et mon grand frère allait passer le reste de ses jours en prison.

Cette sensation de solitude étouffante m'avait presque fait suffoquer.

Moi qui me trouvais en première année de psychologie, jamais je n'aurais imaginé que mon propre frère, mon propre sang, pourrait agir ainsi.

Il venait de gâcher sa vie et celle de notre famille, déjà en grande partie détruites par la mort de Hanna.

Ce que j'ignorais, c'était toutes les conséquences qui découleraient de son acte de vengeance.

Chapitre 1

— Êtes-vous sûre, mademoiselle Stevens ? Ce n'est pas vraiment un travail pour une jeune femme comme vous.

— C'est ce que je veux, j'ai les compétences, et vous recherchez quelqu'un. Ce poste est fait pour moi.

Assis en face de moi, M. Tanner me contemplait comme si j'étais une aliénée sortie de l'hôpital psychiatrique. À sa place, je me serais très certainement dit la même chose.

— Mais les jeunes diplômés tels que vous se battent pour des postes dans des cliniques privées ou de grands hôpitaux et…

— Eh bien, moi, je souhaite travailler ici, l'interrompis-je. Une expérience au sein d'un centre pénitencier aidera mon profil professionnel à se démarquer par rapport à celui des nombreux autres infirmiers.

Il semblait perplexe. Il me fallait le convaincre, tout de suite, ou alors je ne pourrais revoir mon frère, ce qui était inenvisageable après les longues années que nous avions passées séparés.

— Accordez-moi une période d'essai et, si je regrette, je m'en irai, lui dis-je d'un ton assuré. Mais il n'y a aucune raison que cela arrive. Je suis bien plus tenace que j'en ai l'air.

Après avoir poussé un soupir, il caressa sa barbe brune aux reflets grisonnants et me fixa quelques instants de ses petits yeux noisette.

— Très bien. Je vous embauche. Je vous propose une période d'essai d'un mois, vous pouvez partir à n'importe quel moment tant que vous me prévenez en amont.

Je ne pus cacher mon enthousiasme, trépignant sur ma chaise.

J'étais officiellement l'infirmière du United States Penitentiary Coleman en Floride.

Après avoir signé mon contrat de travail, qui débutait la semaine suivante, et écouté avec attention quelques explications de la part de mon nouvel employeur, je repris la route en direction de mon appartement.

J'avais été à seulement quelques mètres de *lui* et n'avais même pas pu l'apercevoir…

Pendant le trajet, je me remémorai ma conversation avec Madison et Andrew, mes meilleurs amis, la semaine précédente. C'était ce dernier qui nous avait parlé de cette offre d'emploi. Il ne s'était pas rendu compte qu'il s'agissait de la prison où était incarcéré mon frère, et j'avais gardé le silence ; c'était toujours douloureux pour moi d'évoquer ce sujet. Nous avions aussi discuté de nos vies maintenant que nos études venaient de se terminer. Madi exerçait depuis un mois le métier d'infirmière à domicile tandis qu'Andy avait récemment intégré le personnel d'une clinique réputée. Quant à moi, j'avais décidé de m'accorder quelques semaines de répit sous le soleil de la Floride en jouant de la guitare dans les jolis parcs d'Orlando. J'avais ressenti le besoin de me recentrer sur moi-même, de réfléchir à mon futur. J'avais également profité de mon temps libre pour m'entraîner avec Joe, mon coach de boxe.

En ce début de mois de septembre, il faisait une chaleur agréable, accompagnée d'une légère brise. J'étais habillée d'une petite robe noire et d'une veste de tailleur de couleur vive.

Lorsque j'arrivai à destination, je savourai un instant ce doux soleil qui tapait au-dessus de ma tête. Bientôt, je passerais la majorité de mon temps enfermée dans un bâtiment lugubre avec des hommes dangereux.

J'avais rarement profité de ce genre de météo. Avec mon cursus, d'abord en psychologie, puis à l'école d'infirmière, mes journées et soirées s'étaient souvent résumées à étudier, étudier et encore étudier, hormis lorsque j'étais en stage. Tandis que les autres sortaient entre eux, je restais dans mon appartement avec mes livres et ma guitare. Ça ne m'avait jamais dérangée, étant donné que je n'aimais pas spécialement les boîtes de nuit ou les fêtes pleines d'étudiants.

Quand je vivais encore en Arizona, les gens à l'université me regardaient, certains avec pitié, d'autres avec crainte, à cause de la sombre histoire de ma famille. Avec toutes les rumeurs qui couraient, je ne pouvais que comprendre leurs réticences. À la fermeture de la prison de Phoenix, mon frère avait été transféré ici. Après avoir eu mon diplôme en psychologie, je m'étais inscrite à l'école d'infirmière d'Orlando et y avais déménagé trois ans auparavant.

La vérité, peu de personnes la connaissaient. En fait, seuls Andrew et Madison étaient au courant. Je les avais rencontrés lors de ma première journée de cours en Floride. Nous débutions tous les trois la formation qui nous permettrait d'obtenir notre « Associate Degree in Nursing[1] », puis de passer le NCLEX, l'examen pour décrocher notre licence d'infirmier, indispensable pour exercer ce métier. Depuis, nous ne nous étions plus quittés.

Andrew et Madison vivaient ensemble et se supportaient toujours. C'était ce qu'on pouvait appeler une vraie et belle amitié. Ils m'avaient souvent proposé de m'installer avec eux dans leur colocation mais j'avais refusé chaque fois, préférant rester indépendante.

Avant de rentrer à mon appartement, j'avais finalement fait un détour par chez eux, décidée à leur annoncer la nouvelle. Ils n'habitaient qu'à quelques minutes de voiture de mon logement.

— Mon Dieu, Adria ! Tu ne sais pas dans quoi tu t'embarques !

Je poussai un soupir. Andrew le grand protecteur était de retour. Ce beau brun aux yeux marron et à la peau mate ne pouvait s'empêcher de veiller sur Madison et moi comme si nous étions ses petites sœurs.

— Il a raison ! s'exclama Madi, adossée sur le confortable canapé d'angle gris foncé. C'est de la folie !

Bien sûr, Andrew acquiesça en faisant la grimace.

— Belle comme tu es, tu vas te faire bouffer toute crue par le premier détenu qui posera les yeux sur toi.

1. Diplôme de soins infirmiers.

— Arrêtez de vous inquiéter. Mon cabinet sera très bien surveillé, et les détenus les plus dangereux ne seront pas autorisés à venir me voir. Ils seront directement transférés dans l'hôpital sécurisé à quelques kilomètres, tentai-je de les rassurer. Je ne risque rien.

Ils me scrutèrent de la même manière que M. Tanner une heure plus tôt.

— Est-ce que Jake est au courant ? me demanda Andrew tout en prenant place dans le fauteuil face à moi.

— Bien sûr que non. Tu sais bien que je ne l'ai pas revu depuis son incarcération il y a six ans.

Son air se fit soudain curieux.

— Pourquoi travailler dans la prison où il est détenu alors que tu n'y es jamais allée avant, bien que tu ne vives qu'à quelques dizaines de kilomètres de là ?

Voilà une chose dont je détestais discuter. Mon frère et moi nous parlions au téléphone chaque semaine depuis qu'il avait été condamné à perpétuité suite à son procès, mais je ne lui avais pas rendu visite depuis des années, pour une seule et unique raison : il me l'avait interdit. Cela avait été le plus grand sacrifice de ma vie, mais il m'avait suppliée, refusant catégoriquement de me voir dans un lieu tel qu'une prison. Comment pouvait-il croire que je l'accepterais ?

Pour tout le monde, depuis mon arrivée en Floride, je m'appelais Adria Stevens. Mes parents m'avaient payé mon changement de nom de famille afin qu'on ne me relie plus à cette terrible histoire concernant mon frère et que je sois tranquille.

— J'ai envie de le voir. Il n'a jamais voulu que je lui rende visite, mais j'aurais dû insister pour le convaincre de me laisser venir. J'ai envie de rattraper le temps perdu et de me faire pardonner ces six ans d'absence, je n'aurais jamais dû accepter de rester à distance.

Ma réponse, démontrant une sincérité sans faille, leur cloua le bec. Mon frère me manquait chaque jour un peu plus, et ça me brisait autant le cœur aujourd'hui que lorsque j'avais appris qu'il ne retrouverait jamais la liberté.

À mon arrivée chez moi, je sortis la boîte à souvenirs cachée sous mon lit. Je faisais souvent ça pour me rappeler les bons moments passés avec Jake et Hanna. Je regardais des photos, les mots que nous nous étions écrits, ou encore les petits cadeaux qu'ils m'avaient offerts – ceux-ci ne coûtaient pas spécialement cher, mais avaient une valeur sentimentale incontestable. Je les pressai très fort contre moi, la gorge nouée.

J'allais revoir Jake d'ici quelques jours, ce qui me fit réaliser que le plus difficile restait à faire : le convaincre d'accepter que je travaille au United States Penitentiary Coleman.

Tuer le fils d'un riche politicien lui avait valu la prison à vie et alors que je pensais que rien ne pouvait être pire, je m'étais trompée. Depuis un peu plus d'un an, Harry McCartney avait décidé de faire rouvrir le procès de Jake, accusant le juge en charge de l'affaire d'avoir été soudoyé, puisqu'il était en contact avec mes parents, tous les deux avocats. Il voulait que Jake écope cette fois-ci de la peine de mort, et je me devais d'être là pour soutenir mon frère au cas où cela arriverait, la réouverture de l'affaire n'ayant pas encore été acceptée. Le pire était que, bien que ses allégations soient fausses, cette espèce d'ordure de politicien semblait avoir de grandes chances d'obtenir gain de cause.

Quand mon portable sonna, je réalisai qu'il était l'heure de l'appel de Jake. Chaque mercredi depuis six ans, il me téléphonait dans la journée.

— Allô ?

— Adi ! Comme je suis heureux de t'avoir au bout du fil !

Entendre la voix de mon frère me réchauffa le cœur. Il était la seule famille dont je me sentais proche à l'heure actuelle.

— Moi aussi, Jake. Dis-moi comment tu vas ?

— Ça va. Mais parlons plutôt de toi ! Alors, que fais-tu maintenant que tu as obtenu ton examen pour exercer le métier d'infirmière ? Tu as postulé à l'hôpital d'Orlando ?

Je disais tout à mon frère, enfin presque tout. Il n'était bien entendu pas au courant que j'avais soumis ma candidature dans sa prison.

— Pour l'instant, je me repose un peu, mentis-je.

— Tu as raison. Tu as bossé tellement dur ! Et les parents, comment ils vont ?

Jake savait que je les avais régulièrement au téléphone, même si je n'étais pas d'accord avec eux sur des milliers de choses.

— Toujours pareil. Maman fait des scandales parce que papa travaille trop alors qu'on sait tous qu'il se tape la femme de son associé au cabinet. La vie d'avocats, quoi.

Mon frère ne put s'empêcher de rire. Depuis la fin de son procès, lorsque sa peine avait été prononcée, il n'avait jamais revu nos parents. Ces derniers l'avaient totalement renié. Et puisque notre grande sœur Hanna était décédée, il ne leur restait que moi. J'essayais de leur rendre visite de temps en temps même s'il était difficile pour moi d'agir comme si j'étais fille unique. Je leur en voulais de faire comme si de rien n'était, comme si Jake ne faisait plus partie de leur vie.

— Je vais bientôt devoir te laisser.

— Quoi, déjà ?

— Ouais, on n'a le droit qu'à cinq minutes chacun aujourd'hui. À cause d'une bagarre, tout le monde a été pénalisé.

Je ne pus m'empêcher de grimacer. Je détestais qu'il puisse payer pour les autres alors que son comportement était irréprochable.

— Je vais raccrocher. Je t'aime, Adria.

— Je t'aime aussi, Jake.

L'appel s'interrompit. Me rendant compte qu'une larme coulait sur ma joue, je l'essuyai d'un revers de la main. Pauvre Jake… Des années qu'il n'avait pas bougé de sa prison, mis à part pour son court transfert, et ses chances de retrouver la liberté un jour étaient réduites à néant. Chaque fois que j'y pensais, mon cœur se brisait un peu plus. Mon frère avait gâché sa vie.

Mais dans une semaine, je serais enfin avec lui.

Chapitre 2

Son hurlement me déchira les tripes. Le bruit de ses genoux tapant violemment le sol brûla mes tympans. Ses sanglots provoquèrent immédiatement les miens. Je devinai que la situation était grave, voire dramatique. Jake était un homme fort, qui ne montrait que peu ses émotions. Certains auraient pu croire qu'il était insensible, mais avec les personnes qu'il aimait, notamment ma sœur et moi, il avait un cœur en or.

Je courus le rejoindre et eus le souffle coupé en le voyant à genoux, sur le carrelage blanc de notre maison, effondré. Son téléphone était en mille morceaux à côté de lui.

— Jake ? murmurai-je dans un sanglot étouffé. Jake, qu'est-ce qui se passe ?

Son regard se figea sur moi. Il me fixa intensément de ses yeux marron clair, les mêmes que ceux de notre mère, pendant de longues secondes, puis ses sanglots reprirent de plus belle. Je me blottis aussitôt contre lui. J'avais peur. Très peur.

Ses bras me serrèrent si fort que j'avais l'impression de suffoquer, mais je n'osai rien dire. S'il agissait de la sorte, c'était qu'il en avait besoin.

— Qu'est-ce qui se passe ? demandai-je à nouveau.

Je le sentis hésiter quelques instants, comme s'il souhaitait m'épargner, me préserver un peu plus longtemps.

— C'est Hanna… Elle… Il a… Il l'a tuée ! Elle… Elle est morte sous les coups de ce fils de pute.

Ma vie entière s'effondra. Je sus alors que la souffrance que j'éprouvais ne partirait plus jamais, elle serait désormais ancrée en moi.

Je me réveillai en sursaut, comme chaque fois que mes cauchemars décidaient de ne pas me laisser dormir. Ils me hantaient depuis plus de six ans maintenant… Je revivais sans cesse le moment où tout avait basculé. Quand il ne s'agissait pas de la mort de ma sœur, c'était lorsque j'avais appris que Jake avait assassiné Ethan pour se venger, ou bien le moment où le juge avait déclaré que mon grand frère purgerait une peine à perpétuité, qu'il n'aurait aucun avenir.

Avant cet épisode, ma vie était très agréable. Étant la petite dernière, j'adorais voir mes aînés agacés par l'attention démesurée que me portaient mes parents.

Mais à sa disparition, Hanna avait tout emporté avec elle. Parfois j'étais jalouse d'elle, même si je m'en voulais de penser ainsi. Tandis qu'elle reposait en paix, notre famille était partie en fumée. Mes parents étaient devenus des gens renfermés et imbus d'eux-mêmes. Désormais, seul leur travail respectif comptait pour eux. De mon côté, j'avais la constante impression de passer à côté de ma vie et du bonheur. À vingt-cinq ans, je n'avais jamais eu de vraie relation amoureuse et ne savais pas du tout ce que signifiait être aimée passionnément. Pour le moment, je ne m'en portais pas plus mal, le court terme ou la solitude me convenaient très bien. Pas d'attachement, pas de souffrance.

Mon réveil indiquait 6 heures du matin. Il était temps de me lever. La boule au ventre, je réalisai que j'allais revoir mon frère pour la première fois depuis six longues années aujourd'hui, ou du moins je l'espérais. Grâce aux questions subtiles mais ciblées posées à mon frère puis à M. Tanner lors de l'entretien, je savais par avance que nous nous croiserions assez rapidement.

Tout en me préparant, j'imaginais avec appréhension à quel point il avait dû changer. Il avait peut-être pris du muscle, ou perdu du poids. Je ne savais pas comment il mangeait en prison, mais ce n'était certainement pas de la cuisine de fast-food ou du bio. J'avais toujours de lui l'image d'un jeune homme grand et élancé, avec des cheveux châtains de la même couleur que les miens et quelques mèches rebelles lui tombant sur le visage. Mon frère avait toujours eu du succès avec les filles à l'adolescence et en tant que jeune adulte, mais il n'avait jamais eu de relation sérieuse, avant son incarcération.

Après avoir enfilé un jean foncé, un T-shirt et des baskets noirs, je ramenai mes longs cheveux ondulés en une queue-de-cheval haute. Je pris ensuite mes affaires et quittai mon appartement pour rejoindre mon nouveau travail.

Pendant mes quarante-cinq minutes de trajet, je tentai de me préparer mentalement. Mes retrouvailles avec Jake provoqueraient très certainement chez moi de vives émotions, mais j'allais devoir me montrer détachée et discrète. Il était primordial que je garde la tête froide, car j'étais censée ne pas le connaître. Et si quiconque apprenait que j'avais un lien familial avec un détenu, je serais immédiatement renvoyée.

J'imaginai avec anxiété la réaction de mon frère quand il m'apercevrait. Il me dévisagerait sûrement, croyant halluciner. Je craignais qu'il pète les plombs et qu'il veuille m'obliger à repartir d'où je venais. Mais il y avait quelque chose dont il n'avait pas encore conscience, la force de caractère que j'avais acquise durant notre séparation.

Mon stress ne diminuait pas. Et si les autres détenus lui avaient fait du mal et qu'il en avait gardé des séquelles ? Ces derniers jours, j'avais passé mes journées à visionner des reportages et à surfer sur le Net pour en apprendre le plus possible sur le milieu carcéral. J'avais notamment vu les horreurs que l'on pouvait trouver en prison, mais observer une scène sur un écran et la vivre en vrai était probablement très différent.

Ma voiture garée, je pris le temps de regarder les gardiens en haut des miradors. De ce côté du bâtiment, il y en avait quatre. Ces hommes étaient armés jusqu'aux dents et certainement prêts à tirer sur le premier fugitif venu. J'avais lu le récit de quelques tentatives d'évasion dans d'autres pénitenciers, mais s'échapper d'ici me paraissait impossible.

Je marchai doucement en direction de l'immense entrée, la boule au ventre, découvrant un peu plus que la dernière fois le décor qui m'entourait. Les barbelés étaient présents de partout. Cette prison était un château fort.

L'homme bedonnant qui surveillait la première porte me reluqua d'un œil pervers, mais j'en avais l'habitude avec ce type d'individu. De plus, je savais qu'ici, je devrais supporter ce genre d'attitude puérile et machiste à longueur de journée. Je ne me faisais pas d'illusions.

— Pas de visite aujourd'hui, charmante demoiselle.

Je roulai des yeux. J'étais déjà confrontée à un collègue avec qui je ne risquais pas de m'entendre.

— Je ne suis pas là pour ça.

Sans la moindre discrétion, il fixa ma poitrine.

— Alors tu t'es trompée de chemin, chérie.

Je m'étais promis de rester calme pour mon premier jour mais face à un abruti pareil, c'était difficile.

— Écoute-moi bien… Larry, dis-je d'un ton ferme en lisant son badge, je ne m'appelle pas « chérie » mais Adria Stevens. Je suis la nouvelle infirmière. Je suis là pour travailler, pas pour me faire mater par un minable gardien en manque d'affection.

Son sourire débile avait totalement disparu pour laisser place à de la gêne.

— Mademoiselle Stevens ! On m'avait mentionné que vous arriviez aujourd'hui, mais j'ai oublié, je suis vraiment…

Larry marmonna dans sa barbe des choses incompréhensibles et m'ouvrit finalement le portail. Il était si embarrassé qu'il n'avait même pas pris le temps de vérifier mes papiers d'identité.

Je marchai encore quelques mètres jusqu'à une porte grise d'environ cinq mètres de haut et de large. Les camionnettes transportant les prisonniers devaient également passer par là.

Un autre gardien un peu plus loin me salua de la main et ouvrit la porte. Il avait dû être prévenu de mon arrivée par son collègue incompétent.

J'entrai dans ce sombre bâtiment où j'étais venue une semaine plus tôt pour mon entretien.

Les murs étaient blancs, le sol gris, tout comme le plafond. Tout était impersonnel, froid, bien plus que dans les hôpitaux où j'avais effectué des stages durant mes études.

J'avançai jusqu'au bureau de mon nouveau directeur, M. Tanner, qui donnait sur un long couloir consacré à l'administration.

— Heureux de vous revoir, mademoiselle Stevens ! J'ai bien cru que vous alliez finir par changer d'avis.

— Absolument pas, monsieur, répondis-je avec le sourire.

— Je vous en prie, appelez-moi John.

Je hochai la tête. Il m'expliqua comment se déroulerait ma première matinée. Je visiterais la prison, mon nouveau cabinet, puis j'allais recevoir de nombreuses instructions. J'étais nerveuse et pressée.

John me présenta Shane, un jeune gardien brun aux yeux foncés avec une expression à la fois dure et amusée.

— Ça fait bizarre de voir une fille comme toi travailler ici !

— Je sais…, soupirai-je.

— Mais je trouve ça cool, ça change.

Il me fit un clin d'œil et me montra à quoi servait chacune des clés de mon nouveau trousseau. Après avoir emprunté de longs couloirs, nous passâmes par la cafétéria et la laverie – dans cette prison, chaque détenu s'occupait de son linge, qu'il pouvait laver lors des promenades –, puis nous nous rendîmes dans les étages où étaient installés les prisonniers.

Comme j'avais étudié avec attention chaque article de presse, reportage, ou tout élément pouvant m'instruire sur le fonctionnement de cette prison, je savais qu'elle avait une philosophie assez moderne. Les détenus les « moins dangereux » avaient des responsabilités, du travail et du temps libre. Plus précisément, leurs cellules étaient ouvertes pendant des plages horaires larges mais strictes, et ils devaient se réunir plusieurs fois par jour pour être comptés. Le principe était de ne pas les couper du monde pour ne pas leur enlever ce qu'il leur restait d'humanité. En revanche, les gardiens étaient très sévères et appliquaient des sanctions dès qu'une règle n'était pas respectée.

Après les étages les plus bas, où circulaient les prisonniers les plus dociles, nous visitâmes les niveaux les plus élevés, où se trouvaient les plus craints. Il était très rare que ces derniers sortent et ils ne pouvaient profiter de cette autonomie qui avait été instaurée pour les responsabiliser. Il y avait par exemple un tueur en série qui purgeait sa peine au dernier niveau. Bien qu'ayant été condamné pour homicide volontaire, Jake n'était pas considéré comme une menace pour les autres détenus et les employés. Grâce à un comportement quasi exemplaire ces six dernières années, il bénéficiait d'un minimum de liberté.

Shane me montra enfin mon lieu de travail. Avec une petite salle d'attente adjacente, mon cabinet était composé de deux pièces principales. Dans la première, il y avait un bureau, des fauteuils et un canapé, et dans la seconde tout le matériel médical utile pour des consultations, gardé sous clé. Comme je l'avais imaginé, presque aucune lumière ne provenait de l'extérieur à part celle filtrant d'une petite fenêtre à barreaux, le reste de l'éclairage ne tenait qu'à des spots blancs au plafond.

L'heure du déjeuner arriva rapidement. J'allais manger à la table du personnel, à seulement quelques mètres des prisonniers les moins dangereux. Parmi eux se trouvaient tout de même des grands trafiquants et certains meurtriers condamnés pour « homicides uniques », du moins c'était ce qui avait été déclaré lors de leur procès…

La proximité du personnel et des détenus était assez surprenante, mais l'idée me plaisait, bien qu'elle me rende nerveuse. J'aurais moins de mal à côtoyer mon frère.

— Adria ? Tu viens ?

Shane m'attendait pour que nous passions au comptoir chercher notre plateau-repas.

— J'ai très envie d'aller aux toilettes.

— Je vais t'y accompagner. C'est peut-être un peu tôt pour que tu te balades sans surveillance.

Je comprenais surtout que les détenus étaient en temps libre à cette heure-ci, et qu'ils ne devaient pas avoir l'habitude de voir des femmes fréquenter les lieux, étant donné les regards auxquels j'avais droit. Je le suivis jusqu'aux toilettes et me dépêchai.

Quand j'en ressortis, Shane avait disparu, il n'était nulle part. Je décidai de me précipiter jusqu'à la cafétéria. Chaque employé de la prison portait une petite télécommande sur laquelle il fallait appuyer en cas d'urgence ; à la demande de M. Tanner, Shane m'avait transmis la mienne. Dès que l'alarme était déclenchée, les gardiens intervenaient aussitôt. Malgré cette précaution, ces longs couloirs me semblaient effrayants.

Je pensais arriver dans la cafétéria, mais j'atterris dans une salle mal éclairée avec des vélos d'appartement et un tapis de course. D'après l'odeur de transpiration qui y régnait, il s'agissait visiblement d'une salle de sport plutôt délabrée.

Je m'apprêtais à ressortir lorsque je me heurtai de plein fouet à quelque chose de très dur, perdant l'équilibre. En relevant la tête, je me retrouvai face à un homme brun très musclé et tatoué de partout. Vêtu du pantalon gris des détenus de United States Penitentiary Coleman et d'un débardeur blanc échancré, il m'observait d'un air impassible, comme s'il attendait juste que je justifie ma présence ici. J'étais totalement paniquée.

Ses yeux d'un vert transperçant et sombre ne lâchaient pas les miens. Comment un homme aussi diaboliquement beau pouvait-il être un prisonnier ? Pourquoi ne parvenais-je plus à détourner mon regard du sien ? Quel était son problème pour qu'il me fixe ainsi ?

— Tu n'as rien à foutre là.

Sa voix rauque et agressive me fit sursauter. Il semblait énervé.

— Je vous demande pardon ? m'offusquai-je.

Je m'attendais à ce qu'il m'aide à me relever, mais il n'en fit rien. Il me contourna et se positionna sur ma droite, me regardant à peine.

— Barre-toi.

Ses mots résonnèrent comme une menace, ce qui me fit froid dans le dos. Habituellement, j'étais une femme pleine de répondant avec un tempérament assez fort, mais face à lui, je restai muette. Il m'avait autant impressionnée que je l'avais craint.

Déglutissant difficilement, je me relevai, essuyai la poussière de mes vêtements et sortis de la pièce sans me retourner sur ce mystérieux détenu.

Chapitre 3

Après quelques minutes de marche rapide, je trouvai enfin la cafétéria, soulagée. Je n'avais pas fait de nouvelles mauvaises rencontres. Mais ce détenu aussi beau que froid et agressif m'avait perturbée.

Je secouai la tête et avançai de quelques pas pour rejoindre la table de mes nouveaux collègues. Shane n'était pas revenu, il devait être en train de me chercher.

Je regardai tout autour de moi quand je croisai deux iris marron que je ne connaissais que trop bien. Jake.

Mon cœur accéléra automatiquement, et des larmes commencèrent à me monter aux yeux malgré moi. J'avais beau m'être préparée à ce moment, c'était difficile de n'exprimer aucune émotion.

Je frissonnai en réalisant que mon frère n'était pas seulement surpris, il paraissait aussi très en colère, même fou de rage.

Il se leva de sa table, s'approchant d'un pas déterminé. Mais quel cinglé ! Personne ne devait savoir que nous nous connaissions, mais bien sûr il ne s'en rendait pas compte.

— Ah, enfin je te trouve !

Sauvée par le gong ! Shane venait de me rejoindre, essoufflé. Derrière lui, Jake s'était arrêté net dans sa lancée, ayant probablement compris qu'il valait mieux qu'il reste discret.

— Je ne te voyais plus, alors je suis revenue seule.

— Je parlais avec la comptable, un problème de paie.

Je hochai la tête et osai jeter de nouveau un coup d'œil vers mon frère. Il avait disparu. Malgré mon envie folle de le serrer dans mes bras, j'étais rassurée qu'il n'ait pas insisté et compromis ma présence ici.

— T'es sûre que ça va ?

— Oui, merci, Shane.

Il me regarda bizarrement et me proposa d'aller chercher nos plateaux-repas, cette fois-ci pour de bon. La nourriture n'avait heureusement pas l'air écœurante comme je m'y attendais, et semblait même tout à fait mangeable.

J'avais passé une bonne partie de l'après-midi à m'approprier mon nouveau cabinet, rangeant les choses à ma manière et le décorant avec le peu de moyens que j'avais. Si je ne voulais pas sombrer dans la dépression, il valait mieux que j'ajoute des couleurs dans ces deux pièces grises et ternes.

Alors que je triais des dossiers, pour certains aussi anciens que la prison, je sursautai lorsque quelqu'un frappa à la porte. Ma gorge se noua. Novice, j'étais un peu apeurée à l'idée de fréquenter des détenus. Comme me l'avaient indiqué Shane et M. Tanner au moins dix fois chacun, je devais rester enfermée dans mon bureau lorsque je n'étais pas en consultation.

Malgré mes réticences, je me décidai à ouvrir le verrou de cette porte en bois qui ne m'avait pas l'air si solide que ça.

— Je peux savoir ce que tu fous là ?

Automatiquement, je voulus sourire en apercevant mon frère en face de moi, mais me retins.

Je fus rassurée de constater qu'il n'avait pas trop changé. Il faisait juste plus homme et avait pris beaucoup de muscle. Mais son visage restait le même, celui de quelqu'un de bon, bien que plus marqué. C'était étrange, mais la prison lui avait réussi. Du moins, physiquement.

Il y avait une caméra sans son dans ma salle d'auscultation à cause des objets potentiellement dangereux, mais pas dans mon bureau. L'infirmier avant moi avait instauré cette procédure pour le respect de ses patients et les inciter à parler. M. Tanner m'avait demandé si je souhaitais remettre le son en place, ou une caméra dans mon bureau, mais j'avais refusé. Je tenais à garder une certaine confidentialité avec ceux qui viendraient me consulter et surtout je voulais pouvoir discuter plus librement avec Jake. Bien entendu, pour les détenus qui me paraissaient plus instables, j'avais le droit à la présence d'un gardien derrière la porte. Et, au moindre souci, j'avais toujours ma petite télécommande d'urgence pour appeler à l'aide.

— Entre dans le bureau, dis-je à mon frère sans broncher.

Malgré sa colère manifeste, il m'obéit. J'attendis qu'il passe et refermai derrière moi.

Une fois face à lui, je ne pus m'empêcher de sauter dans ses bras. Six bien trop longues années sans le voir ! Depuis tout ce temps, je n'avais pas pu le serrer contre moi. J'avais l'impression de vivre un rêve, que cet instant magique n'était pas réel.

Au bout d'un moment, il s'écarta de moi et me contempla comme s'il me découvrait pour la première fois.

— Tu as vraiment changé. Tu es magnifique et si… adulte !

La fierté dans sa voix me fit chaud au cœur.

— Mais maintenant tu vas m'expliquer ce que tu fous ici ! Quand j'ai entendu qu'on avait une belle jeune femme en tant qu'infirmière, j'étais à mille lieues de me douter qu'on parlait de ma petite sœur !

Je ris nerveusement. Il allait sûrement entendre des choses bien sordides et perverses à mon sujet de la part des autres détenus, et je savais que plus d'un risquait d'y perdre des dents.

— Je suis là pour toi. J'ai fini mes études et j'avais besoin d'un nouveau travail. Cette offre tombait à pic.

Il avait toujours refusé que je ne lui rende visite, et j'avais respecté sa décision, mais ce temps-là était révolu.

— Et tu crois que je vais laisser ma petite sœur travailler au milieu de tous ces malades ?

Cette fois-ci, il était hors de question que je cède. Je le défiai du regard, comme à l'époque où nous étions plus jeunes et qu'il se montrait autoritaire.

— J'ai le droit de choisir qui je reçois en consultation, Jake. Et puis, tu n'as pas vraiment le choix.

— J'ai juste à dire qui tu es pour que tu te fasses virer, déclara-t-il sans s'émouvoir.

— Mais tu n'en feras rien. Nous avons été séparés trop longtemps. Je n'arrive pas à être heureuse sans toi dans ma vie, c'est trop difficile d'imaginer ne plus te revoir jusqu'à la fin de tes jours. Laisse-moi rester travailler ici pour qu'on puisse se côtoyer régulièrement. Si tu m'aimes, fais-le, s'il te plaît.

Il parut réfléchir, sûrement en train de se torturer à peser le pour et le contre, comme il l'avait toujours fait. Il m'observa un instant, croisant mon regard de chien battu, comprenant la déception que je subirais s'il refusait.

— Très bien, mais j'accepte uniquement parce que tu m'as trop manqué et que t'avoir à mes côtés illuminera un peu mon quotidien.

Infiniment soulagée, je lui souris tendrement en attrapant sa main.

— Mais au moindre souci, tu t'en vas, reprit-il d'une voix plus ferme. Tu n'as pas idée du genre de personnes qui sont détenues ici. Et c'est temporaire ! Dès que tu as une place dans un hôpital, tu quittes ton poste à la prison. Je refuse aussi que tu reçoives des violeurs, je veux que tu lises les dossiers de chacun de tes patients. Si tu as le moindre doute, tu n'acceptes pas l'auscultation ou la consultation, ou alors tu demandes la présence d'un gardien !

Je hochai la tête. Oh ! mais je ne comptais pas m'en aller de sitôt. S'il avait cédé, c'était parce qu'il se sentait seul, je pouvais le lire sur son visage. Et c'était en grande partie la raison pour laquelle j'étais ici.

— Je n'arrive pas à croire que tu sois là. Ça paraît si irréel, ajouta-t-il.

J'étais si heureuse de le voir que j'en tremblais. Après tant d'années, nous étions enfin réunis.

— Assieds-toi, repris-je avec sérieux, il faut que ce soit crédible si quelqu'un entre.

Je pris place derrière mon bureau, et Jake s'installa face à moi, de l'autre côté du meuble. Nous nous regardions comme si nous nous redécouvrions. J'étais particulièrement émue.

— Je veux que tu me racontes ta vie, et sans mensonges cette fois-ci ! Mais avant, j'ai deux ou trois choses à te dire.

— Je t'écoute.

— Tout d'abord, n'oublie pas que tu es dans une prison pour

hommes. Des hommes qui ne voient que très peu de femmes ! Surtout des mignonnes aux yeux bleus comme toi !

Bien qu'étant déjà au courant de tout ça, je l'écoutais attentivement. Ce que je ne lui avouerais jamais, c'était à quel point j'avais peur.

Alors qu'il m'énumérait ce que je devais éviter, comme me promener seule, trop parler avec les détenus en dehors du bureau, m'habiller trop court, etc., la porte s'ouvrit brusquement sur Shane.

— Lawrence ! Qui t'a permis de venir ici ? cria-t-il avec autorité.

Je ne m'attendais pas à ce qu'il se montre aussi intimidant.

— Je croyais qu'on avait le droit de venir consulter, répondit mon frère d'un ton las.

— Sur rendez-vous ! Si tu veux venir, tu vas t'inscrire.

Je me sentais mal de voir mon grand frère se faire engueuler comme un vulgaire enfant qui aurait commis une bêtise. Mais Shane faisait ça pour veiller sur moi, alors impossible de lui en vouloir. Même si je n'avais qu'une envie : l'étriper.

— Ça va, Shane, tentai-je de le tempérer. Il avait juste besoin de parler.

— Les règles sont strictes, et Lawrence les connaît très bien depuis le temps. Retourne immédiatement dans la zone des détenus.

Il ne lâchait pas Jake des yeux, l'observant d'un air méchant. Ce dernier leva les siens au ciel et quitta la pièce en serrant les poings sans même m'adresser un regard. Il voulait sûrement éviter d'éveiller les soupçons.

— Il n'a pas essayé de te menacer ? me demanda Shane.

Sa question me laissa un instant ahurie. Il avait beau être charmant, il pouvait être aussi très lourd.

— Bien sûr que non, il voulait juste se confier.

J'ignorai son expression dubitative et préférai faire comme si de rien n'était.

Je me levai, remarquant qu'il était l'heure de m'en aller. À mon grand soulagement, ma première journée était terminée. Je me sentais émotionnellement épuisée.

— Je vais rentrer chez moi, déclarai-je, ne cachant pas ma fatigue.

— J'ai fini aussi. On part ensemble ?

J'acquiesçai et le suivis jusqu'à la sortie. Passer toutes les grilles de surveillance était long, encore plus pour quitter les lieux que pour y entrer. Le gardien totalement abruti que j'avais remis à sa place au début de la journée baissa la tête en me voyant.

Une fois arrivée à ma voiture, je m'y adossai, comprenant que Shane avait quelque chose à me dire avant qu'on se sépare.

— Adria, si je peux me permettre de te donner un conseil, fais attention à ces hommes. N'oublie pas qu'ils sont là pour de bonnes raisons. Je te dis ça car l'un d'eux s'est inscrit pour une séance d'une heure avec toi tous les jours où tu es là parce qu'il a apparemment besoin de se confier. Et ce détenu n'a rien d'un mec qui va chez le psy. Malheureusement, il n'est pas considéré comme « assez dangereux » pour qu'on lui interdise les consultations.

Immédiatement, je compris qu'on ne parlait plus de Jake. Une légère inquiétude m'envahit. Je voulus en savoir plus mais avant que j'aie le temps d'ouvrir la bouche, mon collègue me devança.

— Enfin bref ! Ça te dirait qu'on aille boire un verre un de ces soirs ?

Surprise, je haussai les sourcils.

— C'est d'accord, Shane, dis-je, rassurée à l'idée d'avoir un potentiel ami dans ce lieu si sombre.

Il esquissa son plus beau sourire et me demanda mon numéro de téléphone. Je le lui donnai et montai dans ma Ford rouge pour rentrer en direction d'Orlando.

Chapitre 4

Ce soir, j'avais décidé de passer chez Andrew et Madison pour leur raconter ma première journée à la prison. Ils étaient les seuls à qui je pouvais me confier sur toutes ces émotions qui menaçaient de me consumer de l'intérieur.

J'étais tranquillement assise sur le canapé à côté d'Andrew tandis que Madi me posait des tonnes de questions depuis le fauteuil face à nous.

— Alors ? Et ton frère ?

— Il est en meilleure forme que j'aurais pu l'espérer ! répondis-je honnêtement.

— C'est génial, une vraie bonne nouvelle ! Et vous avez réussi à rester discrets ? Personne n'a compris que vous êtes frère et sœur ?

— Non, pour le moment, personne ne s'en doute, heureusement.

Je préférai ne pas évoquer cette étrange rencontre avec un détenu qui n'avait pas l'air avenant du tout, ne souhaitant pas les inquiéter pour rien.

Andrew ne parlait pas, il se contentait de me regarder du coin de l'œil. Il était sûrement encore en train de se demander ce qui m'avait pris de postuler à la prison. Lorsqu'il m'avait mentionné cette offre, il n'avait certainement pas dû imaginer une telle suite.

— Je vais aller commander des sushis.

Madison quitta le salon pour passer son coup de fil.

À peine quelques secondes plus tard, j'entendis Andrew soupirer. Je préférai ne pas relever, sachant pertinemment qu'il allait me faire la morale sur les risques que je prenais.

— On va chez toi ? demanda-t-il soudain pour briser le silence. On a un épisode de *The Walking Dead* à rattraper ! En plus, j'ai réussi à hacker la dernière saison en exclusivité.

Andi ne m'avait visiblement pas écoutée lorsque je lui avais conseillé maintes et maintes fois de définitivement arrêter le hacking. Cela finirait par lui créer de sérieux problèmes.

Étant donné qu'il vivait avec Madison, qui était toujours très occupée et s'absentait souvent, je l'invitais régulièrement à passer du temps chez moi. J'aimais qu'il me raccompagne, qu'il me parle de ses aventures d'un soir ou me fasse découvrir des séries. Il n'était pas seulement mon meilleur ami, il était aussi un rayon de soleil dans ma vie.

— Oui, bien sûr que tu peux venir, répondis-je en souriant.

Finalement, Andrew était parti à minuit de chez moi. Nous avions regardé un match de football américain au lieu d'une série, et, après avoir bu plusieurs bières, je m'étais à moitié endormie sur lui.

Je décidai de prendre une douche brûlante avant d'aller me coucher, cela me ferait du bien après toutes les émotions de la journée.

Tout en recouvrant mon corps de gel douche, je repensai à ce mystérieux détenu… Quelque chose chez lui m'avait perturbée. Il avait l'air méchant et menaçant, et surtout pas commode, mais j'étais intimement persuadée qu'il était de loin le pire de tous.

Et qui était le prisonnier qui s'était inscrit pour des séances avec moi ? J'avais espoir qu'il ait vraiment besoin de mon aide et qu'il ne vienne pas pour passer le temps.

— Aujourd'hui, il y a le contrôle des cellules, on va devoir toutes les vider et les fouiller ! m'expliqua Shane en buvant son café. C'est dans ces moments-là qu'on découvre des choses vraiment improbables !

— Vous faites ça souvent ? demandai-je.

— Assez, oui.

Nous étions en train de marcher sur un petit chemin, derrière l'immense grillage où se trouvaient les détenus souhaitant s'aérer un peu. J'avais interdiction de me rendre dans cet espace, car c'était quelques fois un lieu de règlements de comptes et bagarres.

— Tu sais, même si les détenus sont assez autonomes et ont le droit de sortir de leur cellule, ça ne veut pas dire qu'ils sont pour autant moins surveillés. À la première faute, on les prive de toute sortie pendant des jours, même des semaines parfois. Et comme ce sont des punitions collectives, ils se tiennent à carreau, par peur des représailles des autres.

Je hochai la tête. Je comprenais mieux pourquoi les détenus étaient aussi tranquilles. Celui qui avait imaginé ce système avait eu une bonne idée. Il avait réussi à instaurer une sorte de relation de confiance avec les prisonniers. Si ceux-ci faisaient des erreurs, ils devaient en payer les conséquences et avaient droit à des punitions comme les enfants.

Sauf qu'ils n'étaient pas des enfants, mais des criminels.

Mes yeux dévièrent sur un homme en train de discuter avec un autre, assis sur une table à l'extérieur. Je le reconnus aussitôt, c'était celui avec plein de tatouages et diaboliquement sexy.

— C'est Hayden Smith.

Surprise, je me tournai vers Shane. Comment avait-il deviné qui je regardais alors qu'il était entouré de plusieurs autres ?

— Il est aussi beau que dangereux. Ce mec est un monstre caché derrière un physique avantageux.

Un frisson me traversa. Shane venait de confirmer mon impression.

— Il est ici pour encore huit ans, il n'a fait que deux ans. Il a été accusé de trafic de drogue, kidnappings, torture et meurtres. Il est bien coupable de tous ces crimes, mais il a été assez malin pour effacer un maximum de preuves, si bien que seul le trafic de drogue à petite échelle a pu être prouvé. Il est intelligent et très bien entouré ici comme à l'extérieur, alors on s'en méfie comme de la peste. Il serait capable de tenter de s'échapper n'importe quand. Ce mec, ce n'est pas n'importe qui.

Je secouai doucement la tête, réalisant à quel point ce monde pouvait renfermer des gens mauvais. Comme s'il avait lu dans mes pensées, les yeux de Hayden Smith croisèrent les miens, ce qui me coupa le souffle. Un petit rictus machiavélique se dessina sur ses lèvres, cela ne présageait rien de bon.

Nous étions en plein après-midi, et les cellules étaient en train d'être fouillées. Pour ma part, j'attendais mon prochain rendez-vous. Je me rendis compte que je n'avais pas regardé son nom. Je redoutais la première consultation que j'aurais avec un détenu inconnu, mais j'étais quasiment sûre qu'il s'agissait de mon frère.

Quelqu'un frappa brusquement à la porte de mon bureau.

— Entrez !

J'eus aussitôt le sourire aux lèvres, puis déchantai en me retrouvant face au fameux Hayden Smith…

Il me regardait sans la moindre émotion, attendant certainement que je parle. Mais j'étais à court de mots, c'était la première fois qu'un homme m'intimidait de cette façon. Pour ma défense, je n'avais pas pour habitude d'être face à ce type de personne.

Il souffla légèrement, sûrement pour me faire comprendre qu'il aimerait s'installer. Je lui désignai le siège de l'autre côté de mon bureau d'un signe de tête. Il referma la porte et s'assit tout en continuant de me fixer, le visage impassible. Je mourais d'envie de baisser les yeux ou de me cacher, mais c'était impossible, je ne pouvais pas montrer mes faiblesses ici.

— Bah alors ? On a perdu sa langue ? C'est bien un truc de psy.

Je haussai les sourcils, étonnée par son intervention pleine de sarcasme. S'il voulait la jouer ainsi, j'allais le suivre, de manière intelligente.

— Non, répondis-je avec professionnalisme, ne vous inquiétez pas. Puis je ne suis pas psy mais infirmière avec un diplôme en psychologie.

Il esquissa un sourire en coin, ce qui accentua encore sa beauté. Malgré ses très nombreux tatouages, je ne me rappelais pas avoir déjà vu un homme aussi magnifique. Toute cette encre qui recouvrait ses bras, ses mains, son cou. Racontait-elle une histoire ? Ce serpent qui partait de son coude pour finir sur sa main, ces dates en chiffres romains, cette croix dans son cou…

— Quand t'auras terminé de me mater, peut-être qu'on pourra passer aux choses sérieuses.

Sa façon de me traiter comme si j'étais la dernière des idiotes m'insupportait déjà.

— Pourquoi êtes-vous venu me voir, Hayden ? De quoi voulez-vous me parler ?

Il se mit à rire. Mais pas d'un rire qui réchauffe le cœur, non, plutôt d'un rire effrayant, qui démontrait de la méchanceté gratuite et un certain mépris. Osait-il se moquer de moi ?

— Tu crois quoi ? Que je vais craquer devant toi en te disant que je regrette d'avoir tué des gens de sang-froid ? Tu vas être déçue, je n'ai absolument aucun remords. Je suis là pour faire croire que je suis une putain de thérapie afin de réduire ma peine. Si je viens tous les jours, je pourrai probablement sortir bien avant. Après, si on ne veut pas s'ennuyer pendant une heure, j'ai deux-trois idées pour t'occuper, chaton.

Lorsqu'il avait prononcé ces mots, ses yeux étaient descendus sur ma poitrine recouverte d'un chemisier blanc. Complètement choquée par ses propos inadmissibles et irrespectueux, je dus me retenir pour ne pas me lever et lui coller une énorme gifle.

— Premièrement, je ne m'appelle pas « chaton » mais Mlle Stevens. Deuxièmement, mes yeux sont plus haut. Troisièmement, je vous conseille de surveiller votre langage avec moi. Et quatrièmement, je vous demande de me vouvoyer.

Mon ton assuré m'avait surprise moi-même. Mais quand son regard amusé croisa le mien, je réalisai que ça n'avait pas vraiment fait son effet. Il se moquait clairement de moi, j'en étais maintenant certaine.

— On ne s'est pas bien compris, dit-il avec sérieux. Je ne crois pas avoir évoqué que je te laissais le choix. Tu vas faire de bons rapports sur moi, et en plus de ça, tu témoigneras que j'ai un comportement exemplaire lors de mon procès en appel. Ce n'est pas une vulgaire gamine à peine sortie de l'école comme toi qui mettra en péril ma future liberté conditionnelle. Tu as beau avoir un bon cul, je n'hésiterai pas à te faire assassiner dès le premier faux pas. Alors un conseil, fais ce que je te dis.

Sur ces paroles qui me firent trembler de peur, il se leva, appuya les bras sur mon bureau et se pencha pour se rapprocher de moi.

— Merci pour cette consultation, chaton, continua-t-il en insistant sur ce surnom faussement affectueux qu'il m'avait attribué. À demain.

Il se dirigea ensuite vers la porte tandis que je retenais mon souffle. Avant de sortir, il se tourna une dernière fois vers moi.

— Je te laisse réfléchir à ma proposition. On pourrait s'amuser pendant une heure par jour. Je ne vois aucune caméra ici. Ce serait notre petit secret.

Tout en souriant encore, il quitta la pièce et referma derrière lui. J'expirai, ayant du mal à réaliser ce qui venait de se passer. M'avait-il réellement menacée de mort ?

Chapitre 5

Il me fallut plusieurs minutes pour retrouver une respiration normale. C'était seulement mon deuxième jour de travail ici, et un détenu avait promis de me faire assassiner si je ne coopérais pas avec lui. Le pire dans tout ça, c'était que son regard m'avait indiqué qu'il ne plaisantait pas du tout. Le vert glacial et sombre de ses yeux me hantait. Comment un homme tel que lui pouvait être un monstre pareil ? Avait-il un passé compliqué ? Des problèmes d'ordre psychiatrique ? Je l'ignorais, mais son attitude m'avait effrayée.

Comment devais-je réagir face à ça ?

Si j'en parlais à mon frère, il voudrait me défendre et ma couverture pourrait être compromise. Il prendrait aussi des risques, c'était donc hors de question.

Et pourquoi pas à Shane ? Je n'étais pas sûre qu'il puisse vraiment m'aider. Et je ne souhaitais pas non plus le mettre en danger.

Je me retrouvais seule face à un homme prêt à tout pour avoir ce qu'il voulait. Peut-être me ficherait-il la paix si je le lui donnais. Après tout, une heure par jour n'était pas grand-chose ! Et puis, il ne resterait peut-être pas autant, il était bien parti au bout de cinq minutes aujourd'hui.

Par contre, je me refusais à jurer sur l'honneur et à prononcer un faux témoignage en sa faveur ! De toute manière, je doutais qu'il me laisse le choix, j'allais donc devoir trouver une solution.

— Adi ?

La voix de mon frère me fit sursauter. Je lui fis signe d'entrer, et il s'installa rapidement après avoir embrassé le haut de ma tête. Lui aussi avait prévu un rendez-vous chaque jour, visiblement après Hayden Smith.

Son sourire disparut, et il m'observa curieusement.

— Qu'est-ce qui se passe ?

— Rien, pourquoi ? répondis-je en tentant de rester naturelle.

— On dirait que tu viens de voir un fantôme.

— Non, je suis juste fatiguée.

— Je sais que Hayden Smith a demandé des rendez-vous avec toi. Il t'a cherché des ennuis ?

Jake avait le don de toujours tout deviner. C'était maintenant à moi de lui prouver qu'il se trompait.

— Pas du tout. Il n'est pas resté, la séance l'a soûlé. Il ne m'a même pas parlé.

Heureusement, j'étais parfois une bonne menteuse. Mon frère sembla convaincu.

— Mouais. Si jamais il te dit ou fait quoi que ce soit de déplacé, préviens-moi tout de suite. Je n'ai pas de problèmes avec lui, mais s'il s'en prend à toi, les choses vont vite changer.

— Bien sûr, répondis-je d'un ton faussement assuré.

Je hochai la tête en même temps, espérant ne pas trop en faire.

Jake me scruta quelques secondes, puis me posa des questions sur mes amis, mes amours et tout le reste. Je lui racontai alors que j'étais célibataire et très bien ainsi.

— De toute façon, intelligente et indépendante comme tu es, tu n'as pas besoin d'un homme dans ta vie.

Bien qu'en parler allait encore me démoraliser et m'angoisser, je savais que je devais aborder ce sujet avec mon frère :

— McCartney a l'air déterminé à faire rouvrir ton procès, déclarai-je.

Mon frère soupira, regarda quelques instants sur le côté et se redressa sur son siège, comme s'il était devenu tout à coup nerveux.

— Il ne lâchera pas. D'après mon avocat, de nouvelles preuves sont apparues pour indiquer à quel point j'ai menacé et torturé ce connard d'Ethan avant de le tuer.

Comme toujours, l'entendre parler du meurtre qu'il avait commis me faisait mal. Je n'avais jamais approuvé son choix, même s'il avait agi pour venger notre sœur. À mes yeux, rien ne justifiait la violence. La preuve, cet acte avait gâché sa vie.

Savoir que mes parents refusaient de défendre leur propre fils me dégoûtait au plus haut point. À la place, il se retrouvait avec un vulgaire avocat commis d'office sans expérience et trop peu intéressé par cette affaire.

— Mais c'est impossible ! Ils doivent bien se douter que c'est faux !

— C'est un homme puissant, Adria. Il ne s'arrêtera pas là.

Je compris alors que cette affaire était vraiment sérieuse, Jake pourrait être très bientôt condamné à mort.

Le lendemain, je redoutais d'avance mon rendez-vous avec Hayden Smith. Je ne savais pas si je devais aller à l'encontre de ce qu'il me demandait, quitte à me mettre en danger, ou alors céder telle une faible femme.

Peut-être n'était-il pas en mesure de me faire de mal et faisait-il semblant pour me faire peur ? Si je me pliais à ses ordres dès le début, jamais je ne m'en sortirais. D'autres détenus tenteraient de profiter de moi, et je ne serais jamais tranquille.

Je ne devais pas craindre Hayden Smith, mais me montrer plus forte que lui. J'avais toujours eu du caractère et du répondant face à n'importe qui, et je décidai qu'à partir d'aujourd'hui j'en aurais même face à des individus comme lui.

Shane était dans mon bureau. Il me parlait de son projet de faire une surprise à ses parents en leur payant des vacances semblables au voyage de noces qu'ils avaient fait trente ans plus tôt.

— Je suis persuadée qu'ils seront heureux de ce cadeau, dis-je.

Depuis la mort de Hanna, je n'aimais pas spécialement discuter famille ; ce n'était pas mon truc, du moins ça ne l'était plus.

— Mon rendez-vous va arriver, Shane, enchaînai-je.

Il comprit que je le mettais gentiment dehors et s'en alla rapidement après m'avoir fait un clin d'œil.

Quand quelqu'un frappa à ma porte quelques minutes plus tard, je me redressai sur mon siège. Ce qui m'attendait risquait de ne pas être drôle.

Avant que j'aie le temps de répondre, Hayden Smith entra d'un pas déterminé, prenant soin de refermer derrière lui. Son regard pesant me mit très mal à l'aise.

— Salut, chaton.

C'était le moment ou jamais de montrer ma force de caractère si je ne voulais pas me faire marcher dessus. Je rassemblai tout mon courage et me levai, les mains posées sur mon bureau, me plantant face à lui sans ciller.

— Je vous ai déjà dit de ne pas m'appeler « chaton ». Si vous n'êtes pas prêt à me respecter, vous pouvez vous en aller dès maintenant.

Je lus une pointe d'étonnement dans son regard de braise, puis de la colère.

— Es-tu vraiment sûre de toi ?

Son ton devint menaçant. Je mis un instant à lui donner une réponse.

— Certaine.

Il s'avança dangereusement de moi, contournant le meuble qui nous séparait, puis glissa une main très doucement le long de ma taille, me frôlant à peine et me coupant le souffle. Ce contact inattendu et totalement proscrit m'avait fait l'effet d'une petite décharge électrique, à la fois douloureuse et excitante.

Ses yeux rencontrèrent les miens, certainement rongés par la peur.

— Très bien, mon chat. Mais je te préviens, tu en assumeras les conséquences.

Il se dirigea vers la porte et s'en alla, sans même me lancer un dernier regard, me laissant seule avec ses menaces.

Je fixai la porte un long moment, avant de fermer les paupières quelques instants et de respirer profondément.

Il n'avait pas du tout paru inquiet. Soit il ne voulait pas montrer sa faiblesse, soit il était vraiment capable du pire, même en étant en prison.

Vendredi arriva rapidement. J'avais eu quelques consultations avec des détenus. J'avais plusieurs fois eu peur, mais sans réelle raison, car la majorité d'entre eux étaient là pour des problèmes de drogue, pour lesquels j'essayais de les conseiller pendant leur sevrage. J'avais dû également soigner quelques blessures, mais rien de grave. Hayden Smith n'était pas revenu pour un de ses rendez-vous depuis notre dernière discussion, et cela me convenait tout à fait. J'espérais ne pas avoir affaire à lui dans un futur proche.

Malheureusement, dès que mon regard croisait le sien, un sourire diabolique s'affichait sur son visage. Il m'avait pris pour cible, et je redoutais qu'il finisse par tenter de m'atteindre à un moment ou un autre. À moins qu'il essaye juste de me terroriser et qu'il ne fasse jamais rien ? Après tout, il ne pouvait pas avoir autant d'influence alors qu'il était incarcéré derrière des grillages pleins de barbelés.

J'avais proposé à Shane de se joindre à nous lors d'une petite soirée chez Andrew et Madison, bien que cette dernière ne soit pas certaine de rentrer de son rencard à temps pour la fête. Ils m'avaient bien entendu promis de ne pas évoquer mon lien familial avec Jake. Il y aurait une vingtaine de personnes qui avaient été à la fac avec nous, certains que j'appréciais, d'autres moins.

Shane habitait aussi à Orlando, non loin de chez moi, il devait donc passer me chercher pour qu'on y aille ensemble.

Une fois mon maquillage terminé avec juste une couche de mascara pour mettre en valeur le bleu de mes yeux et mes cheveux coiffés en une haute queue-de-cheval, j'enfilai un short en jean et un long débardeur noir. Je n'aimais pas sortir le grand jeu lors de ces soirées, la simplicité demeurait mon maître mot.

À peine avais-je mis mes baskets blanches qu'on sonna à ma porte. Sûrement Shane. Après avoir pris soin de cacher les quelques photos de mon frère et moi trônant dans mon appartement, je lui ouvris.

— Salut, beauté !

— Bonsoir, Shane.

Je lui souris et pris mes clés avant de fermer la porte de chez moi. Je le suivis jusqu'à sa jolie BMW grise et montai à l'intérieur. Il portait un jean, et je pus remarquer ses bras musclés à travers sa chemise blanche. Il avait tenté de coiffer ses cheveux bruns et bouclés. C'était un homme assez charmant, bien qu'il ne soit pas vraiment mon style.

— C'est sympa de m'avoir proposé de venir, dit-il en démarrant.

— C'est sympa d'avoir accepté de venir, répondis-je en souriant.

Nous arrivâmes rapidement à la colocation de mes amis. Ce fut Andrew qui nous ouvrit. Il était très mignon avec son T-shirt noir et son jean clair, comme à son habitude. Personne ne portait le look de « geek-beau gosse » comme lui.

Même s'il était au courant que Shane m'accompagnerait, nous voir arriver ensemble lui fit perdre son sourire d'ange. Il serra la main de mon collègue d'un air sévère, puis m'embrassa délicatement la joue. Je savais que c'était sa manière à lui de veiller sur moi.

Shane parut surpris puis entra, suivi par mon meilleur ami et moi.

La fête battait son plein, l'appartement était envahi de jeunes de notre âge en train de boire, fumer et rire. Je les connaissais pratiquement tous mais n'avais pas de réels liens avec eux.

Je remplis deux gros gobelets en plastique rouge de vodka et de jus de fruits et en tendis un à Shane, qui me remercia d'un clin d'œil.

— Dis-moi, Shane, et si on allait jouer à un jeu ? proposai-je.

Il acquiesça, et nous décidâmes de rejoindre ceux qui jouaient à la miniroulette. Le but était de distribuer un shot à la personne de son choix à chaque fois que les billes tombaient sur le numéro qu'on avait sélectionné.

Je pris le numéro six et Shane le vingt-deux. Andrew arriva et opta pour le numéro quatorze.

— Madi n'est pas arrivée ?

— Elle ne sait pas si elle aura le temps de passer, répondit mon meilleur ami d'un ton froid qui m'étonna.

Je hochai la tête, et la roue tourna. Je n'avais plus qu'à compter sur ma chance. Les deux petites boules se baladèrent longuement avant de s'arrêter sur deux chiffres différents.

— 14 et 35.

Andrew esquissa un sourire un coin et désigna Shane d'un air de défi.

— Tu feras attention, on a particulièrement chargé les shots, le provoqua-t-il.

J'étais totalement perdue. J'ignorais à quoi il jouait, mais je préférais me taire pour le moment et profiter de la soirée.

Le jeu continua pendant une bonne heure. Par chance, je n'avais bu que trois shots. En revanche, Shane devait en être à son dixième, à cause de l'acharnement d'Andrew.

Quand mon collègue commença à tanguer, je l'emmenai sur le canapé et m'assis près de lui, inquiète.

— Ça va ?

— Hum oui, oui, oui. Tu sais… je suis… content… de te connaître.

Il avait dit ça en tirant sur un joint qu'il avait trouvé sur la table, ce qui n'arrangerait pas son état. Lors de nos discussions à la prison, il m'avait confié adorer s'amuser. Il me proposa de fumer avec lui mais je refusai. Je ne le faisais pas ou très exceptionnellement. Et ce soir, mieux valait qu'un de nous deux puisse surveiller l'autre.

Pour l'aider à se sentir mieux, je lui apportai un verre d'eau et l'incitai à arrêter de fumer.

— Ça fait longtemps que tu travailles au Penitentiary Coleman ? l'interrogeai-je en me rasseyant près de lui.

— Cinq ans. John Tanner est mon oncle. C'est lui qui m'a fait entrer à la demande ma mère, qui en avait marre de me voir traîner à la maison.

Je ne pus m'empêcher de sourire en remarquant que leur chevelure était la même et qu'effectivement, il y avait un petit air de famille entre eux.

— Ce n'est pas compliqué de travailler avec des hommes dangereux ? l'interrogeai-je, plus pour moi que pour lui, anxieuse à l'idée de passer des années à la prison.

— Au début, ça l'a été un peu… Beaucoup ont essayé de me faire chanter… ou de m'impressionner… mais je suis le plus fort ! Bon, c'est vrai que l'évasion…

Shane se vautra un peu plus et cala l'arrière de sa tête contre mon cou en regardant le plafond.

— Évasion ? lui demandai-je avec curiosité. Quelle évasion ?

— C'est une… affaire… de merde. On l'a étouffée rapidement, même si c'est pas bien !

Je compris alors pourquoi cette information n'avait pas fait le tour des médias et que, par conséquent, je n'en avais pas eu connaissance.

— Mais vous n'avez jamais retrouvé celui qui s'est échappé ?

Cela me paraissait improbable, surtout pour une prison aussi sécurisée.

— Si. Ces deux connards avaient monté un plan, me répondit-il toujours difficilement, ils ont profité de ma naïveté du début. Mais ils n'avaient pas pensé à ce qu'ils… feraient une fois à l'extérieur.

Je pouvais sentir sa colère et sa culpabilité, mais il finit par sourire. L'alcool ne lui réussissait vraiment pas.

— Alors on les a chopés quelques mètres plus loin.

Il était donc possible de s'échapper du Penitentiary Coleman ?

J'ignorais si le peu d'alcool que j'avais bu réfléchissait à ma place, mais je réalisai alors que de faire évader mon frère de ce cauchemar pouvait être une solution, surtout s'il était finalement condamné à la peine de mort.

Bien que ce soit totalement faux, McCartney essayait de démontrer que le premier procès de Jake avait été truqué, pour qu'il soit à nouveau jugé. Tout le monde se doutait que les preuves qu'il présentait étaient totalement fabriquées, mais personne ne semblait remettre en cause cette vaste escroquerie, ce tissu de mensonges et de manipulations. En comparaison de ces agissements, une potentielle évasion ne me paraissait pas bien grave. Il n'y avait plus de réelle barrière entre le bien et le mal.

Une drôle de sensation traversa mon ventre quand je compris que cette idée était une option envisageable… Bien que j'y aie déjà réfléchi, jamais je n'aurais imaginé avoir le courage de mettre en place ce genre de plan. Cela me paraissait si compliqué, si impossible !

— Tu me plais, Adria.

Je ne m'attendais pas à une telle déclaration, surtout après avoir évoqué un sujet aussi délicat. Alors que je haussais les sourcils, Shane tourna la tête pour me regarder attentivement. Mon charmant collègue avait les yeux rouges. J'avais l'impression que presque tous ses vaisseaux sanguins avaient éclaté.

Je me mis à rire et tapai gentiment son bras.

— Mon cher Shane, tu es complètement déchiré !

Il sourit aussi et se redressa pour être un peu plus haut que moi.

— Peut-être, mais ce n'est pas l'alcool qui parle quand je te dis que tu me plais.

Sans que je l'anticipe, ses lèvres s'écrasèrent sur les miennes. Je fus d'abord trop surprise pour le repousser, puis je voulus éviter de gâcher notre début de complicité. Si je décidais effectivement de faire évader mon frère, il pourrait être une source d'informations non négligeable.

Quand je reculai mon visage pour reprendre mon souffle, j'aperçus Andrew qui nous fixait, les poings serrés. Lorsque nos regards se croisèrent, il s'en alla en trombe.

Bien que son comportement de ce soir m'énerve, Andrew était mon meilleur ami et je ne pouvais me résoudre à le laisser comme ça. Je m'excusai auprès de Shane et courus le rejoindre, l'esprit encore embrouillé par toutes les informations que je venais d'encaisser.

En remarquant la porte d'entrée ouverte, je compris qu'il était sorti. Je dévalai les marches et, une fois dans la rue, le cherchai du regard. Il n'était nulle part. Puis je vis sa voiture partir au loin. Cet abruti avait pris le volant alors qu'il avait bien trop bu.

Je levai les yeux au ciel en jurant et essayai de l'appeler sur son téléphone, mais avant que la première sonnerie ne retentisse, un fracas résonna dans la rue. Mon cœur s'arrêta presque de battre, je lâchai mon téléphone sur le sol et courus au plus vite dans la direction de l'énorme bruit. En arrivant enfin à sa voiture, je réalisai avec horreur qu'il était entré dans un mur !

Chapitre 6

Alerté par mes cris, Shane, qui m'avait apparemment suivie après mon départ précipité, m'avait rejointe dans la rue en courant. Constatant ce qui s'était passé, il appela aussitôt les secours. Le drame qui venait de se dérouler l'avait fait dégriser et reprendre ses esprits.

Avec précaution et difficulté, j'avais réussi à sortir Andrew de la voiture, surtout abîmée à l'avant. Mon ami était inconscient et semblait gravement blessé. Après l'avoir allongé sur le dos, je vérifiai ses voies aériennes. Dieu merci, il respirait ! Je déchirai le bas de mon débardeur, la seule chose que j'avais sur moi à ce moment pour arrêter l'hémorragie de son bras, qui avait traversé le pare-brise. Visiblement, les airbags ne s'étaient pas déclenchés.

Je pleurais toutes les larmes de mon corps. Andrew était une des personnes les plus importantes de ma vie, et je ne supporterais pas de le perdre.

— Andy, accroche-toi, je t'en supplie !

À proximité, quelques amis d'Andrew pleuraient, d'autres me demandaient ce qu'ils pouvaient faire pour aider, la plupart d'entre nous étant d'anciens étudiants de l'école d'infirmière. L'un se mit à genoux derrière la tête de Andrew et tenta de le faire reprendre connaissance, un autre le couvrit d'un plaid qu'il avait dû aller chercher. Certains voisins, alertés par les bruits, sortirent de chez eux pour nous soutenir.

J'étais incapable de parler tant je culpabilisais. Si je n'avais pas laissé Shane m'embrasser, jamais Andrew n'aurait quitté la soirée.

— Ils seront là dans moins de dix minutes, m'informa Shane en raccrochant. Je vais appeler un taxi, je te rejoindrai à l'hôpital dès que tu partiras avec l'ambulance.

Les secours arrivèrent rapidement, et je montai dans le camion avec eux après leur avoir indiqué que j'étais infirmière. Ils ne voulaient pas que j'administre de soins à Andrew comme j'étais une de ses proches, ils avaient peur que je ne sois plus objective et efficace à cause du choc émotionnel, mais je refusai d'abandonner et leur démontrai que je savais garder mon sang-froid.

Sur la route de l'hôpital, quand Andrew cessa de respirer, je commençai à lui faire un massage cardiaque. C'était un véritable cauchemar !

— Andrew ! Reste avec nous ! criai-je en rassemblant toutes mes forces pour le sauver, accompagnée par les pompiers.

Grâce au massage, je fis repartir son cœur tandis que le défibrillateur régula son rythme cardiaque. Je crus m'évanouir tellement j'avais eu peur.

À notre arrivée à l'hôpital, on me demanda de patienter dans la salle d'attente lorsqu'ils emmenèrent Andrew en réanimation.

— Mademoiselle Stevens, vous devriez vous asseoir un peu.

Je hochai la tête. Si ce gentil médecin savait à quel point je me fichais de ses conseils. Je voulais juste que mon ami s'en sorte.

Après avoir raconté tout ce qui s'était passé à Madison, qui allait arriver d'ici une heure, le temps de rentrer de chez son copain du moment, et à la police, je remplis des papiers à l'accueil de l'hôpital.

Malgré la fatigue et tout l'alcool qu'il avait ingurgité, Shane était resté, il m'avait même ramené mon téléphone abandonné sur le trottoir, et j'appréciais vraiment sa présence.

— Je t'ai pris un café, chuchota-t-il en posant une main sur mon dos.

Je lui souris faiblement et avalai une gorgée de la boisson chaude en attendant que la secrétaire revienne avec les derniers documents à signer.

En tournant la tête vers la baie vitrée de l'hôpital, j'aperçus un homme d'à peu près mon âge qui se tenait debout, très droit, et semblait me fixer. Il ne détourna pas les yeux un seul instant.

— Tu le connais ? m'interrogea Shane, qui l'avait remarqué lui aussi.

— Je ne crois pas.

Je réfléchis quelques secondes et demandai à mon collègue de m'attendre malgré ses protestations.

Une fois dehors, je m'avançai vers l'homme qui me regardait toujours de manière impassible. Grand, jeune, musclé, il avait un air effrayant avec son sweat à capuche noir.

— Tu es Adria ? s'enquit-il d'une voix grave.

Hésitant un instant, je finis par hocher la tête. Il sortit un papier soigneusement plié de sa poche et me le tendit avant de s'en aller avec un sourire diabolique au coin des lèvres.

Je le regardai partir, totalement perdue. Après qu'il eut disparu de mon champ de vision, je me décidai à lire le mot qu'il m'avait laissé.

Es-tu toujours aussi sûre de ton choix, chaton ?

Mon monde s'effondra. Hayden Smith ! C'était cette espèce de malade qui avait provoqué l'accident d'Andrew. Il avait certainement envoyé l'un de ses larbins trafiquer sa voiture et il allait regretter son geste !

Je m'appuyai contre le mur derrière moi, anéantie. J'avais presque conduit mon meilleur ami à la mort à cause de mes décisions irréfléchies et clairement sous-estimé la monstruosité dont était capable ce maudit criminel.

Le médecin nous avait annoncé à Madison, arrivée depuis un bon moment, Shane et moi qu'Andrew s'en sortirait, qu'il était pour l'instant sous morphine, car il avait subi une lourde opération du bras. Il serait plâtré durant quelque temps. C'était certain, j'allais m'occuper de lui. Je me sentais trop coupable pour le laisser.

Shane m'avait demandé à plusieurs reprises ce que cet homme étrange m'avait dit, je m'étais contentée de lui raconter qu'il s'était trompé de personne. Il m'avait paru sceptique, mais n'avait pas insisté.

Je dus répondre aux questions des policiers en charge de l'enquête, et fus obligée de mentir, prétendant ne pas savoir comment cela avait pu arriver. Ils m'indiquèrent qu'un expert étudierait l'épave qu'était devenue la voiture d'Andrew pour déterminer s'il s'agissait d'un accident d'inattention provoqué par l'alcool ou d'un problème mécanique. Ils ne se doutaient pas que la cause était criminelle.

Quelques heures plus tard, Madison, Shane et moi prîmes un taxi, qui déposa mon amie en premier, puis nous amena jusqu'à mon appartement. Je fus étonnée quand il le laissa partir et m'accompagna jusqu'à ma porte. Il espérait certainement que je lui propose d'entrer, mais c'était hors de question. Après ce qui venait de se passer avec Andrew, toute personne qui s'approchait de moi était à mon avis potentiellement en danger. Surtout Shane, qui travaillait à la prison et donc à côté de Hayden Smith. Je n'osais imaginer ce qu'il serait capable de lui faire.

— Tu es sûre que tu ne veux pas que je reste avec toi ? me demanda-t-il une nouvelle fois.

— Shane, je suis désolée, mais j'aimerais être un peu seule.

J'avais peur qu'il se vexe, mais il parut bien prendre la situation. Il hocha la tête, s'avança certainement pour m'embrasser, mais colla finalement ses lèvres sur la joue que je lui tendis.

— Alors à lundi. Si tu as besoin de quoi que ce soit, sache que tu peux compter sur moi.

Et il partit. Shane semblait aux petits soins depuis que nous nous étions embrassés, ce qui m'étonna. J'avais pensé qu'il était plutôt un homme à femmes.

Je refermai la porte et fonçai prendre une longue douche brûlante. Je frottai le sang de mon meilleur ami qui m'avait collé à la peau, puis allai me faufiler dans mon lit en songeant aux événements de la soirée.

Je n'arrivais toujours pas à comprendre la réaction d'Andrew. Pourquoi s'était-il mis en colère en me voyant avec un autre homme ? Si lui avait ramené une fille, j'aurais été ravie pour lui. Alors pourquoi n'était-ce pas réciproque ? Qu'est-ce qui m'avait échappé ? Quoi qu'il en soit, il avait failli y passer par ma faute, et je me devais de prendre soin de lui.

Mes pensées dévièrent soudain sur Hayden Smith. Comment pouvait-il agir ainsi ? N'avait-il aucun sentiment ? Aucune émotion ? Aucune conscience ?

Je le détestais et mourais d'envie de venger mon meilleur ami.

Alors que l'épuisement me gagnait, l'idée saugrenue que j'avais envisagée plus tôt dans la soirée me revint à l'esprit. Faire évader Jake et lui permettre de retrouver une vie normale, loin d'ici… Était-ce possible ? C'était avant tout de la folie, mais l'amour pouvait parfois pousser à agir de manière totalement irraisonnée.

Il était l'heure pour moi de revoir ce psychopathe de Hayden Smith. Je m'apprêtais à faire face à celui qui avait failli m'enlever une des personnes auxquelles je tenais le plus.

Je savais que je devais rester calme, mais c'était trop difficile. Je voulais qu'il soit puni pour ses actes.

Quand il entra dans mon bureau que j'avais laissé ouvert – sans frapper, bien entendu – avec son sourire en coin, une violente envie de lui faire du mal me traversa.

— Alors, chaton, t'as reçu mon petit cadeau ?

Mon cœur accéléra sous l'effet de la colère. Je serrai les poings. Je devais contrôler la haine qu'il m'inspirait.

— Partez d'ici, lui ordonnai-je, agressivement.

Son sourire disparut, et il s'approcha de moi, faisant le tour du meuble qui nous séparait, comme la fois précédente. Dans un élan instinctif de protection, je sortis un couteau que je gardais caché au cas où dans mon sac à main, comme me l'avait conseillé Jake, et me levai précipitamment. Je le poussai contre le mur et plantai la lame juste à côté de son visage d'un mouvement contrôlé, abîmant la peinture. Il parut surpris.

J'étais si folle de rage que je savais qu'au moindre geste violent de sa part, le couteau finirait dans son corps si parfait.

Comme s'il essayait d'y lire quelque chose, il observa mes yeux un long moment.

— Tu n'es pas du tout celle que je croyais.

Ma respiration était toujours irrégulière. J'écoutais ce qu'il me disait sans vraiment comprendre.

— Tu as toi aussi tes petits secrets, j'en suis persuadé, dit-il en me toisant avec calme.

Soudain, la peur m'envahit. Il ne fallait pas qu'il se mette à fouiller dans mon passé. Sinon, j'étais fichue. Maintenant que j'envisageais de faire évader mon frère, il était hors de question que je me fasse renvoyer, il était hors de question que ce connard réduise mon projet à néant.

— Mes hommes m'ont dit n'avoir rien trouvé sur toi plus de trois ans en arrière.

Il allait réussir à me faire sortir de mes gonds, je le sentais. Je le détestais du plus profond de mon être.

— Alors, il ne me reste plus qu'à découvrir qui tu es, Adria Stevens. Et je n'aurai plus besoin d'essayer de tuer tes proches pour avoir ce que je veux.

C'était la goutte d'eau de trop. Obsédée par ma haine, je retirai le couteau et hésitai un instant à lui faire du mal. Il en profita pour me désarmer, et je me retrouvai à mon tour contre le mur, effrayée et à sa merci.

Hayden Smith me tenait fermement, son corps collé à moi, ses yeux vert sombre plongés dans les miens.

— C'est moi le maître du jeu ici. Tâche de t'en souvenir, mon chat.

Il jeta mon arme à terre et quitta la pièce sans se retourner.

Il aurait pu me tuer, mais il ne l'avait pas fait. Du moins, pour le moment.

Encore choquée et tétanisée par ce qu'il s'était passé, je me laissai glisser sur le sol. Ce détenu venait de me mettre hors de moi, il me perturbait bien plus qu'il ne l'aurait fallu.

Chapitre 7

J'avais beau réfléchir, je ne savais pas comment me sortir de ce pétrin. Si je décidais de me battre contre Hayden Smith, je risquais de tout perdre, et je mettrais mes proches en danger. S'il continuait de faire des recherches sur moi, il finirait par découvrir qui j'étais vraiment et mon lien familial avec Jake.

Au final, je n'avais d'autre choix que de céder si je voulais rester pour pouvoir aider mon frère et peut-être le faire sortir de prison. Je me forcerais donc à écrire des choses positives et à témoigner pour un criminel dépourvu de conscience, prêt à récidiver à la seconde où il serait libre. En acceptant ce travail, jamais je n'aurais pensé aller à ce point à l'encontre de mon éthique.

Shane m'avait appelée et cherchée toute la journée de lundi, mais je l'évitais au maximum, lui débitant des excuses improbables. Cette histoire avec Hayden m'avait perturbée. Je ne pouvais pas lui en parler ni prendre le risque de le mettre en danger.

Quant à Jake, il avait deviné que quelque chose n'allait pas. Il me jetait régulièrement des regards, comme pour essayer de comprendre pourquoi. Mon frère était très doué pour ça, il ne supportait pas l'idée qu'on puisse me faire du mal, surtout après ce qui était arrivé à notre sœur Hanna. S'il savait ce qui me passait par la tête…

Venir ici était un grand risque mais je l'avais pris, je devais donc en assumer toutes les conséquences, bien que la principale s'appelle Hayden Smith.

J'avais passé la nuit dernière à réfléchir, me retournant dans mon lit sans cesse pendant des heures. J'avais lu des dizaines d'articles concernant les évasions et même songé à regarder une nouvelle fois la série *Prison Break*. Pour le moment, je n'avais que de vagues pistes, et la sensation d'être devenue complètement folle.

Jamais je n'aurais pensé un jour vouloir transgresser la loi d'une façon irréversible. Étais-je réellement capable de faire une chose pareille ? L'idée d'abandonner ma petite vie tranquille me terrorisait, mais si c'était la seule solution pour que mon frère échappe à la peine de mort, j'étais prête à tout. L'un des problèmes majeurs serait certainement de convaincre le principal intéressé.

Nous n'étions qu'au début de la semaine. Pourtant, je n'avais qu'une envie, aller me recoucher. Cogiter à ce point m'épuisait.

Je marchais dans les longs couloirs d'un pas déterminé. J'avais refusé de recevoir Smith aujourd'hui, tout comme le jour précédent, prétendant être trop occupée avec d'autres patients et inquiète de leur état. Je préférais gagner un peu de temps avant de lui annoncer ma défaite. Je me sentais encore trop mal.

La veille, j'étais passée voir Andrew à l'hôpital. Il allait pouvoir sortir ce soir, et j'irais moi-même le chercher. Le rapport de l'expert était tombé, les freins avaient été trafiqués, les airbags aussi, la police menait désormais une enquête approfondie mais, faute de preuves, il se pourrait que l'affaire soit classée sans suite. Andrew n'était donc pas au courant que c'était à cause de moi qu'il avait failli mourir, et je ne comptais pas le lui dire. S'il l'apprenait, je craignais qu'il ne me le pardonne pas.

Quant à Shane, lorsqu'il me croisait, il ne m'adressait pas la parole ni ne me regardait. Il devait encore se demander pourquoi j'avais filtré ses nombreux appels depuis samedi. Un immense malaise s'était installé entre nous, et c'était mieux ainsi.

Alors que je buvais un jus de fruits en marchant dans les couloirs, ma télécommande d'alerte à la main en cas de problème, je fus violemment projetée contre le mur, renversant toute ma boisson sur mon chemisier rouge bordeaux et mon jean noir.

Quand j'ouvris les yeux en les clignant plusieurs fois, choquée, je me retrouvai face à mon pire cauchemar : Hayden Smith. Il me bloquait tout en secouant ma télécommande dans tous les sens devant mon visage.

— Mais vous êtes complètement malade ? criai-je, folle de rage.

Il plaqua la main sur ma bouche, m'effrayant davantage.

— Ferme-la un peu !

Il regarda plusieurs fois à gauche puis à droite, vérifiant que personne n'arrivait.

Malheureusement pour moi, ce couloir était très peu fréquenté en milieu d'après-midi, car il menait à la laverie. Je m'y étais rendue pour étudier les conduits d'aération, ou tout endroit qui pourrait m'aider à faire sortir mon frère de cet enfer.

Je levai les yeux vers le plafond pour y trouver des caméras. Lorsque j'en aperçus une, je soupirai de soulagement. J'allais être secourue, et il serait mis au trou pour m'avoir attaquée.

— Ne te réjouis pas trop vite, chaton. On n'est pas dans le champ de la caméra. À quelques centimètres près, c'est dommage ! me balança-t-il, d'un air moqueur.

Tandis qu'il esquissait un sourire en coin, à la fois terrorisant et diablement sexy, je le fusillai du regard. Ce mec était Satan en personne, ce n'était pas possible.

— Il n'y a que toi et moi, me murmura-t-il à l'oreille.

J'essayai désespérément de me défendre mais il me maintenait si fermement que je ne parvenais pas à me dégager. Son corps proche du mien, sa paume touchant mes lèvres et sa manière de me tenir comme s'il avait tous les droits me donnaient la nausée.

— Écoute-moi bien. Ici, on n'est pas dans un camp de vacances. Cet endroit renferme des mecs complètement cinglés.

Si je n'avais pas été bloquée, je lui aurais craché au visage un « Comme toi, par exemple, sombre abruti ! »

— Y'en a déjà qui disent des choses bien sales sur toi et aucun n'hésitera à te faire du mal, surtout ceux condamnés à rester ici à vie. Ils n'ont rien à perdre.

Je compris alors qu'il n'était pas du tout en train de m'attaquer. Se préoccupait-il de ma sécurité ? Mais pourquoi ? Avait-il déjà oublié que je l'avais menacé d'un couteau ? Ou me préparait-il un autre sale coup ?

— Et une émeute peut rapidement arriver.

Il retira doucement la main de ma bouche, comprenant que je n'allais plus chercher à hurler.

— Je peux savoir pourquoi vous me dites ça ? demandai-je enfin. Ça n'est pas votre problème !

Il me fixait droit dans les yeux, et cela me perturbait. Face à son regard perçant, j'avais envie de me cacher. Son souffle sur mon visage me donnait des frissons. Son effet sur moi était dévastateur.

— Tu dois faire attention. Je n'ai aucune envie d'être derrière ton p'tit cul toute la journée, ou du moins, pas de cette façon-là.

Je me sentis rougir, ce qui le fit sourire. C'était affreux à quel point je détestais ce mec et ce qu'il provoquait chez moi.

— Et pourquoi vous souciez-vous de ce qui pourrait m'arriver ?

— En réalité, je m'en tape. Mais t'es sûrement ma porte de sortie, hors de question que tu te fasses descendre avant que j'me casse d'ici.

Je ne savais plus si je devais me réjouir du fait qu'il ne tenterait pas de me tuer ou m'inquiéter de ce soudain intérêt qu'il me portait. Quoi qu'il en soit, il fallait que je me méfie de lui.

— Vous ne voulez pas simplement me foutre la paix ? lui suggérai-je, agressive.

— Sans moi, tu seras morte avant la fin du mois. Ou tu souhaiteras l'être. Alors, réjouis-toi de notre petit accord.

J'avalai difficilement ma salive. Je ne m'étais pas rendu compte que cet endroit pouvait être si dangereux. À moins que Smith essaye juste de me manipuler ?

— Je n'ai pas besoin de votre aide, répondis-je froidement. Il n'y a aucun accord entre nous.

Il leva les yeux au ciel, ne me cachant pas son agacement, tout en vérifiant que personne n'arrive.

— Déjà, arrête de me vouvoyer, j'ai pas soixante piges, putain. Ensuite, je ne me souviens pas t'avoir demandé ton avis.

J'étais en colère, je n'avais qu'un souhait, qu'un gardien nous surprenne pour qu'il soit réprimandé.

— Après ce que tu as fait à Andrew… Je ne risque pas de te faire confiance.

— Je n'ai aucune limite, mon chat, me coupa-t-il. Va falloir t'y faire. Et faire confiance à un criminel ferait de toi une personne complètement stupide.

Il me tendit ma télécommande, que je repris brutalement et serrai encore plus fort dans ma main, apeurée qu'on puisse à nouveau me la subtiliser.

— Tâche de faire plus attention.

Puis il partit devant moi, me laissant seule, encore choquée par ce simulacre d'agression.

Hayden Smith prétendait vouloir me protéger. Bon, c'était uniquement dans son propre intérêt, mais au moins, cela m'éviterait peut-être des ennuis avec d'autres détenus. Enfin, s'il disait la vérité…

Je soufflai, soulagée qu'il ne m'ait pas tuée ou même juste fait du mal.

Après m'être pressée de retourner dans mon bureau, je m'y enfermai. Mon frère devait passer d'ici quelques minutes. Il avait prétendu avoir besoin d'une visite médicale.

J'essayai de reprendre mes esprits avant son arrivée. Mais au fond de moi, j'étais paniquée. Cette conversation avec Smith, l'effet qu'il avait sur moi malgré ce qu'il avait fait à Andrew, le danger qu'il représentait…

Quand on frappa à ma porte, je me dépêchai d'aller ouvrir. C'était effectivement Jake, son regard était rempli d'inquiétude.

— Qu'est-ce qui se passe, Adria ?

À cet instant, j'eus une énorme envie de me confier à l'homme de ma vie, mon frère. La tentation de tout lui raconter me rongeait de l'intérieur.

— Rien du tout, pourquoi ? répondis-je le plus naturellement possible.

Son visage se crispa. Visiblement contrarié, il s'assit en face de moi et posa les mains sur le bureau.

— Je n'aime pas que tu me mentes.

Nerveuse, je m'enfonçai dans mon siège, j'aurais voulu ne pas avoir à affronter le regard pesant de Jake, qui me semblait pourtant bien moins impressionnant que celui de Hayden Smith.

— Il y a des bruits de couloir. Je parle très peu avec les gars les plus dangereux ici, mais ça n'empêche que certains de mes camarades entendent des choses.

Mon estomac se serra. Pouvait-il être au courant des menaces que Hayden m'avait mentionnées ?

— Il paraît que tu es devenue la protégée de Hayden Smith.

Je soufflai de soulagement. Je préférais qu'il aborde ce sujet plutôt que les menaces de viol ou de meurtre dont je serais l'objet selon Hayden.

— C'est totalement absurde, Jake ! Je ne le connais pas.

— Pourtant, lui semble te connaître. Il a assuré que le premier qu'il verrait te tourner autour y perdrait un membre.

Je déglutis difficilement. Hayden Smith était bel et bien sérieux. Bien entendu que Jake faisait partie des pseudo- menacés, étant donné qu'il ignorait notre lien de parenté. Même en venant me parler dans mon bureau, mon frère pourrait subir des représailles. La situation semblait empirer de jour en jour…

Désormais, un grand dilemme me faisait face : prendre le risque de dire toute la vérité à Hayden, ou prendre le risque de lui mentir.

Chapitre 8

J'avais réussi à convaincre Jake que je n'avais aucun rapport avec Hayden Smith, qu'il était juste mon patient et qu'il agissait certainement ainsi pour faire le malin.

J'étais venue ici pour me rapprocher de mon frère et je me retrouvais à devoir lui mentir et l'éviter pour noyer les soupçons de ce malade. Cet homme n'était clairement pas net. Même s'il me « protégeait » pour que je l'aide à sortir plus vite de cet endroit, je craignais qu'il ne me fasse disparaître dès sa remise en liberté. Après tout, j'étais victime de son chantage et donc un témoin potentiellement gênant pour lui.

Pour l'instant, ma seule option était de me taire et d'attendre. Mais j'allais devoir l'arrêter à un moment ou un autre.

Il était temps pour moi de rentrer à Orlando pour raccompagner Andrew chez lui. Je ne devais pas trop tarder.

Je me dépêchai de partir, passant par la grande salle des repas où les détenus patientaient pour aller chercher leur dîner. Ici, l'heure des repas était fixe, et pour le soir, c'était 18 h 30, l'heure à laquelle je finissais.

Shane était là, en train de parler avec d'autres gardiens, qui bien sûr m'observaient de la même manière que les détenus : comme un morceau de viande frais lors d'une immense famine. Je m'étais habituée à leurs regards pesants, et ils ne me perturbaient pratiquement plus. Sauf un seul, celui de Hayden Smith.

Tout en avançant pour sortir de la pièce, je croisai ses yeux vert sombre. Son visage n'affichait aucune expression particulière, mais il me contemplait avec attention.

J'avais cette horrible impression de n'avoir le droit à aucun faux pas. Je me doutais que mon frère assistait également à la scène, mais il m'était impossible de faire un signe, même le plus discret possible, qui pourrait éveiller les soupçons de Hayden. Il fallait qu'il continue de me considérer comme une simple infirmière. Et rien d'autre.

— Adria ? Tu m'entends ? me fit sursauter une voix grave.

Je me retrouvai face à Shane, qui avait dû profiter de mon allure lente pour m'accoster avant que je puisse prendre la fuite. Je sentais encore les yeux brûlants de Hayden dans mon dos. Cet homme avait un réel problème.

— Je crois qu'il faut qu'on parle.

Ce n'était clairement pas le moment d'avoir cette conversation, avec tous ces regards convergeant vers nous.

— Je… Je pense que ça peut attendre, non ?

J'espérais qu'il comprenne à quel point j'étais mal à l'aise à l'idée de faire ça ici et maintenant.

— Attendre quoi ? Tu ignores mes appels ! J'ai au moins le droit à une explication !

Il avait haussé le ton, et je priai intérieurement pour qu'il se taise.

— Je dois aller chercher Andrew à l'hôpital ce soir, mais on peut se voir demain ?

— Tu restes avec lui jusqu'à quelle heure ? J'aimerais te parler ce soir.

— Il a besoin de moi, Shane. Ce n'est vraiment pas le moment de le laisser pour te voir !

Il se mordit la lèvre et tourna la tête sur le côté quelques secondes, énervé.

— Si c'est parce qu'il y a un truc entre vous et que tu regrettes ce qui s'est passé entre toi et moi, tu n'as qu'à me le dire !

Si j'avais pu me terrer au fond d'un trou à ce moment précis, j'y aurais déjà été.

— Ça n'a rien à voir… S'il te plaît, accorde-moi jusqu'à demain soir.

Il parut réfléchir, puis un énorme bruit retentit, nous interrompant, suivi de cris et d'autres bruits de coups ou de personnes percutant le sol. Un groupe de détenus s'était mis en cercle, nous cachant ce qui se passait au milieu de tout ce soudain vacarme.

Shane jura et indiqua dans son talkie-walkie qu'il fallait faire intervenir d'autres gardiens et déclencher l'alarme générale. Je me sentis nerveuse, ne sachant où me placer, comment agir, même si un règlement était établi dans ces cas-là. Je devais rester à la vue des gardiens et ne pas m'isoler.

— Ne t'approche pas ! me lança Shane. Et ne t'éloigne pas, que je puisse garder un œil sur toi.

Telle une petite fille apeurée, j'acquiesçai, et il courut avec d'autres gardiens jusqu'au petit groupe. Des hommes armés arrivèrent aussitôt dans la grande salle, visiblement prêts à remettre de l'ordre dans la prison.

Stupéfaite de la rapidité des événements, j'observais la scène. Tout pouvait dégénérer très vite ici, Smith n'avait pas menti.

Écoutant les instructions des quelques gardiens, la plupart des détenus s'écartèrent jusqu'à se coller ventre au mur, les bras derrière la tête.

— Lawrence ! Lâche Eaton, tout de suite !

En entendant mon ancien nom de famille, je compris. Mon frère avait provoqué une bagarre.

Prise de panique, je me précipitai vers les deux détenus concernés, mais deux bras m'attrapèrent et me portèrent avant de me poser un peu plus loin.

— Qu'est-ce que je t'ai dit ? Putain, Adria !

Shane paraissait très énervé. Bien sûr, il ignorait que je venais d'apercevoir mon frère à demi allongé sur le sol, du sang coulant près de lui, menacé par des hommes armés. Il semblait souffrir le martyre tandis que le second prisonnier, bien qu'également amoché, n'avait pas l'air aussi mal en point.

— Ils ont besoin de soins !

— Ce n'est pas le moment !

Si je n'avais pas été sur mon lieu de travail, je lui aurais fichu mon poing dans la figure.

— Je me fous que ce soit le moment ou pas, je suis infirmière, et ces deux hommes ont besoin d'être soignés.

Je poussai Shane en lui donnant un coup de l'épaule et courus en direction de mon frère malgré les regards et murmures de certains gardiens autour, sûrement contrariés qu'une femme prenne des initiatives. S'ils avaient su à quel point je me fichais de leurs avis ! Je m'accroupis près de lui.

— Dis-moi où tu as mal, s'il te plaît…, chuchotai-je.

N'obtenant aucune réponse, je tentai de garder mon calme. Tout en enfilant la paire de gants que j'avais toujours sur moi, je demandai d'un ton ferme à un surveillant de ramasser tous les objets sur le sol pour éviter un nouvel incident, puis à un autre de m'aider à bouger mon frère de manière à le coucher sur le dos. Heureusement, ils obtempérèrent sans discuter.

Je tapotai sa jambe droite pour voir s'il saignait quelque part, mais rien. Puis je passai à la gauche et sentis un liquide chaud recouvrir rapidement mes mains, ce qui expliquait la tache déjà visible sur le sol. Mon cœur accéléra considérablement, il saignait abondamment.

— Allez me chercher une trousse de secours, vite ! criai-je.

Sa plaie était profonde et sur le côté de sa cuisse. Il me regarda d'un air désolé.

Affolée, je tentai de localiser où était l'objet tranchant qui lui avait fait une telle blessure, mais il n'était nulle part.

— Fouillez-le, il a certainement une arme quelconque sur lui, suggérai-je aux gardiens qui tenaient le détenu avec lequel mon frère s'était battu.

Surpris, ils s'exécutèrent aussitôt et trouvèrent sur lui une sorte de couteau improvisé avec un bout en métal taillé en une longue pointe. J'entendis le propriétaire de l'arme m'insulter mais j'étais fière de l'avoir démasqué.

On m'apporta la trousse de secours, et en levant la tête pour la prendre, je croisai les yeux de Hayden, qui m'observait de plus loin, parmi les détenus assis ne s'étant pas mêlés de la bagarre.

Je reportai mon attention sur mon frère, faisant pression sur sa plaie pour éviter qu'il ne perde trop de sang. Je m'occupai ensuite de lui faire un pansement compressif et, heureusement, le saignement s'arrêta.

M'asseyant sur le sol, je soupirai de soulagement.

— Est-ce que ça va ? lui demandai-je, camouflant mes émotions.

— J'ai un peu la tête qui tourne, mais sinon, oui.

Jake tentait de rester impassible, mais je savais qu'il était ravi que j'aie pu le soigner rapidement.

— On va les foutre au trou pour leur faire comprendre qu'ici personne ne se bat ! lança Shane.

Il était hors de question qu'on enferme mon frère dans une de ces pièces sombres sans la moindre lumière, pleine de cafards et puant l'humidité.

— Pas Lawrence, il a encore besoin de soins. Sa blessure nécessite d'être surveillée.

Shane fronça les sourcils, certainement contrarié de me voir braver son autorité une nouvelle fois.

De peur qu'il refuse ma demande, je m'approchai de lui et le pris à part.

— Je suis désolée si ce n'est pas dans vos habitudes, mais crois-moi, il doit être soigné, sinon sa blessure pourrait s'infecter ou se rouvrir.

Il réfléchit quelques secondes, puis son visage sembla s'adoucir. Il me sourit légèrement.

— C'est d'accord, mademoiselle Stevens.

— Merci, soufflai-je.

Retournant auprès de mon frère, je requis l'aide de deux gardiens pour l'emmener jusqu'à mon cabinet.

Une fois que nous y fûmes arrivés, ils le déposèrent sur mon divan d'examen. Je lui donnai un oreiller et une couverture que j'avais fait demander.

— Laissez-nous seuls quelques instants, je vais lui faire des points de suture.

Les gardiens hochèrent la tête avant de sortir.

— Nous sommes filmés sans le son alors parle, mais n'exprime rien, lui précisai-je en cherchant des calmants.

— D'accord.

Quelques secondes s'écoulèrent et alors que je m'occupais de lui, je ne pus m'empêcher de lui faire la morale. Il grimaça lorsque je commençai à recoudre sa peau.

— Pourquoi tu t'es battu ? Je ne comprends pas ce qui t'est passé par la tête !

— J'étais obligé.

— Comment ça, obligé ? Personne n'est obligé de régler ses différends par la violence ! m'indignai-je.

— Sauf quand ça te concerne toi.

Surprise, j'arrêtai ce que je faisais pour le regarder.

— Moi ?

Il semblait très en colère. Je n'avais pas pensé une seule seconde que je pouvais être la cause de cette bagarre.

— Ce connard a dit quelque chose que je n'ai pas supporté, je n'ai pas pu me contrôler.

Je compris alors que ce détenu armé avait dû rajouter un commentaire déplacé à mon sujet lors de ma discussion animée avec Shane.

Malgré moi, je n'étais plus énervée contre mon frère. Il venait de se prendre un coup de couteau pour défendre mon honneur. C'était affreusement bête, mais aussi une belle preuve d'amour.

— Écoute, Jake, on s'en fout de ce que disent les gens ! La grande majorité des prisonniers méritent d'être ici. Alors qu'est-ce qu'on en a à foutre de ce qu'ils pensent de moi ? Ça ne m'empêchera pas de dormir la nuit !

— Parce que toi, une fois que tu sors, ta vie continue. Moi, je reste ici, je les entends et je ne le supporte plus.

La peine que je discernai dans ses yeux me brisa le cœur. Je sus à cet instant qu'il fallait que je le fasse sortir au plus vite, que ce n'était plus une option mais une obligation.

Jake s'évaderait, et je me donnerais corps et âme pour l'y aider.

— Un jour, tu reprendras peut-être ta vie où tu l'as laissée, Jake.

— Ne dis pas n'importe quoi, on sait tous les deux que ma vie est foutue.

— Parfois, le destin peut nous surprendre.

Il me lança un regard interrogateur et inquiet, ne comprenant pas mes paroles.

Je terminai de prendre soin de lui et demandai aux gardiens de le surveiller cette nuit. S'il y avait le moindre problème, ils devaient l'emmener à l'hôpital et me contacter. Si mon frère ne bougeait pas trop, sa blessure devrait guérir, mais je préférais ne prendre aucun risque.

Je me dépêchai ensuite de partir, imaginant qu'Andrew devait m'attendre depuis un long moment.

Avant de démarrer, je consultai mon iPhone et y découvris une dizaine d'appels de mon meilleur ami. Ce fut la boule au ventre que je le contactai à mon tour.

— Adria ? Tu es toujours vivante ?

Son ton ironique me fit comprendre qu'il était bel et bien énervé.

— Je suis désolée, vraiment… J'ai eu un gros problème à la prison et je…

— Tu vas bien, au moins ? me coupa-t-il.

— Oui, je vais bien. Où es-tu ?

— Chez moi. Madi est venue me chercher, et elle vient de partir chez son nouveau gars. Enfin, si c'est vraiment un gars.

Je ne pus m'empêcher de rire. Andrew et moi avions beaucoup de doutes quant à l'orientation sexuelle de notre meilleure amie. Elle n'avait aucun mal à se vanter de ses conquêtes quand il s'agissait d'hommes, mais elle restait très discrète à propos de ses relations avec les femmes. Pourtant, nous étions persuadés qu'elle les préférait. Peut-être qu'un jour elle se sentirait prête à assumer.

— Je vais prendre des affaires chez moi et j'arrive.

Soulagée, je raccrochai et me pressai de rentrer.

Après avoir récupéré des vêtements de rechange, je roulai en direction de la coloc. Compte tenu de la fin de ma journée mouvementée, j'étais heureuse de passer la soirée avec Andrew.

Quand mon meilleur ami m'ouvrit sa porte d'entrée, il me fit un grand sourire en écartant son bras encore fonctionnel, je refermai derrière moi, puis me dépêchai de me réfugier contre son torse.

— Toi, t'as vraiment besoin de réconfort, on dirait. Qu'est-ce qui s'est passé à la prison ?

— Une bagarre, mon frère a été blessé, je me suis occupée de lui.

— Merde ! s'exclama Andrew. Il va bien ?

— Oui, ne t'en fais pas, ça ira.

Physiquement, du moins. Psychologiquement, c'était une autre histoire, mais je ne souhaitais pas parler de ça avec Andrew, sachant qu'à part l'évasion je ne voyais aucune autre option possible pour le sauver.

— On va se coucher ?

Je hochai la tête, et il m'emmena dans sa chambre. Nous nous installâmes tous les deux sur son lit, sous la couette. Je l'aidai, car faire les choses avec un seul bras était compliqué.

— Tu veux manger ou boire quelque chose avant de dormir ? me demanda-t-il soudain.

J'étais bien trop épuisée pour avaler quoi que ce soit.

— Non, merci, je veux juste dormir et oublier cette soirée de merde.

Il s'allongea correctement, et je me calai contre lui, en prenant soin de ne pas toucher son plâtre. Il éteignit la lampe et m'entoura de son bras encore valide.

Je me sentais vraiment bien, là, contre lui, avec l'impression d'être à l'abri de tout. J'avais toujours été indépendante et seule, mais je devais avouer que cette amitié fusionnelle m'avait souvent aidée à surmonter les moments difficiles. Andy était comme quelqu'un de ma famille, nous partagions beaucoup de choses ensemble, notamment les cours de boxe, et je ne renoncerais à lui pour rien au monde. Seulement, j'étais encore interloquée par son comportement envers Shane lors de la soirée avant son accident. Il faudrait que nous ayons une discussion à ce sujet. Mais pour le moment, j'avais juste besoin de repos.

— Fais de beaux rêves, murmura-t-il.

Il embrassa le haut de ma tête, et je me laissai sombrer dans un sommeil profond.

Chapitre 9

Le réveil fut difficile. J'avais l'impression que je venais à peine de fermer les yeux. J'avais encore trois jours à travailler avant d'être en week-end, cela me paraissait une éternité.

Andrew n'était plus dans le lit. Je me levai rapidement, puis me précipitai dans la salle de bains pour me passer un peu d'eau sur le visage afin de me réveiller et me brosser les dents. Ma tête fatiguée n'allait tromper personne.

À mon entrée dans la cuisine, je souris en voyant un café prêt accompagné de deux tartines.

— Je me suis dit que tu aurais faim, vu que tu n'as rien mangé hier !

Je m'approchai de mon meilleur ami pour le prendre dans mes bras et le remerciai, touchée par cette attention. L'inconvénient lorsqu'on vivait seule, c'était de ne compter que sur soi-même.

— Arrête de te fatiguer comme ça, c'est moi qui devrais m'occuper de toi, lui lançai-je.

— T'inquiète pas pour moi, Adria. Je suis en vacances forcées pour un bon moment, alors autant en profiter ! La clinique ne veut plus entendre parler de moi tant que je ne serai pas rétabli ! Et pourtant, je sais qu'ils manquent de personnel… D'ailleurs, si jamais tu souhaites changer de travail…

Il prit place en face de moi, l'air calme et serein, buvant aussi son café tandis que je faisais non de la tête.

Andrew adorait bouger, il ne s'ennuyait jamais. Je savais qu'être en arrêt de travail et ne plus pouvoir boxer pour les prochaines semaines l'embêtait plus qu'autre chose. Malheureusement, avec son bras dans le plâtre, il n'avait pas le choix.

Soudain, la porte claqua, et nous pûmes apercevoir Madison, la mine aussi fatiguée que moi.

— Oh ! Adi ! Tu vas bien ?

Elle me serra contre elle et s'installa à côté de moi, en bout de table.

— Alors ça y est, on vit ensemble, donc je n'ai plus le droit à un câlin du matin ? fit semblant de pleurnicher Andrew.

Madison leva les yeux au ciel et se déplaça pour lui donner un baiser sur la joue avant de se rasseoir. Je ne pus m'empêcher de sourire.

— On est un vieux couple, que veux-tu ? continua Andrew. Tu veux un café, Madi ?

— Ne bouge pas, le handicapé. Je vais me servir toute seule.

Andrew lui fit un doigt d'honneur, et j'éclatai de rire. J'enviais parfois leur proximité et la douce routine qui s'était installée entre eux.

Après avoir déjeuné, je me dépêchai de me préparer pour ne pas arriver en retard. Si Andrew était en arrêt maladie, Madison ne voyait pas de patient aujourd'hui.

J'étais enfin prête à partir, habillée d'un jean slim foncé, d'un chemisier blanc long et fluide et de baskets de la même couleur. Mes cheveux étaient coiffés en une jolie tresse plaquée faite par les soins de Madi, et je m'étais légèrement maquillée.

— Tu reviens ce soir ? m'interrogea Andrew.

— Je ne sais pas, je dois voir quelqu'un, répondis-je en restant sciemment vague tout en enfilant ma veste en jean.

— Ah bon, qui ça ?

Bien que n'ayant aucune envie de me justifier, je savais que si Andrew devinait que je parlais de Shane, j'allais y être obligée. Il n'avait pas l'air de le porter dans son cœur.

— Rho, mais fous-lui donc la paix, un peu ! s'exclama fort heureusement Madison. Elle est majeure et vaccinée, elle peut bien se faire sauter par qui elle veut !

— Madi ! criai-je, à la fois choquée et amusée.

— Je plaisante ! Qu'est-ce que vous êtes chiants, vous deux !

— Bon, j'y vais ! enchaînai-je pour clore la discussion. Je vous envoie un message si je passe.

Je leur lançai un baiser et me dépêchai de sortir de l'appartement, gardant en tête que je devrais très prochainement parler avec Andrew.

Cette nuit auprès de mon meilleur ami m'avait permis de réaliser que j'avais besoin de tendresse et d'amour dans ma vie. N'avoir personne à qui confier mes faiblesses était usant. Je rêvais parfois de me laisser aller dans les bras d'un homme sans avoir à me soucier de quoi que ce soit. J'avais beau prétendre être une femme forte et indépendante, je souffrais de solitude depuis trop longtemps.

Mais faire confiance m'était impossible. Je ne voulais pas m'attacher ni qu'on s'attache à moi. Même si j'avais encore moi-même du mal à le réaliser, je serais bientôt une fugitive, ou une détenue, et personne ne méritait d'avoir ce genre de vie.

Peut-être qu'un jour, moi aussi, j'aurais le droit à mon conte de fées ? Bien sûr, j'étais ridicule, j'en avais totalement conscience. Nous n'étions pas dans un film où un beau prince charmant allait me venir en aide. J'étais seule, le seul homme de ma vie était et resterait mon frère.

Après mes trois quarts d'heure de route habituels, j'arrivai enfin à la prison. Sachant que je devrais affronter Shane, qui semblait déterminé à me prendre la tête, je redoutais déjà ma journée. Pourtant, notre entrevue serait aussi pour moi l'occasion d'en apprendre davantage sur l'affaire de cette évasion étouffée par la prison.

Aujourd'hui, c'était la journée des visites et des appels, comme tous les mercredis. Beaucoup de détenus s'étaient donc rasés et avaient lavé leurs vêtements. Certains semblaient nerveux à l'idée de voir des membres de leur famille.

Quand j'arrivais à mon cabinet, mon frère était encore là, surveillé par deux matons froids comme la glace.

— Tout s'est bien passé cette nuit ?

— Oui, mademoiselle Stevens, répondit le plus grand. Aucune complication.

Je hochai la tête, cachant au maximum mon soulagement, les remerciai et les congédiai.

Une fois seule avec mon frère, je le réveillai sans montrer aucun signe d'affection à la caméra. Heureusement qu'elle n'enregistrait que les images, sinon nous aurions été grillés depuis longtemps.

Il ouvrit doucement les paupières, puis sourit en m'apercevant. Je lui fis les gros yeux pour lui rappeler où nous étions, et il adopta aussitôt une expression impassible.

— Comment tu te sens ? l'interrogeai-je en retirant son bandage.

— J'ai mal à la jambe, mais sinon ça va.

— C'est normal, tu auras mal encore un bon moment. Je t'enlèverai tes points de suture d'ici quelque temps.

— Merci, petite sœur.

Je ne pus m'empêcher de sourire à mon tour, aussi discrètement que possible. J'étais heureuse d'avoir pu l'aider.

— Je t'aime, Jake. Alors ne me fais plus peur comme ça, s'il te plaît.

Il hocha simplement la tête, et je terminai ses soins en désinfectant sa blessure et en renouvelant son bandage.

— Tu peux y aller, déclarai-je ensuite.

— Ce n'est pas le jour des visites aujourd'hui ?

— Jake, personne ne doit savoir pour nous… Il faut que tu partes.

— Je sais, Adria. Fais attention à toi. Je ne supporte pas la façon dont Smith te regarde.

Il s'en alla sans se retourner, avec difficulté à cause de sa jambe, et je me retrouvai seule dans mon cabinet. S'il était au courant de la vérité pour Hayden Smith, il deviendrait certainement fou…

À midi, j'avais préféré manger dans mon bureau plutôt que face à Shane et à proximité des détenus. Même si j'avais du mal à l'admettre et faisais tout pour me convaincre du contraire, tous ces regards masculins restaient finalement assez intimidants pour moi.

À 15 heures, en plein pendant les visites, j'étais descendue dans la grande salle des repas pour me prendre un café. J'étais épuisée par tout ce qui me passait par la tête, et la journée était loin d'être terminée. En effet, je n'avais pas encore eu mon rendez-vous avec Hayden Smith, celui que je redoutais le plus.

Sur le chemin, pour retourner à mon bureau, près de la salle des visites, je lâchai mon café face à la scène se déroulant devant moi. Hayden parlait avec l'homme qui m'avait remis le mot de son psychopathe d'ami le soir de l'accident d'Andrew. Une profonde haine s'empara de moi.

Tous deux me fixèrent un long moment sans rien dire. Le sourire en coin de Hayden me donna envie de lui en foutre une, et son clin d'œil me fit sortir de mes gonds. Déterminée, je commençai à marcher vers lui et vis l'amusement céder la place à la colère sur son visage.

Malheureusement, avant que je puisse faire plus de trois pas, Shane apparut devant moi.

— Adria, tu es sûre que ça va ?

Croisant ses yeux inquiets, je réalisai à quel point mon comportement était absurde.

— Oui, je suis désolée. Je suis très maladroite, je vais aller chercher de quoi nettoyer.

L'heure de mon rendez-vous avec Hayden Smith avait sonné. Je n'avais aucune envie de lui parler ni de le voir. Ce mec était un danger public. Je n'avais aucune confiance en lui. Il prétendait que nous avions un accord – que je n'avais bien sûr pas accepté – alors que c'était lui qui tenait les rênes.

On toqua à ma porte. Je m'attendais à affronter Smith, mais il s'agissait de Shane.

— Je peux te parler ?

Il était en train de me sauver d'une confrontation avec mon ennemi, et cela m'arrangeait parfaitement.

— Bien sûr.

Après avoir refermé derrière lui, il vint s'installer face à moi.

— Ton comportement tout à l'heure, il était vraiment étrange…

— J'étais juste dégoûtée d'avoir fait tomber mon café, me justifiai-je du mieux que je le pus.

— Si tu as des problèmes ici, tu peux me le dire, Adria. Même si tu m'évites d'un point de vue personnel, je reste ton collègue.

Devais-je lui avouer qu'un prisonnier me menaçait ? Que l'accident d'Andrew avait été causé par ses hommes ? Si je le faisais, c'était sûr et certain que les choses s'envenimeraient et que je devrais quitter mon travail.

— Je t'assure que tout va bien, Shane.

Alors qu'il m'observait, quelqu'un frappa à la porte, puis pénétra dans la pièce sans même attendre mon accord.

— Smith ? Qui t'a permis d'entrer ? s'énerva Shane. T'es pas chez toi ici !

Lasse, je fermai les yeux quelques secondes et m'imaginai déjà les reproches que cet abruti de Hayden me ferait par la suite.

— J'ai rendez-vous, annonça-t-il froidement.

— Je n'en ai rien à foutre, on est occupés, rétorqua Shane. Va attendre ailleurs.

Hayden se contenta de me lancer un regard noir et partit en claquant la porte.

— Je me méfie de lui. C'est certainement le plus mauvais et le plus manipulateur des gars enfermés ici. Plusieurs détenus sont soudain décédés après un conflit avec lui. Ce mec attire la mort.

J'écoutais Shane avec attention, réalisant que c'était la réalité. Sauf qu'il n'attirait pas la mort, il la provoquait.

Et il allait se venger de ce petit numéro que Shane lui avait joué. Cette idée me terrorisait d'avance.

Chapitre 10

Après le départ de Shane, Hayden n'était pas revenu dans mon bureau. Il avait dû se lasser d'attendre. Je me sentais à la fois soulagée de ne pas le voir, et nerveuse à l'idée qu'il puisse se venger sur mon collègue.

Je devais rejoindre Shane ce soir, dans un petit bar d'Orlando. J'appréhendais cette entrevue, je ne voulais pas pour autant que Smith s'en prenne à lui.

Alors que je l'attendais, assise au bar avec un mojito, il arriva au loin avec une démarche assurée, il respirait la confiance en lui. Il esquissa un sourire en coin, sûrement satisfait de me voir l'observer, puis embrassa ma joue avant de s'installer à côté de moi. Son parfum poivré caressa mes narines.

— Cette robe te va à merveille, Adria.

Son regard brûlant sur mes cuisses découvertes me mit mal à l'aise. J'avais enfilé une petite robe prune courte mais relativement simple.

— Merci, Shane.

Je préférai ne pas lui retourner son compliment afin qu'il ne se fasse pas d'idées.

Il prit un cocktail et me lança son regard le plus séducteur. Bien qu'il ne m'intéresse pas, j'allais me permettre de jouer une seule et unique fois avec lui afin d'en apprendre plus sur la prison.

— Comment va Andrew ? demanda-t-il, me sortant de mes pensées.

À la mention du prénom de mon meilleur ami, je redescendis sur terre d'un coup.

— Il va mieux, Dieu merci.

Il hocha la tête. Nous parlâmes ensuite de tout et de rien, riant de bon cœur. Shane était quelqu'un de drôle. Quand j'estimai le moment propice, je commençai à lui poser quelques questions ciblées sur la prison, sans omettre de lui adresser des sourires charmeurs. Son tabouret était maintenant collé au mien, son jean touchant ma cuisse. Cela me mettait mal à l'aise, mais je ne protestai pas et l'incitai à boire un peu plus afin qu'il se détende.

— Je trouve ça fou qu'il soit possible de s'évader d'une prison comme celle-ci ! Elle me paraît si… sécurisée…

— Tu sais, me répondit Shane avec un air sérieux, aucun lieu n'est sans faille. Ce ne sont que des murs et des barrières, une erreur de notre part peut coûter cher. Nous manquons de personnel, même si nous essayons de le cacher.

— Je vois, ajoutai-je en hochant doucement la tête.

— C'est pour ça qu'on doit être méfiant, et ne jamais leur accorder de faveur.

— Comment ont-ils procédé, ceux qui avaient réussi ?

Shane but une longue gorgée de son cocktail, puis commença à me raconter l'histoire, les yeux dans le vide.

— C'était mes premiers mois à la prison. Ils m'ont fait croire qu'ils étaient bons, alors je l'ai joué à la cool avec eux, l'un a réussi à me subtiliser quelques-unes de mes clés discrètement, sans que je m'en rende compte. Pendant la nuit, ils ont donc pu ouvrir leurs cellules lors d'un changement de gardiens. Ils ont assommé les nouveaux et leur ont pris leurs uniformes. Après ça, ils sont parvenus à sortir, mais, heureusement, l'alarme a été déclenchée et ils ont été rattrapés juste après. Ces abrutis s'étaient cachés dans des arbres de la forêt.

Après une série de cocktails et d'informations utiles pour moi, nous décidâmes de rentrer. J'étais venue en voiture alors que Shane vivait à côté du bar.

— Tu devrais dormir chez moi cette nuit, me proposa-t-il d'une voix assurée, c'est plus prudent.

Après que je l'avais séduit toute la soirée, c'était hors de question, il allait forcément se faire des idées.

— Je ne sais pas, je…

— Tu as trop bu pour conduire, ma belle. Et ça me ferait très plaisir de passer la nuit à tes côtés.

Je me rendis compte que son comportement avait changé. Il me regardait comme un prédateur. J'étais maintenant persuadée qu'il ne souhaitait rien de sérieux, et dans un sens, c'était mieux ainsi. Mais je n'appréciais pas qu'il me croie naïve au point d'accepter de me rendre chez lui sans ciller. Pouvais-je vraiment lui en vouloir après avoir joué avec lui tout au long de la soirée ?

— Tu sais, je suis une personne plutôt compliquée, lui déclarai-je.

Il se mit à rire. Je m'attendais à tout sauf à cette réaction.

— Tu dis ça à un mec qui travaille en prison !

Vu comme ça, effectivement… S'il savait la vérité, il me ferait sûrement arrêter tout de suite. Et je pouvais le comprendre car même moi, je me serais jetée en prison. Ou bien peut-être dans un asile.

— Lâche-toi un peu, dit-il d'un ton détaché.

Avant que j'aie le temps de répondre quoi que ce soit, sa main se posa à l'arrière de ma nuque et il tenta de m'embrasser brusquement.

Dans un réflexe inattendu, je me reculai et le repoussai, les sourcils froncés. Contrariée, je préférai pourtant ne rien montrer, ne souhaitant pas me le mettre à dos.

— Je ne peux pas faire ça, m'expliquai-je.

— Et je peux savoir pourquoi ?

Je pouvais sentir à quel point ma réaction l'énervait, et c'était compréhensible, elle était en totale contradiction avec mon attitude lors de la soirée.

— Avec Andrew, c'est compliqué, inventai-je.

Il m'observa un instant, l'air dubitatif. Je regardai ailleurs, de peur qu'il puisse lire sur mon visage que je mentais.

— Tu sais, ajouta-t-il, sa main se posant sur ma cuisse, le fait que tu sois en couple ou autre ne me dérange pas. Je ne suis pas du genre jaloux, et il n'est pas obligé de savoir.

J'avais donc raison, cet abruti ne souhaitait rien de plus qu'une aventure sans prise de tête entre collègues.

— C'est non, répondis-je d'un ton agacé en retirant sa main. Je suis désolée.

Cette fois-ci, il se leva, en colère. J'ignorais comment le calmer, mais de toute façon, je ne comptais pas aller plus loin avec lui.

— Tu te fous vraiment de ma gueule ! Et je déteste ça, me balança-t-il avant de quitter le bar sous mon regard ébahi.

J'étais presque arrivée en retard au travail. Ayant finalement dormi chez Andrew et Madison, après avoir bu un verre en leur compagnie, j'avais dû rentrer chez moi prendre une douche et enfiler des vêtements propres, en l'occurrence une combinaison noire à manches courtes et une paire de baskets beiges.

Je redoutais un peu de revoir Shane. Quand il m'aperçut, il me fit signe de le suivre jusqu'au grillage de la cour des prisonniers. J'étais nerveuse à l'idée qu'il me prenne encore la tête.

— Je m'excuse pour hier soir, déclara-t-il, j'ai été un peu trop… direct.

Smith était là, il nous observait attentivement au loin. Sa manie de me fixer était sûrement sa manière à lui de me déstabiliser. Et cela fonctionnait à merveille et m'agaçait au plus haut point.

— Adria ?

Je me rendis compte que je n'écoutais plus mon collègue depuis plusieurs secondes.

— Oui ? l'interrogeai-je innocemment.

— Je te demandais si tu voulais passer l'éponge sur hier et qu'on remette ça ce soir.

Il se foutait de moi ?

— Je dois voir Andrew, mentis-je, réprimant l'envie de le gifler, et je pense qu'on devrait éviter de refaire ce genre de soirée ensemble.

Je reculai légèrement afin qu'il comprenne qu'il n'avait aucune chance, que notre relation resterait celle de deux collègues.

Il se crispa, mais je fis mine de ne rien remarquer.

— Dommage, soupira-t-il. On aurait pu bien s'amuser.

Je jetai discrètement un coup d'œil vers Hayden Smith, qui ne nous lâchait pas du regard. Ce criminel avait vraiment un problème. Bon, en même temps, il n'était pas emprisonné ici par hasard.

Alors que j'étais repartie dans mes pensées, Shane se racla la gorge.

— Ton attitude n'est pas très logique, la dernière fois, on s'est embrassés, hier tu me fais comprendre que tu apprécies notre rapprochement, et dès que les choses se concrétisent, tu fais marche arrière ?

— Shane, s'il te plaît… On est collègues, je t'apprécie, mais il ne se passera rien de plus entre nous.

— C'est un peu facile de m'allumer et après de faire la fille distante.

Il me regarda de travers et s'en alla, à mon grand soulagement.

L'après-midi arriva rapidement, j'attendais mon frère d'ici une heure. Quant à mon rendez-vous avec Smith, il était censé avoir lieu dans deux heures, et je priais pour qu'il ne vienne pas, comme la veille. J'étais tellement remontée contre lui que je savais d'ores et déjà que la confrontation se passerait mal.

Quand la porte de mon bureau s'ouvrit d'un coup, je sursautai, avant de soupirer en apercevant celui qui se tenait devant moi, Hayden Smith, bien entendu, avec un sourire en coin qui n'annonçait rien de bon.

— Sors de mon bureau, espèce de connard ! m'exclamai-je en me levant, hors de moi, regrettant aussitôt de l'avoir insulté.

Mais au lieu de la colère, je discernai de la malice dans son regard. Quelque chose m'échappait.

— Tu es sûre de vouloir me défier, Lawrence ?

Mon cœur rata un battement. Il savait. Oh ! mon Dieu, il était au courant ! Personne ne m'avait plus appelée ainsi depuis tant d'années…

Je me collai dos contre le mur à ma droite et baissai la tête, les mains massant mes tempes. Ce psychopathe avait percé mes secrets, il allait faire de moi sa marionnette.

Il s'approcha dangereusement, transgressant à nouveau les règles. Comparée à la mienne, sa stature imposante ne faisait que montrer un peu plus à quel point il avait l'avantage. Et pourtant, je n'étais pas petite.

— Oh ! mais ne t'en fais pas, mon chat. Je ne compte pas te balancer, si c'est ce que tu crains.

Tout en parlant, il prit une mèche de mes cheveux et la fit tourner autour de son doigt, me provoquant des frissons, alors que je me demandais si j'avais bien compris ses paroles.

Chapitre 11

Mon cœur battant la chamade, je me perdis dans le vert de ses yeux. J'étais désormais à sa merci, obligée d'admettre ma défaite. Il avait essayé de tuer Andrew, alors pourquoi aurait-il le moindre scrupule à me faire chanter ? J'avais envie de me cacher, de pleurer, de crier. Je haïssais cet homme qui me gâchait la vie.

Son corps était toujours presque collé au mien, et je sentais à quel point il aimait m'intimider ainsi.

— Et si maintenant tu m'expliquais un peu ? me demanda-t-il avec assurance, une mèche de mes cheveux toujours dans la main.

Je ne voyais d'autre alternative que de lui confier pourquoi j'étais venue travailler dans la prison où mon frère se trouvait incarcéré.

— Très bien, soupirai-je.

Mais je ne pouvais pas parler normalement alors que son souffle percutait mon visage. Notre proximité me rendait bien trop mal à l'aise.

Semblant le comprendre, il se décala pour s'asseoir dans le fauteuil en face de mon bureau, affichant toujours son sourire carnassier. Quant à moi, je repris place sur le mien en essayant de calmer ma respiration.

Il m'encouragea à commencer mon récit d'un petit signe du menton. Je décidai de ne lui avouer qu'une partie de la vérité. Après tout, comment pourrait-il le deviner le reste ? Je n'avais même pas eu l'intention de faire sortir Jake d'ici jusqu'à récemment et j'avais moi-même encore du mal à m'y faire.

— Mon frère a été incarcéré pour meurtre et condamné à

perpétuité. Sa présence me manquait, alors j'ai voulu venir ici pour passer du temps avec…

— Et si on oubliait l'épisode où tu me baratines n'importe quoi ? me coupa-t-il, le visage dénué de toute émotion.

Je ne pensais pas qu'il devinerait si facilement que je ne lui disais pas tout, je me sentais totalement démunie face à lui.

— Pour faire court, j'ai déjà fait parler des hommes entraînés pour résister aux pires tortures. Alors, mieux vaut que les prochains mots qui sortiront de ta bouche soient la vérité, mon chat. Je sais que la peine de mort lui pend au nez, et je t'ai assez observée pour avoir compris que tu cherches des issues pour qu'il puisse s'échapper.

Déglutissant difficilement, je lui lançai mon regard le plus noir. Il n'était clairement pas inclus dans mes plans d'évasion, je n'avais plus qu'à espérer qu'il soit d'accord avec moi et non pas contre moi. Je détestais l'idée de devoir lui faire confiance, mais je n'avais pas vraiment le choix.

— Je compte faire évader mon frère, avouai-je à regret, les larmes aux yeux.

Pour la première fois depuis que Smith avait commencé à me rendre visite dans mon bureau, j'eus l'impression de l'intéresser. Surpris, il leva légèrement les sourcils.

— T'as conscience que la sécurité est rude, ici ?

Je soupirai. Je me doutais bien que tout ne serait pas si simple. Je me contentai donc de hausser les épaules, espérant qu'il considérerait que j'étais ridicule et s'en irait.

— Quel est ton plan ? m'interrogea-t-il avec sérieux.

Sa curiosité n'annonçait rien de bon.

— Pour commencer, trouver un moyen de le faire sortir. Ensuite, mettre mon plan à exécution, puis on passera la frontière mexicaine avec les faux papiers que je compte me procurer. De là-bas, on rejoindra l'Europe, là où personne ne nous cherchera.

Hayden rit. Mon potentiel plan paraissait-il donc si mauvais pour qu'il s'en moque à ce point ?

— J'ai d'abord cru à quelque chose de crédible, jusqu'au coup de la frontière mexicaine, pouffa-t-il. T'as aucun plan, en fait.

Je levai les yeux au ciel et m'avachis dans mon fauteuil. Il n'avait pas tort, mon pseudo-plan était bancal et plein de failles.

— Tout ce que tu vas réussir à faire, chaton, c'est te faire attraper, ton frère se fera buter et tu seras jetée en prison par la même occasion.

Je baissai les yeux. J'avais envisagé cette éventualité, je ne pouvais pas le nier, elle m'empêchait même de dormir le soir. Je savais parfaitement que je risquais de passer le reste de mes jours en prison, loin de Jake, c'était pour cette raison que je prenais mon temps pour bien réfléchir à chaque détail.

— Je suis définitivement ton seul espoir de réussir, soupira-t-il.

Étonnée, je relevai la tête vers lui et fronçai les sourcils. Ses pupilles sombres me fixaient avec une malice effrayante. Il avait une idée et semblait déterminé à la mettre à exécution.

— Si tu te débrouilles pour nous faire sortir d'ici, ton frère et moi, je t'assure que je m'occupe de nous faire disparaître dès qu'on aura franchi les murs de la prison.

— Qui me dit que tu ne vas pas nous descendre dès qu'on sera sortis ? raillai-je, ne le prenant pas vraiment au sérieux.

— Premièrement, je suis un homme de parole. Deuxièmement, deux coups de feu nous feraient repérer, ce ne serait pas dans mon intérêt.

— Et après, tu pourrais très bien nous exécuter une fois qu'on sera loin ?

— Mon chat, soit tu me fais confiance, soit tu peux dire adieu à ta future vie de fugitive.

Alors, il était sérieux... Comment savoir quelle était la bonne décision ? Et surtout, avais-je vraiment le choix ? Je me retrouvais au pied du mur. Bien que sa voix soit enivrante, j'avais parfaitement conscience qu'il était en train de me faire chanter. Que me restait-il à faire, mis à part pactiser avec le diable ?

— Qu'est-ce qui te fait croire que je peux vous faire sortir d'ici ?

Un sourire machiavélique apparut sur ses lèvres parfaitement dessinées, et je compris qu'il savourait sa victoire, ce qui me fit frissonner.

— Avec mon aide, tout sera plus simple. Mais on n'aura qu'une seule chance.

Je hochai la tête, réalisant que Hayden Smith était désormais mon complice. L'appréhension m'envahit. J'allais le faire échapper lui aussi, et même devoir rester avec ce malade en dehors de ces murs, où plus rien ne me protégerait de lui.

— Alors, comme ça, tu te tapes l'autre débile de maton ?

Je sursautai en entendant sa question. Non mais ce mec ne manquait franchement pas d'air.

— Ça ne te regarde pas ! rétorquai-je.

Fronçant les sourcils, il posa ses mains tatouées de signes et de lettres étranges sur mon bureau et se pencha vers moi.

— Désormais, on fait partie de la même équipe, chérie, alors tout ce qui te concerne me concerne aussi.

Son ton menaçant ne me plaisait pas du tout.

— Il ne se passe rien avec Shane, si tu veux tout savoir. Je me suis juste rapprochée de lui pour obtenir des infos sur la prison.

Un petit rictus se forma au coin de ses lèvres, et il se leva de son fauteuil, prêt à quitter la pièce.

— Tu ferais mieux de tout arrêter maintenant, avant qu'il ne se mêle de ce qui ne le regarde pas. Les infos, on les aura autrement.

Je soupirai. Il avait raison, s'il avait effectivement un moyen d'obtenir les renseignements dont nous avions besoin, il valait mieux que je m'éloigne de Shane. Pour autant, il était hors de question que je l'admette devant lui.

Avant qu'il passe la porte, je me décidai à lui avouer une dernière chose.

— Jake n'est pas au courant que je veux le faire évader. Et il ne doit pas l'être pour le moment.

Hayden se remit à sourire et partit, sans me répondre. Je supposai qu'il ne dirait rien. Enfin, je l'espérais.

Dès le lendemain, comme convenu, Smith et moi nous concentrâmes sur nos idées pour l'évasion. J'avais beaucoup de mal à l'admettre, mais il n'était pas toujours imbuvable.

— Faut qu'on ait les plans de la prison, m'annonça-t-il.

— Ils sont dans le bureau de Tanner, l'informai-je. Il me les a montrés à mon arrivée.

— Va falloir que tu te débrouilles pour les obtenir !

J'écarquillai les yeux, surprise qu'il croie que je puisse me les procurer facilement.

— Tu es une femme intelligente, tu y arriveras.

Un compliment de la part de Hayden Smith ? Étais-je en train de rêver ? Ou me disait-il ça pour clore la discussion et ne pas me laisser le choix ? Cette dernière option me parut la plus probable.

Il se leva de son fauteuil, réfléchissant aux solutions qui s'offraient à nous tandis que je restais assise. J'avais parfois du mal à me concentrer, faire équipe avec un criminel de son envergure continuait de me perturber. Plus je passais de temps avec lui, plus mon ressenti vis-à-vis de lui m'inquiétait.

Alors que je sortais de mes pensées, je ne vis plus Smith dans mon champ de vision. Avant que je puisse réagir, je me retrouvai coincée entre mon siège et un avant-bras musclé m'étranglant sans m'épargner. Cela ne dura heureusement qu'un quart de seconde. Lorsqu'il me relâcha, je me retournai, choquée et apeurée par cette violence aussi soudaine.

— Mais tu es malade ? criai-je en me frottant le cou.

— Va falloir que tu te montres beaucoup plus méfiante, répliqua-t-il, impassible. Je ne vais pas te le répéter tous les jours.

Je compris qu'il voulait juste tester mes réflexes au cas où un autre détenu déciderait de s'en prendre à moi.

— Je n'agis pas pareil avec les autres ! le grondai-je.

Il se pencha vers moi, le sourire au coin des lèvres, appuyant ses mains sur mes accoudoirs. Mon souffle s'accéléra considérablement.

— Ah oui ? Dois-je comprendre que tu as confiance en moi ?

— Même pas en rêve !

— Je n'en attendais pas moins de toi, Lawrence.

Il se redressa, me permettant enfin de reprendre une respiration normale. Je détestais qu'il s'amuse de cette situation incongrue.

— Bref. Pour le plan, je pense qu'il faudra déclencher une émeute. Plus les gardiens sont occupés, moins ils feront attention à nous.

Je hochai la tête, d'accord avec ce qu'il affirmait.

— Pour la suite de l'évasion, je me charge de tout. J'aurai des complices à la sortie et ils nous emmèneront en sécurité jusqu'à mon domaine, très loin d'ici.

L'idée de quitter la Floride avec lui provoquait en moi de la crainte mêlée à une étrange excitation.

— Ce qu'il faut, c'est trouver le moyen de sortir, et pour ça, on a besoin des plans.

Une semaine passa. J'avais pu faire semblant d'effectuer des séances de thérapie avec Hayden, alors qu'en vérité nous préparions tranquillement notre future évasion. C'était plutôt casse-tête, mais j'appréciais que nous puissions collaborer sans qu'il me tape sur le système à chaque seconde.

Shane et moi, c'était compliqué. Nous ne nous voyions plus que dans le contexte professionnel, et il me jetait uniquement des regards noirs.

Andrew allait mieux, même si son bras était encore dans un gros plâtre, qu'il décrivait comme lourd, encombrant et handicapant pour se gratter. J'avais passé beaucoup de temps avec lui ces derniers jours, riant et mangeant n'importe quoi. J'avais juste besoin de mon ami pour me changer les idées et mettre de côté quelques instants l'angoisse quant au tournant qu'allait prendre ma vie. Je lui avais d'ailleurs demandé de s'expliquer sur ses réactions, mais, chaque fois, il avait préféré couper court à la conversation ou l'avait détournée.

Madison nous évitait et s'absentait régulièrement pour « retrouver une nouvelle amie », disait-elle. Je la soupçonnais d'avoir débuté une relation avec une femme. Peut-être qu'un jour, elle l'assumerait pleinement et nous en parlerait.

Je venais de fermer mon bureau à clé pour quitter la prison quand une alarme retentit. Je fronçai les sourcils tandis que l'angoisse me prenait au ventre.

En cette fin d'après-midi avait eu lieu la fouille des cellules. Lors de ces occasions, les détenus s'agitaient souvent, et cela finissait en bagarre. Était-ce le cas ? Mon frère serait-il à nouveau blessé ?

J'entendis des cris, puis des objets se briser. Une émeute avait dû éclater.

Tremblante, je cherchai mes clés dans mon sac pour m'enfermer le temps de m'assurer que tout allait bien.

Quand je les dénichai enfin, je soupirai. Je m'apprêtais à ouvrir la porte de mon cabinet lorsqu'une grande main se posa dessus et m'empêcha de la tirer, la peur me fit lâcher mon trousseau.

Je sursautai et me tournai instantanément, pour me retrouver face à un détenu d'une quarantaine d'années, imposant et musclé. Condamné pour viol, il avait l'interdiction de m'approcher. Terrorisée, je déglutis difficilement. Il me regardait tel un prédateur, l'excitation dilatant ses pupilles.

— N'aie pas peur, beauté. Derrick va bien s'occuper de toi.

Cherchant ma télécommande d'urgence, je me mis aussitôt à hurler, mais il jeta mon sac à travers la petite salle d'attente et plaqua sa grande main sur ma bouche tout en m'assenant un violent coup de poing dans la joue.

Chapitre 12

Le choc m'assomma, je tombai sur le sol. Reprenant rapidement mes esprits, je réussis à lui échapper en lui donnant des coups de pied et attrapai le petit couteau que je gardais dans mon sac en cas d'urgence. Je le lui enfonçai dans le bras de toutes mes forces en fermant les yeux, ce qui le fit hurler de douleur. J'avais besoin d'aide, et tout de suite. Mais si je criais, qu'est-ce qui m'assurait qu'un autre détenu n'allait pas faire son entrée afin de participer à mon agression ?

Le menaçant de mon arme, j'allai récupérer mon sac. Je devais m'enfermer dans mon bureau et activer cette maudite alarme, c'était ma seule issue. J'essayai ensuite de localiser mes clés.

— C'est ça que tu cherches ? me demanda-t-il en riant, faisant danser mon trousseau dans sa main.

Je gardai mon couteau pointé sur lui, priant intérieurement pour que cela suffise à le tenir loin de moi.

— Tu crois que ça va m'arrêter ? m'indiqua-t-il d'un rire diabolique. Mais, chérie, c'est pas ce pitoyable couteau à beurre qui va me faire peur.

Paniquée comme jamais, je tentai de m'enfuir en direction du couloir, mais il me rattrapa. Je lâchai de nouveau mon sac tandis qu'il me plaquait contre la porte, provoquant un énorme fracas. Il voulut m'asséner un deuxième coup dans la mâchoire ; heureusement pour moi, je parvins à l'éviter en me débattant.

Alors qu'il comptait vraisemblablement me frapper à nouveau, ce qui pourrait me faire perdre connaissance, il fut brusquement tiré en arrière et jeté à terre. Je hoquetai de surprise en réalisant que Hayden se trouvait face à moi, les yeux noirs de colère.

— J'avais pourtant été clair, cracha-t-il. Personne ne la touche.

Il le roua de plusieurs coups de pied tandis que mon agresseur gémissait de douleur sur le sol. Je retenais mon souffle, encore sous le choc.

Mon nouvel allié observa quelques instants autour de lui et se saisit de mon couteau sous mes yeux ébahis. Et s'il me trahissait ? S'il me tuait ?

— Regarde ailleurs, m'ordonna-t-il.

J'étais incapable de lui obéir. Mes craintes se dissipèrent quand il s'approcha du détenu à terre, s'agenouilla, souleva sa tête et l'égorgea sans la moindre once d'émotion, avec mon couteau bien plus tranchant que ce malade l'avait prétendu. Je ne parvenais pas à y croire ! Je n'avais jamais eu peur du sang ni des cadavres, mais voir un homme se faire assassiner sous mes yeux ne m'était jamais arrivé.

Traumatisée par la scène à laquelle je venais d'assister, je mis les mains devant ma bouche et commençai à pleurer toutes les larmes de mon corps, le souffle court. Hayden lâcha l'arme du crime et laissa Derrick se vider de son sang.

Il s'approcha de moi, prit mon menton et observa longuement mon visage avant de grimacer.

— Ce fils de pute ne t'a pas ratée.

Je le regardais avec incrédulité alors qu'il continuait à me fixer.

— Ce qui vient de se passer va sûrement compromettre notre plan, enchaîna-t-il. Mais ça en valait la peine.

Il me relâcha tandis que je ne pouvais détourner les yeux de lui.

— Au fait, leur pitoyable tentative d'évasion de débutant a échoué. Plus personne ne viendra t'emmerder. Je me charge de ton frère, termina-t-il en chuchotant.

Il enjamba celui qu'il avait tué de sang-froid et s'en alla, me laissant seule avec ce mort à côté de moi, alors que je n'avais qu'un désir, qu'il reste près de moi, malgré ce qu'il avait fait.

Je tombai sur le sol, mes jambes ne me tenant plus. J'avais tant besoin de voir Jake, de m'assurer qu'il allait bien, mais Hayden l'empêcherait de venir, j'en étais convaincue. Il savait qu'il risquait de nous faire démasquer ou de passer pour un détenu qui voudrait me faire du mal. Les caméras de la salle d'attente de mon cabinet allaient déjà révéler le meurtre de Hayden, et tout cela n'annonçait rien de bon.

— Adria !

Une voix que je reconnus parfaitement résonna dans mes oreilles. Shane…

— Oh ! mon Dieu…

Je levai les yeux vers lui, son regard oscilla entre mon visage et le cadavre de l'homme face à moi.

— Qu'est-ce qui s'est passé ? demandai-je enfin d'un ton apeuré.

— Un groupe de détenus a réussi à faire pirater les caméras de surveillance grâce à des contacts extérieurs, elles étaient donc toutes éteintes. Ensuite, quelques-uns d'entre eux ont tenté de s'échapper en s'en prenant aux gardiens et en s'emparant d'une de leurs armes, ce qui a créé une émeute.

Par conséquent, rien n'avait été filmé. Donc seules deux personnes savaient ce qui s'était déroulé ici. Hayden Smith et moi. Étrangement, cette idée me soulageait.

— Et toi, qu'est-ce qui s'est passé, Adria ? m'interrogea-t-il, choqué par le cadavre à un mètre de ses pieds.

J'observai à nouveau la scène et réalisai que je m'apprêtais à faire quelque chose dont je ne me serais jamais sentie capable.

Shane m'aida à me relever. Ensuite, il s'assura que le détenu était bien mort, il vérifia son pouls, puis il contacta d'autres collègues avec son talkie-walkie afin qu'ils viennent se débarrasser du corps et nettoyer les dégâts. Pendant ce temps, j'en profitai pour ramasser l'arme et l'essuyai contre mon haut pour effacer les empreintes de Hayden. Je frottai mes mains dessus, me retenant de vomir, pour y laisser mon ADN, puis la reposai près du mort.

— Je vais t'apporter de la glace pour ta joue, mais j'ai besoin de savoir ce qui s'est passé précisément.

Deux heures s'écoulèrent, personne ne devait sortir de la prison. J'avais raconté ma version des faits à Shane, qui l'avait ensuite rapportée à nos supérieurs. La police était arrivée et avait questionné plusieurs employés et détenus. Étant donné mon implication dans un meurtre, mon interrogatoire avait été le plus long. Heureusement, ils n'avaient pas douté de ma parole. L'enquête allait donc sûrement être classée sans suite. Il était tard, j'étais épuisée, blessée, marquée par ce qui venait de se passer. Je voulais juste retrouver mon lit et dormir.

Malheureusement, une grande réunion devait se dérouler dans l'immense cafétéria et aucun employé n'avait pu quitter les lieux avant d'y avoir participé.

Je m'y rendis, la veste noire de Shane sur le dos. Je tremblais de froid, sûrement à cause du contrecoup. J'étais debout à côté de lui, le directeur ainsi que les matons. Une quinzaine de surveillants se tenaient droits, prêts à intervenir si nécessaire. Aucun détenu n'oserait broncher.

Je reconnus rapidement mon frère, sur le rang de devant, près de Hayden. Tous deux me regardaient, les poings serrés. Smith paraissait en colère, bien qu'il essaie de le cacher. Sans doute songeait-il que le meurtre dont il était coupable allait lui coûter très cher.

M. Tanner fit signe à son neveu de parler.

— Ce qui s'est passé ce soir est une honte, bande de lâches ! Vous allez payer cette tentative d'évasion ! Plus personne ne sortira de sa cellule pendant le mois à venir, suis-je clair ? Vous mangerez à l'intérieur, vous ne ferez pas de sport, ne recevrez aucune visite, vous n'aurez aucun des avantages que vous pouvez avoir habituellement.

J'eus un pincement au cœur en réalisant que Jake subirait aussi cette punition.

— Trois gardiens sont à l'hôpital, dont un très gravement blessé. Mais le pire, c'est que l'un de vous s'en est pris physiquement à Mlle Stevens.

Il y eut quelques messes basses. Beaucoup se demandaient certainement où était passé Derrick.

— Si la question est où est le connard qui a essayé de lui faire du mal, eh bien, il est mort. Elle n'est pas aussi vulnérable que beaucoup le croient, et elle a dû le tuer pour se protéger. C'est un acte de légitime défense sur son lieu de travail, elle n'est pas responsable, et si elle le souhaite, elle continuera d'exercer son emploi.

Je tâchai de ne pas montrer à quel point cette scène macabre m'avait traumatisée et gardai mon regard droit devant moi. Jake semblait offusqué par ce qu'il venait d'entendre, ses yeux sortant quasiment de leurs orbites, et Hayden fronçait les sourcils. Il ne devait pas comprendre pourquoi je ne l'avais pas dénoncé, mais c'était ce qu'il m'avait paru le plus logique à faire. Autrement, il aurait eu d'énormes ennuis et le fait qu'il m'ait sauvée aurait soulevé des interrogations. Mais en plaidant coupable, je me crédibilisais auprès de M. Tanner et des prisonniers.

— J'espère que vous avez retenu la leçon. Aucun d'entre vous ne partira d'ici en s'évadant. Jamais.

Tout en gardant une expression neutre, je fixais Hayden Smith, qui me retournait mon regard. Nous savions tous les deux que nous allions leur prouver le contraire. Mais après l'échec de cette émeute et ses conséquences, j'étais bien plus effrayée par ce qui nous attendait. Tout pouvait dégénérer trop vite.

Malgré l'insistance de Shane pour me ramener chez moi, j'avais préféré conduire. Je ne voulais plus parler de cet incident. Je ne me sentais plus du tout à l'aise avec lui, il était bien trop lunatique.

Une fois arrivée à Orlando, à plus de 22 h 30, je pris la direction de la colocation de mes amis au lieu de mon appartement. Je n'avais aucune envie de rester seule ce soir, pas après la journée que j'avais vécue.

Je ne les avais pas prévenus de ma venue, mais je savais qu'ils m'accueilleraient volontiers. Nous passions beaucoup de temps ensemble ces derniers jours, et ils avaient l'habitude de me voir débarquer.

Quand je sonnai, la porte s'ouvrit rapidement. En observant mon visage tuméfié au niveau de ma joue gauche, mon meilleur ami perdit aussitôt son sourire.

— Bordel, Adria ! Mais qu'est-ce qui t'est arrivé ?

— Je peux dormir ici, ce soir ?

Je ne reconnus même pas ma propre voix. J'avais probablement l'air d'une femme battue totalement désespérée.

Lorsqu'il s'écarta du passage, j'entrai et me rendis directement dans la salle de bains, sous la douche. Je me déshabillai et laissai couler l'eau chaude sur mon corps tremblant. Je ne pus m'empêcher de fondre en larmes, fatiguée, choquée et attristée à l'idée que mon frère vive un enfer durant un long mois. Malgré moi, j'eus une pensée pour Hayden aussi. Cette soirée avait été de loin l'une des pires de ma vie.

À ma sortie de la petite pièce, je me permis de fouiller dans les affaires d'Andrew et lui empruntai un T-shirt à l'effigie d'un groupe de rock. Ensuite, je partis voler une culotte noire, assez simple, à ma meilleure amie encore absente. Je pris le temps de relever mes cheveux en un chignon mal fait et rejoignis le lit d'Andrew.

Il arriva à son tour dans la chambre, seulement vêtu d'un jogging, et éteignit toutes les lumières pour venir s'engouffrer sous la couverture avec moi.

— Tu vas enfin me dire ce qui s'est passé, Adi ?

Je soupirai. Épuisée, je voulais oublier cette horrible soirée.

— Je ne veux pas en parler…

Il comprit, comme toujours, mais se crispa, visiblement inquiet. Malgré tout, il me tira vers lui et me serra très fort contre son corps.

Je réussis à m'endormir, bien que l'image de Hayden égorgeant un homme pour me sauver continue de me hanter…

Chapitre 13

Quelquefois, la vie pouvait nous réserver bien des surprises. Dès que nous avions le malheur de croire qu'elle était bien faite, un événement nous rappelait que tout pouvait basculer du jour au lendemain. C'était ce qui m'était arrivé le jour où ma sœur avait été tuée sous les coups de celui qu'elle aimait. Cela s'était également produit quand mon frère avait pris la décision d'assassiner cet homme. Et c'était le cas maintenant que je faisais équipe avec un criminel aussi beau que dangereux.

Un long, très long mois était passé. Aucun détenu n'avait eu le droit au moindre privilège à cause de la tentative d'évasion que quelques-uns avaient menée. Ils avaient dû rester enfermés dans leur cellule.

La police ne m'avait posé que quelques questions supplémentaires sur la mort de Derrick après mon premier entretien avec eux. Tout le monde considérait que c'était un cas de légitime défense et que, de toute façon, son décès soulagerait les maux de beaucoup de victimes. Pour eux, j'étais une héroïne plus qu'une tueuse, bien que je n'aie aucun mérite dans cette histoire.

Depuis le soir où j'étais rentrée blessée, Andrew s'inquiétait sans arrêt pour moi. Au vu de mon comportement, je pouvais le comprendre. Ce moment sordide repassait encore en boucle dans ma tête. Je m'étais considérablement renfermée. C'était peut-être ma façon de ne pas craquer, de ne pas céder à mes peurs. Je n'étais pas le genre de personne à pleurnicher devant les gens.

J'avais préféré m'isoler dans mes entraînements de boxe avec Joe, fier de me voir progresser alors que j'extériorisais juste mes émotions.

Pendant ce long mois, je m'étais beaucoup ennuyée au travail. Mes journées s'étaient résumées à me promener dans une prison vide, traiter des détenus ayant besoin de soins quotidiens, boire des cafés, parler avec mes collègues et, bien entendu, faire du repérage. Ce bâtiment était un véritable château fort, s'enfuir ne serait pas du tout facile.

Mais, heureusement, ce mois n'avait pas été totalement vain. J'avais pu photographier les plans de la prison. Au cours d'un entretien dans son bureau, Tanner m'avait raconté sa jeunesse avec passion et nostalgie. J'avais fait semblant de m'intéresser à lui et alors qu'il était parti nous chercher deux cafés dans la salle de pause quelques pièces plus loin, j'avais fouillé et immortalisé les plans à l'aide de mon smartphone.

J'avais également remarqué certains éléments importants : la sortie se situant au niveau de l'arrière de l'aile droite ne faisait pas partie du champ de vision des miradors. À cause du manque de personnel dû à un budget très limité, dès qu'il se passait quelque chose du type émeute, tous se ruaient vers les détenus, et le reste de la prison était quelque peu laissé à l'abandon.

Il fallait donc, à mon avis, se focaliser sur le pôle des bureaux et de l'administration. Beaucoup d'employés étaient en contrat à temps partiel et ne se trouvaient pas dans les locaux en permanence. J'avais pu remarquer, lors de mon enquête, que le mercredi était un jour creux. Tanner était presque toujours là, mais la plupart des bureaux restaient vides. Mon patron m'avait appris au détour d'une conversation qu'en cas d'alerte, deux gardiens se devaient de surveiller son bureau et l'aile droite.

Je n'avais pas pu parler à Jake une seule fois depuis l'incident, ni à Hayden. Mais aujourd'hui, les punitions étaient levées, et tout devrait s'arranger, enfin !

Le matin, j'arrivai en avance. Les détenus ayant un emploi avaient pu le reprendre, d'autres faisaient du sport, discutaient entre eux, fumaient discrètement dans la cour… Je fis le tour en espérant tomber sur mon frère, mais ce ne fut pas le cas. Je décidai donc de retourner dans mon bureau pour attendre, passant par le fameux couloir mal surveillé.

— Salut, mon chat.

Je sursautai en entendant dans mon dos la voix rauque de Hayden Smith. Ses yeux d'un vert transperçant me fixaient avec intensité.

— Je… je n'ai pas eu le temps de le faire la dernière fois, alors… Merci.

J'avais beau le détester pour ce qu'il avait fait à Andrew, je devais admettre que, sans lui, Dieu seul savait ce qui me serait arrivé. C'était plus qu'étrange, cette sensation de haïr quelqu'un tout en lui étant plus que reconnaissant. Apparemment, tout était possible avec ce criminel.

— De rien.

Visiblement étonné, il n'ajouta rien.

Je pensais me retrouver face à un homme anéanti d'avoir été isolé pendant un mois, mais ce n'était pas le cas, il semblait toujours aussi impassible et détaché de tout. Malgré mes compétences en psychologie, déchiffrer ses émotions s'avérait très compliqué.

Je priais intérieurement pour que mon frère soit dans le même état d'esprit. Trop de détenus paraissaient fragilisés psychologiquement par cette longue période d'enfermement presque total. D'ailleurs, les demandes de rendez-vous n'avaient jamais été si fortes.

— Je peux savoir pourquoi tu me regardes comme ça, Adria ?

L'entendre m'appeler ainsi me réveilla instantanément. Dans sa bouche, cela semblait d'un étrange naturel.

— Je ne te regardais pas ! m'empressai-je de me justifier.

Il sourit, apparemment amusé par la situation.

— Non, tu me dévorais des yeux, chaton.

Je soupirai et voulus continuer ma route, mais il me bloqua le passage, avec toujours ce même sourire ravageur collé au visage.

— Ne me dis pas que je t'ai manqué ?

Je n'aurais su expliquer pourquoi, mais mon cœur s'était mis à battre plus fort et plus vite. Un trouble s'était insinué en moi…

— Smith, dégage de là !

L'intervention de Shane me sauva. Tandis qu'il serrait déjà les poings, je pus enfin détourner mon regard de celui de Hayden, à la fois soulagée et frustrée.

Shane s'approcha et se positionna à côté de moi, passant son bras autour de mes épaules, à mon grand désespoir.

— Je n'aime pas trop que tu colles Mlle Stevens dès la levée de l'isolement général, dit-il à Hayden d'un air de défi.

Il semblait presque jaloux de l'attention que je lui accordais. C'était absurde ! Nous parlions d'un détenu, pas de n'importe qui.

— Je suis un patient de Mlle Stevens, rétorqua Smith. Si je l'importune, elle n'a qu'à me le dire.

Hayden cherchait mon regard mais je ne voulais plus croiser le sien. Il s'était imposé dans ma vie, et me rendre compte que ça ne me gênait plus autant qu'avant me criblait de honte.

— Smith ne me dérange pas, Shane. Ne t'en fais pas.

Mon collègue sembla vexé que j'aille dans le sens de Hayden. Mais, sachant ce dernier plutôt susceptible, je n'avais vraiment pas envie de le contrarier.

— On se voit pour notre rendez-vous, Hayden, déclarai-je en le laissant avec Shane.

Décidant de ne pas attendre sa réponse, je repartis à la recherche de mon frère. Je pus tout de même entendre son « J'ai hâte. » Énerver Shane devait certainement l'amuser.

Dans la cafétéria, je repérai enfin Jake. Le regard dans le vide, il paraissait complètement éteint. Le voir ainsi me déchira le cœur, surtout qu'il m'était impossible de le réconforter. Pas ici, et pas maintenant.

Seul à une table au fond, il tripotait nerveusement un bout de papier. Je décidai de m'approcher discrètement. Je savais qu'on allait me remarquer et si on me posait des questions, je répondrais que je m'inquiétais juste pour la santé mentale de ce prisonnier que je devrais suivre attentivement suite à cet enfermement d'un mois.

Je n'aimais pas spécialement me promener au milieu des détenus, mais je me répétais que les pires se trouvaient dans un étage spécial et très strict. Pourtant, j'avais tout de même affaire à des trafiquants, tueurs, violeurs… Cette pensée me fit frissonner, et je décidai de me focaliser sur mon grand frère, qui avait plus que jamais besoin de moi.

— Jake ?

Il releva doucement ses yeux vers moi, et la tristesse que j'y discernai me déboussola totalement.

— Adria…

— Qu'est-ce que tu as ? Qu'est-ce qui se passe ? insistai-je, inquiète.

Smith s'assit à la table à côté. Même s'il faisait semblant d'être concentré sur un livre qu'il avait trouvé je ne savais où, je le soupçonnais d'écouter notre conversation.

Il devait vraiment se montrer attentif, car avec les caméras accrochées au mur, nous ne pouvions pas parler fort. Bien que le son soit très mauvais à cause de la vétusté du système de vidéosurveillance, nous étions malheureusement quand même enregistrés, contrairement à dans mon bureau, et devions faire preuve de discrétion.

— Il faut que tu te planques, Adria. Fais tes valises et quitte le pays !

Sous l'effet de la surprise, j'écarquillai les yeux. Mon frère avait décidément perdu la tête lors de son isolement.

Avant de lui répondre, je vérifiai qu'aucun gardien ne se trouvait autour.

— Mais enfin, tu délires, Jake ! murmurai-je.

Il se passa les mains sur le visage puis attendit quelques secondes avant de me regarder, dans tous ses états.

— Ils vont te retrouver, Adi ! Ils veulent t'assassiner pour venger ce fils de pute d'Ethan McCartney !

J'appuyai les mains sur la table pour ne pas m'écrouler. Des gens dangereux voulaient me tuer à l'extérieur… Comment la situation avait-elle pu partir autant en vrille ? C'était impossible ! Ce n'était pas le moment du tout !

Malheureusement pour nous, Harry McCartney, le père d'Ethan McCartney, autrement dit l'assassin de ma grande sœur, était un très riche homme d'affaires baignant dans la politique. Il avait déjà trempé dans de nombreux scandales étouffés par son argent, qui était très certainement aussi sale que lui.

— Pourquoi maintenant ? Et pourquoi moi ?

— Parce qu'il doit trouver que la peine de mort n'est pas assez douloureuse pour me punir.

Le problème était qu'il avait aimé son fils unique et futur héritier plus que tout, avant que mon frère ne lui ôte la vie. C'était pour cela que McCartney se donnait corps et âme pour que Jake soit exécuté. Et maintenant que son objectif se rapprochait dangereusement, il s'était visiblement rendu compte que ça ne lui suffisait plus. Quel genre de monstre était-il ? Lui qui avait perdu son fils, il voulait infliger la mort de leurs trois enfants à mes parents ? Aux yeux de la justice, Jake avait des circonstances atténuantes lorsqu'il avait commis son crime, il avait agi à cause de « sa peine ». La préméditation avait été prouvée, il avait donc été condamné à la perpétuité. Mais la peine de mort était immorale et n'était pas adaptée à ce cas-là, le juge le savait. La justice ferait-elle le poids face à l'argent ?

— Alors il veut te faire payer en s'en prenant à moi, compris-je.

Mon frère hocha la tête et la laissa tomber entre ses mains. Il était au plus mal et, au vu des événements, je n'avais aucun moyen de le réconforter. J'étais moi-même terrorisée par ce qui m'attendait.

J'attrapai le bout de papier froissé qui semblait tant l'obséder pour le lire.

T'as face à toi des gens puissants et déterminés, prêts à tout pour te détruire, petite merde. Puisque je vais enfin réussir à te faire disparaître, on va s'occuper de ta sœur avant, la seule qu'il te reste. Ce qu'a vécu Hanna ne sera rien comparé à ce que vivra Adria. On la trouvera.

Ton cher ami, H.MC.

Choquée, je me laissai tomber sur la chaise. Comment cet homme pouvait-il être si mauvais ?

Je me sentais affreusement mal. Avec les ressources à sa disposition, il n'aurait aucune difficulté à me pister. Peut-être que ce soir il serait déjà devant mon appartement.

— Rentre maintenant, fais tes valises et pars le plus loin possible.

J'étais coincée, totalement démunie. Que pouvais-je répondre ?

— Elle n'ira nulle part, annonça une voix rauque que je ne connaissais désormais que trop bien.

Mon frère leva ses yeux à la fois meurtriers et surpris vers Hayden, qui prit place à notre table, le regard sombre comme jamais.

Chapitre 14

Jake toisa Hayden le plus méchamment possible.

— Dégage, Smith. Je t'ai déjà dit que je ne voulais pas de ta merde.

Je compris alors qu'il parlait de drogue et fusillai moi aussi Hayden du regard. Pour une fois, celui-ci resta sérieux.

— Je ne suis pas là pour ça. Je t'ai juste dit que ta sœur ne partira pas.

Cette fois-ci, Jake écarquilla les yeux. Il venait de réaliser que Hayden était au courant pour notre lien de parenté. Les yeux pleins d'interrogations et de soupçons, il nous observa à tour de rôle.

— Elle ne sera pas plus en sécurité ailleurs, je connais très bien McCartney, ce n'est pas une frontière qui va l'arrêter.

Je fronçai les sourcils. Hayden connaissait McCartney ?

Jake semblait désemparé et dans l'incompréhension la plus totale.

— La seule chose qu'elle peut faire, c'est disparaître.

— Il faut qu'il sache, mon chat, déclara Hayden.

Mon frère ne dut pas apprécier ce surnom, car son regard s'assombrit encore plus.

— Qu'est-ce que vous me cachez ? nous demanda-t-il d'un ton énervé même s'il continuait de chuchoter. Et depuis quand vous vous connaissez si bien ?

Gênée, je baissai les yeux. Comment pouvais-je tout résumer à mon frère en quelques secondes sans qu'il devienne fou ?

Hayden se racla la gorge.

— Elle est peut-être venue pour passer du temps avec toi, mais elle a de nouveaux projets te concernant, Lawrence.

Mon frère m'interrogea du regard, visiblement perdu.

Je m'apprêtais à lui fournir des explications quand un autre détenu débarqua de nulle part. Se penchant sur la table, il nous observa, il avait un œil de verre.

— Moi aussi, je veux me joindre à vous et parler avec notre magnifique infirmière.

Son allure était effrayante. Ses dents noires et ses nombreuses cicatrices montraient à quel point il s'était négligé. Bien qu'il semble avoir la trentaine, j'étais persuadée qu'il était en fait plus jeune que ça.

— Barre-toi de là avant que je ne perde patience, Faker.

La voix de Hayden me surprit tellement elle était autoritaire et froide. J'avais de plus en plus tendance à oublier à quel point il était dangereux. Mais le moment où il avait égorgé mon agresseur repassa dans ma tête, me rappelant à qui j'avais affaire.

— T'es pas cool, Smith ! grogna le fameux Faker. Toujours à garder le meilleur pour toi.

Il y eut un petit silence, jusqu'à ce que mon frère se redresse brusquement.

— Il n'est pas le seul à s'impatienter, le menaça-t-il avec hargne.

Haussant les sourcils, Faker nous observa à tour de rôle et recula, les mains levées pour nous montrer qu'il n'insistait pas.

— J'ignorais qu'elle avait ses propres gardes du corps ! On se voit plus tard alors, chérie.

Puis il partit, nous laissant tous les trois, ce dont je fus soulagée. Je n'avais aucune envie d'une nouvelle bagarre ou de problèmes qui pourraient porter l'attention sur nous.

En croisant les yeux inquisiteurs de Shane, qui se tenait à quelques mètres, les bras croisés sur le torse, je soupirai. Il ne devait pas comprendre que je reste avec deux détenus pendant de si longues minutes.

— Écoutez, Shane nous observe. Il va se douter de quelque chose si je ne m'éloigne pas.

Hayden jeta un regard meurtrier à mon collègue.

— Ce mec est un vrai con.

Je levai les yeux au ciel et me redressai doucement, tentant de garder un visage impassible. Hayden détestait Shane, de toute évidence.

— Hayden, explique notre plan à Jake, lui indiquai-je. Et toi, Jake, on se voit à ton rendez-vous, je t'expliquerai le reste.

Mon frère ne semblait pas du tout content que je parte. Le fait que je fasse équipe avec Hayden Smith ne devait pas l'avoir rassuré. Et je pouvais parfaitement le comprendre.

Je les quittai tous les deux pour rejoindre mon bureau. Une fois à l'intérieur, je me laissai tomber sur mon siège. Comment Jake allait-il prendre la nouvelle ? Et s'il refusait ? J'étais allée trop loin pour renoncer maintenant.

Je vivais désormais sous la menace. Des hommes chercheraient à me retrouver et à m'assassiner. Je savais me défendre mais ça ne serait jamais suffisant. S'ils étaient des tueurs expérimentés, j'étais fichue.

Shane entra en trombe dans mon bureau, me faisant sursauter. Je faillis renverser mon café sur mon chemisier gris.

— Je peux savoir à quoi tu joues ? me cria-t-il dessus.

Je ne m'étais pas attendue à tant de colère. Mais sans doute avais-je abusé en m'asseyant à une table avec deux détenus.

— Pourquoi tu copines avec l'ennemi ? continua-t-il en posant les mains sur le bois de mon bureau et se penchant vers moi.

— Calme-toi, Shane. Ce sont deux patients. Ils sont restés un mois enfermés, je m'assurais de leur santé mentale.

— Mais avant tout, ce sont des mecs dangereux ! Des tueurs même ! On s'en tape qu'ils aillent mal.

Je m'emportai à mon tour.

— Mais ils ne m'ont jamais rien fait ! Ni même menacée !

— Smith te guette comme si t'étais sa chose, je déteste ça ! Il le fait pour me faire chier et contrer mon autorité.

Sa réaction était donc liée à une question de fierté. Cela me rassura qu'il ne se préoccupe pas de mon frère pour le moment.

Je réalisai que j'avais eu tort de jouer avec Shane. Certes, il était au début très gentil, mais il avait un sérieux complexe d'infériorité.

— Tu hallucines, rétorquai-je pour qu'il le comprenne. Je fais juste mon travail. Et puis fiche-moi un peu la paix !

Son regard furieux ne m'impressionna pas. Depuis que j'avais été confrontée à celui de Smith, plus rien ne me faisait peur.

— Tu me prends vraiment pour un con, Adria.

— Pas du tout, tu es juste… trop… là ? dis-je calmement pour éviter de le blesser davantage.

Son expression m'indiqua qu'il n'appréciait pas du tout ma remarque.

— J'ai besoin d'air, Shane ! Et que tu me laisses faire mon boulot.

— Très bien. Je vais te foutre la paix. Pas la peine de revenir quand tu auras changé d'avis.

Et il partit en claquant la porte. Je m'en voulais d'avoir été si dure avec lui, mais c'était mieux ainsi, il allait me laisser tranquille un bon moment. D'autant que j'avais mieux à faire que de m'occuper de ses états d'âme, ma priorité était et resterait toujours mon frère.

Je passai les deux heures suivantes à attendre avec impatience l'arrivée de Jake. Je reçus un homme d'une cinquantaine d'années qui accapara mon attention. Il m'expliqua qu'il était en train de perdre pied depuis que ses enfants ne voulaient plus entendre parler de lui. Ses problèmes de drogue l'avaient conduit à prendre le volant défoncé, il avait ensuite renversé une mère et son fils. Je lui avais prescrit des antidépresseurs, car il y avait un risque de tentative de suicide suite à ce mois d'isolement. Ce qu'il avait fait était impardonnable, mais jeter la pierre à mes patients n'était pas mon rôle. Je devais toujours mettre mon avis de côté et rester impartiale afin de leur apporter la meilleure aide possible.

Mon frère n'allait pas tarder, son rendez-vous était à 11 heures, c'est-à-dire dans cinq minutes. J'imaginai toutes les réactions qu'il pourrait avoir. Peut-être me détesterait-il ? M'obligerait-il à partir ? Je ne savais pas quelle était l'option la plus crédible. J'espérais juste que Hayden avait réussi à le convaincre. Je n'aurais sans doute pas dû le charger de cette mission.

Quand la porte s'ouvrit et que j'aperçus Jake, mon cœur rata un battement. Restant silencieux, il évita mon regard et s'assit face à moi.

Je me sentais horriblement mal. J'avais envie de me cacher. Que devait-il penser de moi ? Je n'étais plus la gentille jeune femme innocente qu'il avait laissée avant son entrée en prison. J'étais devenue une manipulatrice qui n'hésitait pas à faire équipe avec des criminels.

— Quand Smith m'a parlé de cette idée d'évasion, j'ai d'abord cru à une blague.

Son ton calme n'annonçait rien de bon. Je m'enfonçai dans mon siège, anxieuse.

— Il m'a ensuite expliqué de quelle manière il t'avait fait avouer ton plan. Et j'ai compris pourquoi tu as accepté. Tu penses pouvoir me sauver, Adria, mais tu te trompes.

Je savais qu'il tiendrait ce genre de propos avant qu'il passe cette porte.

— On ne peut pas s'échapper d'ici. Même si nous réussissons à sortir, les kilomètres de forêt aux alentours nous coinceront.

J'étais consciente de la complexité de la situation, mais j'étais prête à tout. Même si, quand j'étais arrivée ici, il ne me serait jamais passé par la tête d'élaborer un tel plan et que je n'étais d'ordinaire pas le genre de personne à prendre des risques.

— Je n'ai aucune envie que tu finisses en prison toi aussi. Tu as un bel avenir devant toi et tellement de choses à vivre, pourquoi vouloir tout gâcher ?

Bien que je les aie souvent au téléphone, mes parents étaient si distants et froids que j'avais l'impression qu'il était la seule famille proche qu'il me restait. Je ne pouvais pas l'abandonner et continuer de vivre comme si de rien n'était.

— Jake, je ne te laisserai pas pourrir ici. C'est hors de question.

La mâchoire crispée, mon frère secouait la tête.

— C'est ce que tu veux ? Devenir une fugitive ? Jouer ta vie sur un coup de poker ?

— Je veux que toi et moi prenions un nouveau départ, loin d'ici. C'est presque certain que McCartney va réussir à faire rouvrir ton procès avec ses magouilles, et on sait tous les deux comment ça risque de finir.

Je crus voir ses yeux devenir humides. Il devait en rêver tout autant que moi, sauf que le mot espoir ne faisait plus partie de son vocabulaire.

— Quel genre de grand frère je serais si je te laissais faire ça ?

— Le genre qui a compris que tu n'as pas d'autre choix. Je ne quitterai pas le pays sans toi. Et ici, je suis en danger.

Il se mordit la lèvre inférieure avec nervosité. Je savais qu'il m'en voulait de ne pas lui en avoir parlé avant.

— Smith m'a convaincu pour une seule raison. Je veux que tu sois en sécurité, et tu ne le seras pas tant que tu resteras ici.

Je ne pus m'empêcher de sourire. J'ignorais ce que Hayden lui avait raconté exactement mais je lui devais une fière chandelle.

— Je n'aurais jamais pensé dire ça un jour, mais ce mec est parfait comme complice. Je ne lui fais pas confiance, mais il est plus que déterminé à sortir d'ici.

Alors là, je n'en revenais pas. Smith avait réussi à se faire « apprécier » de mon frère en plus de le convaincre.

— T'as l'air de moins le détester.

— Il m'a promis de te protéger. Il a juré que tu ne mourrais pas, du moins, pas assassinée.

Je fronçai les sourcils. Quelle idée tordue avait-il encore eue pour faire une telle promesse ?

Chapitre 15

Mon frère avait dû partir rapidement, car la sonnerie indiquant l'heure de la fouille des cellules avait retenti. À cause de ça, je serais sûrement obligée d'attendre le lendemain pour discuter avec Smith.

Étrangement, je ne redoutais plus autant nos rendez-vous. Malgré nos débuts chaotiques, j'avais bien compris qu'il ne me ferait pas de mal tant que nous serions dans le même camp.

Il m'était difficile de contenir ma joie. Jake avait accepté mon projet, et j'avais enfin la possibilité de le concrétiser sans avoir peur qu'il refuse d'y participer. Finalement, cette menace de mort tombait plutôt bien…

Durant l'après-midi, je m'occupai de toute la paperasse que j'avais laissée de côté ce matin, comme des ordonnances ou des comptes rendus de consultation, quand soudain une idée traversa mon esprit.

J'avais longuement cherché une porte de sortie dans tout le bâtiment, puis dans mon bureau, mais, à part ma petite fenêtre sécurisée par des barreaux trop compliqués à scier, je n'avais pas eu de meilleure idée. Pourtant, il s'agissait là du seul lieu jamais fouillé et sans caméra, autrement dit l'idéal pour s'en aller sans se faire remarquer tout de suite. En effet, comme je n'étais pas présente la nuit, nous devrions partir en pleine journée.

Je tapai rapidement contre les murs pour voir s'il s'agissait de cloisons ou de murs porteurs, mais ne localisai pas d'endroit où nous aurions pu creuser. Je consultai alors les photos que j'avais imprimées du plan et constatai que les pièces adjacentes à mon bureau étaient surveillées par des caméras, parfois des gardiens, et trop loin de la moindre sortie. Cette possibilité pouvait donc être écartée.

Je me rassis en soupirant, laissant ma tête se balancer en arrière. Tout à coup, mes yeux s'attardèrent sur le plafond, et surtout sur la grille d'aération. Elle n'était pas large mais assez pour que même le corps musclé de Smith puisse passer par là.

Je vérifiai que la pièce était bien fermée à clé, puis décidai de grimper sur mon bureau. Cette grille donnait sur un long tunnel non indiqué sur les plans de la prison, qui menait je ne savais où. Peut-être à aucun endroit utile pour notre évasion, mais je ne pouvais pas laisser tomber l'idée sans essayer.

Pour l'ouvrir, j'avais besoin d'un tournevis. Il fallait que j'en trouve un et que je commence à explorer les lieux dès le lendemain. J'aurais pu en demander un à l'intendant, mais cela aurait été trop louche. Mieux valait que je m'en procure un à l'extérieur.

Il était pour moi l'heure de m'en aller. Je pris rapidement mes affaires et, en me dirigeant vers le parking, je croisai le regard insistant de Smith à travers les grilles qui nous séparaient. Il fumait dans la cour. Je n'aimais pas ce que j'éprouvais malgré moi quand il m'observait, cette sensation étrange au creux de mon ventre m'était inconnue.

Pour ne pas éveiller les soupçons des matons en haut des miradors, je décidai de ne lui faire aucun signe particulier. Et puis, de toute façon, nous n'étions pas des vieux copains, loin de là.

Je cherchai mes clés dans mon sac à main lorsque je me heurtai à quelque chose, ou plutôt à quelqu'un. En relevant la tête, je me retrouvai face à un homme d'à peu près mon âge, grand, châtain, les cheveux coupés assez court, la peau hâlée comme s'il revenait de vacances, comme celle de Smith. Ses yeux étaient sombres, durs. Avec son allure sûr de lui et ses bras musclés croisés sur le torse, il avait l'air d'un militaire et était plus qu'agréable à regarder.

— Bonsoir, tu dois être Adria.

Je fronçai les sourcils. Que me voulait-il ? Était-ce celui envoyé par McCartney pour m'assassiner ? Je fis en sorte de cacher ma nervosité et ma peur.

— Mais qui êtes-vous ?

— Enchanté, je suis Alec, ton nouveau colocataire ! dit-il en me tendant la main.

Méfiante, je reculai doucement, essayant de comprendre.

— Je suis un très bon ami de Hayden Smith. Visiblement, tu comptes assez pour qu'il me demande de veiller sur toi jour et nuit.

J'écarquillai les yeux. Hayden avait vraiment une influence indéniable. Même enfermé dans une prison, il parvenait à obtenir ce qu'il voulait sans la moindre difficulté. Sa nouvelle lubie était apparemment de m'envoyer un garde du corps.

L'homme charmant face à moi semblait attendre une réponse de ma part. Je ne savais pas quoi dire. Bien que n'ayant aucune envie qu'un inconnu s'immisce dans ma vie privée, je ne voulais pas non plus mourir dans d'atroces souffrances.

— Euh… D'accord…

Et puis, finalement, peut-être que cette expérience m'aiderait à me sentir moins seule. Shane et moi étions en froid, Madison passait tout son temps avec sa nouvelle conquête et Andrew s'inquiétait tellement qu'il en devenait étouffant.

— C'est sympa, les parkings, mais j'ai bien envie d'aller manger un truc, déclara-t-il. T'en dis quoi ?

Sa spontanéité m'amusa. Les hommes que je côtoyais habituellement en manquaient.

Je commençai à me diriger vers le côté conducteur de ma voiture mais il me barra le passage. Mon inquiétude reprit le dessus. Et s'il m'avait menti ?

Mon téléphone vibra dans la poche de mon jean, je m'en saisis et lus le message d'un numéro que je ne connaissais pas.

Tu peux avoir confiance en Alec, je ne t'aurais pas laissé entre les mains de n'importe qui, mon chat.

Mon cœur rata un battement quand je compris de qui il s'agissait.

Comment avait-il eu mon numéro ? Et surtout, comment faisait-il pour envoyer librement des SMS ?

— J'aime beaucoup ta voiture de gonzesse mais je préfère ma jolie Mustang, si ça ne te gêne pas.

Alec me fit sortir de ma torpeur. Je levai les yeux au ciel en constatant qu'on m'avait confiée à un macho, mais le suivis néanmoins jusqu'à sa grosse voiture de luxe rouge aux vitres teintées.

— Niveau discrétion, j'ai connu mieux, me moquai-je.

— On ne t'a jamais appris que c'est en se faisant remarquer qu'on devient transparent ?

Je fronçai les sourcils, sa théorie me paraissait plutôt absurde, mais je ne relevai pas.

Avant de monter dans son véhicule, je croisai le regard de Shane, au loin, qui secouait la tête, ne cachant pas sa déception ne me voir partir avec quelqu'un d'autre alors qu'il me croyait « en couple » avec Andrew. S'il savait…

Je préférai l'ignorer et m'installai côté passager. Alec démarra à vive allure, me surprenant, et prit la route d'Orlando. Pour la première fois depuis longtemps, je me sentais à l'aise avec un inconnu. Peut-être était-il un dealer ou un criminel quelconque, mais je savais qu'il ne me ferait pas de mal, enfin si Smith ne lui demandait pas de m'en faire.

— Je comprends mieux pourquoi Hayden accorde tant d'importance à ta vie, déclara-t-il soudain après de longues minutes de silence.

Je me tournai vers lui et attendis la suite, mais il ne semblait pas avoir l'intention de m'en dire davantage.

— À quel point es-tu son ami ?

N'ayant pas vu Smith aujourd'hui en rendez-vous, j'ignorais ce que je pouvais lui dire ou pas, et surtout si celui-ci lui avait confié notre projet.

— Au point que je sais tout. Hayden est comme mon frère, ma belle.

Bien que vague, sa réponse me rassura, car j'avais maintenant la certitude qu'il ne m'avait pas laissée avec n'importe qui.

— Tu sais, je n'ai pas l'habitude de ce genre de mission, ajouta-t-il avec un sourire en coin malicieux. Quand il m'a dit qu'il ne voulait personne d'autre que moi, j'ai compris que c'était vraiment important pour lui de te confier à quelqu'un de confiance.

Pensait-il que je plaisais à son ami ? Si c'était le cas, il faisait grandement erreur. Smith avait besoin de moi pour s'évader et une fois que cette histoire serait réglée, il m'oublierait à la seconde où nos chemins se sépareraient.

— Si tu sais tout, tu dois aussi savoir pourquoi il ne veut pas que je me fasse tuer, répondis-je, lasse.

Il se mit à rire doucement. Malgré son air sympathique, il me semblait aussi un peu trop sûr de lui.

— Tu veux parler de l'évasion ?

Il était donc bel et bien au courant, et tant mieux.

— Bien sûr qu'il a besoin de toi pour ça. Mais il aurait pu te confier à d'autres de nos hommes tout aussi compétents.

Je ne répondis pas. Il se faisait des idées, il n'y avait rien et n'y aurait jamais rien entre Smith et moi. Pour plusieurs raisons évidentes, par exemple qu'il était un dangereux criminel et avait tenté de tuer mon meilleur ami.

Une fois que nous fûmes à Orlando, Alec s'arrêta au drive d'un fast-food pour commander notre repas. Fatiguée par ma journée, j'étais finalement contente de ne pas devoir aller au restaurant. J'étais obligée de rester tout le temps sur mes gardes à la prison, et ce stress constant m'épuisait émotionnellement.

— Alors on va vous prendre deux menus extra, un burger steak-bacon, un chicken, des frites, du Coca, deux glaces vanille-coulis de caramel. On va aussi vous prendre une boîte de quinze nuggets et deux tartes aux fraises.

J'écarquillai les yeux en entendant sa commande. Jamais nous ne pourrions avaler tout ça à deux. En plus, il aurait au moins pu me demander mon avis sur ce que je voulais manger.

Le visage très sérieux, il se tourna vers moi et attendit que je parle.

— Quoi ? me contentai-je de lui dire.

— Bah, tu ne veux rien manger ? m'interrogea-t-il comme si c'était une évidence.

Devant mon air probablement déconfit, il leva les yeux au ciel et reporta son attention sur l'homme qui s'impatientait de l'autre côté de la vitre.

— Mettez un troisième menu, identique à l'un des deux autres, ça ira très bien.

Alec ne pouvait pas être humain, c'était impossible. À moins qu'il ne cache un otage dans son coffre qu'il devait nourrir ? S'il était un proche de Hayden, il en était sans doute capable.

— Je peux savoir ce que t'as ? m'interrogea-t-il en haussant un sourcil.

— Tu vas vraiment manger tout ça ?

— Peut-être pas ce soir, mais j'ai aucune envie de bouffer du tofu ou des radis. Je vous connais bien, vous les femmes, toutes les mêmes.

Sur un soupir, je me renfonçai dans mon siège, me retenant de rire. Mon réfrigérateur était surtout vide, j'avais horreur de cuisiner. Je préférais commander ou aller manger chez mes amis. Il avait sûrement raison d'avoir pris du stock.

Après que nous eûmes récupéré notre commande, je lui indiquai mon adresse, et il se gara dans la rue de mon appartement.

Quand j'ouvris la porte de chez moi, je me bénis intérieurement d'avoir fait le ménage la veille. J'étais plutôt du genre bordélique et je n'aurais pas aimé devoir ramasser mes sous-vêtements qui traînaient devant lui.

Il observa les lieux avec attention.

— C'est… petit, finit-il par dire en grimaçant et en posant sa valise sur le parquet.

Son commentaire me blasa. Je n'avais qu'un deux pièces, pas très grand, certes, mais pas minuscule non plus, surtout en plein centre-ville d'Orlando.

— Tu vis dans un palace ou quoi ?

Il esquissa un petit sourire en coin.

— On n'en est pas loin.

Je préférai ne pas en savoir davantage.

— T'as qu'une chambre ? reprit-il.

— Oui.

Je sentis le reproche arriver à grands pas.

— C'est dommage, on va devoir dormir dans le même lit, me taquina-t-il avec son regard séducteur.

Son culot m'étonna. Je haussai les sourcils, gardant mon sérieux.

— Je ne crois pas, non.

— Tant pis, le canapé a l'air sympa aussi.

Cette fois-ci, je ne pus m'empêcher de rire. La cohabitation risquait d'être compliquée, mais elle me distrairait très certainement. Quelque chose me disait qu'Alec me réservait bien des surprises.

Chapitre 16

Je me réveillai en me sentant observée. Quand j'ouvris les yeux, je tombai nez à nez avec Alec qui me regardait avec attention.

— Oh ! mon Dieu ! m'exclamai-je en me redressant, sous le choc.

— Juste Alec, ça suffira.

Je mis un instant à comprendre sa vanne et choisis de ne pas commenter. Je n'avais pas l'habitude d'avoir quelqu'un chez moi, surtout d'aussi intrusif.

— Pourquoi tu es dans ma chambre ? râlai-je.

— Parce que je m'ennuie.

Je roulai des yeux et décidai de me lever. Heureusement que j'avais pris la peine d'enfiler un petit short et un débardeur avant de dormir.

Il ne se gêna pas pour me mater, sans même essayer de se cacher.

— Ça va ? Je ne te dérange pas ?

Je ne comprenais pas à quel jeu il jouait. Même s'il était très charmant, je connaissais bien ce type d'homme, et il ne m'intéressait pas.

— Pas du tout, continua-t-il sur un ton séducteur.

Tout en soupirant, je pris des vêtements pour la journée et partis dans la salle de bains pour me laver et me préparer. Cet abruti m'avait réveillée vingt minutes avant mon réveil. Je détestais ça !

Une fois prête, mon jean et mon T-shirt enfilés, mon maquillage terminé et mes cheveux démêlés, je rejoignis mon nouveau colocataire pas tout à fait commode.

— J'ai très faim, lâcha-t-il.

Avait-il déjà englouti toutes ses réserves de la veille ?

— Et moi, je dois trouver un tournevis.

Il me regarda comme si j'avais dit quelque chose d'improbable et resta silencieux quelques secondes comme pour savoir si je plaisantais.

— Sérieusement ? Et qu'est-ce que tu pourrais bien faire avec ? Je connais des meilleurs moyens de se défendre…

— Ce n'est pas pour cet usage ! C'est pour dévisser une grille d'aération dans mon bureau à la prison.

Un nouveau blanc s'installa entre nous, jusqu'à qu'il explose de rire, blessant mon orgueil.

— Tu plaisantes, j'espère ! On n'est pas dans *Prison Break*, chérie ! Ici on est dans le monde réel, où ce genre de plan est voué à l'échec.

— Tu en as un meilleur, peut-être ?

Il ouvrit la bouche, avant de la refermer aussitôt. Je levai les yeux au ciel. Bien sûr que non, il n'avait rien de mieux à me proposer.

— Je veux juste voir si ce serait possible de tenter quelque chose.

Après m'avoir fixée un long moment, ce qui en devint gênant, il hocha la tête.

— Très bien. On va aller te trouver un tournevis, alors.

Nous prîmes sa voiture pour nous rendre dans un magasin de bricolage sur la route de la prison. J'achetai celui correspondant aux vis qui maintenaient la grille.

Alec m'emmena ensuite petit déjeuner dans un restaurant non loin de la prison. Tandis qu'il avalait son troisième muffin, j'entamai mon café. Il n'avait probablement pas encore fini de digérer toute la nourriture d'hier mais ce mec mangeait pour quatre et avait un physique d'athlète. La vie pouvait se montrer parfois vraiment injuste !

— Il te plaît ?

Je faillis m'étouffer face à sa question tant elle était absurde et inattendue.

— Pardon ?

— T'as très bien entendu.

Il me provoquait de son regard perçant. Bien qu'indéniablement beau, il n'en était pas moins très pénible.

— Tu parles de Hayden, c'est ça ?

— Non, du serveur.

Son sarcasme me fatiguait déjà.

— Non, il ne me plaît pas.

— Tu mens. Hayden plaît à toutes les filles. C'est un mauvais garçon, il est beau, musclé, tatoué, et j'en passe. C'est le profil idéal des merdeuses dans ton genre.

Je haussai un sourcil. Venait-il réellement de porter sur moi ce jugement à l'emporte-pièce ?

— Je ne te permets pas, Alec. Tu ne me connais pas et tu n'as aucune idée de ce que j'aime ou non.

Il se mit à sourire. Visiblement, m'énerver l'amusait.

— Tu peux nier tant que tu veux, tu verras par la suite que j'avais raison. Tu vas tomber sous son charme, puis amoureuse de lui, et le jour où il s'évadera de la prison, il t'oubliera et te traitera comme il l'a toujours fait avec toutes les femmes, c'est-à-dire avec le plus grand des mépris.

Un frisson traversa mon corps tout entier. Ce qu'il venait de dire était pourtant exactement ce que je voulais. J'allais l'aider à s'échapper avec mon frère, puis je n'entendrais plus parler de lui. Hayden ne deviendrait qu'un vague souvenir.

— Je veux juste retrouver mon frère et que nous puissions reprendre une vie normale.

Cette fois-ci, il rit à gorge déployée, ce qui m'énerva.

— Une vie normale ? Après ce que tu t'apprêtes à faire, ta vie ne sera plus jamais normale. Tu seras en cavale durant le restant de tes jours, Adria. Tu devras avancer en regardant par-dessus ton épaule à chaque pas que tu feras.

En colère, je me levai brusquement de table, déposai de l'argent dessus et quittai le restaurant, marchant d'un pas déterminé vers la station de taxis la plus proche.

Rapidement, une voiture s'arrêta à ma hauteur. Je roulai des yeux en comprenant de qui il s'agissait.

— Je suis désolé, je ne voulais pas te contrarier.

Je l'ignorai et continuai à avancer.

— Écoute, j'ai cette tendance à parler sans réfléchir, mais ce n'était pas méchant…

Encore une fois, je refusai de lui porter attention.

— Monte dans la voiture, s'il te plaît. Quoi qu'il se passe entre Hayden et toi, je sais que s'il t'arrive quelque chose, il me tuera. Je m'excuse.

L'idée que Hayden puisse tant tenir à ma sécurité me provoqua à nouveau cette sensation étrange dans le ventre, comme si cette nouvelle me faisait plaisir.

Constatant que j'avais encore pas mal de marche jusqu'à la station de taxis, je montai dans la voiture d'Alec sans prononcer le moindre mot.

Le trajet jusqu'à la prison se déroula en silence, et une fois que nous fûmes garés sur le parking, je me décidai à lui dire ce que j'avais sur le cœur.

— Je ne te répéterai pas ce que je vais te dire, Alec, alors écoute-moi bien.

Il fronça les sourcils face à mon ton agressif.

— Il n'y a rien entre Smith et moi, et ça ne changera jamais. Alors, garde tes films pour toi. Tu habites peut-être chez moi mais ma vie privée ne te regarde pas !

Restant impassible, il se contenta de hocher la tête. Je quittai brusquement sa voiture pour écourter ce moment à la fois gênant et agaçant.

Alors que j'avais déjà marché quelques mètres, une voix résonna derrière moi.

— Quatre ans.

Je me retournai vers Alec. Adossé contre sa voiture, il ne souriait plus du tout. Son visage dégageait une réelle tristesse.

— Quoi ?

— Ça fait quatre ans que ma femme est devenue folle et hystérique… Quatre ans que je passe mon temps à la rassurer et à m'occuper d'elle. J'ai un peu perdu les notions du savoir-vivre, je suis désolé.

À cet instant précis, toute mon animosité contre lui disparut. J'étais si loin de me douter qu'il était ce type d'homme… Alors, Alec était marié ? Et il s'occupait de sa femme qui souffrait de problèmes mentaux ? Donc ses blagues de séduction me concernant étaient sa manière à lui de détendre l'atmosphère et de faire de l'humour.

— Tu es pardonné, répondis-je.

Il me rendit mon sourire en coin, montrant ses jolies dents blanches.

— Je passe te chercher à 18 heures.

Je hochai la tête et tournai les talons pour rejoindre la prison. Une agréable sensation d'apaisement m'envahit. J'étais finalement rassurée de cohabiter avec quelqu'un de bien et non un tueur en série ou un psychopathe. Quoiqu'il en était peut-être un aussi, en fin de compte…

Ce matin, je n'avais reçu que quelques visites embarrassantes de certains détenus avec un esprit sacrément tordu. L'un m'avait parlé de son obsession pour les enfants, et je l'avais dirigé vers l'hôpital psychiatrique le plus proche pour des séances obligatoires et régulières, tandis qu'un autre m'avait raconté qu'il rêvait la nuit du meurtre qu'il avait commis et qu'il discutait souvent avec sa victime.

Je n'avais vu ni mon frère ni Hayden. J'avais en revanche été surprise de rencontrer une nouvelle collègue, une gardienne prénommée Paula. Deux femmes embauchées en quelques mois, apparemment, j'avais convaincu M. Tanner que c'était possible. Il s'agissait d'une jolie méditerranéenne plutôt grande. Malgré sa carrure imposante, elle n'en restait pas moins attirante, ce qui n'avait visiblement pas échappé à Shane, qui semblait sans cesse la coller.

J'ignorais si elle lui plaisait vraiment ou s'il cherchait à me rendre la pareille, mais tant qu'il me fichait la paix, cela me convenait parfaitement.

J'avais aussi réussi à ouvrir la grille d'aération au-dessus de mon bureau à l'aide de mon tournevis, et j'avais pris la décision d'attendre la visite de Smith pour m'y aventurer.

Pour mon plus grand plaisir, l'après-midi arriva rapidement. Quand mon frère se présenta à mon bureau, je lui adressai un immense sourire. Dans cet endroit si sombre et triste, où un peu de couleur aurait été bénéfique à mon moral, le voir ne pouvait que me réjouir.

Mais mon sourire s'effaça lorsque je compris que quelque chose n'allait pas. Il paraissait très nerveux.

— Qu'est-ce qui se passe, Jake ?

Il secoua doucement la tête en fixant ma table en chêne. J'en fis le tour pour me trouver face à lui, espérant qu'il m'avouerait ce qui le tracassait autant.

Il frappa du poing sur mon bureau, me surprenant.

— Ils savent, lâcha-t-il.

J'ignorais de quoi il parlait, ce qui augmenta mon anxiété.

— De qui tu parles ? Et qu'est-ce qu'ils savent ?

Ses yeux se posèrent sur moi, et la peur que j'y discernai accentua encore mon malaise.

— McCartney et ses hommes, ils savent où tu habites !

La terreur m'envahit tandis qu'il me tendait un bout de papier froissé. Prenant mon courage à deux mains, je l'ouvris, et ce que j'y découvris me donna froid dans le dos.

Bientôt, c'est une photo d'elle qu'on t'enverra.

Mon adresse était inscrite en dessous, ils m'avaient bien trouvée.

— Jake, je…

— Tu fois fuir, Adria ! m'ordonna-t-il tout en prenant mon visage en coupe.

— C'est hors de question ! Je ne partirai pas sans toi !

Après avoir fixé quelques secondes mon plafond, je décidai de le rassurer comme je le pouvais.

— Et puis, j'ai peut-être trouvé un moyen de te sortir d'ici.

Chapitre 17

Mon frère avait exigé des explications quant à mon plan. Je lui avais demandé d'être patient, lui disant que je lui en parlerais dès que ce serait concret. J'avais surtout fait le maximum pour gagner du temps et essayer de le calmer. Je n'avais plus qu'à découvrir où menait ce conduit étroit afin d'élaborer la suite du plan avec Hayden.

Même si j'avais rassuré mon frère en lui racontant qu'un ami de Smith vivait chez moi pour me protéger, ce qui ne lui avait d'ailleurs pas du tout plu, il insistait pour que je déménage. Je lui avais presque promis de le faire, mais je ne l'envisageais pas. J'allais juste renforcer autant que possible ma sécurité et parler à Alec de ce nouveau message de menace dès 18 heures.

J'en vins d'ailleurs à me demander où était sa femme pendant qu'il vivait chez moi. Quelqu'un d'autre s'occupait-il d'elle ? Et si elle avait encore un peu sa tête, n'était-elle pas jalouse qu'il passe autant de temps avec moi ? Je décidai de ne pas y songer davantage. Si Alec me servait de garde du corps, c'est qu'il s'était arrangé pour être à mes côtés le plus souvent possible.

Mon prochain rendez-vous étant Hayden, je grimpai sur mon bureau en espérant que personne ne rentrerait à l'improviste. Je ne m'inquiétais pas trop, les autres employés, contrairement à Shane, qui n'avait d'ailleurs aucune raison de venir, n'oseraient probablement pas débouler sans avoir frappé préalablement.

Alors que j'étais debout sur mon bureau en train de dévisser de nouveau la grille d'aération, la porte s'ouvrit brutalement. Je sursautai alors que Hayden entrait, fou de rage.

Il s'apprêtait à me crier dessus mais se ravisa en remarquant ma position. Sans qu'il affiche la moindre gêne, son regard dévia sur mes fesses, ce qui me rendit aussi mal à l'aise que flattée.

— Qu'est-ce que tu fous ? demanda-t-il.

Après avoir levé les yeux au ciel, je descendis du meuble pour me retrouver sur la terre ferme.

— Je cherche des solutions.

Haussant un sourcil, il me fixa quelques instants, puis adopta ce visage fermé qui lui correspondait tant.

— Bah, tu devrais chercher plus vite.

Jake lui avait visiblement parlé de la nouvelle menace, et l'idée de perdre sa seule porte de sortie devait l'énerver.

— Ton frère m'a dit pour le mot, va falloir que je sois dehors pour pouvoir buter ces fils de putes.

Je réalisai qu'il était réellement en colère. L'étrange complicité qui semblait s'être installée entre lui et Jake me dérangeait. Mon frère m'avait toujours interdit d'approcher les mauvais garçons, et avec Smith, on touchait le gros lot !

— Donne-moi une feuille et un stylo.

Perplexe, je finis par m'exécuter en le voyant s'impatienter. Il écrivit pendant une dizaine de minutes, avant de me demander une enveloppe. Une fois le courrier prêt, il me le tendit.

— Donne ça à Alec ce soir.

— Qu'est-ce que c'est ?

— Mes instructions. Ça sera plus clair qu'un SMS que j'aurais mis cent cinquante ans à écrire avec ces minables téléphones prépayés.

Il ne souhaitait visiblement pas m'en dire davantage. Sans poser de questions, je rangeai la lettre dans mon sac à main, bien camouflée, au cas où une fouille du personnel serait mise en place aujourd'hui, bien que cela n'arrive presque jamais.

— Retournes-y.

J'écarquillai les yeux. Je le trouvais gonflé de ne pas y aller lui-même.

— On a encore trois quarts d'heure de rendez-vous, personne ne va nous déranger !

— Et que feras-tu si un gardien frappe à la porte ? Tu lui ouvriras avec le sourire ?

Si Shane ou n'importe qui décidait de débarquer et que je ne répondais pas présente, tout tomberait à l'eau, et je serais virée sur-le-champ.

— Laisse tomber, soupira-t-il en me poussant doucement sur le côté, je vais y aller moi-même.

Après avoir grimpé rapidement sur le bureau, il ouvrit la grille sans la moindre difficulté, étant donné que je l'avais déjà dévissée. Je crus qu'il allait me demander de l'aide pour monter mais il força sur ses bras très musclés pour soulever son corps jusqu'à l'intérieur du tunnel. Je ne pus m'empêcher de contempler ses veines ressortant à travers ses tatouages et…

— Chaton, tu veux bien arrêter de me mater et faire le guet ?

Gênée, je revins à la raison et le fusillai du regard tandis qu'il arborait ce petit sourire en coin qui m'agaçait tant et me rappela ce qu'Alec m'avait dit : toutes les filles tombaient sous son charme.

— Je vais aller visiter les lieux, m'indiqua-t-il.

— D'accord. Sois prudent !

Il referma la grille et disparut dans cet énorme conduit qui menait je ne savais où. D'ailleurs, j'ignorais s'il s'agissait réellement d'un tuyau géant pour l'aération, je l'avais simplement supposé, car je n'avais qu'une minuscule fenêtre dans mon lieu de travail.

Je n'entendais plus Hayden ramper au-dessus de mon plafond, ce qui signifiait qu'il avait réussi à bien s'éloigner.

C'était plutôt rassurant, j'avais hâte de savoir ce qu'il avait découvert mais surtout hâte qu'il revienne pour éviter qu'on soit démasqués.

Soudain, deux grands coups résonnèrent contre la porte de mon bureau et me firent sursauter. Paniquée, je réfléchis à toute vitesse.

— Adria ?

Shane… Pourquoi fallait-il que cet abruti décide de débarquer maintenant ? Alors que je respirais fort, bien trop fort, je lui ouvris et reculai rapidement vers mon bureau tandis qu'il s'avançait vers moi tel un étrange prédateur.

Mon malaise était extrême. Si Smith faisait un quelconque bruit en revenant, alors tout notre plan pouvait tomber à l'eau. Et si Shane avait connaissance de notre rendez-vous, nous étions foutus.

— Adria, qu'est-ce que tu racontes de beau ? Étant donné que tu ne fais que m'éviter, je n'ai aucune idée de comment tu vas.

Son ton plein de reproches ne me plaisait pas du tout.

— J'ai du travail, Shane. On se voit plus tard ? dis-je pour qu'il reparte.

Il haussa les sourcils et s'approcha dangereusement de moi, jusqu'à presque me toucher. J'étais coincée entre mon bureau et cet homme qui m'avait semblé si gentil quelque temps auparavant.

— Je suis le neveu du patron, je ne risque pas de me faire virer. En revanche, toi, si tu continues à te foutre de moi, à t'acoquiner avec des connards de détenus et à me faire passer pour un con auprès d'eux…

Visiblement vexé que je ne lui accorde plus toute mon attention, il venait de me révéler un tout autre visage. S'il se mêlait de ce qui ne le regardait pas, cet abruti pouvait nous causer du tort par la suite.

— Heureusement, la nouvelle est bien plus facile que toi à dompter. Dommage, je t'aurais bien mise…

Sans réfléchir, je lui collai une gifle qui me surprit autant que lui.

— T'es vraiment une garce ! cria-t-il en tenant sa joue qui commençait déjà à rougir.

Sa proximité me rendait de plus en plus mal à l'aise, et il ne semblait pas vouloir s'éloigner.

— Je n'ai aucune envie de jouer à ce jeu avec toi, Shane. Tu ferais mieux de t'en aller.

Il me lança son regard le plus noir.

— Tu es une fille très secrète, Adria. Et j'aimerais beaucoup savoir ce que tu caches. C'est uniquement pour ça que tu ne perdras pas ton travail pour l'instant, mais tu es en sursis, sache-le.

Il attrapa tout à coup mon menton pour me forcer à le regarder dans les yeux. Je le repoussai violemment, ce qui sembla l'énerver davantage.

— Dégage de là ou tu pourrais le regretter ! hurlai-je.

Il rit et s'écarta de moi, les mains levées sur le côté, à la hauteur de son visage.

— Je suis désolé, ma belle. Mais s'il y a une chose que je déteste, c'est qu'on se fiche de moi.

Après m'avoir adressé un pitoyable clin d'œil, il partit en claquant la porte.

Shane avait dépassé les limites. Je fixai la sortie un long moment, ayant presque oublié Smith, jusqu'à ce que ce dernier referme la grille et saute sur le sol pour venir se tenir en face de moi.

Il m'observa intensément comme s'il m'analysait, mais son expression resta indéchiffrable.

— Pourquoi tu ne m'as pas dit que ce connard te harcèle ?

J'étais en train d'halluciner. Me grondait-il parce que je ne lui confiais pas ma vie personnelle ? Et puis Shane ne me harcelait pas.

— Ça dure depuis combien de temps ? m'interrogea-t-il, se tenant proche de moi. Il t'a déjà obligée à faire des choses ?

Ses questions m'embarrassaient, et je lui lançai un regard noir.

— Bien sûr que non ! Je ne sais pas ce qui lui a pris.

Il hocha doucement la tête en jetant un coup d'œil sur le côté. Que pouvait-il bien penser ? Étrangement, le fait que ça l'agace me faisait plaisir.

— Je ferais mieux d'y aller.

Et il partit sans même me dire s'il avait trouvé quelque chose d'intéressant dans ce tunnel. Lasse, je soupirai et me laissai tomber sur mon siège en réalisant que je n'en saurais pas plus aujourd'hui.

J'espérais qu'il ne ferait pas l'erreur de parler de cet incident à mon frère, car celui-ci réagirait sûrement mal et de façon impulsive. Shane aurait pu savoir que Hayden était censé être dans mon cabinet et se demander où il était passé. Nous avions déjà couru bien trop de risques, pas la peine d'en prendre davantage.

La fin de l'après-midi s'écoula bien trop doucement à mon goût.

J'avais longuement réfléchi à tout ce qui m'arrivait en ce moment. De la menace qu'avait reçue Jake, à celles qu'avait proférées Shane à mon encontre... Bien entendu, elles n'avaient pas du tout le même degré de dangerosité, mais toutes deux nuisaient à ma sérénité. Si mon plan échouait, que je devais me résoudre à vivre le restant mes jours seule à l'étranger pour fuir un meurtrier en proie à la vengeance ou en prison pour avoir élaboré une tentative d'évasion, qu'allais-je devenir ?

En sortant sur le parking, je repérai Alec adossé contre sa voiture, avec des lunettes de soleil sur le nez, je ne pus m'empêcher de sourire. Tout compte fait, j'étais heureuse qu'il soit là.

Chapitre 18

Fort heureusement, le reste de la semaine se déroula plutôt calmement. Shane s'était contenté de me lancer des regards meurtriers et de flirter avec Paula, la nouvelle.

Étrangement, ma cohabitation avec Alec se passait de mieux en mieux. Mais depuis que je lui avais donné la lettre de Hayden, dont j'avais malheureusement omis de lire le contenu lorsque j'en avais l'occasion, il me collait comme une sangsue. Il avait installé des systèmes de sécurité dans tout mon appartement tels que des caméras et des alarmes. Au cas où la serrure de la porte d'entrée serait forcée, il recevrait directement une alerte sur son smartphone. Il avait caché des armes telles que deux revolvers, un taser et d'autres dont je ne connaissais même pas les noms. J'avais préféré ne pas lui poser de questions, imaginant que ça ne servirait à rien.

Ma porte d'entrée s'était transformée en une porte blindée avec quatre verrous, qu'Alec s'amusait à fermer dès que nous rentrions ou sortions de l'appartement.

Smith avait bien choisi mon garde du corps. Mon nouveau colocataire avait l'air de connaître toutes les techniques que les ravisseurs de l'autre camp pourraient utiliser pour s'en prendre à moi. J'ignorais si cela devait me rassurer ou me terrifier…

Il m'avait formellement interdit de poser un pied dehors sans qu'il soit présent. Selon lui, nous devions sortir le moins possible pour éviter de prendre des risques.

Aujourd'hui, nous étions samedi, je ne travaillais donc pas. J'imaginais qu'Alec allait m'enfermer dans mon appartement et rentrer chez lui retrouver sa femme, et cela m'attristait. Habillée d'un pyjama en soie rose bonbon décoré de petits oursons, mon préféré, je le rejoignis dans le salon pour savoir ce qu'il en était.

Quand il m'aperçut, il recracha son café sur le sol et explosa de rire, ce qui m'agaça.

— Alors OK, on ne va pas coucher ensemble, mais sérieusement, ce n'est pas humain de porter un truc pareil !

Après avoir levé les yeux au ciel, je lui montrai sans scrupule mon majeur, puis allai me servir à mon tour une tasse de café pour oublier que, dès le matin, mon cher colocataire se permettait ce genre de réflexions.

Alors qu'il nettoyait sa bêtise, je m'assis sur mon canapé, qu'il utilisait comme lit depuis son arrivée dans ma vie quelques jours auparavant.

— Tu vas rentrer chez toi ? demandai-je en soufflant sur ma tasse.

Il me regarda comme si j'avais dit quelque chose d'improbable puis s'installa près de moi.

— Où veux-tu que j'aille ? Pour le moment, c'est ici chez moi.

Je fronçai les sourcils.

— Et ta femme ?

Son visage se ferma instantanément, et je regrettai d'avoir évoqué le sujet. Il l'avait pourtant évité dès que j'y avais fait allusion toute la semaine.

— Ne t'inquiète pas pour elle. Elle se trouve dans une clinique adaptée à son état depuis que Hayden m'a missionné. Je ne pouvais plus la gérer seul, de toute façon.

Je louchai sur son alliance qu'il tripotait nerveusement. Bien que ne connaissant pas son histoire, j'étais persuadée qu'elle était loin d'être simple.

Je hochai la tête en guise de réponse, préférant éviter de créer des tensions. N'ayant plus le travail pour me retrouver un peu seule, je devrais m'accommoder de sa compagnie jusqu'à lundi matin, alors autant tout faire pour que cela se passe bien.

— Je vais aller me préparer.

Je partis m'enfermer dans la salle de bains pour prendre une longue douche chaude, puis m'habillai d'un short en jean et d'un débardeur rouge. Après m'être maquillée légèrement pour ne pas ressembler à un zombie à cause du manque de sommeil et du stress, je me coiffai d'une tresse plaquée.

Alors que je m'apprêtais à ouvrir la porte de ma chambre, j'entendis des voix qui semblaient se disputer.

Prise de panique, je sortis rapidement de la pièce et me retrouvai face à Alec et Andrew. J'écarquillai les yeux en réalisant que j'avais totalement oublié de répondre aux messages de ce dernier.

— Si t'es son meilleur ami, pourquoi elle ne m'a pas parlé de toi ? déclara Alec avec beaucoup de méfiance.

— T'es qui, au juste, son mec ? Un flic ? s'énerva Andrew.

Je me raclai la gorge, et tous deux se retournèrent vers moi. Alec avait les bras croisés sur son torse comme un père prêt à gronder sa fille tandis qu'Andrew serrait les poings, visiblement contrarié.

— Salut, Andy. Qu'est-ce que tu fais ici ?

Il m'analysa de haut en bas, puis garda le silence quelques secondes comme pour réfléchir à ce qu'il allait dire.

— Vu que tu ne réponds plus à ton téléphone, je m'inquiétais pour toi.

Il regarda Alec avec dégoût avant d'ajouter :

— Mais je comprends mieux pourquoi, maintenant.

Je levai les yeux au ciel. Certes, Alec était un homme séduisant, qui en d'autres circonstances aurait pu me plaire, mais il n'y avait rien entre nous, il était marié et surtout c'était très probablement un criminel, tout comme son très cher boss.

— Si t'es son meilleur ami, qu'est-ce que ça peut te foutre ce qu'on fait ensemble ?

À cet instant, je regrettai amèrement tout le bien que j'avais pu penser d'Alec. Même si, dans le fond, il avait raison.

Andrew serrait toujours les poings. Sa jalousie ne me plaisait pas du tout. J'allais vraiment devoir avoir cette fameuse discussion avec lui.

— Stop ! criai-je. Alec et moi ne sommes pas ensemble, il est marié si tu veux tout savoir. C'est un ami d'enfance.

Andrew nous observa longuement, sceptique, bien que je ne le lui raconte pas que des mensonges. Son visage se radoucit lorsqu'il remarqua l'alliance que portait Alec.

— Bah, tu vois ? lança ce dernier d'un ton ironique en croquant dans un sandwich qu'il avait trouvé je ne savais où. Je ne me tape pas ta *best friend forever*, alors relax, Andy.

Je me demandais bien comment un mec aussi peu patient et froid que Smith pouvait être ami avec lui. C'était un véritable mystère pour moi.

Son air moqueur m'exaspéra. Andrew et moi le foudroyâmes du regard. Après s'être raclé la gorge, mon meilleur ami porta de nouveau son attention sur moi.

— Avec Madi, on organise une petite soirée. Tu viens ?

Il ne proposa bien entendu pas à Alec de venir, mais mon adorable colocataire ne se priva pas de répondre, le sourire aux lèvres :

— Ça tombe bien, on ne savait pas quoi faire ce soir !

Une nouvelle fois, Andrew sortit son regard le plus noir. Il ouvrit la bouche pour dire quelque chose puis se ravisa.

— On viendra, conclus-je.

Bien que je craigne qu'il explose, il se contenta de replacer nerveusement l'attelle qui avait remplacé son plâtre.

— Cool. À ce soir.

Se retournant, il examina avec curiosité ma nouvelle porte d'entrée et s'en alla sans prononcer un mot de plus.

Après le départ d'Andrew, j'interpellai Alec :

— Je peux savoir à quoi tu joues ?

Son sourire amusé disparut, et il recula en direction de ma chambre, certainement pour atteindre la salle de bains.

— Je te parle ! insistai-je.

Sa voix me parvint de derrière la porte qu'il venait de fermer.

— Je sais, c'est pour ça que j'me casse.

Je levai les yeux au ciel et lâchai un cri de désarroi. La soirée promettait d'être longue et animée…

— Non ! Je te dis que ce n'est pas la peine ! m'exclamai-je. On sera déjà dans le même appartement !

— Bien sûr que si ! Si je ne veille pas sur toi, qui le fera ? Certainement pas ton pote estropié.

— Je n'ai pas besoin d'être surveillée ici, Alec. Je connais les invités, et tu seras juste à côté !

— Et alors ? C'est souvent des gens qu'on côtoie qui nous veulent du mal. Je veux garder un œil sur toi à chaque instant.

— J'abandonne, fais ce que tu veux.

Poussant un soupir vaincu, je claquai la portière de sa voiture. Me battre avec lui était tout bonnement inutile, étant donné qu'il considérait avoir toujours raison.

Quand je me sentis observée, ma colère céda aussitôt place à la peur. Fronçant les sourcils, je repérai deux silhouettes masculines au loin. Dans la pénombre et le léger brouillard nocturne, elles se tenaient droites, au milieu de la route.

Après avoir fermé sa voiture, Alec se posta à côté de moi et me scruta avec curiosité.

— Je crois qu'on est suivis, chuchotai-je le plus doucement possible.

Il se mit à rire à gorge déployée et m'entraîna jusqu'à l'immeuble d'Andrew et Madison, sous mon regard ébahi.

— Ne t'en fais pas pour eux. C'est juste Hayden qui voulait… renforcer ta protection.

Pourquoi Hayden avait-il demandé à deux hommes supplémentaires d'assurer ma protection ? Cette pensée me provoqua des frissons dans tout le corps. J'ignorais pourquoi il en faisait tant, mais j'appréciais sa détermination. C'était invraisemblable, mais ma sécurité semblait très importante pour lui. Et j'aimais peut-être un peu trop ça…

Alec leur fit signe de la main, et les deux « gardes du corps » lui rendirent son geste.

— C'est Dan et Tony, ils font flipper mais sont plutôt sympa quand on les connaît et qu'on n'a pas de problèmes avec eux. Et puis ils resteront toujours en retrait, ne t'en fais pas. Je dois les prévenir quand on sort pour qu'ils assurent nos arrières.

Ayant de plus en plus l'impression de jouer dans un mauvais film d'action, je poussai la porte de l'immeuble puis montai jusqu'à l'appartement « 2B », j'avais vraiment besoin d'un verre.

Madison nous ouvrit, son plus grand sourire collé aux lèvres. Elle était toujours aussi magnifique et pétillante.

— T'as coupé tes cheveux ? lui demandai-je, surprise.

— J'ai enfin passé le cap ! répondit-elle en secouant sa chevelure blonde désormais au carré. Tu le saurais si tu venais voir ta meilleure amie de temps en temps !

Bien qu'elle n'ait pas cessé de sourire, je percevais un réel reproche dans ses paroles. Tentant de me faire pardonner, je lui fis des yeux de biche, et cela fonctionna, elle me prit dans ses bras. Je profitai de cette étreinte sincère de ma meilleure amie, car bientôt je n'y aurais plus droit, ma vie de fugitive me condamnerait à une pesante solitude amicale.

— Tu m'as manqué, Adi.

— Toi aussi.

Un raclement de gorge nous obligea à nous séparer, c'était Alec qui s'impatientait.

Madison s'apprêtait à râler mais en apercevant mon nouveau colocataire, elle se retrouva à le mater sans la moindre gêne. Si elle aimait à mon avis les femmes, elle était loin d'être indifférente aux hommes, surtout à ceux avec un physique comme celui d'Alec.

— Salut, je ne crois pas qu'on ait été présentés, déclara-t-elle d'une voix suave qui m'amusa. Moi, c'est Madison, mais tu peux m'appeler Madi.

— Alec, enchanté, répondit mon garde du corps d'un air charmeur, sans pour autant en faire trop, certainement par respect pour sa femme.

Ma meilleure amie s'écarta pour que nous puissions entrer dans l'appartement plein à craquer. Je me demandai d'où sortait cette foule.

— On ne pensait pas que tout le monde allait venir, se justifia Andrew qui arrivait.

Il nous salua froidement, puis reporta son attention sur la jeune blonde accrochée à son bras comme une groupie, avant de me lancer un regard de défi. Essayait-il de me rendre jalouse ?

Je décidai de l'ignorer et de suivre Alec, qui avait déjà repéré les bouteilles d'alcool posées sur une table. Il nous servit deux premiers verres corsés, puis nous en bûmes plusieurs autres.

À cause des nombreux invités, l'atmosphère était presque oppressante. Andrew faisait tout pour se frotter à sa nouvelle copine sous mes yeux, ce qui m'insupportait au plus haut point, je détestais cette provocation sans queue ni tête.

Sentant probablement mon malaise, Alec m'emmena avec lui sur le balcon. Bien que quelques personnes s'y trouvent déjà, il réussit à nous isoler dans un coin.

— Dis-moi ce qui ne va pas.

Mes états d'âme semblaient réellement le préoccuper, ce qui me toucha.

— Je ne sais pas, je ne suis pas vraiment d'humeur, éludai-je.

Il hocha la tête très lentement, devinant certainement que je mentais, mais il se contenta d'ajouter :

— Écoute, Adria, ce soir, on s'amuse ! D'accord ? On oublie ce qui ne va pas et on se lâche toi et moi !

Alec semblait lui aussi avoir besoin de se changer les idées, sans doute pour ne plus penser à sa vie, son quotidien.

— Ça fait combien de temps que tu n'as pas fait la fête ? lui demandai-je.

— Trop longtemps…

Des étincelles brillèrent dans son regard. Je lui pris la main et l'emmenai de nouveau vers le bar. Je remplis généreusement nos verres avant de lui tendre le sien.

— Alors, ce soir, mon cher Alec, nous allons nous amuser !

Il me rendit son sourire. C'était décidé, ce soir, nous allions tout oublier.

Chapitre 19

Affalée sur le canapé d'Andrew et Madison, je me souvins malgré moi que Shane m'y avait embrassée, quelques semaines auparavant. J'avais été idiote d'avoir voulu me servir de lui. Mon instinct me disait qu'il ne tarderait pas à se venger, car j'avais visiblement heurté sa fierté disproportionnée, bien qu'il ait uniquement voulu coucher avec moi.

Quand Alec arriva avec une bouteille de whisky, je ne pus m'empêcher de rire. Avec tout l'alcool que nous avions déjà ingurgité, ce dernier litre allait nous être fatal.

Il s'assit grossièrement à côté de moi, envahissant mon espace vital. Je le poussai en braillant comme une enfant.

— Dégage ! Tu m'écrases !

Il rit, puis se décala vers l'accoudoir.

J'ignorais l'heure qu'il était, mais ce qui était sûr, c'était que nous nous étions bien éclatés. J'avais passé l'intégralité de la fête avec lui, sans vraiment faire attention aux autres. Nous avions joué à des jeux improbables, chanté et dansé de manière ridicule. Cela faisait bien longtemps que je ne m'étais pas autant amusée.

— Hé, j'ai une question, Adriana.

Habituellement, je détestais qu'on m'appelle ainsi, car ce n'était pas mon prénom, mais à cet instant, j'étais bien trop soûle pour réprimander Alec.

— Oui ?

— Tu crois que si j'avais été célibataire, j'aurais pu me taper beaucoup de filles ici ?

Je pris le temps réfléchir pour répondre quelque chose de censé.

— Euh oui, Alec. T'es un bel homme, et à mon avis n'importe quelle fille de cette soirée aurait pu te dire oui.

Il hocha la tête, pensif. Faire fonctionner nos méninges devenait compliqué.

— Et toi ? Tu m'aurais dit oui ?

Sous l'effet de la surprise, j'avalai de travers le whisky que j'étais en train de boire. Je me mis à tousser, affolée.

— Calme-toi, je plaisante !

Je me détendis aussitôt en entendant son rire. Je n'avais pas vraiment de réponse honnête à lui donner. Dire non aurait été mentir, car il était vraiment charmant, mais dire oui aurait été de la folie. Notre relation n'avait clairement pas cet aspect-là.

Un silence pesant s'en suivit jusqu'à que Madison arrive dans la pièce, accompagnée d'Andrew. L'appartement s'était déjà bien vidé, nous devions être moins de dix.

— Je crois que tes potes veulent te parler, m'annonça Alec alors que Madison nous observait avec curiosité.

Il avait du mal à s'exprimer, certainement à cause de l'alcool, tout comme j'eus des difficultés à me lever de ce canapé si confortable.

— Je crois aussi.

Alors que je marchais vers mes deux meilleurs amis, la voix rauque d'Alec retentit :

— Ne t'éloigne pas trop.

Ahuri, Andrew lui jeta un nouveau regard haineux. Lui et Madison m'emmenèrent dans leur cuisine. Je m'appuyai contre le plan de travail, titubant trop pour rester debout sans me tenir à quelque chose.

— C'est qui ce mec, pour toi, Adria ?

Le ton sérieux de Madison me refroidit. Quelque chose la dérangeait clairement.

— Je le trouvais sexy et attirant jusqu'à que je repère son alliance et qu'Andrew me confirme qu'il habite chez toi en ce moment !

Je fusillai à mon tour Andrew du regard. Son air semblait vouloir me dire « Débrouille-toi pour te sortir de cette galère. »

— C'est un ami d'Arizona.

— Pourquoi on n'a jamais entendu parler de lui auparavant ?

— Parce qu'on avait perdu contact quand je suis venue vivre en Floride, dis-je en tentant de paraître sûre de moi.

— Et votre façon de parler, de rigoler… es-tu certaine qu'il veut uniquement de l'amitié ? insista Madison.

— Écoute, je suis touchée que vous vous inquiétiez mais vraiment, il n'y a pas de quoi. Il ne se passe rien entre Alec et moi.

Cette discussion absurde m'horripilait et avait sans conteste pour origine l'imagination tordue d'Andrew. Son comportement allait finir par consumer notre amitié.

— Je suis fatiguée, on devrait rentrer, repris-je.

— Pas dans cet état-là, intervint Andrew.

— T'as pas une petite blonde pour t'occuper, toi ? répliquai-je, agacée.

J'avais voulu l'énerver, mais au vu de son sourire vainqueur, c'était un échec.

— T'es jalouse ?

Je compris alors qu'il se méprenait quant à ma réaction.

— Bon, ça suffit. On va rester dormir là, soupirai-je en déclarant forfait.

— Le canapé n'est adapté que pour une personne, continua Andrew.

— Ce n'est pas un souci, Alec va prendre le canapé et moi j'irai dormir avec Madi.

Visiblement contrarié, mon meilleur ami grinça des dents, mais quitta rapidement la pièce, me laissant seule avec Madison, qui était occupée à écrire un SMS. Même si l'envie d'arranger les choses avec Andrew ne me quittait pas, je m'abstins d'aller lui parler, trop fatiguée pour encore polémiquer.

Lorsque j'expliquai à Alec qu'il valait mieux que l'on reste dormir sur place, il ne se fit pas prier pour s'étaler sur le canapé. Quant à moi, je rejoignis le lit de Madison.

Je détestais le lundi, même si je savais que je pourrais passer un peu de temps avec mon frère. De plus, j'étais persuadée que la vie en société fonctionnerait mieux si l'on ne travaillait que l'après-midi. Celui qui avait prétendu que le monde appartient à ceux qui se lèvent tôt était le pire escroc de cette planète !

Comme chaque matin, Alec faisait un vacarme pas possible dans ma salle de bains, on aurait dit qu'il tapait contre tous les murs.

Alors que je m'étais extraite de mon lit, il en sortit, ne portant qu'une simple serviette autour de la taille. Ses cheveux emmêlés et mouillés dégoulinaient sur son torse musclé, son regard à la fois sombre et intense me détaillait avec amusement.

Gênée, je détournai les yeux en me mordant la lèvre. Quelle idiote ! Il m'avait prise en flagrant délit en train de le mater. Je maudis intérieurement mes hormones féminines qui m'empêchaient d'être lucide dans ces moments-là. J'étais persuadée qu'il se promenait sciemment à moitié nu pour me torturer.

Et le pire, c'est que j'avais imaginé Hayden dans ce même accoutrement.

— Apparemment tu aimes que ce tu vois, Adria, commenta-t-il d'un ton railleur.

— Les T-shirts ont été créés pour une bonne raison, alors va en mettre un ! braillai-je.

Il rit tout en se dirigeant vers le salon. Bien que mal à l'aise, je devais avouer qu'être réveillée par une telle vision ne m'avait pas du tout été désagréable.

— C'est mal de regarder un homme marié de cette façon, se moqua-t-il en quittant la pièce.

Furieuse, je lui balançai mon coussin dessus, ce qui ne fit que renforcer son rire plus qu'agaçant.

Je décidai de me préparer à mon tour. Sous la douche, je réalisai que j'avais passé un très bon week-end grâce à mon nouveau colocataire. Nous étions revenus de chez Andrew et Madison dimanche en fin de matinée et, depuis, nous n'avions fait que manger et regarder des films de toutes sortes. Sa compagnie n'était pas seulement rassurante, je l'appréciais, et j'étais presque triste de me dire que cela ne durerait pas.

Comme à son habitude, Alec m'indiqua qu'il viendrait me chercher après le travail. Souhaitant la ramener, je lui avais demandé de rentrer avec ma propre voiture. Cela faisait une semaine qu'elle n'avait pas bougé du parking du United States Penitentiary Coleman, et je ne voulais pas éveiller les soupçons.

Le stress m'envahit à nouveau quand je passai les portes de la prison. Je m'étais en quelque sorte construit une bulle durant ce week-end avec cet homme que je connaissais si peu. C'était la première fois que j'avais autant ri depuis l'incarcération de Jake. J'avais essayé d'en savoir plus à son sujet mais il m'avait avoué que Hayden lui avait formellement interdit de me raconter quoi que ce soit. Peut-être était-ce mieux ainsi. S'il m'avait révélé être un tueur, j'aurais probablement eu du mal à accepter qu'il vive chez moi.

M. Tanner, qui semblait plus tendu qu'à son habitude, m'informa qu'une fouille surprise était en train d'avoir lieu. Cela expliquait pourquoi je n'avais encore croisé aucun détenu.

Une fois dans mon bureau, je soupirai et décidai de feuilleter les dossiers médicaux des prisonniers pour passer le temps et surtout en apprendre davantage à leur propos. Certains avaient de graves problèmes psychiatriques. Hayden n'était pas concerné. D'après les comptes rendus sous mes yeux, les éléments qui revenaient sur lui étaient sa capacité à « se foutre de tout », sa froideur, son côté trop mystérieux et secret que personne ne parvenait à déchiffrer. Bien que je sois légitime à consulter ces documents, l'impression de violer son intimité ne me quittait pas, je finis donc par les refermer. Pourtant, à l'inverse, lui n'avait pas hésité à fouiner dans mon passé.

Après la fouille, je rejoignis la machine à café et fus surprise de trouver la majorité des détenus dans la cafétéria. Comme à son habitude, Smith me fixait tel un prédateur. Un frisson me parcourut quand je croisai ses pupilles d'un vert perçant.

Détournant les yeux, je fus choquée face à la vision devant moi.

— Ça te fait plaisir, n'est-ce pas ?

J'eus un mouvement de recul en examinant le visage tuméfié de Shane. Il avait été clairement passé à tabac, avec son œil au beurre noir, son autre œil à moitié clos, sa pommette droite abîmée, sa lèvre inférieure éclatée.

— J'ai été agressé vendredi soir, si tu veux tout savoir. Ne fais pas semblant d'avoir de la peine pour moi.

En vérité, je ne faisais même pas semblant. Malgré le comportement qu'il avait adopté avec moi quelques jours auparavant, je ne me réjouissais pas de ce qui lui était arrivé. Personne ne méritait une telle violence.

Je m'abstins tout de même de compatir et crus défaillir quand je croisai de nouveau le regard de Smith. À son sourire en coin diabolique, je fis aussitôt le rapprochement et compris que c'était son œuvre.

Chapitre 20

J'étais partagée entre mon aversion pour son acte et une certaine reconnaissance, car je devinais qu'il l'avait fait en partie pour moi.

Cet homme éveillait en moi de nombreuses émotions. La perfection de son physique attisait un désir interdit que je me maudissais de ressentir, mais aussi une crainte indéfinissable. Sa simple présence suffisait à me déstabiliser, et je détestais ça.

Il continuait d'observer mon désarroi avec un amusement qui m'agaçait. Étant donné le pouvoir qu'il avait, bien que se trouvant en prison, je n'essayais même pas d'imaginer ce que cela donnait lorsqu'il était en liberté. Il devait se montrer incontrôlable et très dangereux.

Face à son sourire narquois, je détournai le regard et décidai de retourner dans mon bureau. J'étais lasse de ce jeu dont il tenait les ficelles et d'avoir l'impression d'être sa marionnette.

Quand l'après-midi arriva, Jake put enfin me rendre visite. J'étais ravie de pouvoir passer du temps avec mon grand frère. Malgré notre proximité, je le sentais toujours aussi loin de moi. Je n'avais qu'une hâte, qu'il puisse s'enfuir avec moi et que tout cela devienne un mauvais souvenir.

— T'as vu la gueule de cet abruti de Shane ? remarqua-t-il. On dirait qu'il n'y a pas qu'ici que tout le monde le déteste.

Je me redressai sur mon siège. J'étais étonnée d'apprendre que lui aussi détestait Shane, mais rassurée de constater qu'il n'était pas assez ami avec Hayden pour savoir qu'il était le fautif.

— Comment ça va, toi ? Je veux dire… comment tu vis la cohabitation avec le pote de Smith ?

Il serra la mâchoire en me posant la question. Il était clairement contre cette idée mais conscient qu'aucune solution alternative ne s'offrait à nous pour le moment. Un criminel me protégeait d'autres dangereux criminels.

— Il est sympa. Je ne me sens pas en danger avec lui, et puis c'est un homme marié, je ne risque rien.

Un léger sourire se dessina sur son visage. Avoir la certitude qu'il ne se passerait rien entre nous sembla le rassurer.

Nous parlâmes ensuite de nos parents devenus si froids et distants… Avant la mort de Hanna, nous avions toujours eu l'image de la famille parfaite. Ma sœur avait été une jeune femme rebelle au cœur tendre, qui était malheureusement tombée amoureuse d'un homme un peu plus âgé et surtout dangereux. Jake était alors l'étudiant beau gosse dont toutes les filles rêvaient. Quant à moi, je débutais mes études en psychologie, tout en étant déjà bien plus mature que tout le monde. À l'époque, je n'avais jamais eu de petit copain qui avait brisé mon cœur, j'avais d'autres hobbies que l'amour naïf, préférant me consacrer à la boxe ou à la guitare. J'avais vu Hanna se renfermer chaque jour un peu plus dans sa relation destructrice et malsaine, ce qui m'avait incitée à ne pas laisser un homme prendre le contrôle de mes sentiments.

J'étais persuadée d'être incapable d'aimer. Je n'étais pas la femme qu'on voulait épouser, j'étais la bonne copine avec qui on voulait juste coucher et qu'on oubliait ensuite. Certains auraient pu trouver la situation tragique mais je la jugeais rassurante. Tomber amoureux ne causait que malheur et tristesse, l'amour finissait toujours mal.

— T'es toujours avec moi ?

Je hochai la tête, réalisant je m'étais perdue dans mes réflexions.

— Tu pensais à elle, n'est-ce pas ? devina mon frère.

— Entre autres.

Je soupirai, lassée de me remémorer de douloureux souvenirs.

— Il m'arrive souvent de la voir dans mes rêves, continua-t-il. Toi, tu n'as pas changé sur un point.

Je fronçai les sourcils, ne saisissant pas où il voulait en venir.

— Depuis toujours, tu n'as jamais rien montré de tes émotions quant à sa mort. À l'enterrement, tu n'as pas versé une larme. Tout garder pour soi, c'est dangereux, Adria.

— Ne t'inquiète pas pour moi, Jake. Je vais très bien. J'avais déjà bien pleuré ce jour où… tu me l'as annoncé.

Il secoua la tête, il ne me croyait visiblement pas, et il avait probablement raison. J'avais géré ma haine en passant des heures à marteler un sac de frappe, laissant ma rage ressortir plutôt que ma tristesse.

— Je tiens tellement à toi, petite sœur ! Je déteste l'idée d'être enfermé ici alors que tu es en danger dehors.

— Tu seras bientôt dehors toi aussi.

Ses yeux se perdirent dans le vide, son visage parut se détendre, je compris qu'il s'imaginait déjà à l'extérieur, en train de mener une vie qu'il avait trop longtemps oubliée. Je n'avais pas le droit à l'échec.

Alors que je marchais vers la sortie, mon chemin croisa celui de Smith. Il était assis dans le long couloir sombre aux murs gris, pile là où il avait fait semblant de m'agresser, autrement dit en dehors du champ des caméras. Il tenait un objet à son oreille, et en l'entendant parler, je compris qu'il était au téléphone. Je ne fus même pas étonnée qu'il en ait un, comme il m'avait écrit un message lors de ma rencontre avec Alec. Étant donné le réseau qu'il avait, il devait certainement s'en procurer régulièrement des différents. En tout cas, c'est ce que j'en avais conclu, quand il y avait fait allusion dans mon bureau.

— J'en ai rien à foutre ! Retrouvez-la et enfermez-la dans une cave s'il le faut !

Toute la relation de confiance qui s'était instaurée entre nous s'évapora en un quart de seconde. Était-il sérieusement en train de programmer l'enlèvement d'une femme à distance ?

Je reculai de quelques pas quand il pivota la tête vers moi. D'abord surpris, il me fixa ensuite d'un air revêche. Après avoir coupé court à sa discussion, il se redressa.

— Alors maintenant t'espionnes mes conversations ? me demanda-t-il froidement en s'avançant vers moi.

— Je… non… je rentre.

Il haussa un sourcil. Intimidée, je m'appuyai contre le mur sur le côté. Je me détestais de ne pas parvenir à me détacher de ses yeux verts si intenses.

— Tu veux bien arrêter de me regarder comme ça ?

Sa voix n'était plus aussi agressive, j'y discernais même une douceur inhabituelle. Je mis plusieurs secondes à détourner le regard, gênée.

— Désolée.

— Ne t'excuse pas. J'apprécie, crois-moi. Mais si tu continues sur cette voie-là, tu finiras par le regretter.

Il resta bloqué sur mes lèvres un temps qui me parut interminable, puis s'en alla sans se retourner, me laissant perturbée et frustrée qu'il soit parti aussi vite.

Je repris enfin mon souffle, réalisant que je l'avais regardé avec envie et désir alors qu'il avait clairement organisé un kidnapping quelques secondes avant. Quel genre de cinglée étais-je devenue ?

Une fois à l'extérieur, je repérai rapidement Alec, qui m'attendait, les bras croisés contre son torse. Je secouai la tête, essayant de chasser Hayden de mes pensées. Il n'était que mon complice, rien de plus.

— T'as passé une bonne journée, ma belle ? m'interrogea gentiment Alec.

— Merveilleuse ! lançai-je avec ironie.

Il ignora ma réponse.

— Bon, on se rejoint devant l'appartement ?

Il avait cette étrange manie de parler comme si nous étions de vrais colocataires et que nous étions amis depuis toujours. Ce scénario allait finir par me sembler encore plus crédible qu'il ne le devrait.

— On fait ça, confirmai-je en sortant les clés de ma voiture.

— T'as intérêt à suivre, gamine ! Je ne compte pas ralentir pour te faire plaisir.

Je levai les yeux au ciel sans répondre et grimpai sur le siège conducteur, le sourire aux lèvres. Avoir enfin l'occasion de conduire me faisait un bien fou. J'avais la vague impression de retrouver un semblant d'indépendance.

Je démarrai après Alec et parvins à le suivre sur quelques kilomètres avant de le perdre. Tandis qu'il fonçait, je décidai d'aller à mon rythme, la musique à fond, profitant de ce précieux moment de solitude, songeant à ce qui s'était passé avec Hayden dans ce couloir… et à l'effet dévastateur qu'il avait sur ma raison.

En entrant dans Orlando, je réalisai qu'Alec devait m'attendre, certainement déjà arrivé à l'appartement tant j'avais pris mon temps juste pour l'agacer. Cette pensée me fit sourire quand je repérai une jeune femme blonde qui me faisait de grands signes à seulement une rue de chez moi. Fronçant les sourcils, je ralentis. Il ne me semblait pas la connaître, à moins que nous ayons été à l'école d'infirmière ensemble et que je l'aie oubliée ?

Je décidai de descendre afin d'en savoir davantage. Un peu plus âgée que moi, elle était très jolie malgré des cernes profonds. Elle portait un mini-short et un chemisier plein de taches sombres. Je compris qu'elle avait certainement un problème de voiture et qu'elle avait tenté de le résoudre seule.

— Désolée de te déranger ! Mais mon moteur fait des siennes…

Son sourire avenant me donna envie de l'aider. J'espérais qu'Alec ne s'inquiéterait pas, bien que je m'attendais déjà à un sermon digne de ce nom.

— Malheureusement, je ne m'y connais pas trop, avouai-je.

— À deux, ça ne peut qu'être plus simple ! lança-t-elle.

Je haussai les épaules et m'approchai pour voir si quelque chose me semblait anormal. J'anticipais déjà que nous devrions appeler un mécanicien.

— Au fait, moi c'est Meredith.

— Je crois que…

J'eus soudain une illumination. Alec devait certainement s'y connaître en voiture ! Il râlerait sans aucun doute, mais viendrait rapidement.

— J'ai un ami qui peut…

Avant que je puisse me retourner pour finir ma phrase, je pris un coup si violent dans l'arrière du crâne que je tombai instantanément sur le béton. Je venais de me faire piéger comme la plus stupide des débutantes ! Malgré les étoiles que j'avais devant les yeux et l'intense douleur que je ressentais, je tentai de me lever pour essayer de me défendre.

Deux longues jambes apparurent dans mon champ de vision tandis qu'un rire diabolique résonnait dans mes oreilles qui bourdonnaient.

— On n'a pas besoin de ton ami, espèce de sale garce.

Sans que je parvienne à réagir, trop sonnée, elle me souleva et me chargea dans le coffre de sa voiture malgré mes pitoyables cris de détresse. Après m'avoir attaché vaguement les mains et les pieds, elle le referma, me laissant dans le noir complet.

J'étais dans une abominable galère, envahie par la peur de ce qui m'attendait…

Chapitre 21

Attendant désespérément dans le noir que l'on me sorte de ce calvaire, je perdis la notion du temps, incapable de compter les secondes comme j'aurais dû le faire. Le coffre était étroit, mes jambes pliées contre mon ventre me coupaient le souffle dès que la voiture croisait le chemin d'un dos-d'âne. J'avais du mal à respirer et la tête qui tournait, ce qui ne faisait qu'accentuer ma panique. Je n'étais pas claustrophobe, mais n'importe quel être humain normal n'aurait pas supporté d'être enfermé ainsi. Pourquoi m'étais-je montrée si naïve ?

Ce fut lorsque mon portable se mit à vibrer dans ma poche que je compris que j'avais peut-être encore une infime chance de m'en sortir. Cette dégénérée avait pensé à me prendre mon sac mais, dans la précipitation, avait apparemment oublié de fouiller mes poches. À force de gigoter dans tous les sens, j'étais parvenue à libérer mes mains, ce qui me soulageait un peu. J'attrapai mon smartphone plus facilement que prévu, mais en remarquant que je ne connaissais pas le numéro qui m'appelait, j'hésitai à répondre. Et si je tombais sur un abruti de commercial ? Il ne m'aiderait certainement pas et croirait à une technique improbable pour le distraire de son objectif. Mais peut-être s'agissait-il d'Alec tentant de me joindre avec un téléphone différent de l'habituel ?

Je décidai de cesser de réfléchir et décrochai quand la voiture s'arrêta totalement.

— Adria.

Mon cœur rata un battement lorsque je reconnus la voix de mon interlocuteur. Voilà une personne qui pourrait me sortir de cette galère !

— Hayden ! chuchotai-je. J'ai été…

— Enlevée, ouais, je sais, m'interrompit-il d'un ton calme où je discernais pourtant une profonde haine. Je te demande de rester tranquille et de me dire tout ce que tu as eu le temps de voir.

Il me parlait avec une maîtrise déstabilisante, comme un agent du FBI aurait pu le faire. Sauf que Hayden n'était pas policier, c'était un criminel, du genre qui avait l'habitude de kidnapper des gens, d'après ce que j'avais compris de sa conversation une heure plus tôt. Je m'en voulais terriblement d'être rassurée à l'idée qu'il me vienne en aide alors qu'il était derrière les barreaux.

— C'est une femme, elle s'appelle Meredith, elle…

— Putain de bordel de merde ! me coupa Hayden en s'énervant.

Alors qu'il s'apprêtait à me dire quelque chose, le coffre s'ouvrit brusquement, et je fus aveuglée par la lumière du jour. On m'arracha mon téléphone des mains en un quart de seconde, ce qui me terrorisa à nouveau.

— Je peux savoir à qui tu parles ?

Je reconnus la voix agressive et stridente de la folle qui m'avait agressée.

— Oh ! salut, Hayden ! lança-t-elle d'un ton enjoué. Ça tombe bien que tu téléphones !

Visiblement, elle connaissait Smith, mais cela ne me rassurait pas. Il avait dû faire du mal à de nombreuses personnes qui devaient saliver à l'idée de se venger. Mais pourquoi s'en prendre à moi ? Ça n'avait aucun sens !

Quand elle me tourna le dos, j'en profitai pour me tortiller et réussis à libérer mes jambes de la corde qui les emprisonnait. Soulagée, je restais néanmoins très nerveuse, car Meredith pouvait s'en rendre compte à tout moment.

— Tu n'as aucun ordre à me donner ! Je ne suis pas l'un de tes sous-fifres.

Elle semblait si sûre d'elle, sans la moindre once de peur. Je me surpris un court instant à admirer sa confiance en elle alors qu'elle s'adressait à Hayden Smith. J'avais eu plusieurs fois l'occasion de constater qu'il ne fallait pas le contrarier.

En voulant sortir du coffre, je glissai et tombai violemment sur le sol, certainement à cause du choc que j'avais reçu à la tête. Je grimaçai et jurai intérieurement d'être aussi maladroite.

— Je crois que ta petite protégée n'a pas compris qu'il ne faut jamais essayer de s'enfuir, se moqua Meredith en me fixant.

Elle s'avança vers moi et me prit par les cheveux, m'arrachant un gémissement de douleur. Elle me lâcha soudain puis regarda sa main avec dégoût. Je vis qu'elle était tachée de sang, qui provenait certainement de ma blessure à la tête. Je n'avais pas très mal à cet endroit-là, probablement à cause de l'adrénaline et de la peur.

— Oups, dit-elle à Hayden à l'autre bout du fil, je crois que je l'ai frappée un peu trop fort ! Cette garce vient de me salir les mains.

Son visage pâlit soudain, et elle perdit toute son assurance. Ce que Smith lui avait dit semblait avoir fait son effet. Je profitai de ce moment pendant lequel elle ne me regardait pas pour étudier les lieux. Nous étions au bord d'une immense falaise contre laquelle les vagues de l'océan s'écrasaient. Dans un autre contexte, j'aurais trouvé ce lieu reposant et magnifique. Il n'y avait personne, la terre et les cailloux sous mes pieds se prolongeaient jusqu'à une petite route beaucoup plus loin. Quand j'y réfléchissais, cet endroit était parfait pour commettre un meurtre. J'en eus froid dans le dos.

Le regard de Meredith redevint dur et menaçant. Elle m'asséna un violent coup au visage qui me fit perdre l'équilibre.

— Je dois te laisser, Hayden. J'ai des comptes à régler.

Quand elle raccrocha et jeta mon smartphone sur le sol, je compris que je n'avais d'autre choix que d'affronter cette folle. Lorsqu'elle s'avança vers moi, je reculai, sans trop m'approcher du bord de la falaise, car elle serait certainement capable de me balancer dans l'eau.

— Qui es-tu ? lui demandai-je enfin.

Elle éclata d'un rire sadique, elle ne semblait vraiment pas avoir toute sa tête…

— Je suis la femme de celui que tu essaies de me voler !

Soudain, tout devint clair. Elle n'avait strictement aucun rapport avec les dangereux criminels qui voulaient se servir de moi pour faire du mal à mon frère. Cette cinglée était la femme d'Alec ! Tout compte fait, je n'étais pas du tout sûre d'être sortie d'affaire. Comment s'était-elle retrouvée ici ?

— Écoute, Meredith…

— Ferme-la ! hurla-t-elle, me faisant sursauter. Tu n'es qu'une manipulatrice ! Une salope qui veut me prendre mon mari !

Paniquée, j'ignorais comment agir. Mes études en psychologie me parurent tout à coup si loin. Tandis qu'elle se tenait le visage dans les mains comme une folle à lier de film d'horreur, j'observai partout autour de moi dans l'espoir de trouver une échappatoire.

— Pourquoi Alec ? me cria-t-elle. Il n'y a pas assez d'hommes sur cette Terre ?

Je devais absolument la calmer, ravaler toute ma fierté pour qu'elle ne me considère pas comme un danger pour son mariage.

— Je ne plais pas du tout à Alec, je t'assure que…

— Stop ! N'essaie pas de me mentir pour t'en sortir, j'ai vu comment il te regardait. Il ne m'a jamais regardée comme ça !

Totalement désemparée, j'ignorais comment la convaincre.

— Je vais te laisser deux options, enchaîna-t-elle.

Quand elle sortit une arme à feu de son long trench beige, qu'elle n'avait pas lors de notre rencontre, je sentis mes jambes se mettre à trembler.

— Je t'assure que tu te trompes ! Il ne se passe rien entre Alec et moi, je te le jure ! Je sais qu'il est marié et…

— Je ne veux rien entendre ! Je n'en ai pas plus envie que toi, mais je dois sauver mon mariage.

Je reculai encore puis m'arrêtai, comprenant qu'un pas de plus suffirait pour que je tombe en bas de la falaise.

— Je t'en prie, ne fais pas ça ! la suppliai-je, les larmes aux yeux.

L'idée de mourir maintenant pour une raison si absurde me dégoûtait. Comment le destin pouvait-il se montrer aussi cruel ? J'imaginais la tristesse de mon frère quand il apprendrait la perte de sa seconde sœur, je ne voulais pas qu'il renonce à ses rêves d'évasion…

— Soit je tire, soit tu sautes.

Mon cœur cessa de battre quand je compris que j'avais « la chance » de pouvoir choisir entre deux horribles façons de mourir.

— Tu as cinq secondes pour te décider. Je suis désolée, je ne voulais pas en arriver là. Mais je hais Hayden, il ne me laissera jamais vivre mon amour avec Alec tant que tu seras là !

Désespérée, je fermai les yeux une seconde pour prier, chose que je ne faisais absolument jamais. Qu'allait penser mon frère ? Mes parents ? Andrew et Madison ? Alec s'en voudrait très certainement pendant longtemps…

Ma vie ne pouvait pas s'arrêter comme ça, pas maintenant.

— Meredith ! Non !

Je rouvris les paupières quand la voix d'Alec résonna à quelques mètres de moi et fus soulagée de constater qu'il ne s'agissait pas d'une hallucination.

Meredith avait perdu toute son assurance et observait désormais Alec, me tournant à moitié le dos. J'en profitai pour m'éloigner du précipice.

— Alec ? souffla-t-elle comme si elle venait de voir une apparition divine.

Il se tenait droit, les poings serrés, les yeux plus sombres que jamais. Lui que je connaissais avenant et de bonne humeur, son attitude actuelle me perturbait.

— Tu as perdu la tête ! Tu ne peux pas tuer cette fille ! cria-t-il, furieux.

— Ah oui ? Et si elle reste en vie, tu vas continuer de vivre avec elle au lieu d'avec moi ? répondit-elle sur le même ton.

Assister à cette dispute de couple me mit mal à l'aise. Cette jeune femme était détruite à cause de ses sentiments, et Alec, un homme pourtant si charmant, n'était clairement plus amoureux de celle qu'il avait épousée. Cela me confirma encore une fois que l'amour était la pire chose qui existait au monde. J'avais face à moi deux âmes meurtries qui se gâchaient la vie, allant jusqu'à mettre en danger des innocents, en l'occurrence moi.

— Ce n'est que mon travail ! Tu ne peux pas tuer des gens par jalousie, Meredith ! Lâche ton arme tout de suite.

— Non ! hurla-t-elle. J'en ai assez de pourrir dans un asile pendant que tu obéis aux ordres de ce connard de Smith, car il te demande de passer du bon temps avec des salopes !

Elle se tourna de nouveau dans ma direction et s'approcha, son arme pointée sur moi. J'étais morte de peur.

— Saute, m'ordonna-t-elle.

J'hésitai à l'attraper et à la balancer dans le vide. Elle mourrait alors sur le coup, mais étais-je prête à commettre l'irréparable ? De plus, j'avais de grandes chances de tomber avec elle et de finir moi aussi en mille morceaux en bas de la falaise.

— Si tu la tues, Hayden nous tuera tous les deux ! déclara Alec, l'air grave.

Cette phrase sembla l'atteindre, car Meredith baissa son arme et pivota vers son mari, toute tremblante. Sans plus réfléchir, j'en profitai pour lui asséner un violent coup de pied à l'arrière du genou. Elle perdit l'équilibre et tomba en criant de douleur. Je courus aussitôt me réfugier derrière Alec, qui n'avait pas protesté contre mon geste envers sa femme.

— Ça va ? chuchota-t-il sans me regarder.

— Je veux partir d'ici, me contentai-je de répondre, soulagée d'être désormais en sécurité.

En nous voyant ensemble, Meredith se releva difficilement et reprit son arme, ce qui contraignit Alec à nous défendre en dégainant la sienne.

— Ne m'oblige pas à faire ça, s'il te plaît… Je n'en ai aucune envie !

Des larmes coulèrent des yeux de sa femme tandis qu'il se postait devant moi pour me protéger.

— Tu la choisis, elle ? cracha-t-elle.

Alors qu'Alec s'apprêtait à répondre, un SUV arriva à vive allure et s'arrêta près de nous. Cinq hommes en sortirent, dont les deux gardes du corps de la dernière fois, Dan et Tony, tous armés, visiblement prêts à tirer sur Meredith. Celle-ci comprit qu'elle avait perdu et se mit à pleurer. Hayden avait-il envoyé tout ce monde rien que pour me sauver ? Cette idée me fit frissonner.

— Rends-toi, accepte de repartir te faire soigner, ou les hommes de Hayden te tueront, et je ne pourrai rien faire pour toi.

Alec se montrait si froid avec sa femme que cela en était perturbant. Aucune émotion ne traversait sa voix, aucune hésitation non plus. Les laisserait-il la tuer si cela s'avérait nécessaire ?

Meredith tomba alors à genoux et les hommes de main de Smith coururent vers elle, ils lui arrachèrent son arme et lui ordonnèrent de les suivre. Elle fut rapidement emmenée dans l'une des camionnettes et n'eut même pas le temps de nous regarder une dernière fois.

Quand ils furent partis et que le calme revint, je réalisai que j'étais passée à deux doigts de la mort. Alec prit mon visage en coupe dans ses mains. Ses yeux montraient une profonde inquiétude que je n'avais encore jamais vue chez lui.

— Tu es sûre que ça va ? Heureusement que j'avais installé une appli de localisation sur ton téléphone ! D'ailleurs, où est-il ?

L'adrénaline retomba soudain, je compris que mon corps n'allait pas supporter le choc de tous ces événements quand mes jambes se dérobèrent sous mon poids. Telle une poupée de chiffon, je tombai dans les bras de mon sauveur.

— Adria ?

Je pressai ma tête dans son cou en sentant l'obscurité m'emporter.

— Tu es en sécurité, maintenant.

Ce furent les dernières paroles que j'entendis avant le trou noir.

Chapitre 22

Alors que ses deux pupilles d'un vert intense me fixaient avec désir et envie, je sentis mon corps entier s'embraser.

Les jambes croisées, j'étais assise sur le siège en cuir de mon bureau en train de mordiller mon stylo de façon sensuelle. Pourquoi adoptais-je ce comportement ? Je n'en avais aucune idée, peut-être que le coup de Meredith m'avait fait perdre la tête.

Hayden était installé en face à moi, penché, les coudes posés sur le bois du meuble qui nous séparait. Une étrange tension émanait à travers la pièce qui sembla tout à coup très étroite.

— Je ne vais pas le répéter, Adria, tu dois être plus prudente !

Son énervement provoquait des tonnes de feux d'artifice dans mon ventre. J'aimais qu'il accorde une telle importance à ma vie, et à cet instant, son autorité me parut presque sexy.

— Tu aurais pu te faire descendre !

Je hochai la tête, culpabilisant d'avoir été si naïve. Il devait me prendre pour la plus stupide des filles.

Quand il se leva brusquement et fit le tour du bureau jusqu'à moi, je ne cachai pas ma surprise. À quoi jouait-il ? Et si quelqu'un, Shane par exemple, décidait d'entrer maintenant ?

Méfiante, connaissant son caractère imprévisible, je me redressai moi aussi. Je n'avais aucune confiance en lui – ou du moins, j'essayais de m'en convaincre.

Son regard était baissé en direction de mes yeux bleus, et son corps était presque collé au mien. Alors que je m'apprêtais à reculer, il m'empêcha de bouger en m'attrapant au niveau du bas du dos.

Ce contact me fit frissonner tout entière. Il descendit sa main et saisit fermement mes fesses, me faisant hoqueter, et me poussa doucement jusqu'au mur contre lequel je m'appuyai.

Peu importe les risques que j'encourais, l'intensité de ce moment était bien trop puissante pour que j'y mette fin de ma propre volonté. Sentir son torse musclé contre ma poitrine déploya en moi un désir presque animal, un besoin qu'il me prenne maintenant et tout de suite. C'était fou, c'était inconscient et malsain, mais c'était inévitable. Il en avait autant envie que moi, je le compris quand il se mit à embrasser mon cou avec une fougue bestiale et me vola un gémissement…

J'ouvris brusquement les yeux. La migraine qui m'assaillit me faisait déjà regretter d'être réveillée.

Je venais de faire un rêve érotique avec Hayden Smith ! Oh ! mon Dieu…

— Vas-y doucement, elle ne t'a pas loupée.

La voix d'Alec me parut insupportable tant elle résonnait. Je grimaçai en sentant une douleur intense sur l'arrière de ma tête. J'espérais ne pas avoir émis de bruits étranges pendant mon sommeil, je ne tenais pas à mettre la puce à l'oreille à Alec quant au mauvais tour que mon inconscient m'avait joué.

Je me rappelai tout à coup le calvaire que j'avais vécu avec Meredith. En me remémorant ces événements dignes d'un épisode d'*Esprits criminels*, je me redressai et eus du mal à respirer, comme si j'étais prise d'une crise d'angoisse.

Je sentis deux mains saisir mon visage, et mes yeux croisèrent un regard noisette rassurant.

— Respire, Adria, c'est fini. Elle ne reviendra pas.

J'acquiesçai et parvins à me calmer doucement, peinant un peu à faire redescendre mon rythme cardiaque.

Alec s'était assis à côté de moi sur le lit, il m'apaisait comme il le pouvait.

— Si tu savais à quel point je suis désolé ! dit-il en serrant fort ma main dans la sienne. Elle a réussi à s'échapper de son asile, et…

— Laisse tomber, Alec. Je n'ai plus envie d'en parler. Tu n'y es pour rien.

Nous nous fixâmes un long moment puis je décidai de détourner le regard, gênée. J'eus du mal à tenir debout, à tel point que mon sauveur me maintint fermement pour éviter que je m'écrase sur le sol.

En relevant le visage pour le remercier, je remarquai avec nervosité la proximité de nos lèvres. Il était totalement proscrit qu'il se passe quoi que ce soit entre nous. C'était un criminel, il était marié et en plus c'était l'ami de Hayden. Étrangement, ce dernier élément ajoutait beaucoup de barrières dans mon esprit. Alec n'en restait pas moins un homme attirant, bien que j'aie fantasmé sur son cher ami quelques instants plus tôt…

— J'ai déjà envoyé un message à ton travail de ta part, tu n'iras pas aujourd'hui. Tu n'as pas ouvert l'œil de la nuit, et je pense que tu dois encore te reposer. Tu as reçu des coups assez violents.

Sachant pertinemment que je n'avais aucunement mon mot à dire, je ne répondis rien. J'étais contrariée de ne pas pouvoir discuter aujourd'hui avec Hayden des découvertes qu'il avait pu faire dans le conduit d'aération, mais en croisant mon reflet dans le miroir, je compris qu'Alec avait raison. Un bleu marquait le côté de ma joue jusqu'au contour de mon œil. Cette garce ne m'avait pas ratée, et il faudrait plus d'un jour pour que cette couleur violacée disparaisse de mon visage. Heureusement que le fond de teint existait, Dieu merci.

Ravie qu'Alec ait récupéré mon iPhone, je vérifiai qu'il n'ait pas été cassé dans sa chute et répondis au dernier message de mes parents.

Après que j'eus passé une journée à ne rien faire, avec Alec aux petits soins, qui n'osait rien me refuser tant il culpabilisait, il était temps pour moi de retourner au travail. Je mis plus d'une demi-heure à camoufler mon bleu, mais il se voyait encore.

Alec m'emmena, se donnant corps et âme pour me faire rire durant le trajet et, bien sûr, il y réussit.

Une fois que je fus à la prison, personne ne sembla remarquer qu'il m'était arrivé quelque chose. J'avais finalement bien fait de laisser mes cheveux lâchés. J'eus la bonne surprise d'apprendre que Shane était absent. Selon mes autres collègues, il avait une mauvaise grippe. J'avais peut-être plus de chance que je ne le pensais.

À peine m'étais-je installée dans mon bureau que quelqu'un entra comme une furie dans la pièce, ne craignant visiblement pas l'arrivée d'un gardien. Mon cœur rata un battement quand je vis Smith qui prenait soin de refermer la porte sans mettre le verrou, sûrement pour éviter tout soupçon si quelqu'un venait frapper. L'air très en colère, il s'approcha de moi et attrapa mon visage, l'étudiant attentivement avec ses yeux et ses mains. Au contact de sa peau, je me sentis rougir et frissonner.

Apparemment soulagé de constater que je n'avais qu'un très gros bleu à moitié caché, il soupira et partit s'asseoir sur la chaise face à moi.

— Tu dois être prudente, putain, Adria ! lança-t-il enfin.

— Ça, tu me l'as déjà dit, me murmurai-je à moi-même.

— Qu'est-ce que tu dis ? répliqua-t-il d'un ton soudain menaçant.

Je réalisai que j'avais parlé trop fort quand il se redressa brusquement et posa les mains sur mon bureau avant de se pencher vers moi. Comme si ce stupide réflexe allait m'aider, je m'enfonçai dans mon siège. Bien sûr qu'il me l'avait dit, mais dans mon rêve érotique. Si je le lui expliquais, je perdrais le peu de dignité qu'il me restait.

En y repensant, je ne pus m'empêcher de serrer les jambes. Une vague d'excitation me traversa, et j'espérai que Smith ne le remarquerait pas.

— Non, rien.

Se rasseyant, il sembla m'analyser de nouveau, je le compris à ses sourcils froncés qui le rendaient encore plus sexy. Pourquoi fallait-il qu'il soit aussi attirant ? Ne pouvait-il pas ressembler à Gollum ? Pourquoi sa détermination à me protéger me poussait-elle à l'apprécier davantage ?

— Je peux savoir ce qui t'arrive ?

Je sursautai en réalisant que j'étais en train de le contempler comme s'il était un demi-dieu. Je n'avais pas de réponse à lui donner, en tout cas aucune qui ne me ridiculiserait pas.

Nos regards étaient plongés l'un dans l'autre, et une étrange tension régnait dans la pièce, tout comme dans mon souvenir. Pourtant, j'étais bel et bien réveillée.

Le coup que j'avais reçu sur la tête m'avait peut-être vraiment plus affectée que je ne le pensais.

Je me mordis la lèvre. Quand il se redressa sur sa chaise et que son odeur parfumée et virile caressa mes narines, je me mis à l'imaginer dans un tout autre contexte. S'il n'avait pas été un criminel, j'aurais certainement pu envisager d'aller plus loin avec lui.

Il était difficile pour moi d'avouer que mon style d'homme était devenu Hayden Smith : son air froid, son regard sombre et profond, sa prestance dans n'importe quelle situation, son corps musclé rempli d'histoires à travers ses tatouages…

— Je vais renforcer ta sécurité, annonça-t-il en changeant de sujet.

— Pourquoi ? Alec joue très bien son rôle…

— Visiblement pas assez, répondit-il de façon presque agressive.

— Au fait, je…

J'ignorais comment continuer ma phrase, je n'avais pas l'habitude d'exprimer ce que je ressentais, surtout face à quelqu'un comme Smith.

— Je te remercie de m'avoir confiée à Alec, dis-je, me lançant enfin. Malgré l'incident avec sa femme, il est vraiment un colocataire attentionné, je me sens en sécurité avec lui.

Je souris en réalisant qu'Alec était presque devenu un ami, il avait un peu pris le rôle de mon grand frère, alors que le vrai était enfermé ici avec Hayden. Moi qui avais toujours dû me débrouiller seule, j'avais constaté que pouvoir me reposer sur quelqu'un me faisait du bien.

Mon sourire s'effaça quand je remarquai que l'expression de Smith s'était assombrie. Il ferma les yeux quelques instants, comme s'il essayait de se calmer. Qu'avais-je pu faire qui l'avait tant énervé ? Il n'était quand même pas… non, c'était impossible. Comment pourrait-il être jaloux d'Alec alors qu'il était incapable de ressentir quoi que ce soit ?

Je réfléchissais à d'improbables hypothèses lorsque Hayden se leva et me tourna le dos, semblant observer un tableau accroché à mon mur. Je me surpris à encore le contempler, mes yeux se posèrent sur son profil, sur ses bras…

— Tant mieux, finit-il par répondre, un peu trop sèchement, me sortant de ma torpeur. Pour en revenir à sa femme, elle ne t'embêtera plus. Je vais régler le problème ce soir.

Mon sang ne fit qu'un tour quand tout devint clair dans mon esprit. Il s'apprêtait à faire assassiner Meredith ! Je me levai aussitôt et contournai mon bureau pour me retrouver moins de deux mètres derrière lui.

— Non, Hayden ! Tu ne peux pas faire une chose pareille ! lançai-je en paniquant.

Alors que je ne m'y attendais pas, il se retourna brusquement et s'avança vers moi si rapidement que je me laissai presque tomber en arrière sur mon bureau, m'accrochant avec mes mains pour ne pas glisser.

Smith était si proche que son souffle mentholé fouetta mon visage, ce qui déclencha en moi de nouveaux frissons.

— Bien sûr que je peux, merdeuse ! rétorqua-t-il d'une voix rauque. Je n'ai aucune raison qui me retient de le faire.

Malgré l'impression d'être totalement vulnérable face à lui, je pris sur moi pour lui tenir tête.

— Pense à Alec !

— C'est ce que je fais. En me débarrassant de cette conne de Meredith, je fais un cadeau à tout le monde. Plus personne n'aura à s'occuper de ce boulet.

En toute honnêteté, je la détestais pour ce qu'elle m'avait fait, mais de là à ce qu'il la fasse tuer ? Alec n'était peut-être plus amoureux de cette femme, mais elle était comme la prunelle de ses yeux, et il ne se remettrait jamais de sa mort. Et après tout, elle était malade… elle n'était donc pas complètement responsable de ses actes.

— Il tient à elle…

— Elle est dangereuse ! Elle a réussi à s'échapper et a failli te tuer.

Tu crois qu'elle mérite que je la laisse vivre ? J'ai envie de la descendre moi-même pour ce qu'elle t'a fait.

Étrangement, sa colère me touchait. Il sembla regretter ce qu'il venait de me dire, car il n'avait visiblement pas réfléchi à ses paroles avant de les prononcer. Cela signifiait-il que j'avais de l'importance pour lui ? Ou alors me faisais-je encore des idées ? Je ne devais pas oublier que j'étais sa porte de sortie. Il était un homme dangereux, violent, qui s'octroyait le droit de vie ou de mort sur son entourage… Hayden Smith n'aimait que Hayden Smith.

Chapitre 23

Comment convaincre Hayden d'abandonner l'idée de tuer la femme d'Alec ? Bien sûr que j'étais d'avis de la faire enfermer, mais Meredith était importante pour Alec, et ce dernier était en quelque sorte devenu un ami. Ma sœur avait été assassinée, alors je ne connaissais que trop bien la douleur qu'un tel acte pouvait provoquer. Personne ne méritait d'être tué.

Prenant mon courage à deux mains, je le défiai du regard et tentai de lui faire comprendre qu'il ne m'impressionnait pas, alors qu'en réalité sa proximité m'angoissait.

— On ne tue pas les gens comme ça, Hayden.

Il haussa les sourcils, d'abord surpris, puis visiblement amusé par ma réaction moralisatrice.

— Je crois que tu surestimes ma patience, mon chat.

— Je suis très sérieuse ! répliquai-je en m'énervant.

Il attrapa ma mâchoire dans sa main, comme pour me montrer qu'il avait tous les droits, même celui de me toucher sans me demander la permission.

— Moi aussi, répondit-il, calme, ses lèvres dangereusement proches des miennes.

Je m'apprêtais à tourner le visage mais il me bloqua fermement, m'obligeant à l'affronter. Il semblait vouloir que j'assume mon culot jusqu'au bout, que je lui prouve que lui tenir tête n'était pas une folie mais un réel acte de courage de ma part.

— Peut-être que j'aime tout simplement tuer, murmura-t-il. Peut-être que j'aime faire du mal, qu'entendre ma proie hurler de douleur avant de mourir me procure un plaisir malsain. Que dis-tu de ça, chère Lawrence ?

La nausée qui me prit soudain était indescriptible. J'ignorais à quoi il jouait mais cela fonctionnait à merveille. Comment pouvais-je être attirée par un monstre pareil ? J'étais certainement aussi tordue que Meredith.

— Je suis comme ça, n'essaie pas de me changer. Je ne serai jamais l'homme que tu crois voir en moi. Tuer des gens fait partie de ma vie, je n'ai aucun regret. La culpabilité est une émotion que je ne connais pas.

Je dus lutter contre moi-même pour continuer à affronter son regard, sa main me forçant toujours à lui faire face. Notre proximité était aussi intense qu'effrayante, c'était comme si tout me hurlait de fuir mais que quelque chose me retenait.

— Je suis certaine que tu n'es pas si diabolique que tu veux bien le faire croire, dis-je en posant la main sur son avant-bras avec douceur.

Ma remarque accompagnée de mon geste sembla le déstabiliser. Je continuais à lui tenir tête et à garder mon calme alors que n'importe qui de censé aurait déjà cédé.

— Tu es bien trop naïve, se moqua-t-il en reculant et me lâchant enfin.

Maintenant qu'un petit espace séparait nos deux corps, je me sentais légèrement plus confiante. Pourtant, j'avais conscience qu'il pourrait facilement me faire taire pour toujours, s'il le souhaitait.

— Tu ne me connais pas, tu ne sais rien de mon passé. Si tu savais, tu n'oserais même pas me regarder.

Prétendre que cet aveu ne me terrorisait pas aurait été un mensonge, mais je ne comptais pas me défiler maintenant. S'il avait voulu me tuer, il l'aurait déjà fait. Or, c'était le contraire, il cherchait à me protéger coûte que coûte.

— Je me fiche de ton passé, Hayden. Ce que je te demande, c'est d'épargner une femme amoureuse qui a pété les plombs.

Il m'observa quelques instants. Son visage impassible ne m'aidait pas à déchiffrer ses pensées. Il s'était certainement beaucoup entraîné à camoufler ses émotions.

— Et pourquoi tu crois que tu comptes assez pour que je t'accorde cette faveur ?

Cette fois-ci, c'est lui qui me déstabilisa. Insinuait-il que je n'étais pas du tout importante pour lui ? Blessée dans ma fierté, je tentai de ne rien laisser paraître et adoptai comme lui une expression neutre.

— Pas moi, mais Alec si.

De nouveau, il s'approcha de moi et prit une mèche de mes cheveux entre ses doigts. Je fermai les yeux un court instant en priant pour que ma respiration se calme tout comme les battements de mon cœur.

— Tu empruntes un chemin dangereux, Adria.

Le temps que je rouvre les paupières, il se dirigeait déjà vers la porte de mon bureau. Avant de quitter la pièce, il se retourna une dernière fois sur le seuil.

— Je suis désolé que tu sois assez stupide pour croire qu'il me reste une part d'humanité.

Son petit sourire diabolique me fit comprendre que j'avais perdu. Il n'en ferait qu'à sa tête, il allait briser le cœur de l'un de ses amis sans la moindre once de culpabilité.

Une fois seule, je me dépêchai de m'asseoir, tremblante, les larmes aux yeux. Comment avais-je pu autant me tromper à son sujet ? J'avais osé imaginer pouvoir le faire changer d'avis. Il avait raison sur un point, j'étais complètement stupide. Plus vite je ferais évader Jake, plus vite Hayden Smith disparaîtrait de ma vie.

À la fin de la journée, après avoir passé un petit moment avec mon frère, j'étais heureuse de constater qu'il n'était pas au courant de ce qui m'était arrivé. Grâce à une retouche de fond de teint, il n'avait pas l'air d'avoir remarqué mon hématome.

— T'es sûre que ça va ? Tu tires une de ces têtes…

Je sursautai quand Alec m'adressa la parole, me sortant de mes pensées. Au volant, il me jetait des regards curieux.

Je mourais d'envie de lui avouer les intentions de Smith au sujet de sa femme. Mais que risquais-je si je m'amusais à de nouveau contrarier son boss ? Et s'il s'en prenait à Jake ? J'étais coincée entre ma conscience et les choix de mon cœur. Quoi qu'il arrive, Jake resterait ma priorité. Mon objectif principal était de le sortir de ce calvaire.

— Ça va, répondis-je en soupirant.

J'appuyai la tête contre la vitre et fermai les yeux pour qu'Alec comprenne que je n'avais aucune envie de parler.

— On va aller chercher un truc qui te fera plaisir, m'annonça-t-il un peu plus tard.

Je l'interrogeai plusieurs fois mais il préféra garder le secret, un sourire malicieux au coin des lèvres.

Mon colocataire nous emmena dans une petite épicerie du centre-ville d'Orlando tenue par des hommes de notre âge qui n'avaient par l'air bien commode. Il récupéra une enveloppe et leur donna une sacoche en échange. Vendait-il de la drogue sous mes yeux ?

— Y'a le compte ? s'enquit le grand au corps fin, celui qui semblait être le plus jeune.

— Vous faites affaire avec Smith, leur répondit Alec, sûr de lui.

Quand il salua le vendeur au regard de serial killer, nous sortîmes, pour mon plus grand soulagement. Dans quoi Hayden s'était-il encore fourré ?

Je me sentis mieux lorsque nous fûmes assis dans la voiture et verrouillai les portières, juste au cas où, alors qu'Alec paraissait toujours amusé.

— Tu te souviens quand je t'ai demandé des photos d'identité de toi et ton frère ?

Je hochai la tête, me remémorant ce soir-là où j'avais dû déballer tout un carton de photos que je conservais, puis un autre avec d'anciens papiers administratifs que je n'avais jamais pris le temps de trier.

— Bah voilà pourquoi, annonça-t-il en me tendant l'enveloppe.

Je l'ouvris et mon cœur rata un battement quand je réalisai que Jake et moi avions désormais deux nouvelles identités, deux faux passeports. Je soupirai en les serrant contre moi, répondant au sourire sincère d'Alec qui semblait satisfait de ma réaction.

— Merci…

— J't'en prie, Alexandra, dit-il en lisant le nom sur mon passeport.

Une fois que nous fûmes rentrés, la soirée se déroula calmement. J'étais fatiguée et j'avais besoin de me reposer, le cœur rempli d'espoir grâce à cette nouvelle vie qui se rapprochait de plus en plus.

Je n'arrivais pas à comprendre. Hayden connaissait la nature de mes sentiments, aussi malsains soient-ils. Pourtant, son regard glacial ne quittait plus le mien.

— Je t'avais dit de ne pas croire en mon humanité, déclara-t-il avant de rire.

Un long frisson me traversa l'échine, et une intense douleur me coupa le souffle. Baissant la tête, je vis qu'il venait de me planter un couteau droit dans le ventre.

— J'aime bien plus tuer que je ne pourrai jamais aimer.

Ce furent les derniers mots qu'il prononça avant que je m'écroule sur le sol, me noyant dans ma propre flaque de sang.

— Hé ! Adria ! Arrête de crier et ouvre les yeux !

À bout de souffle, cherchant désespérément de l'air, je croisai le regard fou d'inquiétude d'Alec. Il me secouait, ses mains me tenant fermement les épaules.

— Ce n'est rien, ça va aller.

Sa voix s'adoucit et ma respiration se calma quand je compris que j'avais juste fait un horrible cauchemar très réaliste.

— Je ne crois pas avoir déjà entendu quelqu'un autant hurler durant un cauchemar. Qu'est-ce qui t'a fait si peur ?

Je n'avais aucune envie d'en parler avec lui. Si je le faisais, il le répéterait sûrement à Smith, et ce dernier serait bien trop ravi de savoir que je rêvais de lui, et surtout à quel point il effrayait mon subconscient.

— Laisse tomber, finis-je par répondre.

Alec s'assit sur mon lit, envahissant encore une fois sans scrupule mon espace vital, bien que cela ne me gêne plus vraiment.

— Tu peux me parler si tu le souhaites. Je sais faire semblant de m'intéresser.

Cet homme trouvait toujours les mots pour me faire rire. De nouveau le sourire aux lèvres, je lui envoyai un coussin en plein visage, le surprenant. Je pensais qu'il allait juste répliquer, mais il me poussa totalement de mon lit, et je tombai à la renverse sur le sol froid de ma chambre, heureusement sans me faire mal.

Tout en riant à gorge déployée, il m'attrapa pour m'aider à me relever et à me rallonger sur mon lit.

— Je vais te laisser dormir.

Alors qu'il s'apprêtait à passer la porte, la solitude me pesa soudain, et je pris la pire décision possible.

— Reste.

Il se retourna, et je l'aperçus hausser un sourcil malgré la pénombre.

— S'il te plaît, reste un peu.

Je crus qu'il allait me taquiner encore ou tout simplement s'en aller, mais il s'approcha de mon lit. Il ne prononça pas un mot et reprit sa place à côté de moi. Bien que sachant que c'était mal, je me blottis dans ses bras pour essayer d'apaiser mes craintes.

Plus les heures passaient, plus ma peur augmentait. Alors qu'il était un peu plus de 4 heures du matin et qu'il me restait moins de deux heures pour me reposer, je n'avais toujours pas réussi à trouver le sommeil. Alec, quant à lui, dormait comme un bébé.

Quand mon portable se mit à vibrer, je sursautai et l'attrapai rapidement pour ne pas le déranger. Cet appel nocturne d'un nouveau numéro m'angoissa instantanément, et je décrochai…

— Juste une seconde, chuchotai-je en quittant la chambre.

Je refermai la porte, puis marchai en direction de la fenêtre de mon salon avant de m'asseoir sur le rebord.

— Dois-je comprendre que tu ne dormais pas seule ?

Lorsque la voix de Smith résonna à mon oreille, un long frisson me parcourut. Dans un automatisme incontrôlé, je touchai l'endroit où il m'avait poignardée dans mon rêve.

— Pourquoi m'appeler à cette heure ? rétorquai-je en ignorant sa remarque.

— Tu ne réponds pas à ma question.

Son ton à la fois calme et menaçant me laissait sous-entendre qu'il était jaloux.

— Non, c'est vrai, je ne dormais pas seule.

Quelques secondes, qui me parurent interminables, passèrent avant qu'il se décide à répondre.

— On change de plan. On ne peut plus attendre.

La première partie de notre conversation n'eut plus d'importance quand je compris ce qu'il venait de m'annoncer.

— Mais pourquoi ?

— Parce que le procès de ton frère va commencer, Adria, et qu'il sera bien moins présent à la prison et plus surveillé.

Je crus faire un malaise. Non, McCartney avait fini par parvenir à ses fins. C'était tellement injuste !

— Comment… Comment tu…

— J'ai des taupes un peu partout, répondit-il en devinant ma question.

— Oh ! mon Dieu…

Des larmes se mirent à couler de mes yeux. Je sursautai quand la lumière s'alluma et croisai le regard d'Alec. Il était torse nu, les sourcils froncés.

— Respire, mon chat. Je t'assure que nous serons dehors bien avant que la peine de mort soit prononcée à l'encontre de Lawrence. J'espère que ta valise est prête, nous sortons la semaine prochaine.

Chapitre 24

— Adria, calme-toi ! Céder à la panique ne sert à rien !

Alec, qui s'était finalement réveillé, désespérait de me voir tourner en rond dans mon appartement. Mais comment pouvais-je me calmer ? Mon frère, la seule véritable famille qu'il me restait, risquait d'être condamné à mort.

— Adria ! cria Alec.

— Non, je ne me calmerai pas ! répondis-je sur le même ton. Tu ne comprends pas ? Ils veulent faire tuer mon frère alors qu'il a assassiné une ordure ! C'est une simple question d'orgueil !

Furieuse, je brisai un vase en verre sur le sol. Je me sentais essoufflée, envahie d'une haine qui me consumait.

Même Alec, qui se fichait habituellement toujours de tout, semblait surpris par ma réaction excessive, et il n'imaginait pas le degré de ma colère actuelle.

— On va le sauver, ton frère, m'assura-t-il plus calmement.

Les poings serrés, prête à frapper dans la première chose qui me viendrait sous la main, je me tournai dans sa direction.

— Oh oui, on va le sauver. Et si je te promets une chose, Alec, c'est que je marcherai sur tous ceux qui se mettront en travers de mon chemin.

Pour la première fois de ma vie, je pensais réellement ces paroles, je ne bluffais pas un seul instant.

Dans mon bureau, je réfléchissais à plusieurs idées pour notre plan d'évasion en attendant l'arrivée d'un détenu pour sa consultation. Ma nuit blanche ne m'aidait pas franchement.

Je n'avais que quelques jours. Le début du procès de Jake était prévu pour vendredi prochain à 14 heures. Et à ce moment-là, je savais ce qui se passerait, la police serait concentrée autour de lui pour s'assurer qu'il n'y ait aucun problème durant toute la période du jugement. Je devais donc me débrouiller pour le faire sortir jeudi dernier délai. Cela nous laissait seulement quelques jours pour décider de tous les détails afin que tout soit parfait.

J'espérais que Shane ne reviendrait pas avant ce jour-là, car je craignais qu'il ne me pose des difficultés supplémentaires.

J'avais pensé à neutraliser chaque gardien, mais même avec cette méthode, nous ne passerions jamais les miradors vivants. Les employés qui surveillaient du haut de ces tours avaient l'ordre d'abattre le premier individu qui tenterait de s'enfuir. De plus, les gardiens changeaient régulièrement, il serait compliqué de m'occuper de tous les neutraliser.

J'avais également réfléchi à endormir tous mes collègues du centre pénitencier à l'aide d'un gaz mais encore une fois, les risques étaient bien trop importants. Et, de toute façon, il serait impossible de faire entrer un tel produit en si grande quantité dans la prison. Et si je ne parvenais pas à tous les atteindre, les autorités seraient aussitôt alertées. Toutes mes idées semblaient pires les unes que les autres.

— Tu devrais prendre des couleurs, chaton. Tu me ferais presque peur tant tu es pâle, et Dieu sait que je n'ai peur de rien.

J'ignorais si j'étais soulagée ou excédée par sa soudaine intrusion dans mon bureau. La vue de son sourire me fit pencher pour la première option.

— Hayden, soupirai-je.

— Adria, répondit-il en fermant la porte.

Il ne tarda pas à s'asseoir et croisa les jambes en mettant ses chaussures sur mon bureau, ce qui m'agaça encore plus. Il avait visiblement volé le rendez-vous d'un autre détenu.

— Alec m'a dit pour tes excès de colère. Tu devrais te calmer.

— Tu n'as rien de mieux à faire que de venir m'emmerder, comme par exemple préparer le meurtre de la femme de ton ami ?

— Je te trouve bien mauvaise, ce matin. Le manque de sommeil n'a pas l'air de te réussir.

Son sourire narquois avait le don de m'énerver mais je décidai de passer outre, ayant d'autres chats à fouetter pour le moment. Je réalisai qu'il ne s'était toujours pas occupé de Meredith, ou bien Alec ne le savait pas encore.

Smith retira ses pieds de mon bureau et fronça les sourcils en observant les feuilles remplies de schémas, d'idées et de points importants. Alors que j'avais imaginé qu'il me donnerait son avis, il se mit à rire.

— Tu trouves ça drôle ? crachai-je en me levant. C'est si amusant que ça ?

Il était redevenu sérieux à l'instant où je m'étais montrée menaçante. Il se redressa à son tour, comme pour m'impressionner. Je ne me démontai pas. J'en avais assez qu'il prenne tout à la légère, alors qu'une vie, et pas n'importe laquelle, dépendait de ce que nous allions organiser.

— Tu devrais vraiment songer à te calmer, m'avertit-il d'un ton autoritaire.

Il me fit perdre confiance en moi alors que j'étais déterminée à ne pas céder cette fois-ci.

— Hayden, il s'agit de la vie de mon frère.

Je savais que les tremblements de ma voix attestaient de ma faiblesse, et je détestais ça. L'idée qu'il puisse me prendre pour une fille sensible et fragile me rendait dingue. Mais que pouvais-je y faire ? J'étais désespérée et n'importe qui de censé s'en apercevrait.

Étonnement, je ne vis plus aucune trace d'animosité dans son regard. Je luttais contre moi-même pour ne pas verser de larmes, pour ne pas craquer maintenant.

Je sursautai quand il fit le tour du bureau pour se poster juste face à moi, nos deux corps se touchant presque.

Avant, j'aurais eu peur de cette proximité entre nous. Aujourd'hui, elle avait chez moi un tout autre effet, à la fois apaisant et excitant. Je sentais son parfum enivrant caresser mes narines.

Il posa ses grandes mains chaudes sur mes joues et m'obligea à lever mon visage vers le sien. Ce contact provoqua en moi des milliers de frissons.

— Écoute-moi, Adria, je ne peux pas te promettre que personne ne va mourir, mais je peux t'assurer que ce ne sera pas Jake.

La douceur de sa voix rauque me surprit.

— Il s'évadera de prison, tu peux me faire confiance. Je suis un homme de parole.

Je hochai la tête tout en me noyant dans le vert hypnotisant de ses yeux. J'ignorais pourquoi mais je lui faisais effectivement confiance. Il avait peut-être des côtés très sombres, mais je restais convaincue qu'il était digne et qu'il tiendrait sa promesse.

Une étrange atmosphère s'était installée dans la pièce et me rappela soudain mon rêve érotique. Je sentis le rouge me monter aux joues. Cela amusa Hayden, qui avait maintenant un sourire en coin.

— Qu'y a-t-il, mon chat ? Aurais-tu de la fièvre ?

Incapable de répondre, je me contentai de reculer à pas lents. Il me suivit de près, jusqu'à ce que je me retrouve bloquée entre le mur et lui.

Je ne le quittai pas des yeux, à la fois euphorique et effrayée, mais pas par lui. Par ce qu'il pourrait faire et les réactions que je pourrais avoir.

Sa main toucha mon front comme pour vérifier ma température, mais nous savions tous les deux que ce n'était pas une quelconque maladie qui réchauffait mon corps à cet instant.

Je me mis à mordre ma lèvre, comme pour calmer mes ardeurs, ce qui montra à Smith qu'il me faisait de l'effet, bien plus que je ne l'aurais voulu.

Ma respiration était lente, contrairement à mon cœur qui battait la chamade, si fort que j'eus presque peur qu'il ne sorte de ma poitrine.

Sa main quitta mon front pour venir caresser ma joue avec une délicatesse que je ne lui connaissais pas, puis il descendit jusqu'à ma mâchoire. Un instant, je crus qu'il allait approcher son visage pour m'embrasser, mais il n'en fit rien. Ou du moins, il n'en avait pas encore l'intention. Quant à moi, j'ignorais si je serais capable de le repousser si cela se produisait.

Lorsqu'il descendit cette fois-ci jusqu'à mon cou, mes jambes se mirent à trembler. Je le connaissais à peine, il était tout ce que je devais fuir, et je lui permettais de me toucher librement.

Rapidement, il atteignit l'ouverture de mon chemiser et détacha avec une facilité déconcertante le premier bouton, puis le deuxième, ce qui le laissa apercevoir la naissance de ma poitrine et mon soutien-gorge.

Le désir que je vis apparaître dans ses yeux m'embrasa tout entière. Je frissonnais à son contact.

Il appuya son autre main contre le mur, juste à côté de ma tête, et se pencha vers moi. Il huma mes cheveux et se dirigea vers mon cou, où il déposa un baiser brûlant qui éveilla encore davantage mes sens. Je n'aurais jamais imaginé Hayden Smith embrasser ma peau avec une telle douceur, il réveillait en moi un désir tout nouveau.

Il dévora mon cou avec une telle vigueur que je dus m'accrocher au sien en l'entourant de mes bras ; je me mis à gémir. Il trembla contre moi.

Je me sentais si petite face à son corps musclé, pourtant j'avais la sensation d'être à l'abri de tout. Je voulais plus, bien plus. Je le voulais tout entier, et malgré les dangers potentiels, la seule chose que je souhaitais était de m'évader un long moment avec lui.

Quand il me souleva et que j'entourai mes jambes autour de sa taille, je pus constater qu'il était tout aussi excité que moi. Alors que je ne m'y attendais pas, il releva le visage et m'observa quelques secondes, fixant intensément ma bouche charnue. Je n'avais qu'une envie, qu'il la dévore comme il avait dévoré mon cou.

Il s'approcha doucement, je pouvais sentir son souffle chaud se confondre avec le mien, j'allais goûter ses lèvres qui me faisaient tant rêver…

— Mademoiselle Stevens ? Smith est-il avec vous ?

La voix masculine qui résonna derrière la porte nous interrompit aussitôt. Hayden ne put cacher son agacement.

Il s'écarta, et je me dépêchai de reboutonner mon chemisier et de me recoiffer.

— Oui, pourquoi ? criai-je enfin.

Hayden eut à peine le temps de se rasseoir à sa place que le gardien entrait sans même demander la permission. J'étais persuadée que l'excitation se lisait encore sur mon visage, ce qui amusa Smith d'après son sourire narquois.

— Parce que ce n'était pas l'heure de son rendez-vous. Tu te crois où, Smith ?

Ce dernier se leva en foudroyant le maton du regard avant de se diriger vers la porte.

— De toute façon, on a fini pour aujourd'hui, déclara-t-il.

Sa phrase pleine de sous-entendus me fit rougir. Par chance, le gardien était trop occupé à le surveiller pour s'en rendre compte.

Une fois la porte refermée, je mis plusieurs minutes à reprendre mes esprits. J'étais devenue folle, je ne voyais que cette option.

À mon grand regret, je n'avais pas pu rencontrer Jake aujourd'hui, il avait eu rendez-vous avec M. Tanner afin que ce dernier lui explique le déroulé de son procès et les règles strictes à ce sujet, puis son avocat avait passé l'après-midi avec lui pour préparer sa défense. Je l'avais moi-même trouvé et payé pour qu'il ne se retrouve pas avec un vulgaire commis d'office. Je ne voulais prendre aucun risque, au cas où l'évasion échouerait.

Alors qu'Alec et moi étions enfin rentrés, mon portable vibra. Quand le message d'un numéro inconnu s'afficha sur mon écran, je m'étouffai avec le raisin que je venais d'avaler.

— Non, mais tu sais plus manger ? râla Alec en me tapant dans le dos tandis que je toussais sans m'arrêter.

Heureusement, le fruit ne me fut pas fatal, et je pus lire le SMS provenant de Smith.

J'ai réfléchi à ta requête et j'ai finalement épargné Meredith. Mais si elle retouche à un seul de tes cheveux, je la descends moi-même.

Je me réjouis de ce message inattendu.

— Qui est-ce qui te fait sourire comme ça ? m'interrogea Alec.

— Personne, répondis-je presque trop rapidement.

Il haussa les sourcils, surpris. Il savait très bien que mes rapports avec mes amis étaient plutôt tendus depuis la dernière soirée que nous avions passée chez eux, et que je ne parlais à pratiquement personne. Il devait se douter de qui il s'agissait réellement.

— Comment va Meredith ? le questionnai-je pour changer de sujet et m'assurer que Hayden m'avait dit la vérité.

Alec me regarda curieusement, comme si j'étais totalement folle.

— Tu demandes des nouvelles des gens qui essaient de te tuer, toi ?

Je levai les yeux au ciel, même si je savais qu'il avait raison. C'était absurde que je me préoccupe de son état, mais je devais découvrir si Hayden était un homme honnête ou non.

— Si ça t'intéresse vraiment, son infirmière m'a appelé ce matin pour me dire que son nouveau traitement fonctionne et que sa paranoïa s'est calmée.

Heureuse de constater qu'il ne m'avait pas menti, je lui envoyai :

Tu as pris la bonne décision.

— Si je peux te donner un conseil, c'est de ne rien attendre de lui, me déclara Alec. Tu seras forcément déçue.

Il avait effectivement deviné qui m'avait transmis ce message.

— Crois-moi, il m'a déjà prouvé certaines choses, répondis-je pour semer le trouble dans sa tête.

Préférant éviter une conversation pénible, je quittai la pièce. C'était probablement absurde de penser ainsi, mais le fait qu'il n'ait pas tué Meredith montrait qu'il avait encore une part d'humanité en lui, même s'il allait falloir du temps pour qu'elle refasse surface…

Chapitre 25

J'avais passé la nuit à rêver de Hayden sans pouvoir m'en empêcher. Ce qui s'était produit dans mon bureau n'avait fait que rendre mes songes encore plus intenses et réels.

Alec avait cherché à me tirer les vers du nez toute la soirée mais, malgré son insistance, je n'avais rien dit. J'étais intimement convaincue que notre dérapage devait rester secret. Je n'avais aucune envie de le partager avec qui que ce soit.

Ce vendredi allait être particulier pour moi, car ce soir je devais me rendre chez Andrew et Madison. Mes deux amis souhaitaient me parler sérieusement, et je sentais déjà le flot de reproches arriver.

— Alors ce soir on va chez tes potes chiants, c'est ça ? me demanda Alec en se préparant une tartine.

— Non, je vais chez mes amis et toi tu restes ici, reformulai-je en me faisant un café.

Se levant de table, il rit et s'approcha de moi, les bras croisés sur le torse.

— C'est non.

— Alec ! Mes relations avec eux sont déjà assez tendues comme ça ! Si tu m'accompagnes, ils n'oseront pas me parler à cœur ouvert et croiront que je leur ai menti.

— C'est le cas, non ?

Je soupirai en tapant violemment sur la machine à café, qui ne sortait que de l'eau chaude.

— Hayden m'a dit de ne pas te lâcher, alors je ne te lâcherai pas.

— Et s'il te disait de sauter d'un pont, tu le ferais ? rétorquai-je, exaspérée.

Alec fit semblant de réfléchir, ce qui accentua mon agacement.

— S'il avait une arme pointée sur moi, très certainement, oui.

Le trouvant exaspérant, je levai les yeux au ciel. Il ne prenait jamais rien au sérieux, tout n'était qu'un jeu pour lui.

— Je viendrai avec toi, que tu le veuilles ou non, Adria.

Je tapai de nouveau sur la machine, m'énervant toute seule.

— Tu devrais essayer avec une capsule, je suis sûr que ça réglerait ton problème, lança-t-il d'un ton moqueur en quittant la pièce.

Je mis quelques secondes à réaliser qu'effectivement, j'avais omis ce détail. En plus d'être une mauvaise négociatrice, j'étais affreusement tête en l'air.

Durant tout le trajet jusqu'à la prison, j'avais tenté de convaincre Alec de me laisser voir seule mes amis, mais bien entendu, fidèle aux instructions de Hayden, il refusait catégoriquement. Pourtant, je ne risquais pas de me faire enlever ou tuer dans leur appartement ! Les ennemis de mon frère voulaient peut-être ma peau, mais ils n'étaient pas complètement débiles. Il serait trop compliqué de me faire du mal devant des innocents qui appelleraient immédiatement la police. Enfin, je le supposais.

Alors qu'il venait de se garer sur le parking, son téléphone sonna.

— À ce soir, me lança-t-il avant de décrocher.

Nerveuse à l'idée de revoir Hayden, je sortis de la voiture. J'ignorais quel comportement adopter, si je devais laisser ce qui s'était produit la veille se reproduire ou y mettre un terme définitivement.

Alors que j'allais passer la grille, un claquement de portière attira mon attention. Quand je me retournai, mon cœur rata un battement. Quelque chose de grave était arrivé. Alec était à genoux, par terre, la tête baissée, l'air anéanti.

Morte d'inquiétude, je courus vers lui.

— Alec ! criai-je.

Il ne sembla pas me remarquer lorsque je m'agenouillai devant lui.

— Mais qu'est-ce qui se passe ?

Quand il leva le visage vers moi, les yeux embués de larmes, je peinai à le reconnaître.

— Laisse-moi, Adria ! balança-t-il avec agressivité.

Je ne comprenais absolument rien, sauf qu'il était dévasté.

— Dis-moi…, le suppliai-je en posant la main sur son avant-bras.

— Je te dis de me laisser ! m'ordonna-t-il, la repoussant brusquement.

— Mais tu as besoin de moi, Alec ! Regarde dans quel état tu es…

Le voir ainsi me brisait le cœur. Je m'étais énormément attachée à lui, bien plus que je ne voulais l'admettre.

— Quand est-ce que tu comprendras que le monde ne tourne pas autour de toi ? ! me cracha-t-il à la figure.

Je savais qu'il me blessait pour extérioriser sa colère. Et en d'autres circonstances j'aurais contre-attaqué, mais cette fois-ci il me sembla préférable de rester silencieuse. À quoi bon m'énerver ? La situation devait être dramatique pour qu'il se montre si agressif.

— C'est de ta faute si elle est morte !

Je tombai des nues en comprenant ce qu'il venait d'apprendre : le décès de Meredith.

— Oh ! mon Dieu, Alec, je…

Avant que je puisse finir ma phrase, il repoussa violemment la main que j'avais posée sur son épaule et se releva.

— Je t'ai dit de dégager, d'accord ? J'ai besoin d'être seul.

Alors que je m'apprêtais à monter dans sa voiture avec lui, il ne m'en laissa pas le temps et démarra en trombe, faisant crisser les pneus.

Je ne pus contenir mes larmes en réalisant que je m'étais totalement trompée, Smith était la pire ordure que cette Terre puisse porter. Cette fois-ci, j'étais bien déterminée à entrer dans la prison et à y régler mes comptes.

Folle de rage, je passai la sécurité et atteignis la cafétéria où les détenus petit-déjeunaient. Sans surprise, je trouvai Smith en train de faire la conversation à Jake à une table.

Peu m'importait si cela paraissait louche, je n'allais certainement pas prendre de pincettes dans un moment pareil. Il devait payer pour ce qu'il avait osé faire à son soi-disant ami.

Leurs sourires s'effacèrent à l'instant où ils m'aperçurent. Je marchai vers eux d'un pas déterminé.

— Adria, ça v…

— Jake, l'interrompis-je. Ne parle pas avec cette espèce de…

— Fais gaffe, mon chat, m'interpella Smith en me foudroyant du regard.

— Tu n'es qu'un menteur, une ordure sans le moindre scrupule ! Tu ne mérites même pas de vivre et encore moins de sortir d'ici, tu m'entends ? !

Bien que je fasse attention à parler tout bas, plusieurs détenus à proximité tournèrent le regard vers moi, visiblement amusés par la scène.

— À quoi tu joues ? gronda mon frère. Ce n'est ni le lieu ni le moment de…

— Je ne crois pas qu'il y ait de bons moments pour ce genre de choses, continuai-je. Ton nouveau pote, tu sais ce qu'il a fait ?

Si les yeux de Smith avaient été des armes à feu, ils m'auraient probablement déjà tuée. Je ne l'avais jamais vu me fixer avant tant de haine, mais cela m'était égal.

— Il a fait assassiner une pauvre femme ! Eh oui ! Parce qu'il n'accorde aucune valeur à la vie des autres !

Je sus que je l'avais touché dans son orgueil, car il se leva et tapa les mains sur la table. Jake quitta sa chaise également, mais plutôt pour calmer la tension qui régnait.

— Je peux savoir ce qu'il se passe ici ?

Cette voix, elle était certainement la dernière que je souhaitais entendre à ce moment précis. Je roulai des yeux avant de me retourner brutalement.

— Ce n'est pas le moment, Shane. Passe ton chemin.

Il haussa les sourcils face à mon agressivité. Alors que j'espérais qu'il s'en aille, il m'attrapa par le bras et me tira sans la moindre délicatesse.

— Lâche-moi !

Sa poigne se raffermit, et sous les sifflements des autres prisonniers, il m'emmena de force jusqu'à un petit couloir, celui où j'avais déjà rencontré Smith plusieurs fois. Celui-ci était peu fréquenté, évidemment.

— Qu'est-ce qui te prend ?

— Je t'interdis de me toucher, t'as compris ? criai-je sans même essayer de me faire discrète.

J'avais dû blesser son ego surdimensionné et, bien entendu, il voulait me le faire payer.

— À quoi tu joues avec Lawrence et Smith ? Qu'est-ce que tu caches ?

Sa façon de se mêler de mes affaires m'agaçait profondément. Ma colère ne redescendait pas, mais la peur de mettre en péril toutes ces dernières semaines m'obligea à me contrôler.

— Fous-moi la paix, ça vaut mieux pour toi.

Alors que j'allais partir, j'eus la surprise de voir Hayden arriver droit vers nous, le regard plus sombre que jamais. Mon collègue me poussa soudain contre le mur, assez violemment.

— Réponds à mes questions.

Je ne sus si c'était de l'adrénaline ou la peur que Smith ne fasse une bêtise qui le conduirait à l'isolement pendant des semaines – et nous n'avions pas des semaines devant nous – mais je fis preuve d'une force que je ne me connaissais pas. Je m'essayai sur Shane à une prise apprise quelques mois plus tôt qui fonctionna à merveille, puisqu'en lui tordant le bras, je réussis à plaquer son visage contre le mur. Mon coach de boxe m'avait enseigné beaucoup de choses, également en self-défense, et je l'en remerciai intérieurement à ce moment-là.

— Je t'ai dit de me foutre la paix ! lui répétai-je en appuyant un peu plus sur sa tête.

L'humiliation que je venais de lui imposer, qui plus est devant un détenu, ne resterait certainement pas sans conséquence, il se vengerait à coup sûr. Mais au moins, il savait désormais que je n'étais pas qu'une gamine fragile et vulnérable.

N'attendant pas plus longtemps, je le lâchai et partis en direction de la cafétéria, ne manquant pas de donner au passage un violent coup d'épaule à Smith, qui me fit sûrement bien plus mal qu'à lui.

Encore choquée par ce que je venais de faire, je pressai le pas jusqu'à mon bureau. Depuis quand me prenais-je pour un ninja ? Je m'assis sur ma chaise, essoufflée, alors que l'adrénaline redescendait petit à petit. La douleur qu'Alec avait ressentie m'avait plus touchée que je ne le croyais.

Je préférai me calmer, ayant de nombreuses choses à faire aujourd'hui, dont plusieurs rendez-vous avec des détenus. J'espérais d'ailleurs que Smith oublie le sien.

J'avais longuement attendu mon frère, jusqu'à apprendre qu'il était de corvée de ménage dans la cafétéria à cause de mon scandale de ce matin. Il se serait apparemment dénoncé comme coupable auprès de Shane et avait prétendu m'avoir dit quelque chose de très blessant. Non seulement je passais pour l'hystérique qui ne savait pas contenir ses émotions, mais il avait risqué l'isolement. Heureusement que j'avais pu intervenir auprès de M. Tanner en prétextant avoir eu des problèmes personnels expliquant mon attitude excessive.

Encore une fois, Smith s'en sortait bien. Il décida justement d'arriver à ce moment-là, et referma doucement la porte avant de se mettre à applaudir en se rapprochant.

— Bravo pour ta petite scène, dit-il sur un ton ironique.

Je ne commentai pas et me contentai de l'agresser du regard, debout derrière le meuble qui nous séparait.

— Tu as presque failli tout faire foirer, félicitations.

— Et tu as laissé mon frère porter le chapeau, bien entendu.

Il fronça les sourcils et s'avança jusqu'à poser les mains sur mon bureau, se penchant pour réduire la distance entre nous.

— Il l'a fait pour que je puisse venir t'expliquer que tu fais erreur.

Je ne comprenais pas du tout.

— De quel droit me manques-tu de respect ? continua-t-il.

Il contourna le meuble et fit glisser son doigt sur ce dernier. Son calme de façade n'annonçait rien de bon, je pouvais sentir son énervement.

Je ne devais pas le laisser m'impressionner, pas cette fois-ci.

— Tu as tué cette fille sans penser une seule seconde à Alec alors que tu avais renoncé à le faire ! Tu m'avais même envoyé un message pour me le dire hier soir, Hayden !

J'étais au bord de l'explosion, folle de rage quant au peu d'importance qu'il accordait à cette situation. Il n'exprimait pas la moindre émotion et semblait se ficher complètement de ce que je lui disais.

— Et alors ? Tu crois que parce que tu m'as laissé te toucher hier, je te dois quelque chose ?

Ne pouvant me contrôler plus longtemps, je lui assénai une énorme gifle, qui venait certainement de signer mon arrêt de mort…

Chapitre 26

Suite au coup que je lui avais donné, Smith avait la tête tournée sur le côté. Il était trop tard pour me dégonfler, alors j'essayai tant bien que mal de cacher ma peur.

Il se mordit la lèvre et croisa mon regard. Un air sombre que je ne lui connaissais pas, et que j'aurais préféré ne jamais connaître, s'afficha sur son visage. Il me bloqua contre le mur et leva le poing. La panique m'envahit, et je fermai les yeux.

Le coup parut violent vu le bruit qu'il avait émis, mais je ne ressentis ni impact ni douleur. Quand j'eus le courage de regarder, je constatai qu'il avait frappé juste à côté de ma tête.

J'avais l'impression que mon cœur allait s'arrêter tant respirer me semblait compliqué. Alors que je pensais qu'il en avait terminé, il attrapa fermement ma mâchoire et s'approcha de moi, laissant peut-être deux petits centimètres entre nos lèvres.

— Ne refais plus jamais ça. Jamais.

Je hochai doucement la tête pour lui montrer que j'avais compris, et il s'écarta de moi. Je pus reprendre mon souffle.

— Je ne l'ai pas tuée, déclara-t-il, plein de mépris. Désolé de t'annoncer que tu fais erreur.

J'écarquillai les yeux face à cette révélation inattendue. S'il n'avait pas été Hayden Smith, je ne l'aurais certainement pas cru. Si j'avais bien compris quelque chose le concernant, c'était qu'il n'avait aucun mal à assumer ses actes.

— Mais alors… Qui a fait ça ?

Il s'éloigna de moi et se mit à marcher lentement dans la pièce, comme s'il réfléchissait.

— C'est ce que j'essaie de découvrir depuis que j'en ai été informé.

Une idée me vint en tête mais, étant un criminel, il avait certainement déjà vérifié cette option.

— Ça ne peut pas être l'un de tes hommes ?

Il commença à fouiller dans la bibliothèque en bois que j'avais dans mon bureau et en sortit une petite boîte que j'identifiai rapidement.

— Comment ces clopes ont-elles pu arriver ici ? demandai-je avec curiosité.

— Il me fallait une nouvelle planque, ton bureau n'étant pas surveillé, c'était parfait.

Il ne souriait pas, quelque chose me disait qu'il m'en voulait pour la gifle et la façon dont je lui avais parlé. Ce qui était compréhensible, vu qu'il n'était pas coupable.

— Ça ne peut pas être un de mes hommes, répondit-il enfin.

— Et pourquoi ça ?

Il alluma sa cigarette et tira dessus longuement avant de recracher sa fumée. Son regard était dirigé vers ma fenêtre avec des barreaux. Dans cette position, il ressemblait à un véritable mannequin. Plus je l'observais, moins je comprenais ses choix de vie.

Il m'arrivait de fumer aussi, très rarement, en soirée, mais je détestais le fait qu'il le fasse ici, alors que c'était strictement interdit. Seulement, au lieu de lui faire une réflexion qu'il ne prendrait absolument pas en compte, je préférai ouvrir la fenêtre pour évacuer au mieux l'odeur.

— Parce qu'ils ne me trahiraient pas. Crois-moi.

Son air sombre me fit comprendre qu'il avait raison, il fallait certainement être cinglé pour risquer de le défier. Pourtant, j'avais osé le frapper. Et il n'avait pas répliqué. Avais-je une place privilégiée pour qu'il agisse ainsi ? Ou gardait-il juste son calme jusqu'à que nous sortions tous d'ici ?

— C'est l'un de mes ennemis, mais pourquoi Meredith, c'est ce que je ne saisis pas.

Il semblait contrarié de ne pas contrôler la situation. Au vu de l'état d'Alec, heureusement qu'un autre que lui avait commis cet acte horrible.

— Alec ne va pas bien du tout, Hayden.

Son regard accusateur éveilla ma curiosité.

— Depuis quand tu t'inquiètes pour ton garde du corps ?

— Serais-tu jaloux ? ironisai-je.

Je me maudis d'avoir posé une question aussi ridicule et stupide. À son expression vide et froide, la réponse allait très certainement ne pas me plaire.

— Pour être jaloux, il faudrait déjà que je ressente quelque chose pour toi, et ce n'est pas le cas, rétorqua-t-il avec nonchalance en écrasant sa cigarette sur le bord de la fenêtre.

Comme prévu, il m'avait descendue et avait blessé ma fierté. Je décidai de ne rien montrer.

— Ne te fais pas de fausses idées, mon chat. Tu risquerais de souffrir inutilement.

— Je ne m'en fais aucune.

— Alors tant mieux, dit-il pour clore la conversation. Et ne t'amuse plus jamais à me frapper.

Je n'avais qu'une envie, qu'il s'en aille et me laisse tranquille. J'avais l'impression de me sentir trahie et salie, comme si je ne valais rien à ses yeux, comme si je n'étais qu'une femme dont il avait pu profiter lorsque ses pulsions masculines l'avaient travaillé.

— Faut qu'on parle du plan, maintenant. Je prévois ça pour jeudi.

Face à son annonce, je repris aussitôt mes esprits et acquiesçai. Je ressortis les idées de plan que j'avais mises sur papier et les lui tendis. Il les étudia.

— Pour commencer, le conduit d'aération nous servira, il est très long et peut nous emmener jusqu'à l'aile où se situe le bureau de Tanner. Le point de départ sera donc ton bureau.

Je fus soulagée d'apprendre enfin une bonne nouvelle.

— Pour détourner l'attention de la majorité des gardiens, on déclenchera une nouvelle émeute. Je m'en occuperai. Le souci, c'est qu'il faudra forcer Tanner à débloquer la sécurité de la porte de service par laquelle passent les employés.

Effectivement, le directeur de la prison bloquait directement de son bureau la sortie utilisée par les employés de service et les livreurs, au cas où une tentative d'évasion aurait lieu. J'avais eu une idée concernant ce problème.

— Tanner est effrayé par la perspective qu'il puisse m'arriver quelque chose, il craint que ça déclenche un scandale. On pourrait me faire passer pour un otage !

Hayden hocha la tête, approuvant visiblement cette option.

— Ça peut se faire, ouais. Mais il faudra que je me procure une arme.

— Je ne suis pas habilitée à en posséder une, je serais grillée tout de suite.

— C'est bien ce que je pensais, voilà pourquoi on va avoir besoin de complices. Alec et un autre de mes hommes, Nathan, se chargeront des armes. Mais pour qu'ils puissent accéder à la prison, ils auront besoin de prendre l'identité de gardiens.

Je me mis à réfléchir et me souvins d'un livret d'accueil que l'on m'avait donné à mon arrivée, avec les noms de chaque gardien.

— Si je t'envoie des photos de tous les noms des matons, tu pourrais faire des recherches sur eux ?

— Ce serait parfait ! déclara-t-il, un air satisfait sur le visage. Je m'occuperai de choisir deux gardiens à faire disparaître sans que ça paraisse louche, comme deux célibataires un peu isolés. J'aurais aussi besoin de leur emploi du temps.

— Tu m'enverras les noms de ceux qui t'intéressent, et je te communiquerai leurs horaires.

L'idée qu'il puisse faire du mal à deux employés innocents me dérangeait.

— Tu ne les tueras pas ? me risquai-je à demander, nerveuse.

— Non, je n'ai pas besoin de deux meurtres supplémentaires sur le dos. Ils feront juste un très long dodo, me rassura-t-il avec son éternel sourire narquois.

Nous nous fixâmes un instant, les yeux dans les yeux, intensément.

— Il faut que ça marche.

— Ça marchera.

Après un silence, il se leva de son fauteuil et se pencha vers moi, me regardant d'un air très sérieux.

— J'ai un tueur à retrouver. En attendant, reste vigilante. Ça pue le piège.

Sous-entendait-il que ce meurtre pouvait avoir un rapport avec moi ? Cela me paraissait peu plausible, mais j'acquiesçai, ne préférant pas en débattre. Bien qu'il soit crucial de découvrir le meurtrier de Meredith, je n'avais pas envie qu'il s'y attarde dessus pour le moment, nous avions un plan à perfectionner, en premier lieu.

Alors qu'il s'apprêtait à ouvrir la porte, il se retourna dans ma direction.

— Au fait, t'as mis une belle raclée à ce fils de pute de gardien.

Je me contentai de hocher la tête, ne voulant pas lui montrer que son compliment me touchait.

— Ne fais rien, cette fois-ci. Ça paraîtrait louche, le prévins-je en faisant allusion à la fois où il m'avait vengée.

Le clin d'œil qu'il m'adressa avant de quitter la pièce ne me rassura pas du tout. Je souhaitais qu'il concentre ses efforts sur notre évasion plutôt que de faire tabasser Shane à nouveau.

Je terminai la journée, déçue de ne pas avoir pu voir Jake. Il me manquait beaucoup et mon inquiétude à son sujet me consumait petit à petit.

J'espérais que jeudi prochain nous serions tous à l'extérieur, cachés, que nous pourrions discuter librement sans limite de temps ou surveillance.

Comme je l'avais prédit, Alec n'était pas là à ma sortie du travail. Je n'avais pas osé en dire plus à Smith et ne comptais pas le mettre au courant, au risque qu'il m'envoie un autre pseudo-garde du corps.

Je demandai à Andrew de venir me chercher par message en espérant qu'il accepterait. Après tout, je l'avais beaucoup délaissé depuis quelques semaines. Je reçus une réponse quelques instants plus tard.

Je pars de chez moi.

Je fus soulagée de constater qu'il se souciait encore assez de moi pour faire le trajet aller-retour.

Je décidai d'attendre, assise sur un gros rocher au bord de la route. Je me sentis bientôt observée, mais c'était sans doute un peu de paranoïa. J'avais pris l'habitude qu'Alec soit à mes côtés, et me retrouver seule me faisait tout drôle.

J'espérais vraiment qu'il finirait par revenir et surtout par me répondre. J'avais tenté de l'appeler une dizaine de fois, mais tombai systématiquement sur sa messagerie. À l'heure actuelle, il devait veiller le corps de sa femme et la pleurer.

Alors que j'étais impatiente à l'idée de voir mon meilleur ami arriver, mon portable sonna pour m'annoncer un SMS. Bien qu'il s'agisse d'un nouveau numéro que je ne connaissais pas, je devinai que c'était Smith.

Je veux que tu arrêtes tout rapprochement avec Alec.

Je haussai les sourcils, surprise par cet ordre aussi soudain qu'absurde. En quoi cela le gênait-il s'il ne ressentait rien pour moi ?

Il ne se passe rien avec Alec, si tu veux tout savoir.

Ne me mens pas, tu le regretterais.

Qu'est-ce que ça peut te foutre de toute façon ?

Je souris en l'imaginant s'énerver. Il était bien plus facile d'avoir du répondant à distance et sans son regard posé sur moi.

Je ne veux pas prendre le risque que tu t'attaches à lui, c'est tout. Les sentiments peuvent parfois pousser les plus déterminés à agir de façon stupide.

Je préférai ne pas répondre. Il se faisait des idées, et je commençais très probablement à m'en faire aussi, mais pas dans le même sens.

Un bruit de klaxon me fit sursauter. Je fus soulagée en apercevant Andrew.

— Bonsoir, belle demoiselle, déclara-t-il d'un ton faussement séducteur, on m'a dit que vous aviez besoin d'un chauffeur.

Je grimpai rapidement sur le siège passager, un grand sourire collé sur le visage, et le pris dans mes bras comme si ma vie en dépendait.

— Eh bien ! Je vois que je t'ai manqué, chuchota-t-il à mon oreille.

Je le lui confirmai, la tête toujours enfouie dans son cou, respirant son parfum.

Après un long câlin, je le lâchai enfin et m'installai correctement sur mon siège.

— Madi a hâte de te voir. Elle a quelque chose à nous annoncer ce soir, reprit-il en démarrant.

— Merci d'être venu me chercher, Andy.

— C'est normal.

Je me sentais vraiment apaisée d'être avec une personne que je considérais presque comme ma famille. Je n'avais pas réalisé à quel point être en froid avec lui m'avait touchée. Mais aujourd'hui, il m'avait encore une fois prouvé sa loyauté.

Durant tout le trajet, je l'écoutai me raconter les dernières nouvelles concernant sa vie et celle de Madison. Il avait retiré son attelle et reprit le travail avec pour objectif de se concentrer sur sa carrière.

— Étrangement, mon absence a montré que quand je suis présent, je suis très investi. Ils ont enfin répondu à ma requête de passer au service réa.

— Je suis très heureuse pour toi !

Même si je savais que l'évoquer dans la voiture était une bien mauvaise idée, je me décidai à aborder le sujet que j'avais trop longtemps repoussé.

— Je voudrais qu'on parle des dernières tensions qu'il y a eu entre nous, Andy.

Il resserra ses mains autour du volant et se pinça les lèvres.

— Je sais, Adi. Ma jalousie et ma possessivité n'ont pas aidé notre amitié ces derniers temps mais je travaille dessus.

— J'en suis consciente, et je t'en remercie.

Il y eut un court silence gênant, jusqu'à ce qu'Andrew se décide à s'exprimer.

— Il y a quelque temps, je me suis rendu compte que j'avais un faible pour toi, et je le sais, c'est stupide. Notre amitié est bien trop précieuse pour tout gâcher avec une relation.

Choquée par cet aveu, je restai silencieuse pour qu'il continue de se dévoiler.

— J'ai eu du mal à contrôler mes réactions mais ça n'arrivera plus, je te l'assure.

Il me regarda, et je hochai la tête, heureuse qu'il ait pris cette décision. Effectivement, rien de plus qu'une belle amitié n'aurait pu se passer avec Andrew.

Finalement, après un long moment de malaise palpable, nous arrivâmes à la coloc, le sourire aux lèvres et les tensions disparues.

Nous montâmes à l'appartement, et je pris place sur un tabouret près de leur bar tandis qu'Andrew nous servait deux bières bien fraîches.

— Et ton ami… hum… Alec ?

Je voyais qu'il se contrôlait pour ne pas se montrer mauvais envers Alec, surtout après la discussion que nous venions d'avoir.

— Il a eu un problème, il a dû partir.

Il hocha la tête et essaya de camoufler sa joie, mais ce ne fut pas une réussite.

— T'as fait quoi de ta voiture ?

— C'est une collègue qui m'a emmenée ce matin mais nous… enfin… on s'est disputées et je ne voulais pas rentrer avec elle.

Mon excuse avait visiblement fonctionné, car il ne me posa aucune autre question.

— Je suis content que tu sois là, surtout après la nouvelle concernant Jake. Je suis désolé.

Je lui souris faiblement, les larmes aux yeux, puis secouai la tête pour passer à autre chose avant de craquer. Andrew comprit et cessa d'en parler.

Alors que je buvais rapidement ma bière, la voix de ma meilleure amie résonna dans le couloir :

— Hello !

Quand elle fit son entrée dans le salon, je me précipitai pour la prendre dans mes bras et la serrer aussi fort qu'Andrew dans la voiture.

— Tu m'as trop manqué, ma chérie ! me confia-t-elle.

Elle était vraiment belle et souriante ce soir. Quelque chose avait changé chez elle, elle respirait le bonheur.

Un raclement de gorge provenant de derrière elle m'interpella, et je fus surprise de découvrir une jolie brune aux cheveux bouclés qui attendait timidement.

— Andrew, Adria, je vous présente Jessica, ma petite amie.

Mon meilleur ami et moi nous lançâmes un regard complice et fîmes semblant d'être étonnés.

— Vous vous en doutiez, avouez ! nous accusa Madison.

Après quelques rires, nous saluâmes Jessica à tour de rôle. Madison avait très bon goût, elle était sublime. Ses yeux légèrement en amande lui donnaient un charme irrésistible.

Andrew commanda des pizzas, et une fois la livraison faite nous mangeâmes tous ensemble. J'étais ravie de passer ce moment avec mes meilleurs amis et Jessica, qui s'avérait être aussi gentille qu'elle était jolie.

Ce fut une soirée plus qu'agréable. Nous descendîmes plusieurs bouteilles d'alcool. Au vu du stress que je subissais ces derniers temps, cela ne pouvait pas me faire de mal. Cependant, je n'avais cessé de penser à Alec une seule seconde.

— Alors, comment vous êtes-vous mis ensemble ? demandai-je à ma meilleure amie et sa nouvelle copine.

Madison nous raconta sa rencontre avec Jessica dans un bar lesbien, tandis qu'Andrew évoqua par la suite des anecdotes hilarantes concernant certains de ses patients. Ces révélations auraient pu lui coûter son travail, mais il n'était pas assez stupide pour en parler à n'importe qui.

— Je vous assure, ce mec croyait vraiment avoir été contaminé par le gouvernement américain, alors qu'il avait juste une mauvaise grippe.

Je ris, mes problèmes m'étaient sortis de la tête pour laisser place à mon ancienne insouciance d'étudiante. La fille que j'étais alors me manquait, ma vie me manquait. Mais malheureusement, même à cette époque, l'absence de mon frère provoquait déjà un terrible vide dans mon cœur.

Je devais accepter qu'aujourd'hui j'étais entourée de criminels et que, d'ici quelques jours, je serais considérée comme tel.

En réalisant que je voyais certainement mes meilleurs amis pour la dernière fois, je préférai m'isoler sur le petit balcon pour cacher les larmes que je n'avais pu retenir.

— Qu'est-ce qui ne va pas ?

La voix d'Andrew me fit sursauter, et j'essuyai mes yeux avant qu'il ne remarque quoi que ce soit.

— Rien, tout va bien, ne t'inquiète pas.

— Je te connais, Adria, dit-il en caressant mon dos et en s'appuyant contre la rambarde pour être à ma hauteur. Je sais que quelque chose te tracasse, que tu es triste.

Je respirai doucement pour calmer le torrent de sanglots qui me menaçait.

— Tu peux avoir confiance en moi. Parle-moi.

Bien sûr que je pouvais lui faire confiance, mais je refusais de mettre en péril mon plan. Si Smith avait été là, il se serait très certainement moqué de moi.

Mon téléphone sonna, laissant apparaître un numéro inconnu, ce devait encore être lui.

— Je dois répondre, je te rejoins après.

Comprenant qu'il était de trop, Andrew rentra pour me laisser seule. Je décrochai.

— Allô ?

— Bonsoir, mademoiselle Lawrence.

La voix grave qui venait de me parler n'était pas du tout celle de Hayden Smith. Je ne l'avais jamais entendue, et le fait que la personne m'ait appelée par mon ancien nom de famille ne me rassura en rien.

— Qui êtes-vous ?

— Mon patron souhaiterait te voir.

— Qui est votre patron ?

Je savais que sa réponse ne me plairait pas.

— Quelqu'un dont tu as certainement déjà entendu parler… Harry McCartney.

Oh ! mon Dieu ! Je crus que mon cœur allait s'arrêter quand je compris que celui qui avait menacé mon frère de me tuer m'avait retrouvée.

— Nous t'attendons en bas de l'immeuble de tes amis.

Tremblante, je pris le risque de me pencher légèrement pour vérifier qu'il disait vrai. Quand j'aperçus un homme me faire signe de la main, je reculai brusquement.

— Deux solutions s'offrent à toi, ma chère. Soit tu choisis de venir à nous, soit nous allons te chercher, et tes amis finiront avec une balle dans le crâne.

La gorge nouée, je n'arrivais à pas à croire que je me retrouvais dans une telle situation le seul soir où Alec n'était pas avec moi !

— J'ai des gardes du corps, vous ne…

— N'essaie pas de me mentir, me coupa-t-il. Nous t'avons espionnée un bon moment avant de passer à l'action. Tu avais ce cher Alec Peterson, mais nous avons fait en sorte qu'il ait d'autres… occupations, ce soir.

Mon sang se glaça. Tout devint clair. Ces malades avaient tué Meredith pour m'attraper. Alec avait donc raison, tout était de ma faute. Et Hayden Smith aussi, c'était un piège.

— Je te laisse trois minutes pour descendre, pas une de plus. Ne t'avise pas de prévenir la police, tes amis seront morts bien avant leur arrivée.

Quand il raccrocha, je compris que je n'avais plus le choix. Tout était fini.

Chapitre 27

Les secondes m'étaient comptées, et jamais je ne prendrais le risque de mettre en péril la vie de mes amis.

Malgré la peur qui me hantait, je me précipitai dans la cuisine et attrapai un couteau que je cachai dans mon sac à main. J'ignorais si j'allais réellement avoir l'occasion ou même le courage de m'en servir, mais y aller désarmée me semblait suicidaire.

Ils m'ont retrouvée ! Ils m'attendent ! Ils vont sûrement me tuer…

À peine eus-je le temps d'envoyer un message à Hayden sur le numéro avec lequel il m'avait contactée quelques heures plus tôt qu'Andrew me rejoignit dans la cuisine, les sourcils froncés.

— Tu vas me dire ce qu'il se passe ?

Il posa une de ses mains dans mon dos mais la retira immédiatement, les yeux écarquillés.

— Mais… tu trembles !

— Je dois partir, Andy. J'ai une urgence.

— Je viens avec toi.

— Non !

Mon agressivité sembla le surprendre, mais je ne pouvais pas risquer qu'il me suive.

Mon téléphone se remit à sonner. C'était les hommes de McCartney qui s'impatientaient alors que les trois minutes ne s'étaient pas écoulées. Je ne répondis pas, mais pris mon meilleur ami dans mes bras et le serrai fort.

— Je t'aime, Andrew.

— Moi aussi, je t'aime, Adria, dit-il d'un air inquiet. Laisse-moi t'accompagner, s'il te plaît…

— Je t'assure que tu ne peux pas, c'est compliqué. Dis à Madison que je l'aime et salue Jessica pour moi.

Quand il comprit que je ne changerais pas d'avis, il finit par accepter, visiblement à contrecœur.

— Tiens-moi au courant.

Je hochai la tête, sachant parfaitement que je ne le reverrais probablement jamais, et courus jusqu'à la porte d'entrée avant qu'il décide de me suivre.

Une fois que je fus dans le couloir de l'immeuble, mon téléphone recommença à sonner. J'eus les larmes aux yeux en reconnaissant cette fois-ci le numéro de Hayden.

— Bordel de merde, Adria ! Pourquoi tu ne répondais pas ? ! m'agressa-t-il d'une voix rauque.

J'étais plus que soulagée de son appel. L'entendre fit accélérer les battements de mon cœur et m'inspira malgré moi un sentiment de confiance et d'apaisement.

— Hayden, ils sont là ! Ils ont tué Meredith pour éloigner Alec de moi…

— Les fils de putes ! cracha-t-il. Tu es où ? Et où est Alec ?

— Je suis chez mes amis Andrew et Madison. Alec ne répond pas, je ne sais pas où il est, je n'ai pas eu de nouvelles depuis ce matin…

— Pourquoi tu ne m'as rien dit ? !

Il paraissait hors de lui. Je réalisai que c'était aussi probablement la toute dernière fois que je l'entendais.

— Je ne pensais pas que…

— Écoute-moi attentivement, m'interrompit-il, ils ne doivent surtout pas t'attraper. Tu dois rester cachée, je vais tout de suite donner l'adresse de tes amis à mes hommes. Dan et Tony ne doivent normalement pas être loin.

— Je ne peux pas, c'est trop tard… Si je ne me présente pas dans quelques secondes, ils tueront mes amis !

— Mais je me contrefous de tes putains de potes !

— Pas moi, Hayden.

— Adria, je te jure que si…

— Je suis désolée…

Les larmes coulant déjà abondamment de mes yeux, je lui raccrochai au nez. En arrivant chez mes amis, je n'aurais jamais songé que je m'apprêtais à mourir.

Hayden tenta de me rappeler, mais je ne répondis pas. Il ne me ferait pas changer d'avis. Après l'avoir mis en silencieux, je cachai mon téléphone dans mon soutien-gorge, espérant que mes ravisseurs ne penseraient pas à aller vérifier à cet endroit.

J'inspirai un grand coup et descendis les marches doucement, jusqu'à me retrouver dans le hall. J'ouvris la porte avant de me dégonfler et découvris quatre hommes face à moi. Il était impossible que je puisse m'en sortir.

— Tu as pris une sage décision, ma belle.

Je reconnus la voix de celui que j'avais eu au téléphone quelques instants plus tôt. Il s'agissait d'un homme d'une trentaine d'années, habillé d'un costard, avec un sourire sadique qui ne fit qu'agrandir ma peur.

— Approche, je t'en prie. Nous avons beaucoup de route à faire.

J'hésitai une seconde et reculai même d'un pas. La situation semblait divertir ces ordures.

— Tu crois qu'on a le temps de s'amuser un peu avec elle avant ? On pourrait être les chasseurs et elle la proie ? proposa un autre de mes futurs kidnappeurs en ricanant.

Âgé d'une vingtaine d'années, ce dernier devait probablement être le plus jeune.

Celui que j'avais eu au téléphone réfléchit un instant avant qu'un sourire en coin ne se dessine sur son visage.

— Très bien. On te donne quinze secondes d'avance.

Réalisant avec horreur leurs intentions, je pris discrètement mon couteau dans mon sac et laissai ce dernier tomber sur le sol. Doutant qu'ils attendent réellement le délai imparti, je me mis à courir le plus vite possible, ayant bien saisi que ma vie en dépendait.

Quand j'entendis les pneus d'une voiture crisser non loin de moi, je tournai dans une ruelle sombre. Je repérai rapidement une camionnette garée et décidai de me glisser dessous pour m'y cacher, espérant qu'ils n'auraient jamais l'idée de m'y chercher.

J'ignorais le temps qui s'était écoulé et n'osais pas sortir mon téléphone, consciente que faire le moindre bruit ou diffuser une lumière pourrait m'être fatal.

Essoufflée et tremblante, je priais pour qu'ils ne me trouvent pas, mais aussi qu'ils ne menacent pas mes meilleurs amis, si j'avais effectivement réussi à les semer. J'étais prise au piège, ils le savaient et c'était pourquoi ils avaient risqué de me perdre de vue.

Le sol me paraissait si froid… J'aurais tout donné pour être au chaud, chez moi. Un endroit que je ne reverrais très probablement jamais.

Je repensai alors à ce que Hayden m'avait dit. Il avait envoyé ses hommes à ma rescousse, comme lorsque Meredith avait tenté de me tuer. Il me restait encore un espoir.

Alors que j'avais de nouveau un semblant d'énergie, quelqu'un saisit brusquement ma cheville, je criai de terreur. Il me tira violemment, et je me retrouvai allongée face à l'un des hommes de Harry McCartney, celui qui avait envisagé de me courir après, le plus jeune.

— T'es vraiment qu'une débutante. Mais je suis ravi d'avoir pu t'attraper, j'avais deux-trois idées te concernant avant de t'embarquer.

Son sourire pervers ne présageait rien de bon. Il agrippa mes cheveux, me faisant hurler de douleur, et m'obligea à me lever avant de me balancer contre la camionnette. Morte de peur, j'étais désormais dos à lui.

— C'est rare que les missions soient aussi marrantes, tu sais, murmura-t-il dans mon oreille avant de passer sa main sous mon T-shirt et de venir caresser mon ventre.

Je me sentis nauséeuse comme jamais auparavant, avec une féroce envie de meurtre. Tout mon corps tremblait.

Alors qu'il me retournait pour que je lui fasse face, je me baissai brusquement pour ramasser mon couteau. Avant qu'il comprenne quoi que ce soit, je le lui plantai dans la jambe. Il hurla de douleur.

— Espèce de salope !

Effrayée, j'allais me sauver mais il réussit à m'attraper par les cheveux de nouveau et à me balancer sur le sol. Je m'égratignai de partout mais mon taux d'adrénaline était bien trop élevé pour que je ressente la douleur. Je ne pensais qu'à une chose : survivre. Je voulus me relever, mais il s'accroupit et m'asséna deux coups de poing, dont un que j'esquivai et l'autre qui m'étourdit.

Heureusement, mon instinct de survie m'aidait à me battre, à lutter encore.

— Tu croyais faire quoi avec ce couteau, hein ?

Je me figeai quand cette espèce de malade me le mit sous la gorge.

— On nous a ordonné de te ramener vivante, mais on ne m'a rien dit d'autre.

Soudain, je sentis une affreuse douleur traverser ma jambe et compris qu'il venait de me couper profondément. Je criai et pleurai tandis qu'il s'amusait à me faire souffrir.

— Tu m'as planté, alors que je t'ai juste coupée. Je trouve que ça ne compense pas vraiment, qu'en penses-tu ?

Je réunis toutes mes forces pour le griffer au visage et tenter de lui arracher les cheveux.

— Va au diable, espèce de connard !

Visiblement contrarié, il bloqua de nouveau mes mains, puis fit descendre la lame de mon couteau, déjà bien ensanglantée, jusqu'au col de mon T-shirt, qu'il déchira intégralement. Quand il trouva mon téléphone qui dépassait de mon soutien-gorge, il le mit dans sa poche en levant les yeux au ciel, le sourire aux lèvres malgré la souffrance que sa blessure devait lui infliger.

— Tu nous prends vraiment pour des abrutis. C'est presque vexant.

J'essayai de me dégager en tentant de me glisser sur le côté ou de le faire lâcher mes mains, en vain. Il me frappa de nouveau à la tête. J'avais le goût du sang dans ma bouche, et son poids sur moi m'empêchait de respirer correctement.

— Et si j'entaillais ton joli visage, ta peau est bien trop lisse à mon goût ! ricana-t-il d'une manière machiavélique.

À bout de force, je fermai les yeux, terrorisée à l'idée qu'il me défigure avec la lame qu'il avait retournée contre moi.

Tout à coup, trois coups de feu retentirent, m'effrayant. Je poussai un cri, l'homme au-dessus de moi paraissait en train d'agoniser. Il finit par s'écrouler totalement sur ma poitrine, me coupant le souffle. Essayant de me dégager avec le peu de force qu'il me restait, je tombai sur ses yeux grands ouverts, et pourtant totalement vides. Il était mort. J'étais bloquée sous un cadavre !

Quelqu'un le repoussa brusquement, et je pus à nouveau respirer, je toussai violemment pendant plusieurs secondes.

Je relevai la tête, et mon cœur rata un battement quand je reconnus mon héros, celui qui m'avait sauvée d'une mort certaine.

— Alec…, murmurai-je.

Il s'accroupit et examina rapidement l'état de ma blessure.

— Salut, merdeuse. Faut qu'on se barre vite de là !

Il semblait fou de rage, mais ce n'était plus contre moi. J'ignorais pourquoi il était revenu mais sa présence était un réel bonheur.

Lorsqu'il m'aida à me remettre debout, je vacillai immédiatement, sous le choc.

— Tu vas pouvoir courir ?

Il retira son sweat-shirt gris, restant en T-shirt blanc, et me l'enfila pour cacher mon corps. Par réflexe, j'essuyai le sang de ma lèvre éclatée avec la manche du vêtement.

— Tu me dois un sweat, m'informa-t-il.

Je pouffai mais m'arrêtai net quand les douleurs de mes blessures s'éveillèrent. Heureusement, elles ne m'empêcheraient pas de me sauver avec Alec.

— On y va, y'en a encore trois à buter. Je les ai vus attendre le retour de celui que j'ai eu. Mais en entendant les coups de feu, ils ont dû bouger aussi.

Je me demandai quand la police allait arriver, car tout ce vacarme avait forcément dû alerter les gens habitant aux alentours. Mais à Orlando, les règlements comptes étaient si fréquents que les autorités étaient peut-être déjà débordées.

Je pris la liberté de fouiller l'homme de Harry McCartney afin de récupérer mon téléphone et attrapai mon couteau au cas où il puisse servir à nouveau. J'eus un instant de panique en réalisant qu'un être humain venait de perdre la vie… C'était une ordure, mais il s'était éteint sur moi et cette idée me retourna l'estomac.

— Ça va aller ?

Je hochai la tête et soufflai doucement pour réprimer une envie de vomir. Je suivis mon sauveur, qui marchait rapidement, son arme à la main. Il regardait partout autour de nous, à l'affût.

Un coup de feu retentit, quelqu'un venait de nous tirer dessus et fort heureusement de nous rater. Je mis mes bras devant moi par réflexe tandis qu'Alec se tourna aussitôt et tira lui-même à trois reprises, avec une concentration admirable. Je sursautai, et l'homme face à lui tomba au sol.

— Plus que deux, déclara-t-il fièrement en soufflant sur le bout de son arme tel un cow-boy.

Sûr de lui, il n'avait pas hésité une seule seconde avant d'appuyer sur la détente. Il avait dû s'entraîner des heures et des heures pour savoir tirer ainsi. Si Hayden l'avait choisi comme bras droit, ce n'était certainement pas par hasard.

Quelques instants plus tard, nous avions à peine repris notre route dans la pénombre qu'un homme sortit de nulle part et sauta sur Alec, lui faisant perdre l'équilibre. Je paniquai quand il laissa s'échapper son arme dans sa chute, et cette dernière glissa trop loin pour que j'envisage d'aller la chercher.

Bien que mon sauveur soit musclé, celui qui tentait de l'étrangler l'était bien plus, bodybuildé d'une façon presque inhumaine. Si je n'agissais pas, Alec allait se faire tuer. Sans réfléchir davantage, fermant les yeux au moment de l'impact, je plantai mon couteau dans le dos de notre agresseur, tremblant de peur. Ce dernier poussa un cri effroyable avant de lâcher sa prise. Alec reprit le dessus, le frappa avec une force ahurissante et se leva, le regardant se tordre de douleur.

— Ta pétasse va crever, fils de…

Avant que ce psychopathe n'ait le temps de terminer sa phrase,

Alec lui asséna un redoutable coup de pied au visage qui l'assomma et lui cracha dessus, semblant fou de rage.

Malgré la douleur que lui aussi devait éprouver, il alla récupérer son arme et me fit signe de le suivre.

— On n'a plus qu'à trouver le dernier.

Nous arrivâmes bientôt devant l'immeuble de mes amis. J'espérais de tout cœur qu'ils étaient restés chez eux s'ils avaient entendu les coups de feu, c'était la décision la plus logique dans ces cas-là.

Alors que je marchais derrière Alec, quelqu'un m'attrapa violemment et je sentis un objet froid appuyé contre ma tempe, ce qui me paralysa d'effroi.

— Rends-toi ou je lui tire une balle dans le crâne !

Je reconnus sans difficulté celui que j'avais eu au téléphone. Je compris qu'Alec avait perdu le contrôle de la situation au moment où je lus de la peur dans ses yeux.

— Lâche-la ! ordonna-t-il à l'homme de Harry McCartney.

— Toi, lâche ton arme ou je la tue devant toi.

Alec se baissa doucement pour poser son pistolet au sol tandis que j'étais coincée dans les bras d'un vrai psychopathe. Je n'osais plus bouger, terrorisée qu'il puisse tuer Alec ou me tuer.

— Fais-la glisser vers moi.

Mon ami donna un coup de pied dedans pour la lui envoyer, jurant en même temps. C'était suicidaire. À mon avis, il aurait dû tenter de tuer mon ravisseur quitte à me toucher.

La perspective qu'il se fasse descendre devant moi sans que je puisse rien faire pour l'empêcher me rendait folle de rage.

— Laisse-la partir maintenant et Hayden Smith ne fera pas tout pour te retrouver !

— J'ai une meilleure idée, annonça l'autre. Je vais te tuer et l'emmener à mon patron, qui me protègera de ce connard de Smith.

Lorsqu'il tendit son arme en direction d'Alec, je criai en me débattant mais trois nouveaux coups partirent, me coupant le souffle.

J'étais en pleine crise d'angoisse, jusqu'à ce que je constate qu'Alec n'avait rien, mais que l'homme de Harry McCartney m'avait lâchée et venait de s'écrouler sur le sol.

Je fronçai les sourcils, et nous tournâmes la tête au même moment pour découvrir un groupe d'hommes.

— Je vois qu'on est arrivés pile à l'heure, plaisanta l'un d'eux.

Je pus enfin reprendre mon souffle en comprenant qu'il s'agissait des alliés de Hayden. Je n'eus aucun mal à les reconnaître, je les avais déjà vus lors de l'incident avec Meredith sur la falaise. Il y avait Dan et Tony, ceux qui veillaient sur moi lors de nos sorties avec Alec.

— Vous êtes blessés ? demanda-t-il plus sérieusement.

— Moi non, juste des hématomes qui feront leur apparition demain, mais elle oui.

— Alors emmène-la et occupe-toi d'elle, on va se charger des corps avant l'arrivée de la police.

Alec s'approcha de moi et entoura ma taille en remarquant que j'avais du mal à tenir debout, encore complètement sonnée par ce qui venait de se passer.

— Mes amis, ils…

— Ne t'inquiète pas, me coupa l'inconnu, Hayden a demandé à deux d'entre nous de veiller sur leur sécurité vingt-quatre heures sur vingt-quatre sans qu'ils ne s'en rendent compte, jusqu'à l'évasion.

Je n'arrivais pas à croire que Hayden ait fait ça pour moi. Lui qui prétendait n'accorder aucune importance à leurs vies…

— On dirait que t'es une petite chanceuse. Ce n'est pas son genre de faire ce genre de chose.

Je haussai les sourcils, ne sachant pas si je devais m'en réjouir.

— Partez vite, les flics vont bientôt débarquer.

Alec me chuchota un « Allez, viens » avant de m'aider à marcher les quelques mètres jusqu'à sa voiture.

— Au fait, je suis désolé pour ta femme, Alec, termina notre sauveur, en tapant le dos de son allié.

— Merci, Nico, répondit-il calmement.

Mon ami m'installa sur le siège passager avant de faire le tour pour s'asseoir côté conducteur et de démarrer. Je pus enfin respirer correctement et m'enfoncer dans le siège confortable, soufflant doucement, soulagée d'être en sécurité.

Alors que nous roulions depuis cinq minutes dans un silence de plomb, je décidai de demander à Alec ce qui me trottait dans la tête.

— Pourquoi t'es revenu ?

— Pour toi, Adria.

Malgré la douleur, je ne pus m'empêcher de ressentir une chaleur dans mon cœur. Il m'avait sauvé la vie alors que sa femme était morte par ma faute.

Alec était quelqu'un de merveilleux.

Chapitre 28

Une fois que nous fûmes arrivés devant mon immeuble, Alec descendit de la voiture et m'aida à sortir. Il me porta jusqu'à chez moi et m'allongea dans mon lit, avant de se précipiter dans la salle de bains pour chercher ma trousse de secours. À son retour, il grimaça en remarquant mon jean taché de sang.

— Déshabille-toi, me demanda-t-il d'un ton doux.

Repensant à la main baladeuse de mon agresseur sur mon ventre, j'éprouvai soudain une horrible gêne. Je me redressai brusquement et courus jusqu'aux toilettes pour vomir.

Quand j'eus terminé mon affaire plus que glamour, je me levai et me glissai dans ma douche. Je retirai mes vêtements avant de les lancer au sol. Alec dut comprendre que j'avais besoin de me sentir propre et ne chercha pas à entrer bien que je n'aie pas fermé le verrou.

Je ne pensai à rien à part l'eau qui caressait mon corps et le sang qui coulait sur mon pied droit. Cela me fit réaliser que j'allais certainement garder une petite cicatrice de cette abominable soirée.

Après de longues minutes à me laver et à frotter mon corps malgré la douleur à ma jambe et à la mâchoire, je décidai de sortir. Je m'entourai d'une serviette et me brossai les dents comme je le faisais chaque soir en temps normal. Sauf que la tache de sang sur le bas ma serviette blanche m'obligea à revenir à la réalité. Lorsque je sortis enfin de la petite pièce pour rejoindre la chambre, Alec était au téléphone avec mon portable.

— Elle est là, dit-il à son interlocuteur. Je ne l'ai pas encore soignée… Oui, tout de suite… D'accord, je lui dirai.

Il raccrocha et posa l'appareil sur ma table de chevet.

— C'était Hayden, il voulait savoir comment tu allais. Les autres lui ont dit que tu étais blessée.

Je hochai la tête et partis chercher des sous-vêtements dans mon placard. Hayden s'était-il inquiété ? Il m'avait pourtant affirmé ne rien ressentir. Sans doute avait-il peur que je ne puisse plus l'aider pour notre plan.

— Retourne-toi, demandai-je à Alec.

Il obéit, et je pus enfiler mes sous-vêtements sans sentir son regard sur moi.

— Il dit que tu dois te reposer et que si lundi tu as encore trop mal, tu…

— J'irai au travail lundi quoi qu'il en soit. Il reste trop peu de temps. Je me reposerai quand Jake sera dehors.

Lorsque je m'assis sur mon lit, Alec comprit qu'il pouvait de nouveau me regarder. D'ailleurs, ses yeux traînèrent un peu trop longuement sur mon corps, ce qui m'intimida.

Il s'approcha, me demanda de m'allonger et s'installa près de moi avec la trousse de secours.

— Ce connard ne t'a pas loupée.

— Je n'ai besoin que de quelques points de suture, annonçai-je en montrant ma coupure relativement profonde à la jambe.

— Je vais m'en occuper.

— Quoi ? Non ! m'affolai-je.

— Je sais les faire, ne t'en fais pas. J'espère juste que tu as de l'anesthésiant quelque part dans tes joujoux d'infirmière.

Quelque peu rassurée, je décidai de lui faire confiance et lui indiquai où se trouvait la trousse médicale que j'avais prévue pour notre évasion en cas de problème.

Il s'occupa de prendre soin de moi avec douceur, de manière très appliquée et professionnelle. Il nettoya ma plaie, la recousit après m'avoir donné des calmants et attendu qu'ils fassent effet, puis l'entoura d'un bandage afin d'éviter toute infection. Je fus étonnée qu'il ait aussi des compétences médicales. Décidément, Hayden ne laissait pas place au hasard avec ses hommes de main.

Il vérifia ensuite mon visage, et je fus rassurée de constater qu'aucune de mes dents n'avait été touchée par les coups que ce psychopathe m'avait portés. J'aurais seulement des hématomes et la lèvre gonflée.

Je pus enfin souffler quand il termina. Heureusement que j'avais de quoi soulager mes douleurs.

Je réalisai à quel point les menaces de ce taré de Harry McCartney étaient sérieuses. Sans Alec, j'étais plus que vulnérable. Après l'évasion, il ne resterait certainement pas près de moi. J'avais confiance en Jake, mais il n'avait pas été formé comme Alec ou Smith. Ce dernier avait monté une telle armée que cela m'étonnait même qu'on ait pu l'attraper et le jeter en prison. C'était difficile d'admettre que l'idée de ne plus côtoyer Alec ou Hayden ne m'enchantait pas. Pire, elle me rendait anxieuse.

— À quoi tu penses ?

Alec était toujours assis près de moi, s'inquiétant probablement de mon état psychologique. Entre ce soir et sa femme qui m'avait agressée quelque temps auparavant, on ne pouvait pas dire que je vivais une belle période.

— À rien, soupirai-je.

Il fronça les sourcils et finit par se lever pour se diriger vers la porte.

— Repose-toi, t'en as besoin.

Je hochai la tête et me mis sur le côté assez difficilement à cause de mes douleurs. Quand il eut quitté la pièce, je regrettai instantanément de ne pas m'être confiée, mais j'en avais été incapable. Une boule au ventre m'empêchait de m'exprimer, car j'avais conscience que si je le faisais, je m'effondrerais en larmes.

Je ne savais pas combien de temps s'était écoulé depuis que j'étais seule dans le noir, mais j'avais l'impression de suffoquer.

Je retournai dans ma salle de bains pour me mettre de l'eau sur le visage et sursautai en apercevant l'homme qui m'avait agressée.

Je poussai un cri et compris que ce n'était que mon imagination qui me jouait des tours. Je devais avoir de la fièvre.

Je m'adossai contre le mur, me laissant glisser sur le sol froid, et finis par craquer. Je m'étais retenue durant bien trop longtemps. Les larmes coulèrent toutes seules tandis que ma gorge me semblait bloquée par l'angoisse. Je détestais cette sensation de fragilité et de vulnérabilité qui m'envahissait.

— Adria…

Alec… Bien que ne l'ayant pas entendu arriver, je ne pris pas peur. Au contraire, il me rassurait par sa présence et la douceur de sa voix.

Il s'agenouilla près de moi, et j'enfouis la tête dans son cou. Je n'avais toujours pas le courage de lui répondre.

— Parle-moi, s'il te plaît.

Je levai enfin le visage vers lui et la peine que je lus sur le sien me brisa le cœur. J'étais là à me plaindre alors que celui qui était en deuil, c'était lui.

— C'est toi qui as perdu ta femme, Alec… à cause de moi.

Il s'assit dans la même position que moi et me serra contre lui. La tête contre son torse nu, j'éprouvais un réel réconfort.

— Ce n'est pas de ta faute. J'étais fou de rage, je n'ai jamais vraiment pensé que c'était à cause de toi.

— Je suis désolée, je sais que tu l'aimais…

— Je l'ai aimée, c'est vrai. Mais ça fait longtemps que ce n'était plus le cas. Je tenais à elle parce qu'on a passé énormément de temps ensemble. C'était une bonne personne avant la schizophrénie. Je m'en veux parce que je lui avais promis de la protéger, mais sa mort ne m'attriste pas autant qu'elle aurait dû. Je sais qu'elle n'était plus heureuse.

J'avais des difficultés à imaginer à quel point prononcer de telles paroles devait lui faire mal, mais il avait certainement raison.

— Merci d'être revenu pour moi, tu m'as sauvée. Dieu sait ce que ce malade aurait pu…

Un nouveau sanglot m'empêcha de terminer ma phrase, et Alec me serra un peu plus fort contre lui.

— Ne pense plus à ce connard. J'espère qu'il brûlera en enfer pour avoir osé poser la main sur toi et pour avoir tué Meredith. Hayden m'a dit que c'était eux tout à l'heure quand tu prenais ta douche.

Il semblait éprouver une puissante haine envers ces hommes.

— Je suis revenu parce que sur le chemin je me suis rendu compte que tu étais la seule personne avec laquelle je voulais passer ma soirée.

Ses mots me touchèrent à un point inimaginable. J'essuyai les larmes sur mon visage et croisai son regard.

— Comment tu m'as trouvée ?

— Comme j'ai cassé mon téléphone en mille morceaux, je ne pouvais plus te repérer grâce à l'appli que j'ai installé sur le tien, alors j'ai fait demi-tour et je me souvenais que tu devais aller chez tes amis. À mon arrivée, j'ai vu ton sac sur le sol, avec trois hommes pas commodes autour. J'ai vite compris qu'il y avait un problème. Et lorsque je t'ai entendue crier, je n'ai pas réfléchi, mon cerveau a totalement vrillé. Tu connais la suite.

Alec avait risqué sa vie pour sauver la mienne sans la moindre hésitation. Jamais personne n'en avait tant fait pour moi. Avoir un homme comme lui à mes côtés était une chance immense.

— D'ailleurs, ton sac est dans le salon.

Je me mis à rire doucement. Il était vraiment parfait, il n'y avait aucun doute là-dessus.

— Je ne te lâcherai plus, Adria, promit-il en caressant mon bras.

— Mais, Alec, je ne suis qu'une mission que Hayden t'a confiée. Après l'évasion, tout ça sera fini…

— Détrompe-toi, tout ne fera que commencer, m'assura-t-il en me souriant tendrement. Tu n'es plus une simple mission à mes yeux, tu es bien plus.

Mon cœur se mit à battre plus fort, en entendant cette déclaration.

— Allez, dit-il en se redressant. Faut que tu retournes te coucher, le jour va bientôt se lever.

Il me tendit la main, et je l'attrapai. Je me sentis rougir quand son regard s'attarda de nouveau sur mon corps presque nu. Il ne lâcha que lorsque je m'installai dans mon lit. Même si j'aurais dû m'abstenir, j'agrippai son poignet avant qu'il s'en aille.

— S'il te plaît, dors avec moi.

Ses yeux se mirent à briller, et je me demandai si nous avions raison d'agir ainsi. Pourquoi prenions-nous le risque de nous rapprocher alors que nous savions tous les deux qu'il n'y aurait aucune suite possible ? De plus, l'attirance que je ressentais pour Smith rendait la situation encore plus compliquée.

Il se glissa avec moi sous la couette, sur le côté, sa tête penchée vers moi, maintenue par son bras. Quant à moi, je me trouvais sur le dos, l'observant également.

— J'ai dû mal à croire que je suis veuf à vingt-six ans, soupira-t-il. Peut-être que ça me permettra de découvrir d'autres choses, finalement.

Je supposais que c'était sa manière à lui de se rassurer et de ne pas sombrer.

Je me mis à jouer avec ses cheveux châtains afin de le réconforter.

Sa main caressa très délicatement ma joue, puis ma mâchoire. Les antidouleurs faisaient leur effet, je n'avais quasiment pas mal.

— Ça va ? me demanda-t-il avec douceur.

Je hochai la tête. Mon cœur battait vite, être dans un lit avec un homme aussi beau et loyal me faisait perdre la raison, même si j'avais conscience qu'il n'était pas celui qui hantait mes rêves et mes pensées…

Le silence entre nous prouva qu'une agréable tension était née dans cette pièce. Elle ne ressemblait pas à celle que je ressentais avec Hayden, elle était plus saine, plus douce.

Comme si cela était naturel, il vint frotter son nez au mien, puis, après avoir hésité quelques secondes, il colla ses lèvres aux miennes.

D'abord surprise par ce contact très intime, je me laissai aller à un baiser agréable, qui devint bien plus intense quand nos langues se caressèrent, se mélangèrent… Alec dut se rendre compte que j'étais réceptive, car il se redressa pour se mettre au-dessus de moi, tout en faisant attention à ne pas toucher ma jambe droite.

Ses caresses me provoquèrent d'innombrables frissons. Je savais que je regretterais certainement ce que nous nous apprêtions à faire, j'avais juste besoin de combler ma frustration, mon besoin de tendresse et de réconfort. Mais peu importe, je voulais seulement vivre le moment présent et essayer d'oublier. De toute façon, je n'étais pas sûre d'être capable d'aller plus loin, je n'agissais pas pour de bonnes raisons.

Alec arrêta de lui-même notre baiser et ferma les yeux quelques secondes, jurant doucement. Il s'écarta ensuite de moi et s'assit au bord du lit.

— Alec ?

Un instant perplexe, je vis à son expression qu'il avait peur d'aller plus loin avec moi.

— Je ne peux pas. Hayden me tuerait, lâcha-t-il.

Mon cœur rata un battement quand ce prénom résonna dans mes oreilles. À cause de Hayden ? Avais-je bien entendu ?

— Il m'a interdit de te toucher. Et crois-moi qu'il était convaincant.

Tout mon désir pour Alec se volatilisa à l'instant où j'appris la nouvelle. Mon côté féministe se rebellait, car Hayden me considérait visiblement comme sa chose et se donnait le droit d'interdire à un homme de me toucher, mais j'étais aussi flattée qu'il se montre si possessif à mon égard.

Soudain, une idée me vint en tête. Peut-être Hayden ne voulait-il simplement rien laisser au hasard et craignait-il que toute relation intime nuise à ses projets, comme il me l'avait déjà dit.

— J'en ai tellement envie, si tu savais…, continua-t-il. Mais quand il s'agit de toi, mieux vaut le prendre au sérieux. Je ne sais pas ce que tu lui as fait, mais…

Je fronçai les sourcils, attendant qu'il s'explique davantage. Au lieu de ça, il passa les mains sur son visage et se leva en jurant.

— Finis ta phrase !

Lorsqu'il se retourna, je pus apercevoir une profonde peine dans son regard.

— Tu le rends fou.

Il quitta la pièce et ferma la porte derrière lui, me laissant totalement ébahie par cette nouvelle.

Impossible, c'était absurde.

Chapitre 29

Le week-end m'avait paru très long, trop long. Alec s'était montré plutôt distant, gêné et silencieux. Heureusement, Andrew était venu me voir. Il s'était tellement inquiété qu'il était arrivé sans prévenir, poussant presque Alec pour pouvoir entrer dans mon appartement. Au vu de l'ambiance, il avait passé toute la journée de dimanche avec moi.

À cause de mes hématomes, j'avais dû faire croire à mon meilleur ami que j'avais eu un accident, une chute dans l'escalier. Plutôt sceptique, il s'était montré extrêmement méfiant vis-à-vis d'Alec, le soupçonnant certainement de m'avoir fait du mal. Il était pourtant si loin de la vérité… J'avais dû expliquer son retour chez moi en prétextant qu'il était à la recherche d'un travail à Orlando.

Ces quatre prochains jours promettaient d'être stressants et riches en émotions. Le procès de Jake allait commencer mais je comptais bien tout mettre en œuvre pour qu'il n'y assiste jamais.

Quand nous arrivâmes devant la prison, je m'apprêtais à sortir de la voiture, mais Alec attrapa ma main.

— Je sais que tu m'en veux de me montrer froid, mais…

Il hésita quelques secondes à me dire quelque chose, puis laissa tomber.

— Bref, je te demande juste de ne pas parler de ce qui s'est passé entre nous à Hayden.

Avait-il peur à ce point-là de son boss et ami ?

— Je ne dirai rien.

Ce qu'il ignorait, c'était que je ne souhaitais pas non plus le mettre au courant. Bien que j'aie apprécié ce baiser, c'était une erreur de me laisser aller à des émotions qui me rendaient faible. Je n'avais pas le temps pour ça. Et surtout, j'avais du mal à l'admettre, mais ce que Hayden pensait de moi m'importait.

Dans le bâtiment, je croisai Shane en train d'embrasser Paula à pleine bouche dans un couloir. Je ricanai tant son comportement était ridicule.

Quand il se tourna vers moi, avec un petit sourire narquois, celui-ci disparut instantanément lorsqu'il constata l'état de mon visage.

— Je vois qu'il t'est arrivé malheur à toi aussi, déclara-t-il en m'observant avec attention.

— Sûrement le karma, dis-je avec ironie en passant ma route.

À la cafétéria, je repérai Jake et Hayden. Pour éviter d'éveiller les soupçons, je préférai ne pas aller à leur rencontre. Ils me regardèrent très étrangement. Alors que mon frère s'apprêtait à se lever, Smith l'en empêcha. Lui aussi avait compris que c'était trop risqué.

Malgré les cachets que je prenais, ce matin les douleurs de ma plaie et de mes hématomes étaient bien présentes. J'essayais de ne rien laisser paraître, mais c'était plutôt compliqué.

Une fois dans mon bureau, je m'assis dans mon fauteuil et fermai les yeux quelques secondes. J'avais l'impression que la situation ne s'arrangeait pas du tout, et une profonde angoisse me tuait à petit feu.

Quelqu'un toqua à la porte, et quand j'aperçus mon frère, je courus le prendre dans mes bras. Il me serra très fort, comme si nous ne nous étions pas vus depuis des années entières.

— J'ai eu tellement peur…, murmura-t-il à mon oreille.

— Moi aussi, avouai-je.

Il s'éloigna un peu et grimaça en observant mon visage. Je pus y lire sa haine et sa culpabilité. Il devait penser que tout était de sa faute si j'avais été blessée. Cependant, il n'en dit rien. Jake n'était pas le genre d'homme à beaucoup s'exprimer bien qu'il ne sache pas bien cacher ses émotions.

— Smith m'a raconté qu'Alec t'a trouvée et sauvée puis que ses hommes ont mis ceux de McCartney hors d'état de nuire.

— C'est grâce à eux si je suis toujours en vie, répondis-je. Ces malades n'avaient aucune limite.

— Je leur dois beaucoup, ils ont sauvé ma petite sœur.

Il me serra de nouveau contre lui durant plusieurs secondes.

— Il m'a expliqué votre plan, il tient la route !

Je ressentis une certaine fierté à l'idée qu'il soit enthousiaste.

Je passai un long moment à discuter avec lui jusqu'à qu'il soit obligé de quitter mon bureau, car son second rendez-vous avec l'avocat que je lui avais trouvé tombait à ce moment-là.

— On va s'en sortir, petite sœur. Je ferai en sorte que plus jamais personne n'ose te faire de mal.

J'étais émue d'entendre mon frère parler au futur. Il venait de retrouver une chose qu'il avait perdue depuis bien trop longtemps : l'espoir.

Alors que James Callen, un détenu me consultant régulièrement pour discuter de sa culpabilité d'avoir tué sa femme, venait de passer ma porte, il fut rapidement dégagé par Smith.

Nous nous observâmes un moment, comme si nous étions ravis de nous voir mais qu'aucun de nous deux ne l'avouerait jamais.

Il se décida finalement à fermer ma porte à clé et à s'avancer vers moi. Il m'étudia de haut en bas, s'attardant longuement sur mon visage, et je discernai la haine qu'il contenait sur le sien.

Il s'approcha doucement, comme si je pouvais lui échapper à tout moment. Je n'avais plus l'impression d'avoir un prédateur face à moi, mais un homme attentionné qui ne souhaitait que s'assurer que j'allais bien.

« Tu le rends fou. » Les paroles d'Alec n'avaient cessé de me travailler depuis qu'il les avait prononcées. Qu'entendait-il par là ?

Smith avait réduit à néant la distance entre nous, ce qui déclencha en moi une nouvelle vague de chaleur. Malgré mon moment d'égarement avec Alec, ce que j'éprouvais près de lui restait incomparable. Rien qu'en posant les yeux sur moi, Hayden éveillait tous mes sens et provoquait en moi une sorte d'électricité que je n'avais jamais ressentie auparavant. Je maudissais mon corps de lui être aussi réceptif, mais que pouvais-je y faire ?

— Montre-moi ta blessure.

Son ton autoritaire ne m'inspira pas confiance. Je n'avais aucunement l'intention de me déshabiller.

Après avoir secoué la tête, je reculai, par réflexe d'un pas.

— Je veux la voir, insista-t-il avec une douceur que je ne lui connaissais pas.

Je fronçai les sourcils. Peut-être que m'imaginer à la merci d'un cinglé l'excitait ?

— Non, je vais bien.

— Ce n'est pas ce que je t'ai demandé.

Il n'avait même pas cherché à savoir si je n'étais pas traumatisée, alors que je ne pouvais pas dormir correctement. L'image horrible de ce psychopathe allongé sur moi tournait en boucle dans ma tête.

Je me mis à trembler en me remémorant ce moment atroce et allai m'appuyer contre le mur, essoufflée et presque paniquée.

Smith me regarda comme si j'étais la dernière des folles durant un instant, puis reprit ses esprits.

— Respire et calme-toi, Adria.

Comme si sa voix avait un effet hypnotisant, mon souffle ralentit aussitôt, bien que mes tremblements soient toujours présents.

Il s'approcha un peu plus et posa une de ses mains sur le bas de ma taille et une autre sur ma nuque, massant délicatement cette dernière. Il me détendit autant qu'il me surprit. Hayden Smith s'était-il transformé en ostéopathe ?

— C'est fini, maintenant.

Je hochai la tête, apaisée. Il avait raison, c'était terminé, ce cauchemar appartenait au passé, bien que chaque passage devant le miroir me rappelle à quel point il avait été réel.

Smith déplaça l'une de ses mains pour la descendre jusqu'au bas de ma jupe puis en attrapa l'ourlet sous mon regard ébahi.

— Je ne vais pas te faire de mal, je veux juste voir l'ampleur de ce que ce fils de pute t'a fait et si ça a été soigné correctement.

Étrangement, le fait qu'il me touche ne me dérangeait pas, bien au contraire. Alors que quelques secondes auparavant je ne l'imaginais même pas, voilà que je le laissai relever ma jupe jusqu'au haut de mes cuisses. Il se baissa et déroula délicatement le bandage que j'avais à cet endroit. Cela me provoqua des milliers de frissons qu'il remarqua très certainement. Il examina longuement ma blessure, et sa main caressa doucement la peau sensible autour de la plaie.

Les sensations qu'il déclenchait chez moi en se trouvant près de mon intimité étaient intenses. S'amusait-il de l'effet qu'il avait sur moi ?

— Jolis points, ironisa-t-il en effleurant la suture puis en remettant le bandage dessus.

— C'est Alec, il a fait de son mieux.

Son regard s'assombrit aussitôt, et il se redressa. Me dominant désormais de toute sa hauteur, il se pencha pour m'intimider encore un peu plus.

— Ah oui ? Et qu'est-ce qu'Alec a fait d'autre ?

À cause de son ton plein de reproches, j'aurais presque pu croire qu'il était au courant pour le baiser, alors que c'était littéralement impossible. Alec avait bien trop peur pour le lui avoir avoué, et personne d'autre n'aurait pu nous voir. Peut-être tentait-il de me perturber pour me forcer à admettre une vérité qu'il soupçonnait ?

— Il a soigné mes blessures, puis il est parti pour que je me repose.

Smith sembla sceptique mais ne répondit rien. Il se contenta d'agir avec mon chemiser comme avec ma jupe, en m'ouvrant bouton par bouton, me laissant sans voix. Il savait pourtant que je n'avais pas de blessure à cet endroit-là.

Bien que ne lui ayant pas donné mon accord, je ne protestai pas pour autant, imaginant qu'il souhaitait vérifier par lui-même. Il détacha entièrement mon haut et l'écarta jusqu'à le faire glisser le long de mes bras, puis tomber sur le sol.

Son regard se posa sur moi et il m'analysa attentivement. J'ignorais pourquoi il y accordait tant d'importance, mais cela ne me préoccupa plus quand ses yeux se baladèrent d'une tout autre manière sur l'ensemble de mon corps. Face à lui, j'avais l'impression d'être vulnérable et cette situation provoquait en moi un désir malsain.

Je me mis à tressaillir. Il était dangereux, pourtant son regard me faisait plus d'effet que celui de n'importe quel homme sur cette Terre.

Quand son torse se colla à ma poitrine et qu'il caressa ma joue à l'aide de son pouce, je fermai les yeux un court instant, savourant la douceur de ce geste qui déclenchait en moi d'agréables petites décharges. Je n'avais pas la force de le repousser. Mon corps semblait appeler le sien, nous étions comme deux aimants.

Il effleura la fine peau de mon cou, puis ma poitrine encore couverte, jusqu'à descendre tout le long de mon ventre, réveillant en moi un désir presque bestial.

Il arrêta sa main à l'ouverture de ma jupe, il aurait pu l'arracher en un quart de seconde. Terrifiée mais sous son emprise, je n'étais pas prête à aller plus loin maintenant. Cet homme était tout ce que je devais fuir. Si je me laissais aller, qu'adviendrait-il par la suite ? Il me traiterait certainement comme un vulgaire coup d'un soir, comme une fille qui lui aurait bien servi lorsqu'il était en manque.

Je ne voulais pas qu'il me considère comme un choix par dépit. Tentant de reprendre le contrôle, je repoussai doucement sa main et baissai timidement la tête, lui montrant la gêne que je ressentais. Alors que je l'imaginais déjà se vexer, je relevai mon visage pour analyser son attitude. Il haussa les sourcils, surpris, puis ôta ses mains de mon corps, avant de reculer, me laissant récupérer mon chemisier et me rhabiller.

Honteuse par ce que je lui avais permis de faire, j'étais incapable de le regarder dans les yeux.

Son expression redevint froide et impassible, comme s'il se fichait royalement de ce qui venait de se passer. Il me montrait encore une fois que je ne comptais pas pour lui.

— En temps voulu, je peux t'assurer que Harry McCartney et sa bande de guignols vont payer pour ce qu'ils t'ont fait. Je tuerai un par un chacun de ses hommes encore vivants.

Mon cœur rata un battement face à cette déclaration de guerre. Je ne m'attendais pas à une telle animosité de sa part.

J'osai enfin croiser son regard, et la haine que j'y discernai réconforta légèrement mon ego profondément blessé. Peut-être ne se fichait-il pas totalement de moi après tout…

Il prit une cigarette et s'assit à sa place habituelle, en face de mon bureau.

— Je n'ai pas pu te communiquer les noms des gardiens qui m'intéressaient, je me suis donc débrouillé pour connaître leurs emplois du temps. Tout est prêt.

Je le contemplai quelques secondes, perdue. Alors que je ne m'étais pas encore remise de l'effet de ses caresses, il était redevenu totalement sérieux.

— Bon, je n'ai pas la vie devant moi, donc si tu pouvais venir poser ton cul sur ta chaise, ça m'arrangerait.

Et voilà, l'insupportable Hayden Smith faisait son grand retour. Plus les choses allaient loin entre nous, plus je vivais mal sa tendance à ignorer ces moments d'égarement. Je prenais de gros risques à chaque fois et ce que je commençais à ressentir m'effrayait.

Chapitre 30

— Quand la révolte commencera, tu devras rester enfermée à clé jusqu'à nous entendre Jake et moi. Tu ne devras pas ouvrir à n'importe qui d'autre !

Je compris que cet ordre cachait en fait une instruction qui pourrait me sauver la vie. Si la rébellion que Smith mettait en place fonctionnait, je ferais clairement partie des potentielles victimes des détenus détraqués.

— Ensuite, on empruntera le conduit d'aération pour rejoindre le bureau de Tanner, c'est là que Nathan et Alec nous retrouveront. L'un d'eux me donnera une arme et nous pourrons neutraliser quiconque débarquera.

— Tu parles à quelqu'un qui se répète le plan dix fois par jour, Hayden.

Il haussa les épaules et se leva, marquant la fin de la discussion et de ce rendez-vous qui avait été très différent de ce que j'avais imaginé. Par ce rapprochement inapproprié, nous avions brisé toutes les règles.

— Je dois te laisser.

Hayden commença à marcher en direction de la porte quand il se retourna, avec ce sourire en coin qui annonçait le plus souvent une vanne ou un commentaire déplacé de sa part.

— J'adore ces moments passés avec toi, c'est toujours très… intense.

Sa façon de prononcer le dernier mot me fit tressaillir. Plus j'apprenais à le connaître, moins je parvenais à le détester, et c'était incontestablement très mauvais signe. Je ne devais absolument pas céder à la tentation.

Ce soir, je me sentais nerveuse. Bien malgré moi, mes pensées étaient toutes dirigées vers Hayden. Le malaise entre Alec et moi persistait, comme si toute notre complicité s'était évaporée aussi vite qu'elle était apparue. Il semblait non pas mettre une barrière entre nous, mais carrément la Muraille de Chine. Et pourtant, il m'avait sauvé la vie.

Avais-je mal agi lorsqu'il m'avait parlé de Hayden ? Croyait-il que j'avais profité de son deuil pour me rapprocher de lui ? Bien que censée être spécialisée en psychologie, je n'avais aucune idée des raisons de son attitude.

Alors qu'il réglait probablement des affaires pour le travail sur son téléphone, je me penchai derrière lui pour le tester, le sourire aux lèvres. Je savais qu'il allait s'énerver s'il me voyait me mêler de son travail. Mon sourire s'effaça aussitôt quand je constatai qu'il était sur un site de rencontres.

Je reculai. Comme s'il m'avait sentie, il se retourna, les sourcils froncés.

— Arrête de m'épier ! gronda-t-il.

Son ton me surprit. Je détestais cette fausse version d'Alec, qui ne correspondait pas du tout à celui qui était devenu mon ami. J'étais partagée entre l'envie d'avoir une discussion avec lui et celle de m'isoler et d'attendre que sa mauvaise humeur lui passe. Je n'oubliais pas qu'il avait perdu sa femme et que cela ne devait pas être simple pour lui.

Par ailleurs, je me demandais ce qu'il en était de son enterrement, car étrangement, il ne l'avait pas évoqué et ne paraissait même pas s'en préoccuper.

Sur un soupir, je décidai de m'enfermer dans ma chambre, puis dans ma salle de bains. Je pris une longue douche brûlante, puis enfilai un short de pyjama et un débardeur assorti. La distance d'Alec commençait vraiment à m'ennuyer. Il n'était clairement pas heureux d'être ici, ce qui me blessait profondément.

Sans vraiment savoir pourquoi, je me mis à regarder d'anciennes photos avec mes amis sur mon téléphone. Ma préférée était celle sur laquelle Andrew, Madison et moi avions reçu nos diplômes. Nous étions fiers, épanouis.

Je me souvenais de ma peine en réalisant que mon frère n'avait pas pu être là. Ma sœur Hanna non plus. Malgré nos caractères très différents, elle me manquait toujours.

— T'as faim ?

Bien qu'ayant reconnu la voix d'Alec, je sursautai, ne m'étant pas attendue à qu'il m'adresse la parole de son plein gré.

J'acquiesçai tout en faisant la moue.

— Arrête de faire la gueule, ça ne te va pas.

Je le fusillai du regard, et il leva les yeux au ciel face à ma réaction infantile.

— Je suis désolé, d'accord ? dit-il, agacé.

Je ne pus réprimer un petit sourire en coin. Alors comme ça, il me présentait ses excuses ?

— Viens manger.

J'aurais voulu avoir plus de volonté pour lui faire la tête, mais mon estomac me trahissait en gargouillant sans relâche depuis plus d'une demi-heure.

— T'as cuisiné ? m'étonnai-je.

Je ne l'avais jamais vu aux fourneaux depuis son arrivée dans mon appartement, j'ignorais même s'il était capable de différencier le four et la machine à laver.

— Bien sûr que non, pouffa-t-il. J'ai commandé des pizzas.

Ce fut à mon tour de lever les yeux au ciel. À quoi m'étais-je attendue ?

Je me décidai finalement à sortir de mon terrier et m'assis sur le canapé du salon en ramenant mes jambes vers moi. Je grimaçai à cause de la douleur de ma blessure.

J'attrapai une part de la pizza encore chaude, qui venait certainement d'arriver, et en savourai chaque bouchée.

— Comment est Hayden dans la vie de tous les jours ? me risquai-je à demander.

Alec cessa de mâcher quelques secondes et m'observa, les sourcils froncés. Il reprit rapidement ses esprits et continua de manger. Je ne parvenais toujours pas à comprendre comment il pouvait avoir un tel corps avec une alimentation pareille.

— Tu veux dire en liberté ? répondit-il enfin.

— Oui. Je me rends compte que je ne sais rien de lui, à part qu'il est très entouré.

— Si je travaille pour lui, c'est parce que je sais que c'est un homme de confiance et qu'il ne trahira jamais ses alliés. C'est tout ce que tu as besoin de savoir.

— Pourtant, il…

— Tu vas me dire qu'il voulait tuer Meredith ? me coupa-t-il. Il m'avait prévenu. Il m'a aussi dit qu'une insupportable petite voix dans sa tête lui avait demandé de ne pas le faire.

Je n'arrivais pas à croire qu'il soit au courant. Et j'avais parfaitement deviné que j'étais cette « insupportable petite voix », tout comme Alec, vu son ton.

— Hayden ne s'est jamais caché de son envie de me débarrasser d'elle pour que je puisse vivre ma vie. Il m'avait aussi averti que si elle faisait capoter le moindre de ses plans, il n'hésiterait pas à lui tirer une balle dans la tête.

Un frisson de terreur me traversa suite à cette révélation. J'ignorais si je devais être horrifiée ou au contraire rassurée de l'apprendre.

— Tu peux penser ce que tu veux de lui, mais si je fais tout pour être à sa disposition, c'est parce que ce mec m'a sauvé. Sans lui, je serais mort à l'heure qu'il est.

J'écarquillai les yeux, ayant du mal à y croire. J'imaginais sans grande difficulté Smith tuer, mais sauver une vie… jamais… Et pourtant, il avait déjà sauvé la mienne.

— Nous sommes amis, et rien ne pourra changer ça. Par contre, une fille comme toi devrait rester loin, très loin de ses filets. Fuis avant de tomber dans son piège, même si j'ai l'impression qu'il est déjà trop tard.

Hayden lui avait-il expliqué qu'il comptait me faire du mal ou me trahir ? Cette idée me mettait mal à l'aise, mais après tout, il ne me devait rien.

Malheureusement, même si je refusais de l'accepter, je ne pouvais nier que mon cœur battait plus vite en sa présence, que son regard suffisait à me faire frissonner, que son toucher me rendait folle. Je me détestais de ressentir de telles choses et j'ignorais surtout pourquoi mon corps était à ce point réceptif à cet homme.

— Tu te souviens de ce que je t'avais dit ? reprit Alec.

Je n'aimais pas son ton morose, il semblait avoir perdu toute sa bonne humeur. Sa mine était triste et blasée.

— Non, mais je sens que tu vas me le rappeler, soupirai-je.

— Que t'allais tomber sous son charme, puis que t'allais tomber amoureuse.

— Je ne suis pas amoureuse de lui ! T'es complètement fou !

— Adria, je le connais. Il finira par te laisser tomber dès qu'il n'aura plus besoin de toi ! Tu dois me croire.

— Je te dis que je ne suis pas amoureuse de lui, Alec. Et puis, pourquoi mes états d'âme t'intéressent-ils autant ?

— Parce que…

Il se mordit le poing et tourna dans la pièce. Pourquoi cette situation lui tenait-elle autant à cœur ? Comment pouvait-il croire que j'avais des sentiments pour Smith ? Malgré son corps de rêve, Hayden était dangereux, et j'étais bien consciente qu'il ne me rendrait jamais heureuse.

— Alec…, murmurai-je en me levant pour le rejoindre.

— Non, tu dois me laisser parler. Depuis Meredith, je… j'ai toujours cru que les femmes n'étaient que des fardeaux, du poison dont on pouvait se passer. Mais toi, tu m'as montré que ce n'est pas le cas, tu m'as rendu le sourire ! Je sais que Hayden va finir par te blesser, ou même pire… Et… Si ce n'était pas toi, ça me serait totalement égal, mais… je ne supporte pas l'idée qu'il te fasse du mal.

Totalement ébahie par son aveu, je reculai d'un pas jusqu'à me retrouver contre le plan de travail de ma cuisine. Jamais, au grand jamais, je n'aurais imaginé représenter autant pour lui.

Alec dut sentir que j'étais perdue, car il s'approcha doucement de moi, comme si j'étais un chat qu'il ne souhaitait pas effrayer. Il se posta devant moi et plongea son regard dans le mien.

— Je sais que tout ça est compliqué, que tu ne sais plus quoi penser.

Je fronçai les sourcils face au calme qu'avait retrouvé sa voix.

— Tu es si loin du compte en ce qui concerne Hayden, ajouta-t-il. Il ne t'apporterait que malheur et souffrance, tu dois me faire confiance.

Je tressaillis de nouveau lorsque mon imagination me joua des tours. Tous les pires scénarios me passèrent par la tête, du violeur de femmes jusqu'au tueur d'enfants… Alec venait d'insinuer le doute en moi, j'avais perdu toute envie de mieux connaître Hayden.

— J'ai conscience que tu es le fruit interdit, mais je ne peux pas m'empêcher d'être attiré par toi…

Je n'avais pas remarqué à quel point son visage s'était considérablement rapproché du mien. Ses lèvres touchèrent les miennes alors que je n'y étais pas préparée. Sa langue caressa doucement la mienne tandis que sa main chaude se posait sur ma nuque.

Ce baiser n'avait pas la fougue de la dernière fois, mais il était rassurant et chaleureux. Sans vraiment savoir pourquoi, je m'écartai de lui, le repoussant délicatement de mes mains. L'image de Hayden avait envahi ma mémoire, je me rappelais la sensation que j'avais ressentie quand il m'avait touchée, il était bien moins doux, beaucoup plus sauvage.

Alors qu'Alec me regardait avec incompréhension, je soupirai, triste de devoir lui faire de la peine.

— On ne devrait pas.

Il fronça les sourcils face à mes craintes.

— On s'en fiche, Adria. J'ai toujours suivi les ordres de Hayden, mais celui de ne pas te toucher, je ne peux pas.

J'étais maintenant face à un horrible dilemme : lâcher prise dans les bras d'un homme qui, malgré ses secrets, avait tout d'une bonne personne dévouée et fiable, ou attendre et laisser un homme dangereux imprégner mon esprit plus qu'il ne l'avait déjà fait. J'avais l'impression de devoir choisir entre Satan ou son disciple.

Malheureusement, ma décision était prise.

— Je ne peux pas, Alec. Je suis désolée, j'ai besoin de réfléchir et de remettre mes idées au clair…

Chapitre 31

Ce mardi matin-là, j'arrivai avec d'horribles cernes sous les yeux au travail. J'avais passé une bien drôle de nuit, des regrets et une culpabilité me dévoraient.

J'observai longuement la voiture d'Alec quitter le parking et inspirai profondément. J'avais décidé de faire certains choix, je me devais maintenant de les assumer.

L'idée de me retrouver face à Hayden Smith m'angoissait au plus haut point. Comment étais-je censée me comporter ? L'évasion était prévue pour après-demain et plus elle approchait, plus la boule que j'avais dans le ventre grossissait. Et si quelque chose se passait mal ? Et si Smith me trahissait comme Alec le sous-entendait ? J'avais l'impression de me diriger droit vers une voie sans issue.

Comme d'habitude, je pus repérer Jake et Hayden à la même table quand j'entrai dans la salle principale. Smith comptait-il aussi se jouer de mon frère ? Pourtant, ils semblaient être devenus les meilleurs amis du monde. J'hésitai longuement à m'approcher d'eux, les imaginant déjà me poser des questions auxquelles je n'avais aucune envie de répondre.

Alors que je voulais me diriger vers le couloir qui me mènerait à mon bureau, je fus arrêtée par un détenu d'une trentaine d'années, qui avait le sourire aux lèvres. Je le connaissais un peu, Aaron Monson était un pervers narcissique condamné pour le meurtre d'une femme ayant refusé ses avances. Il avait déjà demandé des rendez-vous avec moi, mais son profil de dangereux prédateur lui interdisait de me rencontrer.

— Bonjour, belle infirmière.

Son sourire malsain ne m'inspira pas confiance. Je lui répondis tout de même d'un signe de tête, préférant ne pas échauffer son esprit bien assez tordu. Je le contournai afin de continuer mon chemin et, heureusement pour moi, il ne me retint pas.

Enfin, c'était ce que je croyais jusqu'à que je le croise de nouveau quelques mètres plus loin. Il se positionna devant moi pour me bloquer la route, et je regardai derrière moi en espérant qu'un gardien l'ait vu.

Je touchai la télécommande permettant de déclencher une alerte si j'étais en danger dans la poche de mon perfecto en cuir.

— Je me demandais si vous m'accorderiez un rencard ? Ou plutôt, excusez-moi, un rendez-vous médical.

Son ton sarcastique ne me plaisait pas du tout. Il semblait sortir son jeu d'effrayant criminel, qui malheureusement pour lui ne fonctionnait pas avec moi. Me retrouver si souvent face à Hayden Smith m'avait visiblement forgé un certain courage.

— Vous en êtes dispensé. Je n'ai aucun pouvoir de décision là-dessus.

J'espérais que ma fermeté suffirait à le faire dégager. J'eus un instant de panique quand il fit un pas vers moi. À mon grand soulagement, une silhouette que je ne connaissais désormais que trop bien s'interposa.

— T'as un problème, Smith ?

— Si tu l'approches, c'est toi qui vas en avoir un.

Je me décalai légèrement sur le côté. L'étonnement sur le visage d'Aaron ne me rassura pas.

— Pourquoi tu la protèges ?

— Si tu veux avoir la putain d'occasion de sortir de ce couloir en un seul morceau, le menaça Hayden, je te conseille de dégager maintenant.

Aaron hésita quelques secondes, puis sembla comprendre qu'il avait tout intérêt à ne pas se le mettre à dos. Il me fit un clin d'œil avant de rejoindre le réfectoire.

— Merci, murmurai-je.

Hayden m'observa, ou plutôt m'analysa, un sourcil légèrement haussé.

— T'as une sale gueule.

Son amabilité ne risquait pas de l'étouffer un jour. Je levai les yeux au ciel et le suivis jusqu'à la cafétéria pour saluer Jake de façon discrète. Nous n'avions plus que deux jours à tenir, après nous serions libres comme l'air. Bien entendu, si tout se déroulait comme prévu.

Tout en prenant soin de rester de l'autre côté de la table ronde, j'observai Smith s'installer à côté de mon frère, qui semblait soucieux.

— Ça va ? Hayden m'a dit qu'il gérait, mais Monson n'est pas du genre tendre.

— T'inquiète, Lawrence. Ta sœur ne risque rien tant que je suis à côté.

Je levai à nouveau les yeux au ciel. Il ne pouvait pas s'empêcher de faire son malin et rappeler qu'il était le plus fort. Je me demandais bien s'il s'était déjà pris une belle raclée dans sa vie. Ça ferait certainement du bien à son ego démesuré.

Je décidai d'aller me chercher un café et, sous le regard inquisiteur et noir de Shane, je retournai vers mon frère et Hayden. J'espérais que mon collègue ne voudrait pas à en savoir plus avant après-demain. Je le toisai méchamment pour qu'il me laisse tranquille.

— J'aimerais tellement lui foutre une belle droite à ce…

— Hayden, l'interrompis-je tout bas. Ne fais rien qui pourrait te mener à l'isolement, pitié.

— T'inquiète, chérie, répondit-il sur le même ton. J'attendrai le temps qu'il faudra pour lui en coller une.

Son sourire en coin ne me rassura en rien. En revanche, le surnom qu'il m'avait donné ne plaisait visiblement pas à mon frère, qui serrait sa fourchette si fort qu'elle était complètement tordue.

— T'as dit au revoir à tes amis ? m'interrogea Jake, changeant totalement de sujet.

Bien sûr que non, mes amis me connaissaient trop bien. L'idée de ne plus jamais les revoir, qu'ils me haïssent pour ce que j'allais devenir et qu'ils apprennent toute la vérité me dégoûtait de moi-même. J'étais une personne horrible, et ils ne tarderaient pas à être au courant.

— Je n'ai pas vraiment envie d'en parler, répondis-je.

Hayden tourna les yeux vers moi pour la première fois depuis plusieurs minutes et m'analysa attentivement. Je détestais quand il essayait de lire en moi alors que nous étions tous deux conscients qu'il n'avait que faire de mes états d'âme.

— Mon avocat n'est pas très optimiste quant à mon procès. Vous ne pouvez pas savoir à quel point je suis heureux de me barrer de cet enfer, murmura Jake.

J'eus les larmes aux yeux en imaginant mon frère retrouver sa liberté, et à cet instant, je compris que tous mes sacrifices en valaient la peine.

— Bon, j'y vais avant que la situation ne paraisse louche.

Le temps s'écoula bien trop vite, je n'avais aucune envie de rentrer ce soir. Pour la première fois, j'aurais presque préféré dormir ici, au milieu des détenus.

Quand Hayden passa la porte de mon bureau pour son rendez-vous, j'aurais voulu qu'il reparte aussitôt. Il avait le don de tout deviner rien qu'en me regardant quelques secondes, et s'il comprenait ce qui me tracassait outre notre future évasion ?

Comme je m'y attendais, il resta silencieux un bon moment. Il prit soin d'attraper une cigarette et alla s'asseoir tranquillement. Bien qu'il soit le détenu, j'étais celle des deux avec l'air le plus coupable.

— Tout va bien chez toi ?

Je fronçai les sourcils. Sa question n'avait rien d'anodin, il calculait toujours tout.

— Pourquoi ça n'irait pas ? le contrai-je un peu trop brutalement.

— C'est une habitude de ne jamais répondre ?

Cette réflexion était assez drôle de la part d'un homme dont je ne savais encore presque rien. J'étais persuadée que même Alec ne connaissait pas tout sur lui.

— Oui, tout va bien, merci de t'en inquiéter, rétorquai-je de manière sarcastique.

— Faudrait que tu penses à dormir, je n'aimerais pas que tu clamses avant qu'on ait le temps de se barrer d'ici.

Je le foudroyai du regard. Son petit sourire en coin me confirma qu'il était fier de m'énerver, comme d'habitude. Même s'il ne l'assumerait jamais, j'étais persuadée qu'il adorait me voir sortir de mes gonds à cause de lui.

— Désolée, j'ai un peu de mal à trouver le sommeil avec ce qu'on s'apprête à faire ! lançai-je, pleine de sarcasme.

Il m'observa curieusement, et je compris que je ne l'avais pas convaincu. Mentir à un homme qui m'avait avoué avoir obtenu des réponses par la torture était une belle preuve de naïveté de ma part.

— Si tu ne veux pas me dire ce qui ne va pas, peut-être qu'Alec le fera, lâcha-t-il en sortant avec naturel un téléphone de son pantalon de détenu.

— Non ! criai-je.

Haussant un sourcil, il se redressa dans sa chaise, comme si la conversation l'intéressait enfin réellement.

— Donc, le problème, c'est avec Alec.

Je me détestais d'être aussi expressive, si seulement je savais mieux mentir et cacher mes émotions comme lui, tout irait à merveille.

Son visage grave me rendait horriblement nerveuse. Pourquoi fallait-il que je culpabilise comme si j'avais fait quelque chose de mal ? Après tout, je n'avais absolument pas à me justifier.

— Je n'ai pas envie de jouer aux devinettes, déclara-t-il sèchement.

Ses yeux s'étaient considérablement assombris. Son ton était bien trop sérieux, presque accusateur.

Il se leva et se pencha jusqu'à poser brutalement les mains sur le bureau qui nous séparait, me faisant sursauter.

— Tu vas me dire ce qui se passe entre vous. Ma patience a des limites, mon chat. Mieux vaut ne pas les dépasser, ton pote Andrew en sait quelque chose.

Il n'y avait plus la moindre once d'humanité dans sa voix, j'avais l'impression de revivre le premier jour où je l'avais rencontré. Il en était réduit à me menacer, tout ça parce qu'il n'avait pas le plein contrôle sur une situation qui ne le concernait même pas. J'avais envie de m'énerver, de le gifler pour ce qu'il avait dit. Malheureusement, je savais qu'il était inutile d'essayer de jouer au plus fort avec lui.

— Je… Je t'assure que…

Sans que je m'y attende, il tapa du poing sur le meuble.

— Putain de merde ! J'avais demandé une seule chose !

Sa réaction me déstabilisa. Pourquoi semblait-il si touché par ce qu'Alec et moi avions pu faire ?

Son regard perçant me fit tressaillir.

— Vous n'avez aucun putain d'honneur.

De quel honneur parlait-il ? Je ne lui avais jamais rien promis ! Il donnait des ordres que nous étions censés respecter à la lettre, mais ce qu'il n'avait pas compris, c'était que je n'étais pas un de ses hommes.

— Je n'ai pas couché avec Alec si c'est ce que tu crois.

Son corps sembla instantanément se détendre, et il se redressa pour me regarder de nouveau.

— Mais tu as des sentiments pour lui, conclut-il.

Si seulement il savait… Que se passerait-il s'il apprenait que j'avais refusé d'aller plus loin avec son bras droit à cause de lui ?

— Je…

Entre mentir et me ridiculiser, quelle était la bonne option ?

Bien sûr que toutes ces heures en sa compagnie nous avaient rapprochés, tout comme le fait qu'il m'ait sauvé la vie, qu'il s'inquiète pour moi sans jamais réellement le montrer, sa relation avec mon frère… Tous ces éléments m'avaient fait oublier à quel point Hayden Smith pouvait être dangereux, et surtout qui il était. Et j'avais promis à Alec que je ne lui parlerais pas de notre rapprochement.

— Je l'ai embrassé mais je n'ai pas de sentiment pour lui.

Je fus moi-même étonnée d'avoir eu le courage de lui avouer une telle chose en le regardant dans les yeux. Et je le regrettais déjà. Ses yeux plus sombres que jamais et ses poings serrés ne me rassurèrent en rien. J'avais préféré innocenter Alec, qui tenait malgré tout à rester fidèle à son ami.

Alors qu'il s'approchait de moi, je reculai de façon ridicule jusqu'à sentir le mur dans mon dos. J'étais persuadée qu'il toisait ainsi ses victimes avant de les tuer de sang-froid.

Je me mis à prier, alors que je n'étais pas croyante, espérant que Dieu, s'il existait, me sortirait des griffes de son cher ange déchu, Satan. À priori, celui-ci ne m'entendit pas, puisque Hayden s'arrêta à seulement quelques centimètres de moi.

— Pourquoi ? demanda-t-il.

Cette situation, moi contre ce mur, qui portait également la trace du poing de Smith, devenait bien trop fréquente. Je ressentis malgré moi une vague de chaleur en me remémorant les moments intimes que nous avions passés pile à cet endroit.

— Il te plaît ?

Son ton bien trop calme à mon goût, il se colla à moi comme s'il avait tous les droits et joua avec le premier bouton de mon chemisier, comme s'il s'amusait à essayer de faire monter la température.

J'étais paralysée, incapable de lui demander d'arrêter.

— C'est parce que je t'ai frustrée que tu t'es rabattue sur lui ? m'interrogea-t-il d'une voix suave.

Je n'aimais pas la tournure que prenait cette situation. Pas du tout.

— On va voir si c'est vraiment Alec qui te plaît.

Je craignais le pire, mais les réactions de mon corps étaient en totale contradiction avec celles de mon esprit.

Chapitre 32

Il me dévorait du regard tel un prédateur sans le moindre scrupule, et j'angoissais à l'idée de ne pas pouvoir lui résister. À quoi jouait-il exactement ? J'étais persuadée qu'il ressentait lui aussi cette attraction entre nous, dès que nous nous approchions un peu trop près l'un de l'autre.

J'ignorais s'il s'agissait d'une possessivité malsaine ou s'il faisait ça juste pour contrarier Alec et lui montrer qui était le chef, mais je n'appréciais pas qu'il marque ainsi son territoire. Ou bien je tentais de me convaincre que je n'aimais pas ça.

Alors qu'il posait déjà ses mains à des endroits stratégiques de mon corps pour me faire céder, je me rendis compte que je n'avais aucune envie d'être sa marionnette.

— Non, Hayden, dis-je en le repoussant.

— Quand ce n'est pas Alec, ça te plaît moins on dirait.

Son ton accompagné d'un regard de dégoût me fit sortir de mes gonds, il voulait effectivement juste montrer qu'il valait mieux que son ami. Tout était une histoire de mâle alpha.

— C'est sûrement mieux comme ça, t'es plutôt emmerdante comme fille.

Alors là, il venait de prononcer les mots de trop, j'explosai.

— Pourquoi faut-il toujours que tu sois aussi méchant et désagréable ? Tu me détestes sans raison !

Il passa les mains sur son visage et se mordit la lèvre tout en marchant sur le côté. Il s'arrêta, s'approcha à nouveau de moi et me regarda droit dans les yeux. Sa proximité me troublait, comme à chaque fois. Il semblait sur le point de me dire quelque chose d'important, de me révéler une bombe…

— Je ne te déteste pas, je te protège.

— Ah oui, et de quoi ? Tu as une drôle de manière de protéger les gens !

J'étais déterminée à lui faire avouer qu'il se fichait de moi et qu'il était juste en train de soigner son ego.

— De moi.

Sa réponse me prit de court, je ne trouvai strictement rien à redire. Était-il possible que l'attirance que j'éprouvais soit réciproque ? Que je me sois totalement trompée sur ses réelles intentions ?

— Je ne suis pas Shane le minable gardien ni Andrew le… peu importe. Je suis Hayden Smith, Adria. Rentre-le-toi dans le crâne.

J'étais totalement subjuguée par son regard émeraude paradoxalement si sombre. La tentation de goûter ses lèvres était plus intense que jamais. Mon cœur battait la chamade et la chaleur m'envahissait tout entière. J'avais beau être consciente du danger qu'il représentait, tout me poussait vers lui. Mon âme brûlait de désir pour lui.

— Arrête de m'observer comme ça.

Tout en disant ça, il posa les mains contre le mur de part et d'autre de ma tête. Je ne détournai pas les yeux une seule seconde, malgré son souffle à la légère odeur de tabac qui caressait mon visage.

— Tu es loin de tout savoir sur moi, très loin. Ce que tu crois être le pire est en réalité le moins terrible.

Malgré ses avertissements et les cris de mon cerveau qui m'ordonnaient de fuir tout de suite, mon corps répondait au sien comme s'ils étaient faits pour entrer en contact.

— J'ai peur mais pas de toi, Hayden, de l'effet que tu as sur moi.

Je regrettais déjà cet aveu à la seule personne qui n'aurait jamais dû l'entendre. Je discernai une lueur d'interrogation dans les yeux de cet homme toujours si sûr de lui. Pour la première fois, je l'avais déstabilisé.

Il ôta les mains du mur et attrapa brusquement mes fesses pour me soulever, me coupant le souffle tant la surprise fut grande.

J'entourai sa taille avec mes jambes et me retrouvai à sa hauteur, totalement troublée.

Nos nez se touchaient presque, nous nous observions avec désir, défi et curiosité. La vulnérabilité que je ressentais créait des papillons dans mon ventre. Je n'arrivais pas à croire que cet instant soit réel, qu'il ne s'agissait plus de l'un de mes nombreux rêves.

Sans attendre, il brisa la barrière que nous avions érigée entre nous depuis trop longtemps et écrasa ses lèvres sur les miennes pour la toute première fois, me surprenant à nouveau. Sa langue trouva rapidement la mienne, pour venir jouer avec elle, la caressant à la fois avec force et délicatesse. Il pressa mes fesses, m'embrasant tout entière. Mes mains, posées sur son torse musclé, tenaient fermement son T-shirt alors que la tentation de le lui enlever pour en voir plus, pour en toucher plus, augmentait. Un véritable feu d'artifice était en train d'exploser dans mon corps et faisait naître en moi un désir que je ne connaissais pas.

Hayden Smith me mordit la lèvre, embrassa mon cou, ma clavicule, puis remonta son visage à ma hauteur. Il appuya son front contre le mien et tenta de calmer sa respiration, les yeux clos. J'étais moi-même essoufflée par cette vague d'excitation qui nous avait emportés tous les deux.

Nous restâmes longuement dans cette position, mes jambes toujours autour de sa taille, dans les bras l'un de l'autre. Quelque chose de plus fort qu'un désir bestial était né entre nous, et ce n'était que maintenant que nous le réalisions.

— Après-demain, c'est le grand jour, murmura-t-il. Tu ne peux pas savoir comme j'ai envie de te prendre maintenant, contre ce putain de mur.

Je sentis le rouge me monter aux joues, et une nouvelle sensation de chaleur envahit mon bas-ventre, accompagnée de doux frissons. Moi aussi, j'en avais envie, plus que jamais.

— Mais je préfère attendre. Ce n'est ni le lieu ni le moment.

Sa réaction me surprit à un point inimaginable. J'ignorais pourquoi il perdait une occasion de me faire céder, mais malgré ma frustration, j'en étais flattée. Cela signifiait-il qu'il me respectait ? Qu'il avait de l'estime pour moi ?

Je savais que si je l'interrogeais à ce sujet, sa fierté parlerait, et il me dirait certainement quelque chose de blessant, alors je me contentai de hocher la tête en reposant mes jambes chancelantes sur le sol.

Bloquée entre lui et le béton dans mon dos, la respiration bruyante, je me rendis compte que j'aimais me retrouver à sa merci, j'adorais le comportement qu'il avait adopté avec moi. Pourquoi ce soudain revirement de situation ? Aucune idée, et cela m'était égal. Je voulais vivre l'instant présent sans me demander ce que les autres pourraient bien en penser. De toute façon, n'importe qui de censé m'enverrait dans un hôpital psychiatrique pour avoir développé des sentiments pour un homme tel que Hayden Smith.

Alors que je m'attendais à ce qu'il m'embrasse à nouveau, il se recula pour faire demi-tour et se dirigea vers la sortie.

— J'espère que j'ai été assez clair et que tu ne te jetteras pas dans les bras d'Alec d'ici jeudi.

Je haussai les sourcils face à son ton menaçant, toujours étonnée que cela le dérange à ce point.

— Ça pourrait vraiment m'énerver. À demain, Adria.

Consciente que je devais lui répondre, je me décidai à ouvrir la bouche.

— À demain, Hayden.

Quand il claqua la porte, je me laissai glisser contre le mur jusqu'au sol et restai un long moment à réfléchir à tout ce qui venait de se passer. C'était officiel, j'avais perdu toute trace de raison.

Alec m'attendait sur le parking de la prison malgré l'énorme malaise qui s'était installé entre nous depuis la veille.

Il était bien conscient que la seule barrière entre nous était Hayden Smith.

Après mon refus, il était parti se coucher de son côté. Ses dernières paroles n'avaient cessé de me hanter : « Je pensais qu'on était assez proches pour que tu aies confiance en moi quand je te dis qu'il va te détruire. » J'étais effrayée, et malgré tout, j'avais laissé Hayden m'embrasser.

À cause de l'ambiance glaciale dans la voiture, le trajet de la prison à Orlando ne m'avait jamais paru aussi long.

À notre arrivée chez moi, j'allais rentrer, toujours murée dans le silence, quand Alec plaqua la main sur ma bouche et me fit signe de me taire.

Mon cœur accéléra aussitôt lorsque je constatai que la porte de mon appartement était entrebâillée et les verrous cassés. Quelqu'un était entré ici, il n'y avait aucun doute.

Alec me poussa derrière lui et sortit son flingue, le braquant devant lui, prêt à tirer sans la moindre hésitation. Après m'avoir ordonné de rester sur le palier, il ouvrit doucement la porte et avança le plus silencieusement possible. Je fus horrifiée de constater le désordre dans lequel se retrouvait la pièce principale. Quelqu'un était bel et bien venu et avait tout fouillé.

Je demeurai sur mes gardes jusqu'à ce qu'Alec revienne vers moi en rangeant son arme.

— Personne. Ceux qui sont entrés sont déjà repartis.

J'avais les larmes aux yeux. Que pouvait-on bien vouloir chercher ici ? Était-ce un simple cambriolage ou encore un coup de Harry McCartney ?

Une pensée me traversa soudain l'esprit, et la panique m'envahit. Je courus jusqu'à ma chambre et sortis la boîte dans laquelle j'avais caché les faux papiers sans lesquels nous ne pourrions pas quitter le pays.

Je poussai un cri de rage en constatant qu'ils avaient tout pris, me laissant seulement un petit mot avec écrit dessus « Bien essayé. » J'avais perdu mon « pass liberté » et celui de mon frère.

— Putain de merde…

Alec, qui venait de pénétrer dans la chambre, avait visiblement compris l'état critique de la situation.

— Je préviens Hayden tout de suite.

Je ne répondis pas. Il partit passer son appel dans la pièce d'à côté. J'étais pleine de remords et ma profonde haine contre ceux qui avaient décidé de faire de ma vie et celle de mon frère un véritable enfer me taraudait.

Alors que j'étais toujours assise sur le sol, Alec revint et me tendit son portable, l'air contrarié. Hésitante, je l'attrapai prudemment, puis finis par le porter à mon oreille.

— Allô ?

— Bonsoir, chaton.

Mon corps tressaillit quand j'entendis *sa* voix.

— Le fils de pute qui est entré chez toi a certainement compris qu'une évasion est prévue prochainement.

L'idée que n'importe qui puisse être au courant et nous dénoncer m'effrayait. Tout ne pouvait pas s'écrouler ainsi, c'était impossible.

— On n'a plus de temps à perdre, on se barre demain. Je vais faire le nécessaire pour que tout soit prêt.

Mon cœur rata un battement lorsque je réalisai à quel point nous étions proches du but.

— Prépare ta valise, Alec la gardera avec lui.

— Très bien, répondis-je.

Il y eut un petit instant de silence, comme si Hayden hésitait à me dire quelque chose.

— Fais de beaux rêves, Adria, ajouta-t-il avec douceur, ce qui me provoqua de nouveau d'agréables frissons.

Il raccrocha avant que j'aie pu lui souhaiter la même chose. Je restai ébahie un bon moment, jusqu'à ce que la voix d'Alec résonne à mes oreilles.

— On dirait qu'une grosse journée s'annonce.

La lueur d'excitation dans ses yeux me laissa penser qu'il avait hâte de passer à l'action.

C'était demain, nous y étions. J'allais me retrouver à l'extérieur avec mon frère et Hayden Smith, en cavale.

Chapitre 33

Cette nuit-là, je ne pus fermer l'œil un seul instant. L'excitation et la nervosité m'en empêchèrent, je n'arrivais pas à croire que dans quelques heures j'allais faire partie d'un plan d'évasion décisif pour mon avenir. Soit tout se déroulait parfaitement et je pourrais tenir mon frère dans mes bras, soit tout tombait à l'eau et je finirais mes jours dans une prison pour femmes loin de Jake mais aussi de Hayden Smith…

Je me maudis de penser ainsi à lui. Notre baiser ne signifiait pas que nous étions en couple, nous n'étions clairement pas faits pour être ensemble ou construire une quelconque relation. Quoi qu'il se soit passé, il s'agissait d'une erreur, même si mon cœur refusait de l'admettre.

Perturbée, je me rendis dans la cuisine en pleine nuit pour me chercher un verre de jus de fruits. Je sursautai en apercevant Alec assis sur le comptoir, encore en train de manger des gâteaux. Ce mec passait vraiment sa vie à ça.

— Tu m'as fait peur ! m'exclamai-je, la main sur le cœur.

Il m'adressa un sourire en coin amusé.

— Tu devrais dormir, me conseilla-t-il, la bouche pleine.

Je levai les yeux au ciel. Bien sûr, mais j'en étais tout bonnement incapable. Je me servis mon verre de jus sans un mot supplémentaire et m'apprêtais à retourner dans ma chambre quand il m'arrêta en se postant devant le réfrigérateur que j'avais à peine eu le temps de refermer.

— Quoi ? demandai-je, agacée.

Continuant à manger, il m'analysa longuement.

— Alec ! T'es chiant !

— Tu sais, je te croyais un peu plus intelligente que ça, déclara-t-il en ignorant ma réflexion.

Je haussai les sourcils. Avait-il vraiment décidé de m'énerver à 3 heures du matin ?

— Je sais qu'il se passe un truc entre Hayden et toi, je ne suis pas con.

— Ah oui ? le provoquai-je.

Malheureusement, Alec était beaucoup plus patient que moi et répondit à mon ironie en restant calme.

— J'ai beau essayer de comprendre, je ne vois pas comment un mec comme lui peut t'attirer.

— Au pire, qu'est-ce que ça peut te foutre ?

— Rien. En fait, je n'ai pas besoin de me fatiguer à te faire revenir à la raison. Notre cher Smith s'en occupera tout seul comme un grand.

— Qu'est-ce que t'insinues ?

Il croqua dans un nouveau gâteau tout en souriant, comme s'il était content de semer le trouble dans mon esprit.

— Qu'à trop t'attacher à un inconnu, tu vas finir par souffrir.

— Et ça te ferait plaisir apparemment.

Ma réflexion parut le surprendre.

— Je n'ai pas envie que tu souffres, mais que tu réalises ton erreur.

Ce qu'Alec ne comprenait pas, c'était que je l'appréciais lui aussi, car je savais qu'un homme comme lui me rendrait plus heureuse et épanouie que Hayden ne le pourrait jamais. Mais j'étais incapable de contrôler mon attirance presque bestiale envers son boss. J'aurais mille fois préféré éprouver de telles choses pour Alec.

— Tu me plais, Adria. J'attendrai le temps qu'il faudra.

Il se poussa pour me laisser passer tandis que je restais ébahie face à sa déclaration.

La seule solution qui me traversa l'esprit fut de me cacher dans ma chambre en priant pour qu'il ne m'y suive pas. Si je me rapprochais de quiconque autre que Hayden désormais, je savais que je le regretterais.

Assise en tailleur sur mon lit, je bus mon jus de fruits en consultant mon téléphone. Au fond de moi, j'avais espéré qu'il m'envoie un message réconfortant, même si c'était stupide.

Je soupirai en jetant mon smartphone plus loin sur ma couette. Hayden Smith n'était pas un homme rassurant ou attentionné, et il ne le ferait jamais.

L'ambiance dans la voiture fut très tendue. Je ne cessais de me remémorer notre plan que je connaissais pourtant par cœur, priant pour que nous n'ayons omis aucun détail. La moindre erreur pourrait nous coûter très cher…

Alec semblait lui aussi nerveux, même s'il faisait tout pour le cacher. Il n'était pas à l'aise et attendait impatiemment la conclusion de cette journée pleine de suspense. Personne n'était en mesure de prévoir son issue.

J'avais eu du mal à quitter mon logement une heure plus tôt. Réaliser que je ne reviendrais probablement jamais à Orlando m'avait fait comprendre à quel point j'aimais cet endroit et ce que j'y laissais… Andrew et Madison me manqueraient énormément, et, bien que je sois intimement convaincue qu'ils ne se porteraient pas plus mal sans moi, savoir que je ne les reverrais plus me brisait le cœur. Je n'avais eu ni le temps ni le courage d'aller leur rendre visite une dernière fois, mais j'avais décidé de les contacter dès que je serais en sécurité.

Une nouvelle vie m'attendait, ce ne serait pas facile tous les jours, mais c'était mon choix.

Quand nous arrivâmes devant l'immense bâtisse qui me paraissait si sécurisée, je soupirai. Alors que j'avais ouvert la portière pour sortir, Alec me retint par le bras.

— Fais attention à toi.

Ses mots n'avaient rien de moqueur ou menaçant, ils étaient

juste sincères. Celui que je considérais désormais comme un ami s'inquiétait pour moi, ce qui me touchait profondément.

— Promis, répondis-je en souriant légèrement.

— Je suis sérieux, Adria. Tu as intérêt à être là quand on se cassera de cet endroit pourri.

Je hochai la tête et, sans vraiment comprendre pourquoi, le serrai dans mes bras de longues secondes. Cette étreinte me reboosta le moral, et je partis remplir ma dernière mission.

Après avoir passé toutes les sécurités, je marchai d'un pas rapide jusqu'à mon bureau sans prendre le temps de saluer Hayden et Jake, trop rongée par mon stress. Je devais y rester enfermée coûte que coûte, malgré les alarmes qui retentiraient et tout le désordre que connaîtrait la prison.

Je fermai la porte à clé et attendis calmement dans mon fauteuil, mon ventre criant famine. Je n'avais rien pu avaler, tant j'étais nerveuse.

À la fois apeurée et pressée, je tripotai mon T-shirt noir. Je voulais en finir avec ce plan auquel je n'avais finalement pas l'impression d'être assez préparée.

Une heure passa jusqu'à ce que j'entende le son strident et horriblement désagréable de l'alarme de sécurité. Mon cœur rata un battement. Voilà, nous y étions !

Aussitôt, je grimpai sur mon bureau et ouvris la grille qui permettait d'accéder au conduit d'aération, à l'aide du tournevis toujours rangé dans mon tiroir.

J'ignorais comment Smith avait convaincu autant de détenus de se rebeller, mais son idée était plutôt bonne. Les gardiens seraient bien trop obnubilés par les prisonniers les provoquant pour faire attention à nous.

Plusieurs minutes s'écoulèrent, et quelqu'un toqua à ma porte, je ressentis un immense soulagement. Ils étaient là.

Je me précipitai pour ouvrir quand l'avertissement de Hayden me revint en tête : n'ouvrir que si j'étais sûre qu'il s'agissait bien de Jake et lui.

— Qui est-ce ?

Personne ne répondit, j'avais donc bien fait de me montrer prudente. Je reculai de quelques mètres et me collai au mur derrière moi, saisissant une barre de fer que j'avais pris soin de voler à l'intendant et de cacher depuis ma première agression, mon couteau ayant été confisqué par la police lorsque Hayden avait égorgé un autre détenu.

De lourds coups retentirent contre le bois de la porte qui me séparait de je ne savais qui. Et s'ils étaient plusieurs ?

Effrayée, je serrai un peu plus fort mon arme et crus défaillir quand la seule barrière me protégeant du danger s'écrasa sur le sol avec fracas.

— Vous êtes dispo pour une petite consultation, mademoiselle Stevens ?

Je reconnus aussitôt Aaron Monson, le détenu qui m'avait bloquée dans le couloir juste avant que Smith vienne m'aider. Il avait ce même sourire pervers collé au visage et était accompagné de deux autres prisonniers avec un rictus identique. Je ne donnais pas cher de ma peau. Tremblant de peur, je reculai, prête à frapper.

— Lâchez cette barre, vous risqueriez de vous blesser.

Il se moquait ouvertement de moi. Jamais je n'aurais pensé me retrouver dans une telle situation aujourd'hui. Le plan ne pouvait pas tomber à l'eau à cause de trois détenus complètement tarés !

Quand il commença à s'approcher d'un pas déterminé, je priai intérieurement pour que quelqu'un arrive.

— À nous deux, ma belle.

Avant qu'il m'atteigne, je tentai de lui asséner un violent coup qu'il bloqua d'une seule main, sous mes yeux écarquillés.

— Dommage, c'était ta seule chance.

Il m'arracha ma barre de fer et la balança à travers la pièce. Alors qu'il s'apprêtait à saisir mon bras, mon instinct de survie prit le dessus et je lui collai le plus gros coup de poing possible, parvenant à effacer son sourire sadique. Je n'aurais jamais imaginé que mes cours de boxe me serviraient tant un jour.

— Je vais te…

— Je te le déconseille, Monson.

Ce dernier se retourna brusquement, le nez déjà en sang, tandis que le soulagement m'envahissait. Hayden était là, accompagné de Jake et son plus sombre regard.

— On vous laisse trois secondes pour dégager ou vous êtes morts tous les trois.

— Mec, t'es pas…

— Un.

— Smith, bordel ! On partage si tu v…

— Deux.

Avec une arme à feu trouvée je ne savais où, Hayden allait tirer sur le front de mon agresseur. Personne ne parlait, ses deux amis restaient immobiles

— Ferme les yeux, Adria, chuchota Hayden.

Au lieu de les fermer, je les ouvris en grand, comprenant ce qui allait se passer.

— Hayden, le suppliai-je. Tu n'as pas besoin de faire ça !

Il ne croisa pas mon regard un seul instant, bien trop obsédé par sa cible.

— Jake, occupe-toi de ta sœur.

Mon frère se plaça devant moi pour m'empêcher de voir la scène.

— Putain, Smith ! Fais pas le con, bordel !

À peine Monson eut-il le temps de terminer sa phrase et ses amis de fuir en courant qu'un coup de feu retentit, me faisant sursauter. J'étais horrifiée par ce qui venait de se passer.

Hayden Smith avait tué sous mes yeux pour la seconde fois, et pourtant, il ne parvenait toujours pas à me dégoûter.

J'aperçus bientôt le corps de Monson se vider de son sang derrière les pieds de mon frère. Il me serra dans ses bras si fort que je crus presque étouffer.

— J'ai hâte de commencer cette nouvelle vie avec toi, Adria, que tout ça soit derrière nous.

Je savais qu'il culpabilisait et qu'il se concentrait sur notre objectif pour ne pas sombrer.

— On y est presque, répondis-je, blottie contre son torse.

Un raclement de gorge nous sortit de ce moment de tendresse

familiale. Hayden nous regardait d'un air las, avec sûrement une seule envie, celle de s'en aller pour de bon.

— Je vais au bout du tunnel en éclaireur. Vous deux, vous me rejoignez dans trois minutes, juste le temps que je m'occupe de dégager le passage.

Avant que j'aie pu lui répondre, il grimpa agilement dans le conduit et quitta mon champ de vision.

Je tournai en rond, chaque seconde me paraissant durer une éternité. J'évitais de regarder le cadavre qui gisait sur le sol, déjà prise de nausée.

Jake se tenait sur le seuil de la porte avec un Taser certainement volé à un surveillant, guettant le moindre détenu qui voudrait venir m'agresser.

Heureusement, la plupart d'entre eux devaient plutôt penser à essayer de détruire un maximum de choses et ne pas se faire attraper par l'armée de gardiens prêts à tout pour les remettre dans leurs cellules. L'émeute ne durerait pas bien longtemps.

— Tu seras bientôt dehors, lâchai-je.

— Tu n'imagines pas à quel point j'attends ça, répondit-il sans détourner son attention. J'ai l'impression qu'un rêve se réalise…

J'eus les larmes aux yeux. À deux ans de la trentaine, mon frère allait enfin pouvoir vivre sa vie et profiter de sa jeunesse.

— Une fois qu'on sera installés quelque part, qu'est-ce que tu feras en premier ? lui demandai-je.

Il me regarda, les yeux pleins d'espoir ; je pouvais presque entendre son cœur battre plus vite.

— Je plongerai dans la mer, sous le magnifique soleil d'une plage paradisiaque !

Cette idée me fit rire, il semblait y avoir déjà réfléchi. Je songeai aussi aux beaux paysages que nous pourrions découvrir ensemble. Nous en aurions la possibilité grâce à Hayden, qui m'avait promis de nous obtenir de nouveaux papiers au plus vite.

— Ça fait trois minutes, déclara Jake en observant l'horloge de mon bureau.

Mon stress remonta d'un cran, tout allait se jouer maintenant. Je priai intérieurement pour que Smith ne se soit pas fait attraper, car ce serait le pire scénario envisageable.

— Allez, grimpe.

J'obéis à mon frère et imitai les gestes de Hayden quelques minutes auparavant, bien entendu avec beaucoup moins d'agilité. Alors que j'étais presque dans le conduit, un coup de feu retentit. Je criai de peur et retombai, une vive douleur à la jambe droite – la même qui avait été blessée quelques jours plus tôt – me fit comprendre que j'avais pris une balle.

Un hurlement s'éleva, puis des bruits de bagarre, mais j'étais obnubilée par le sang commençant à couler à travers mon jean noir. Il était très peu visible, mais une tache avait déjà fait son apparition.

— Adria ! Merde, Adria, réponds !

Je revins à moi en entendant Jake, que je trouvai en train de frapper Shane.

Oh ! mon Dieu ! Shane m'avait tiré dessus.

Je pouvais heureusement encore tenir debout, la balle ayant traversé le côté de ma jambe et ne s'étant pas nichée en plein milieu, ce qui m'aurait empêchée de bouger sans hurler de douleur. L'adrénaline me permettait de ne pas flancher. Je ne voyais plus que mon frère en train de rouer de coups Shane.

Chapitre 34

— Jamais vous ne sortirez d'ici ! Je savais que vous cachiez quelque chose ! cracha Shane en frappant mon frère.

J'avais envie de le tuer moi-même pour me venger. Par ailleurs, je me demandais où il avait mis son arme.

— Adria, va rejoindre Hayden, maintenant ! lança Jake.

Son ordre me paniqua totalement.

— Je refuse de te laisser, répliquai-je.

— S'il te plaît, je le maîtrise, je ne risque rien. Tu es blessée, tu dois te dépêcher.

Je compris alors que ma blessure pourrait causer notre perte à tous. Si je les ralentissais, nous pourrions ne jamais sortir d'ici.

— Je serai juste derrière toi, d'accord ? me cria-t-il par-dessus la voix de Shane, qui hurlait pour alerter ses collègues.

Je hochai la tête et regardai une dernière fois mon frère. S'il continuait à presser sur la gorge de mon collègue, celui-ci ne tarderait pas à perdre connaissance. Les larmes brûlant déjà mes yeux, je repris mon chemin, espérant que Jake me suivrait le plus vite possible.

Marcher à quatre pattes devint rapidement une véritable torture. Vu la fine traînée de sang que je laissais derrière moi au fil des mètres, cela empirait ma blessure.

J'essayais désespérément de me rappeler ce que Hayden m'avait expliqué de nombreuses fois. Gauche, droite, droite, gauche, droite, et j'arriverais normalement à la sortie du conduit, située dans le long couloir qui menait au bureau de mon directeur, M. Tanner.

Le chemin me parut interminable. J'entendais des cris et des bagarres à certains endroits, imaginant les conséquences que risquait d'avoir cette rébellion. Au fond de moi, j'espérais que personne ne serait tué, enfin, mis à part Shane.

Après ce qui me sembla une éternité, je repérai la grille ouverte par laquelle je devais vraisemblablement passer. Je me mis en position et sautai. Je me penchai quelques secondes en avant, tenant fermement ma blessure encore supportable grâce à l'adrénaline. Je savais que bien qu'elle n'était pas mortelle à la base, si je ne la soignais pas rapidement, le sang que je perdais finirait par me mettre en danger.

— J'ai cru que t'arriverais jamais.

Je relevai la tête vers Smith. Affichant un air satisfait, il se trouvait avec un gardien à ses pieds, visiblement assommé.

— Ça va ? T'es blessée ? ajouta-t-il avec inquiétude, m'observant avec attention.

Je me bénis intérieurement d'avoir revêtu un pantalon noir.

— Rien de grave, juste une petite égratignure.

Il acquiesça, mais resta perplexe. De toute façon, il ne pouvait pas venir vérifier mon état, car nous n'avions pas une minute à perdre.

— Qu'est-ce que fout ton frère ?

— On a eu un souci avec Shane, il était en train de s'en débarrasser, il arrive.

Je le sentis contrarié d'apprendre qu'un élément perturbait notre plan, d'autant plus qu'il s'agissait de Shane.

— Deux matons gardent le bureau de Tanner, mais la situation devrait être réglée rapidement, m'informa-t-il en chuchotant.

Nous nous trouvions dans un couloir perpendiculaire à celui où se situait le bureau, non loin. Le but était de maîtriser les deux derniers gardiens sans faire trop de bruit, pour ne pas alerter M. Tanner.

Des bruits de pas se firent entendre plus loin, nous comprîmes que les deux matons se rapprochaient. Ils finiraient par nous repérer. Hayden m'attrapa par la taille et colla mon dos à son torse, me surprenant.

— Désolé, mon chat, je saurai me faire pardonner, chuchota-t-il.

Je frissonnai et compris qu'il était temps que je me fasse passer pour un otage. Hayden me serra un peu plus contre lui et plaqua son flingue sur ma tempe, ce qui me rappela de mauvais souvenirs.

Son arme passait de ma tête à devant lui, il était prêt à tirer sur le premier qui se mettrait en travers de son chemin si cela devenait nécessaire.

Nous tombâmes sur les hommes de Tanner, qui voulurent dégainer leurs pistolets mais n'eurent pas le temps, probablement horrifiés par la vision de leur infirmière prise en otage par un dangereux criminel.

— Tout doux les abrutis, commença-t-il avec un ton mauvais que je ne lui connaissais pas. Vous allez gentiment poser vos pistolets à terre.

Mécontents mais apeurés, mes deux collaborateurs obéirent malgré eux, respectant les ordres de M. Tanner quant à ce genre de situation d'urgence.

Soudain, deux coups de crosse résonnèrent, mes collègues tombèrent au sol, assommés sur la nuque par Alec et le dénommé Nathan, autrement dit celui qui avait trafiqué les freins de la voiture d'Andrew, habillés comme les gardiens de la prison, qui venaient d'arriver derrière eux. Ils avaient dû neutraliser des vrais matons à l'extérieur, et je n'osais même pas imaginer ce qu'étaient devenus mes autres collègues.

Alec m'adressa un sourire, heureux de me voir. Je le lui rendis. Il semblait parfaitement à l'aise dans cette mission évasion, ce qui me montrait un autre aspect de sa personnalité.

Hayden et moi entrâmes dans le bureau de Tanner, qui se leva brusquement en m'apercevant menacée par un détenu, bien qu'il soit au téléphone. Hayden retira sa main de mon avant-bras pour venir porter l'index à ses lèvres, signe qu'il devait se taire.

Mon patron comprit tout de suite et prononça un « Je vous rappelle, shérif » avant de poser le combiné. Il avait sûrement prévenu les autorités que l'émeute était trop violente pour être arrêtée uniquement par les gardiens.

— Qu'est-ce que vous faites, Smith ?! Lâchez-la immédiatement !

Mon directeur semblait très étonné de nous voir ici, cette aile de la prison n'étant pas du tout accessible par les détenus, en temps normal.

Hayden prit son rôle de méchant très à cœur et appuya un peu plus son flingue contre moi tandis que je fermais les paupières, mimant la panique. Je ne doutais pas de ma crédibilité tant cette situation me terrorisait. Et si tout foirait ?

— Déverrouillez la sortie de service ou je lui tire une balle en pleine tête.

— Vous n'oseriez pas ! cria Tanner.

Smith rit de manière diabolique et débloqua la sécurité de son arme, lui faisant comprendre qu'il n'hésiterait pas. Il était si convaincant que j'avais presque peur qu'il me tue vraiment. Je fis semblant de pleurer, l'implorant de m'épargner.

— Ce que vous faites vous retombera dessus, dit Tanner avant de céder et d'ouvrir la porte de service. Vous ne fuirez pas éternellement.

Aussi satisfait que moi, Hayden relâcha légèrement son étreinte tandis que Nathan entrait et menottait mon patron à son radiateur. Ce dernier nous observait à tour de rôle, se demandant certainement comment deux intrus avaient pu arriver jusqu'ici. Mis à part une trahison en interne, il n'y avait aucune autre possibilité.

— Elle est ouverte ! valida Alec en entrant à son tour dans le bureau quelques secondes plus tard. Faut y aller !

Hayden me laissa enfin tranquille, et je me mis à courir voir où mon frère en était, bien qu'il m'ait demandé de rester à côté. J'avais beau écouter vers le conduit, il n'arrivait toujours pas. Paniquée, je décidai de trouver un meuble pour l'atteindre et aller le chercher moi-même, mais quelqu'un m'attrapa, et je me retrouvai dans les bras d'un homme dont je reconnus rapidement l'odeur.

— Aide-moi à grimper, Alec !

— Sûrement pas, me gronda-t-il. On retourne dans le bureau tout de suite

Je voulus me débattre, mais trop fort pour moi, il m'emmena sans grande difficulté jusqu'à Hayden, qui me foudroya du regard. Ma blessure m'avait déjà considérablement affaiblie.

— Qu'est-ce que tu ne comprends pas quand je dis de rester là ? m'engueula-t-il.

Affolée, je le toisai à mon tour. Ne saisissait-il pas que Jake n'était pas là ? Qu'il aurait dû arriver depuis un moment déjà ?

— Mademoiselle Stevens… J'aurais dû me douter que le fait qu'une femme de votre genre veuille travailler ici était louche, déclara Tanner, qui avait maintenant deviné le subterfuge. Pourquoi gâcher votre vie ? Une si belle carrière vous attendait…

— La ferme, lui ordonna Hayden en lui donnant un coup de pistolet parfaitement mesuré dans l'arrière du crâne, lui arrachant un gémissement de douleur.

Je n'aimais pas la violence, surtout que ce coup n'était pas nécessaire. Je lançai un regard noir à Hayden, qui me répondit par un très léger rictus.

— J'ai mes raisons, monsieur, dis-je calmement, n'éprouvant aucun regret. J'aurais voulu ne pas en arriver là mais je n'ai pas eu le choix.

— On a toujours le choix, continua-t-il, la colère et la déception dominant dans ses yeux.

— Où est Jake, Adria ? nous interrompit Hayden en ne cachant pas son impatience.

— Il devrait déjà être là ! soufflai-je, soulagée qu'il s'en préoccupe enfin.

— Bordel…, répondit-il en marmonnant.

Alec revint dans le bureau avec un air vraiment inquiet.

— On doit y aller, maintenant ! cria-t-il en faisant de grands gestes.

— Mais Jake…, m'affolai-je encore plus.

— Je vais aller le chercher, me rassura Hayden. Nathan, prends ma place.

Alors qu'il s'apprêtait à risquer sa vie pour sauver mon frère, réchauffant instantanément mon cœur, Nathan l'arrêta aussitôt.

— Si on ne se barre pas tout de suite, on restera tous coincés ici. Les flics arrivent, c'est maintenant ou jamais.

Parvenant à m'échapper une nouvelle fois, je retournai dans le couloir pour hurler le nom de mon frère à travers le conduit, mais je n'eus aucune réponse. Il n'était pas là.

Hayden me rejoignit rapidement et comprit comme moi qu'il

n'arrivait pas. Il ne prit même pas le temps de me faire une réflexion quant à ma désobéissance.

À nouveau dans le bureau, la boule au ventre, j'étais témoin de la plus grosse défaite que j'aurais pu imaginer.

— On bute ce connard et on se casse, insista Nathan.

— Faut qu'on gagne du temps ! s'énerva Smith.

— On ne peut pas ! On en a déjà trop pris, tous les policiers des villes autour sont en route ! continua Alec, qui communiquait à l'aide d'une oreillette avec l'extérieur.

Hayden fixa un point, comme s'il réfléchissait à la bonne décision.

— D'accord.

— Quoi ? ! criai-je, les larmes me montant aux yeux. Non ! Je ne partirai pas d'ici sans Jake !

Hayden pencha la tête en arrière, visiblement agacé, mais je savais que ce n'était pas contre moi, ne pas contrôler la situation le rendait fou.

— Adria, si on se fait choper, on ne pourra plus rien pour lui, dit-il d'un ton faussement calme.

— Je ne peux pas le laisser là, Hayden… Partez, je…

— Non ! me coupa-t-il. Je ne te laisserai pas. Tu viens avec nous, on trouvera une solution quand nous serons à l'abri.

Lorsqu'il prit ma main et m'attira vers lui, je compris que je n'avais plus le choix. Même si l'impression de trahir mon frère ne me quittait pas, il avait raison. Si je restais, je me retrouverais moi aussi en prison et ne pourrais plus jamais l'aider. De plus, ma tête commençait à tourner à cause du sang que je perdais et de la douleur qui se réveillait.

— Bute-moi ce fils de pute et rejoins-nous, ordonna-t-il à Nathan.

Faisant abstraction un instant de mon frère, je me postai entre le flingue de Nathan et M. Tanner. Je ferais tout pour éviter qu'ils tuent un innocent.

— Non ! On n'a pas besoin de le tuer pour s'échapper !

— Smith, ta gonzesse commence à sérieusement me les briser, râla Nathan en me toisant, pointant maintenant son arme sur moi.

Alors que je pensais qu'ils se contenteraient de me pousser et de le descendre malgré mes protestations, Hayden me rejoignit.

— Elle a raison. On n'a pas besoin d'ajouter un meurtre inutile à mon casier. Laisse-le attaché au chauffage.

Nathan m'assassina du regard, mais s'exécuta. Je me fichais qu'il n'ait pas de conscience, il avait de toute évidence déjà sa place en enfer.

À regret, je fus forcée de constater que mon frère n'était toujours pas près d'arriver, j'allais devoir l'abandonner ici... Une affreuse boule se forma dans mon ventre, me donnant la nausée. Je me laissai alors entraîner par Hayden, lui accordant une totale confiance, le suivant aveuglément comme si je n'avais plus aucun contrôle de mon corps.

Des tirs résonnèrent non loin de nous, ce qui me terrorisa, et je compris que nous n'avions plus beaucoup de temps. Alec, qui avait étudié les plans de la prison, nous guidait. Il tenait fermement son pistolet, prêt à tirer sur quiconque se mettrait sur notre chemin. J'espérais qu'aucun gardien ou policier n'allait apparaître, car il y laisserait très certainement la vie.

— On va passer par le bois de derrière, et on foncera jusqu'à la voiture qu'on a cachée plus loin ! expliqua Nathan, qui marchait derrière nous, armé aussi.

Nous arrivâmes devant la fameuse porte de service, l'entrée où les camions de livraison déchargeaient leurs colis. Comme prévu, elle était bien déverrouillée, et Alec put l'ouvrir à l'aide du badge qu'il avait subtilisé.

Il nous restait uniquement le grand grillage à franchir, car par ce côté-ci, la sécurité était beaucoup plus légère, étant donné qu'il était normalement impossible qu'un détenu se rende jusque-là. Tous les miradors étaient de l'autre côté, là où se situaient la cour des prisonniers et l'entrée principale.

— Reculez et protégez votre visage, nous ordonna Nathan en appuyant sur un bouton, ce qui fit sauter le grillage aux nombreux barbelés.

L'explosion me fit mal aux oreilles et la fumée troubla ma vue mais je me laissai guider par Hayden, qui me poussa afin de me faire passer par le trou. Alec et Nathan nous suivirent de près. Le plan avait fonctionné, nous avions pu bénéficier d'une diversion parfaite, sauf qu'à cause de Shane, mon frère n'était pas avec nous alors que l'objectif principal avait été de le faire évader lui. J'étais désormais une criminelle, une fugitive, et tout ça pour quoi ? Pour rien, puisque j'avais échoué. Je n'avais qu'une envie, m'effondrer en larmes.

La prison était en alerte générale. L'alarme et les sirènes des voitures de police retentissaient encore. Les gardiens des miradors avaient sûrement entendu l'explosion et repéré la fumée, les secondes étaient donc comptées pour fuir.

Je me retournai une dernière fois, espérant toujours voir Jake se précipiter vers nous, même si j'étais bien trop naïve, les forces de l'ordre avaient dû envahir les lieux, nous avions nous-mêmes eu de la chance de leur échapper.

Nous courûmes dans les bois un long moment, mais ma vitesse ralentissait les autres. Je n'osais plus vérifier l'état de ma blessure, persuadée que si je le faisais, je ne pourrais plus avancer. Je commençais à souffrir le martyre.

Alors que je faisais tout pour contenir mes émotions, l'adrénaline sembla s'évaporer d'un seul coup, je fondis en larmes et tombai à genoux sur le sol. Une sensation de solitude extrême m'envahit, je venais de perdre la personne qui comptait le plus pour moi. Je ne pourrais probablement plus jamais revoir Andrew, Madison, mes parents… et j'avais laissé mon frère dans cet endroit horrible pour sauver ma peau alors que j'aurais dû sauver la sienne.

Jake était un homme bon, qui avait juste vengé sa sœur. Il nous avait toujours protégées et était prêt à tout pour nous deux. Il l'avait plus que prouvé. Il ne m'aurait jamais abandonnée derrière lui, mais je l'avais fait. Je n'étais rien qu'une égoïste et j'étais mauvaise dans tout ce que j'entreprenais.

— Adria…

La voix de Hayden était douce et calme.

— Faut qu'elle se la ferme, cette conne, grogna Nathan. On va finir par se faire griller, putain !

Comment pouvait-il me demander de me taire ? Je venais d'abandonner la personne que j'aimais le plus au monde.

Je sursautai en entendant un énorme coup de poing. Quand je relevai les yeux, Nathan était au sol, le nez en sang.

— La prochaine fois que tu l'ouvres pour rien, je te tire une balle dans le crâne, lança Smith d'une voix implacable.

J'ignorais si je parviendrais à arrêter cette immense douleur me prenant dans la poitrine. J'avais la sensation qu'on m'avait arraché ce à quoi je tenais le plus : l'espoir.

— Adria, s'il te plaît…

Je relevai les yeux vers Hayden, qui s'était accroupi pour se mettre presque à ma hauteur. J'avais l'impression amère de n'être qu'une petite fille en détresse ayant perdu tout repère.

— Regarde-moi.

Ses prunelles vertes ne me quittaient désormais plus. Il avait une détermination sans limites dans les yeux.

— Je t'ai donné ma parole qu'il ne mourrait pas, et elle tient toujours. Je te promets qu'on le sauvera, toi et moi.

Je hochai la tête, j'avais l'impression de me sentir moins seule.

— Mais on doit partir maintenant, car sinon on sera séparés et jetés en prison. Et je refuse de ne pas tenir ma promesse.

Il se releva et me tendit sa main, dont je me saisis rapidement. Il avait raison. Si je me laissais capturer, les chances de retrouver Jake seraient quasi nulles, et c'était hors de question.

Me pliant de douleur un instant, je me remis à courir à travers les bois. Désormais, il ne me restait plus que lui. Hayden Smith.

Chapitre 35

À bout de forces, je repérai la voiture à quelques mètres. Mais ma blessure s'était tellement aggravée que j'ignorais si je serais capable de l'atteindre. À cause du sang s'échappant de ma plaie, je sentais que j'allais perdre connaissance d'ici très peu de temps, et cela m'effrayait. Je devais tenir encore un peu.

— Pourquoi tu t'arrêtes ?

Hayden s'efforçait de rester correct et calme avec moi après ce qui venait de se passer, mais je percevais son agacement malgré tout. Il était nerveux à l'idée de se faire attraper si près du but, ce qui était compréhensible.

— Je…

Je n'eus pas le temps de lui répondre que ses yeux s'écarquillèrent en observant mon pantalon. Malgré sa couleur très sombre, la tache de sang était visible, surtout à la lumière du jour.

— Mais, bordel, pourquoi tu ne m'as pas dit que tu t'étais blessée ? ! explosa-t-il.

Je voulus protester, mais tout se mit à tourner autour de moi, et je sombrai.

Une violente migraine accompagna mon réveil. Je clignai plusieurs fois des yeux face à la lumière et eus l'impression que tout mon corps s'était alourdi, ce qui m'empêchait de bouger. Après plusieurs minutes, je réussis finalement à me redresser avec difficulté et constatai que j'étais dans une petite chambre presque délabrée. Elle ressemblait à celle d'un motel quelconque, avec des murs salis et abîmés, des rideaux déchirés et des bruits de tuyauterie.

Je luttai pour me souvenir de ce qui s'était produit quand tout me revint d'un seul coup. Shane m'avait tiré dessus, Jake n'était jamais arrivé au bout du conduit, Hayden m'avait demandé de le suivre, puis avait découvert ma blessure, et c'était le trou noir… Je m'étais évanouie. Je me passai les mains sur le visage, me remémorant ce cauchemar.

Cependant, j'ignorais où je me trouvais et fus horrifiée de constater que mon pantalon avait disparu. Mes jambes étaient nues, sauf ma cuisse droite avec un épais bandage. Quelqu'un m'avait soignée.

— J'ai cru que tu ne te réveillerais jamais, déclara une voix qui m'était désormais bien trop familière.

J'entourai rapidement le bas de mon corps à l'aide de la couverture à la propreté douteuse et reportai mon attention vers Hayden Smith, qui passait ce qui semblait être la porte d'entrée.

Il referma derrière lui puis vint se tenir debout juste à côté du lit, l'air à la fois inquiet et contrarié. N'importe qui l'aurait trouvé impassible, mais je cernais de mieux en mieux les subtilités de ses expressions. Avoir étudié la communication non verbale me servait enfin à quelque chose.

Il portait désormais un jean noir et un T-shirt moulant à manches courtes de la même couleur qui le rendaient encore plus sombre, plus sexy. Ces vêtements, totalement différents de son uniforme sans classe ni forme de la prison, lui allaient à merveille.

— Que s'est-il passé ? eus-je le courage de demander.

Smith s'alluma une cigarette et commença à fumer sous mon regard blasé. Pouvais-je vraiment lui reprocher d'être de nouveau libre de ses actes ? Il avait été enfermé durant deux ans, même si cela restait bien moins que les six années que mon frère y avait passées. Le pire était certainement de réaliser qu'il y était encore et que la peine de mort lui pendait au nez…

Je ressentis un immense pincement au cœur et ravalai mes larmes pour ne pas craquer à nouveau. Smith sembla remarquer mon désarroi car son regard s'était adouci.

— Tu as perdu connaissance, je t'ai portée jusqu'à la voiture d'Alec et Nathan, puis nous avons roulé durant plusieurs heures pour échapper à la police. Ils ne nous poursuivaient pas, mais ont mis en place plusieurs contrôles routiers partout autour de la Floride pour nous retrouver. Nous sommes devenus de vraies stars !

Alors que les forces de l'ordre nous menaçaient, j'avais dormi paisiblement… J'étais une criminelle pitoyable.

— Tu as perdu pas mal de sang à force d'appuyer sur ta blessure, alors on a dû s'arrêter dans une pharmacie dans un coin paumé pour prendre de quoi te soigner. Nous sommes repartis, et nous avons changé plusieurs fois d'État.

J'écarquillai les yeux en comprenant que nous n'étions plus en Floride.

— Nous avons décidé de nous reposer un peu dans un motel, et j'en ai profité pour désinfecter ta blessure.

— Où sommes-nous ? demandai-je, encore dans le brouillard.

— Bienvenue dans le Kentucky, répondit-il avec un air faussement ravi.

Savoir qu'il m'avait lui-même déshabillée me mit très mal à l'aise, mais le fait qu'il ait pris soin de moi me réchauffait le cœur, même si je ne devais pas oublier que des centaines de kilomètres me séparaient désormais de mon grand frère.

— Merci, murmurai-je. Et Jake ?

— Je n'ai pas encore pu obtenir de nouvelles de la prison, mes contacts sont tous au trou pour un moment. Mais dans tous les cas, on ne peut pas agir dans la précipitation, répondit-il.

J'étais effrayée à l'idée qu'il finisse par me laisser tomber. Avait-il déjà un plan ? Malgré mes sentiments pour lui, ma raison m'empêchait de lui faire aveuglément confiance. Il restait quelqu'un de dangereux, d'instable et de terriblement lunatique.

— Où est Alec ? demandai-je soudain.

En revanche, si je savais que je pouvais me fier à un homme, c'était lui. Il avait beau me casser et aimer me taquiner, il était toujours honnête. Il n'avait jamais essayé de me manipuler.

Smith haussa les sourcils, l'air contrarié. Avec tous ces événements, j'avais presque oublié à quel point mon rapprochement avec son bras droit l'agaçait.

— Pourquoi tu veux le voir ?

J'ignorais quoi lui répondre. Si je lui avouais que j'avais besoin qu'il me rassure, j'étais bonne pour me faire un ennemi. Si je me taisais, Dieu seul savait ce qu'il irait imaginer.

— Comme ça, dis-je finalement dans la précipitation.

Il tira sur sa cigarette et cracha sa fumée sur le côté, les yeux fermés.

— Alec est occupé à autre chose, il n'a plus la mission de te protéger. Tu n'as plus besoin de lui.

Son ton détaché était trahi par ses paroles.

— La balle ne s'est pas arrêtée dans ta cuisse, poursuivit-il, tu as juste pas mal saigné mais la plaie devrait cicatriser correctement.

Je soupirai, comprenant qu'une marque supplémentaire resterait probablement sur ma jambe droite jusqu'à la fin de ma vie.

— Quel est le plan ?

Hayden eut un léger sourire en coin, comme si ma détermination l'amusait.

— Doucement, mon chat.

Il s'assit sur le lit pour se rapprocher de moi. J'eus un geste de recul en me remémorant comment s'était terminée notre dernière entrevue, ce dont nous n'avions pas eu le temps de reparler. Le voir face à moi, désormais totalement libre d'agir comme il le souhaitait, m'excitait autant que cela m'angoissait. J'étais à sa merci.

Gênée par ce constat, je baissai la tête et fixai la couette qui couvrait mon corps.

— Ne sois pas trop pressée, continua-t-il en relevant mon menton, nous allons sauver ton frère, mais cette mission prendra forcément du temps.

Savoir Jake encore emprisonné me rendait dingue. Tout était de la faute d'une seule et unique personne, Shane.

— Combien de temps ?

— Je n'en ai aucune idée pour le moment, Adria. Mais tu devras être patiente.

— Tu ne peux pas me demander ça alors que mon grand frère va surement être condamné à mort !

Hayden avait son visage à seulement quelques centimètres du mien, ce qui me déboussolait complètement. Il avait le don de me faire perdre la raison dès l'instant où son odeur envahissait mes narines.

— Il ne mourra pas. Quoi qu'il soit décidé, s'il doit être tué, ce ne sera pas avant des mois, voire des années. Crois-moi, si nous intervenions maintenant, nous finirions tous derrière les barreaux.

Je détestais l'admettre, mais il n'avait pas tort. M. Tanner avait sûrement déjà dénoncé les raisons de cette évasion. On connaissait mes intentions, et je ne pourrais plus jamais me promener librement à travers le pays. Cette pensée me fit tressaillir, je n'aurais jamais plus une vie normale…

— Maintenant, j'aimerais savoir qui t'a tiré dessus.

Son ton avait complètement changé et dégageait une haine qui me touchait.

— Shane, soupirai-je.

Surpris, il se mit à froncer les sourcils et serrer les poings, le regard déjà ailleurs.

Ma colère était bien trop présente pour que je puisse passer outre.

— Je veux me venger, annonçai-je. Je veux pouvoir le tuer de mes propres mains.

Smith sembla oublier son mécontentement, car un sourire en coin se dessina sur son visage.

— Tu auras ta vengeance.

Alors que sa proximité me laissait penser qu'il allait m'embrasser, il se redressa, m'ignorant totalement.

— Mais repose-toi avant, tu en as besoin.

Il quitta la pièce, et je me retrouvai de nouveau seule avec des milliers de questions.

Sur un soupir, je décidai de me lever et me retins de hurler de douleur quand mon pied toucha le sol. À cause de ma blessure à la jambe, je risquais d'être un réel fardeau durant les prochains jours. S'il fallait courir, j'étais fichue. En boitant et en luttant contre mon corps endolori, je me dirigeai vers la porte qui devait être celle de la salle de bains.

Une fois à l'intérieur, je réalisai qu'elle était vraiment modeste mais j'avais tellement envie d'un bon bain brûlant que je ne pus m'en plaindre. Je préparai la baignoire et me débrouillai pour que la mousse en vienne presque à déborder. Après avoir correctement fixé mon bandage pour éviter que l'eau ne s'infiltre dans ma plaie, je me glissai à l'intérieur. C'était l'extase…

Je pris le temps de réfléchir à tout ce qui s'était passé ces derniers jours, à tout ce que j'avais gagné et tout ce que j'avais perdu. La seconde liste étant bien plus longue que la première…

Je plongeai la tête quelques instants sous l'eau encore très chaude et profitai du calme dont j'avais grandement besoin en ce moment. Quand je sentis l'air me manquer, je remontai à la surface. Je poussai un cri de surprise en apercevant Alec près de moi, les sourcils froncés.

— T'essaies de te suicider ? Non parce que je connais des moyens bien plus efficaces si jamais…

Je souris en constatant qu'il n'avait pas perdu son humour, malgré la situation actuelle.

— Enfin, te voilà ! T'étais où ?

Mécaniquement, il me tendit un peignoir blanc plié à côté du lavabo et se tourna pour me laisser sortir de mon bain et l'enfiler, ce que je me dépêchai de faire.

— Hayden se débrouille pour me tenir à l'écart et me faire faire tous les trucs chiants, c'est sûrement sa punition pour notre baiser.

— Je suis désolée, je…

— Ne t'excuse pas, Adria. S'il avait su qu'il venait de moi et que j'ai voulu aller plus loin, ça aurait été bien pire, crois-moi. Merci d'en avoir pris la responsabilité.

— Pas de problème.

J'ignorais si je devais être ravie d'avoir aidé Alec ou m'inquiéter du fait que Smith faisait même peur à ses amis les plus fidèles. Que se passerait-il si je ne respectais pas ses ordres ?

— Sache que je ne le regrette pas, continua mon ami.

— Qu'est-ce que tu ne regrettes pas ? intervint une voix qui me glaça le sang.

Alec se figea, son visage soudain décomposé. J'espérais que Hayden n'avait pas tout entendu. Ce dernier se tenait les bras croisés, appuyé contre le cadran de la porte. Il n'avait pas mis beaucoup de temps à revenir.

— J'attends, insista-t-il trop calmement à mon goût.

Pour sortir mon ami de ce calvaire, je décidai d'intervenir.

— D'avoir pensé à…

— Non, Adria, m'interrompit Alec, pas la peine de lui mentir.

Il se racla la gorge tandis que Hayden avait haussé les sourcils, visiblement curieux et étonné par son culot.

— J'ai des sentiments pour elle, admit sans ciller Alec.

Au regard de Smith, je compris qu'il allait payer très cher cet aveu.

Chapitre 36

J'ignorais si j'avais déjà été aussi mal à l'aise auparavant. Alec se tenait droit, prêt à affronter celui qui au-delà d'être son chef était censé être son ami. Ce dernier n'avait pas changé de position, son épaule toujours appuyée contre l'encadrement de la porte.

— Des sentiments ? répéta Hayden, essayant de cacher sa contrariété.

Nous ne nous étions rien promis, et il me paraissait illogique qu'il se montre si possessif. J'intervins donc à nouveau :

— Hayden, je pense que…

— Que tu devrais aller t'habiller au lieu de te promener à moitié à poil devant mon homme de main.

Ses paroles eurent l'effet d'une gifle. Il avait réussi à nous manquer de respect à Alec et moi en une seule phrase.

Gênée, je passai à côté de lui, obligée de le frôler malgré moi. Je sentis sa haine envers Alec. J'espérais qu'il ne lui ferait pas de mal, mais j'avais bien conscience que quoi que je fasse ça ne changerait rien.

Je sortis une tenue de ma valise probablement ramenée par Alec : un jean et un T-shirt noir simple. J'enfilai le pantalon avec beaucoup de difficulté à cause de ma blessure, après avoir pris soin de désinfecter ma plaie et de me refaire un bandage propre et sec avec la trousse de secours que j'avais prévue.

Hayden avait bien sûr refermé la salle de bains, je n'avais donc aucune idée de ce qu'ils pouvaient se dire. J'étais tout de même rassurée de n'entendre ni cri ni coup. Quoique…

Quand la porte s'ouvrit, celui que je considérais comme un réel ami sortit en me jetant un court regard dénué de toute émotion.

Fronçant les sourcils, je voulus lui adresser quelques mots mais il pressa le pas pour quitter la chambre. Je restai bouche bée face à sa réaction. Qu'est-ce que Hayden avait bien pu lui faire pour qu'il en vienne à m'ignorer royalement ?

Celui-ci pénétra dans la pièce et croisa les bras sur le torse, un petit sourire satisfait sur le visage. Je serrai les poings.

— De quoi l'as-tu menacé ? demandai-je sur un ton agressif malgré mes efforts pour me contrôler.

Mon énervement semblait l'amuser, et son rictus m'était insupportable.

— Laisse-moi deviner, tu as menacé les derniers proches qu'il lui reste ?

Son sourire s'effaça, et quand il s'approcha lentement de moi, mon corps se tendit.

— Je n'ai eu qu'à lui dire de choisir entre son boulot et toi, sa décision a été plutôt facile, visiblement.

Je me sentis instantanément blessée. La façon dont il avait prononcé ces mots était tellement moqueuse.

— Et alors ? En empêchant Alec de m'approcher, tu crois pouvoir me garder pour toi ? explosai-je.

Il se remit à rire, se fichant royalement de moi sans même s'en cacher.

— Je crois que tu surestimes ton importance, chaton. Tu peux bien te taper la Terre entière, je n'en ai absolument rien à foutre. Rentre-toi ça dans le crâne.

Face à la violence de ses paroles, la boule d'angoisse qui s'était formée dans ma gorge s'accentua. Je fis mon possible pour rester de marbre et espérai de tout cœur qu'il quitterait cette pièce avant que j'en vienne à lui balancer ses quatre vérités. Il m'avait bien plus que vexée, il m'avait fait mal…

— Faut qu'on bouge ce soir, me prévint-il alors. On viendra te chercher.

Hayden Smith partit à son tour, me laissant comme la plus pitoyable des idiotes avec seulement cette information. Je n'avais aucun contrôle sur la situation, et j'étais totalement déboussolée.

Assise sur le lit, j'avais attendu plus de deux heures que quelqu'un m'informe quant à la suite des événements. J'avais longuement hésité à appeler Andrew et Madison, puis j'avais réalisé que je n'avais plus de téléphone. Smith s'était sûrement fait un malin plaisir de le balancer afin que nous ne soyons pas localisés. J'avais aussi songé à sortir prendre l'air, mais l'impression d'être recherchée par le monde entier me hantait, j'étais persuadée que nos visages étaient déjà placardés dans tous les commissariats du pays.

Finalement, Hayden semblait avoir entendu mes prières, car il entra en trombe dans ma chambre, bien entendu sans frapper auparavant.

— Tu es prête ? On part maintenant pour le Canada.

J'écarquillai les yeux. Mais de quoi parlait-il ? On n'avait jamais prévu de quitter le pays !

— Pardon ?

— T'as très bien entendu.

Totalement abasourdie, j'étais incapable de répondre quoi que ce soit. Comment avait-il pu croire que j'allais le suivre à l'étranger et laisser Jake ici ? J'étais persuadée qu'il avait fait exprès de ne rien me dire !

— Je n'irai nulle part ! Trouve-moi un endroit où me réfugier et je me débrouillerai pour m'y rendre.

Je savais que la folie, la fatigue et le désespoir me faisaient dire n'importe quoi. Mais l'idée d'aller au Canada avec une bande de criminels pendant que mon frère croupissait en prison me paraissait inconcevable.

— Donc concrètement, tu voudrais te barrer seule, avec ta putain de valise à roulettes, ta jambe boiteuse, sans plan ni argent alors que les hommes de McCartney et tous les flics du pays sont à tes trousses ? Si t'as envie de crever, je peux tout de suite te tirer une balle dans la tête.

Je tressaillis. J'avais du mal à saisir s'il se moquait de moi ou s'il était sérieux. Il avait plutôt raison sur ce qui risquait de m'arriver mais rester avec lui devenait très pesant, et j'avais peur de la suite.

— Malheureusement, tu n'es pas la seule personne à qui j'ai fait la connerie de faire une promesse. Donc tu vas sagement obéir et arrêter d'essayer de négocier quoi que ce soit. Compris ?

Je bouillonnais de l'intérieur, mes nerfs étaient sur le point de me lâcher. Je savais qu'il n'avait pas tort mais l'avouer me coûtait bien trop ! Je me demandais également de quelle autre promesse il pouvait bien parler, même si je me doutais qu'elle avait un rapport avec Jake.

— On va rejoindre un coin de la frontière où un douanier qui fait passer l'argent avant les principes nous fera traverser, enchaîna-t-il, comme si mon petit pétage de câble n'avait jamais eu lieu. Une fois de l'autre côté, on se rendra à un aérodrome privé où mon jet nous attendra. On pourra ensuite rentrer chez moi, au Panama.

J'espérais que c'était une plaisanterie. Ce n'était pas du tout dans mes plans ! Et puis depuis quand avait-il « un jet » ? Le trafic de drogue et la vie de criminel semblaient être bien plus rémunérateurs que je ne le pensais. Cela me prouvait une fois de plus que je ne savais pas grand-chose sur lui.

— Les flics croient sûrement qu'on se dirige droit vers le Mexique vu que les cartels de drogue sont tous situés là-bas. Ils nous attendent très certainement déjà à la frontière. En prenant le chemin inverse, on a moins de chances de se faire attraper. Faudra juste se montrer discrets.

Quand il me tendit un passeport, je fronçai les sourcils. En l'ouvrant, j'y découvris une photo d'identité, celle qui devait se trouver dans le passeport qui avait été volé chez moi. Alec n'avait pas menti, Hayden avait réglé ça au plus vite.

— Emily Keller ? Sérieusement ?

— Quoi ? Ta nouvelle identité ne te plaît pas ? Tu l'utiliseras uniquement pour les déplacements. Vu qu'on t'a volé le tien, j'ai dû me procurer ça en moins de vingt-quatre heures.

J'avais l'impression d'être dans un délire total. Rien ne résistait à

Smith, il parvenait à tout obtenir, même en se trouvant derrière les barreaux.

— Je ne peux pas te suivre, déclarai-je enfin. Je ne peux pas quitter le pays sans mon frère ! Tu veux m'emmener sur un autre continent, c'est pas…

— Contente-toi de me faire confiance désormais, me coupa-t-il. Ce n'est pas comme si tu avais le choix. Partir à l'étranger est la seule option, histoire de se faire oublier quelque temps.

— Et si je refuse ?

— Alors tu pourras te considérer comme otage, m'annonça-t-il avec son éternel rictus presque sadique.

— Je n'ai pas envie de partir, Hayden…

— C'est dommage, parce que tu vas venir avec moi de gré ou de force. Je t'assure que le voyage te paraîtra plus agréable sur la banquette arrière que dans le coffre.

Il s'amusait visiblement de me voir dans tous mes états, il appréciait d'avoir le contrôle de la situation et sur moi. Et je n'avais plus d'autre solution que de le suivre, peu importe ce que l'avenir nous réservait…

Chapitre 37

Quitter le motel n'avait pas été simple. Nous devions faire preuve d'une discrétion sans faille, car n'importe qui regardant la télévision pouvait nous reconnaître. J'ignorais ce que l'on disait sur nous, n'ayant pas osé me pencher dessus. J'avais peur de ce que devaient penser mes proches.

Nous roulions dans une voiture différente de celle qu'ils avaient garée dans les bois près de la prison, un Range Rover noir aux vitres teintées. Les hommes de Smith avaient certainement récupéré l'autre. Assise à l'arrière avec Hayden, j'étais satisfaite d'avoir assez d'espace pour ne pas être collée à lui. Il aurait probablement préféré être à l'avant, mais le risque d'être reconnu par des passants malgré la pénombre l'en avait dissuadé. Voilà pourquoi nous devions nous terrer derrière Nathan qui conduisait et Alec sur le siège passager.

Je sentais le regard de ce dernier à travers le rétroviseur. Depuis qu'il avait révélé éprouver des sentiments à mon égard, nous ne nous étions pas parlé, ce qui rendait la situation gênante… J'avais hâte que nous mettions les choses au clair.

Être seule avec trois criminels aurait dû m'effrayer, mais j'avais l'impression que rien ne pouvait m'arriver. Malgré tout, je songeais aux kilomètres qui défilaient et ne faisaient qu'augmenter la distance entre mon frère et moi… Notre calvaire était bien loin d'être fini, mais je ne laisserais jamais tomber.

J'ignorais pourquoi Hayden Smith se préoccupait tant de tenir sa promesse, cela semblait être un trait de caractère chez lui qui commençait presque à me faire peur. Il se mettait en danger pour moi alors qu'il avait tout à gagner à m'abandonner sur une route perdue et continuer son chemin comme si de rien n'était.

Je lui étais reconnaissante d'en faire autant et je me sentais redevable, mais j'étais aussi tentée de m'enfuir à toutes jambes. Je ne savais pas ce que l'avenir nous réservait, c'était comme si mon destin se jouait lors d'une partie de poker.

J'appuyai la tête contre la vitre et me laissai emporter par la musique de l'autoradio, ce qui m'aida à m'évader un peu.

Je m'étais assoupie et fus réveillée par les portières claquées sans ménagement. Je n'avais aucune idée du temps qui s'était écoulé, mais nous avions dû rouler durant des heures.

Je décidai de sortir du véhicule, ravie de pouvoir me dégourdir les jambes. Il était assurément plus de minuit, et il faisait bien froid, nous avions dû considérablement nous rapprocher du Canada pour descendre à une telle température.

Smith et ses hommes fumaient une cigarette tandis que je marchais un peu, ou plutôt boitais un peu. Il faisait sombre mais le parking sur lequel nous nous trouvions était occupé par de belles voitures. Je découvris bientôt que nous étions face à un hôtel, ou plutôt un palace, ce qui m'étonna. Une nuit ici devait coûter aussi cher que mon loyer.

— Ne commence pas à t'éloigner, me gronda Hayden, qui parlait au téléphone à quelques pas.

Avec lui, j'avais souvent cette impression de n'être qu'une enfant sous surveillance. Ne pouvait-il pas me lâcher un peu ?

Je rejoignis Alec et Nathan, attendant patiemment qu'ils finissent de fumer.

— Où sommes-nous ? me risquai-je à demander.

— Dans le Wisconsin, répondit Alec.

Nous étions déjà presque à l'autre bout du pays. La Floride me paraissait si loin…

Smith, qui avait terminé sa conversation, attrapa sans un mot mon avant-bras. Au lieu de m'emmener vers l'hôtel, il m'obligea à me mettre derrière la voiture, récupéra un sac que Tony, l'un de ses hommes arrivés avec une autre voiture, lui donna, et commença à se déshabiller sans la moindre gêne.

— Mais qu'est-ce que…

— Détends-toi, chaton. J'essaie juste de me rendre plus discret. On nous a apporté de quoi se déguiser. Les médias ne parlent que de nous.

Il troqua son T-shirt pour une chemise blanche, garda son pantalon noir et enfila une belle veste de costard sous mes yeux ébahis.

— N'oublie pas de cligner des yeux, se moqua-t-il face à ma réaction.

Je me retins de rire quand il ajouta une perruque noire bouclée et des lunettes.

Ne voulant pas qu'il pense que la situation m'amusait, je me retournai en croisant les bras sur la poitrine. Aussi charmant soit-il, il m'en fallait plus pour occulter l'enfer qu'il me faisait vivre.

Quand il eut fini de se préparer, il me tendit une perruque blonde que j'enfilai minutieusement et rapidement, avant de me faire signe de le suivre.

Une fois que nous fûmes entrés dans l'immense bâtiment, je fus surprise de découvrir un décor si somptueux. Un pianiste jouait au milieu du hall, les lustres en verre dominaient le plafond, tout semblait être en marbre… J'avais presque l'impression de faire tache avec ma tenue simple et banale.

— Pourquoi prendre une chambre dans un hôtel de luxe après avoir séjourné dans un motel délabré ? m'interrogeai-je à voix haute.

— Parce qu'avec une fille évanouie, c'est moins facile de passer inaperçu dans un endroit comme celui-ci. Pas de vagues, tu t'appelles Emily.

Sa chemise cachait en grande partie ses très nombreux tatouages mais, malgré ses vêtements classes, ses airs de mauvais garçon ne trompaient pas. Habillé ainsi, il dégageait un charme indéniable. Je ne pensais pas avoir vu d'homme si beau auparavant, mais j'aurais préféré que l'on m'arrache la langue plutôt que de lui avouer le fond de ma pensée.

— Une chambre pour deux, s'il vous plaît.

Je crus défaillir. S'il ne retenait pas toute l'attention sur lui, les réceptionnistes auraient certainement vu sortir mes yeux de leurs orbites. Hayden Smith, criminel aussi sexy que diabolique, faisait semblant que nous étions un couple.

Alors que la jeune rouquine derrière la banque d'accueil dévorait littéralement mon faux petit ami des yeux, j'eus envie de rire en imaginant sa réaction si elle avait su qui il était réellement. Elle se serait probablement roulée en boule dans un coin.

— Nous pouvons vous proposer la suite royale au dernier étage, elle coûte…

— Parfait, la coupa-t-il. Donnez-nous donc les clés.

Bien qu'il ait sorti son plus beau sourire séducteur, je le connaissais désormais assez pour savoir qu'il s'impatientait et qu'il prenait sur lui pour se montrer aimable.

La jeune femme lui demanda son passeport, mais il fit semblant d'avoir oublié nos papiers dans son autre veste restée dans la voiture. Heureusement, bien trop charmée, elle lui tendit les deux cartes magnétiques sans vérifier notre identité et sans le lâcher du regard. J'aurais juré avoir aperçu une goutte de bave au coin de ses fines lèvres.

— Je vous remercie, charmante demoiselle.

Je levai les yeux au ciel en constatant qu'il n'avait aucun scrupule à séduire devant moi alors que j'étais censée être sa copine. Je me rassurais en me disant qu'il avait agi ainsi pour que la réceptionniste fasse l'impasse sur nos papiers.

Je traînai des pieds jusqu'à l'ascenseur, essayant de boiter le plus discrètement possible, angoissée à l'idée de me retrouver seule avec lui. Lui conservait une expression impassible, comme si cette situation ne lui faisait absolument rien, ce qui était peut-être le cas.

Quand la cabine me parut soudain trop étroite, je me raclai la gorge avant de demander :

— Alec et Nathan ne dorment pas ici ?

Trop préoccupé par son portable, Smith mit un moment à répondre :

— Ils vont prendre deux chambres de leur côté pour ne pas éveiller les soupçons.

— Et on n'aurait pas pu faire la même chose ?

Il rangea son téléphone et soupira avant de se retourner vers moi, d'un air las.

— Faire semblant d'être un couple était le moyen le plus facile de passer inaperçus. De toute façon, t'aurais paniqué dès qu'elle t'aurait regardée dans les yeux.

Son excuse ne me convainquit pas, mais j'imaginais qu'il avait ses raisons.

Une fois que nous fûmes devant la porte de la suite, il s'empressa de l'ouvrir et s'avança à l'intérieur sans cacher sa joie. Après deux ans en prison, il appréciait certainement le grand luxe de cette chambre.

Pour ma part, j'étais sûre de ne jamais avoir dormi dans un lieu aussi magnifique. Tout était décoré de beige et de couleurs chaudes, ce qui conférait un charme incontestable à la pièce. Le lit king size m'assura que j'allais laisser le canapé à Smith, le bois précieux des meubles rendait la suite chaleureuse. Malgré sa présence, je m'y sentais bien.

— Tu dois mourir de faim ? J'imagine que les chips au vinaigre de Nathan ne t'ont pas vraiment nourrie.

Dès qu'il se préoccupait de moi, je ne pouvais m'empêcher de me réjouir. Je hochai la tête tandis qu'il prenait le téléphone près du lit, sûrement pour appeler le room-service.

— Faites-nous monter tous vos meilleurs plats.

Il leva les yeux au ciel, et je sentis qu'il se retenait pour ne pas se montrer désagréable.

— Faites ce que je vous ai dit, tous vos meilleurs plats.

Sans faire preuve de la moindre politesse, il raccrocha et s'alluma de nouveau une cigarette. Maintenant qu'il n'était plus en prison, plus rien ne pouvait l'arrêter. Il appréciait visiblement de retrouver ses habitudes.

Ne sachant pas quoi faire, j'allumai la télévision et m'installai confortablement sur le canapé d'angle qui lui faisait face. Être seule avec lui ici était vraiment perturbant.

Cependant, j'oubliai tout quand j'aperçus mes parents à la télévision, dans une rediffusion du journal.

« Aujourd'hui, nous avons l'impression d'avoir perdu nos trois enfants. C'est très compliqué d'accepter d'avoir engendré deux criminels et de savoir que notre fille aînée a été tuée. Nous espérons qu'Adria reviendra à la raison et purgera sa peine, dès lors nous réfléchirons à lui pardonner son immense bêtise. »

Les paroles de ma mère me brisèrent le cœur. Je me doutais de ce que mes parents devaient penser de moi, en tant qu'avocats, mais jamais je n'aurais imaginé me prendre leur avis en pleine face de cette manière. C'était trop tôt, je n'étais pas prête à accepter mon tout nouveau statut de fugitive. Malgré mes relations particulières avec eux, entendre que j'étais une grande déception ne pouvait pas me laisser de marbre.

Quand la télévision s'éteignit soudain, je sursautai et compris que Smith venait d'intervenir. Habituellement, j'aurais râlé parce qu'il avait encore décidé à ma place, mais je ne pouvais rien dire, car il avait fait le bon choix.

Je le remerciai intérieurement lorsqu'il s'assit à côté de moi en gardant le silence. Il avait deviné que j'avais besoin de quelques minutes pour me remettre. Je maîtrisais mes émotions autant que possible, ne voulant surtout pas pleurer. J'avais déjà assez honte de mon attitude pitoyable jusqu'à présent, il était hors de question que je montre davantage mes faiblesses.

Sachant que la seule façon pour moi de me sentir mieux était d'oublier, j'allai me chercher une bouteille de vodka dans le minibar. Quand je revins m'asseoir, Hayden haussa les sourcils et, avant que j'aie le temps de boire la moindre gorgée, il me la prit délicatement.

— Je connais un bien meilleur moyen de se changer les idées, mon chat.

Face au regard brûlant qu'il posait sur mon corps, je saisis aussitôt de quoi il parlait. Avec tout ce qu'il m'avait dit et fait subir, j'aurais dû le repousser. Mais le désir mêlé au désespoir embrouilla mon cerveau, et je lui fis comprendre que j'étais prête à succomber.

Chapitre 38

Nous nous regardions dans le blanc des yeux, comme si le temps s'était arrêté. Plus rien ne semblait compter à part l'homme près de moi. J'étais figée sur place tandis que mon corps brûlait d'envie. Hayden avait la tête collée contre le dossier du canapé. Je ne sus par quel miracle je décidai enfin de passer à l'action en me penchant vers lui, de façon à ce que seulement deux petits centimètres séparent nos visages.

Je me perdis dans le vert de ses yeux avec l'impression que sa respiration s'était comme la mienne considérablement accélérée.

Je plaquai mes lèvres sur les siennes, ce qui provoqua en moi une décharge électrique plus qu'agréable, comme si j'avais attendu cela bien trop longtemps. Ce baiser ne resta pas innocent, nos langues jouèrent ensemble bien rapidement, dansant, se caressant, se retrouvant…

Instinctivement, mes mains se posèrent sur son torse alors que les siennes m'attrapaient pour me faire grimper sur lui. Ce geste me poussa à continuer, à approfondir ce moment intense. Ses doigts s'enfoncèrent dans ma peau tandis que je mordillais gentiment sa lèvre inférieure tout en touchant son corps naturellement hâlé et musclé.

Je savais que bientôt aucun retour en arrière ne serait possible, nous allions passer un cap. Smith réveillait mon insouciance, ma folie et mon envie de découvrir de nouvelles sensations, alors je n'avais pas peur, j'étais excitée.

Trois petits coups résonnèrent contre la porte, et nous nous figeâmes. Il grogna et jura, certainement aussi frustré que moi d'avoir été interrompu.

— Room-service ! annonça une voix masculine.

Hayden me repoussa gentiment, et je me laissai tomber sur le canapé, gênée. Ce maudit employé venait de tout gâcher. Ou peut-être m'avait-il empêchée de commettre l'erreur de ma vie.

Finalement soulagée, je soupirai en retirant ma perruque, qui me tenait désormais trop chaud. Mais quelque chose me disait que la soirée ne faisait que commencer…

Hayden avait insisté pour installer le repas sur la table lui-même, sûrement pour éviter que l'employé de l'hôtel ne s'attarde trop sur nous. Si quiconque nous reconnaissait, nous étions fichus. Il ne laissait donc aucun détail au hasard, et il avait raison.

Une fois assise, je salivai devant tant de bonne nourriture ! Tous ces plats sophistiqués me changeaient de la cantine de la prison ou des repas commandés par Alec.

Je commençai par dévorer une salade composée avec du saumon, sous le regard intrigué de Smith, qui enleva sa perruque à son tour. Pour la première fois, je n'avais pas l'impression qu'il se moquait de moi. Au contraire, il semblait juste amusé par mon comportement digne de celui d'un enfant affamé face à un repas copieux de sa grand-mère.

— Merci, déclarai-je entre deux bouchées.

— Je t'en prie, répondit-il en souriant.

Je continuai d'engloutir plusieurs assiettes différentes et terminai par un somptueux bol de fraises fraîches.

Hayden mangea un peu aussi et attendit que je termine de m'empiffrer avant de s'allumer une nouvelle cigarette. Je m'avachis sur ma chaise, l'estomac rempli pour les trois prochains jours. J'avais un peu honte d'avoir eu un comportement si peu classe mais qu'importe, j'aimais bien trop la nourriture. Il aurait fini par le découvrir tôt ou tard.

— J'ai quelque chose pour toi, déclara-t-il en me tendant une boîte en velours.

J'écarquillai les yeux en prenant conscience qu'il était en train de m'offrir un bijou.

— Relax, je ne vais pas te demander en mariage.

Méfiante, j'ouvris le boîtier et fus surprise d'y trouver un bracelet en or blanc avec des pendentifs en forme de chats accompagnés de diamants. Il était splendide. Quand avait-il acheté ça ? Et surtout pour quelle raison ?

J'étais persuadée qu'à cet instant mes yeux sortaient presque de leurs orbites.

— C'est pour te remercier de m'avoir aidé à m'échapper de ce trou. J'ai demandé à Alec d'aller l'acheter avant l'évasion pour que je puisse te l'offrir ensuite.

Cela me semblait vraiment curieux, et surtout beaucoup trop gentil de sa part. Ça ne lui ressemblait pas.

Il se leva, fit le tour de la table et se plaça à côté de moi, accrochant le bracelet à mon poignet. Je me sentis à la fois flattée et gênée.

— Je… merci…, bafouillai-je.

— Si tu veux remercier, porte-le, me demanda-t-il d'un ton légèrement autoritaire.

Je fronçai les sourcils, ayant du mal à comprendre pourquoi il y tenait tant, puis je décidai de simplement hocher la tête. J'aurais bien ma réponse un jour ou l'autre.

— Je vais me doucher.

Il me fit un petit sourire puis acquiesça. Encore perturbée par son cadeau, je me rendis alors dans la magnifique salle de bains, qui n'avait rien à voir avec celle que j'avais utilisée au motel. Je me dépêchai de me déshabiller et fonçai dans l'immense douche italienne que j'aurais rêvé d'emporter à notre départ.

Je pris une longue douche brûlante qui me permit de méditer. J'étais faible de me laisser attraper dans les filets d'un homme comme Hayden Smith, mais, quoi qu'il arrive cette nuit, je n'avais en aucun cas le courage de refuser. L'avait-il anticipé en optant pour cette suite royale ? Je me souvins de ses paroles lors de notre premier baiser à la prison, lorsqu'il n'avait pas souhaité aller plus loin car ce n'était pas

« le lieu ». Et maintenant, était-ce le bon endroit ? Le bon moment ? Étais-je prête à me donner à lui ? Il n'était pas ma première fois, et pourtant, je n'avais jamais été aussi intimidée auparavant.

Je quittai enfin la douche pour m'entourer d'une serviette blanche. Malheureusement, j'avais laissé mes vêtements dans ma valise dans la chambre. Et je devrais forcément passer devant lui dans cette tenue. Je ne voulais pas qu'il y voie une invitation mais l'idée de remettre mes affaires sales me décida à sortir ainsi de la salle de bains.

En traversant la pièce, j'aperçus Smith sur le balcon, à quelques mètres, de nouveau sur son portable. Soulagée, je soupirai et commençai à chercher une tenue adaptée pour dormir sans passer pour une allumeuse.

— Si tu essaies de me rendre fou, tu vas finir par y arriver.

Je sursautai, surtout quand ses mains agrippèrent mes hanches de manière possessive. Je tressaillis aussi à cause de son souffle caressant la peau de mon cou et de mon dos collé à son torse. Je me retrouvais coincée avec seulement une petite serviette pour protéger mon intimité. Si elle tombait, j'étais mal.

Quelques heures auparavant, il me faisait croire que je l'exaspérais, alors qu'à l'heure actuelle il était en train de me toucher comme un homme bien plus qu'intéressé. Il déposait de délicats baisers de mon cou à mon épaule.

— Hayden…, gémis-je.

— Je t'en prie, arrête-moi.

Je savais qu'il me demandait ça, car il était incapable de s'arrêter lui-même. Ma conscience me criait de le repousser, de ne pas céder à la tentation, mais mon corps était bien trop réceptif à ses caresses, à sa tendresse. Tout mon être avait attendu ce moment beaucoup trop longtemps.

Il me retourna, et son regard croisa le mien. Je n'y discernai aucun malaise, aucune gêne, juste un désir ardent. Il voulait en connaître plus sur moi, je voulais en connaître plus sur lui. Il était dangereux, instable, bien trop mystérieux, et pourtant, tout ce dont j'avais envie était de poser mes lèvres sur chacun de ses nombreux tatouages.

Peu importe ce qu'il avait fait ou ce qu'il allait faire, il était la seule personne capable de m'aider à m'évader tout en vivant pleinement l'instant présent. Je n'avais jamais ressenti de telles émotions avec personne d'autre et j'adorais ça. Chaque moment avec lui était synonyme d'adrénaline et de passion.

Il descendit l'une de ses mains sur mes fesses tandis que l'autre remontait vers ma nuque. Je plaçai les miennes dans ses beaux cheveux bruns, en profitant pour le toucher comme je le voulais.

Cette fois-ci, il prit la décision de rompre la distance entre nos lèvres et m'embrassa, éveillant de nouveau une tonne de papillons dans mon ventre. Il sentait si bon, tout chez lui m'envoûtait.

Quand nos langues se caressèrent et que sa main pressa mes fesses, une violente excitation s'empara de moi. Jamais je n'avais éprouvé un tel désir pour un homme.

Il me poussa doucement jusqu'au lit. Je m'y laissai tomber, toujours en l'embrassant, et il me suivit en grimpant au-dessus de moi, ses bras musclés posés sur le matelas, encadrant ma tête.

Il me contempla longuement, comme s'il voulait prendre son temps et profiter de l'instant présent. Le voir ainsi me dominer tout en me paraissant vulnérable me fit frissonner et m'intimida encore plus. Je n'avais plus affaire à Smith le criminel arrogant mais à Hayden l'homme doux et sincère. Du moins, c'était ce que son regard me communiquait.

J'étais moins sûre de moi tout à coup, cette image de lui ne correspondait pas à ce que je connaissais. J'avais cru qu'il ferait tout pour me baiser au plus vite, sans vraiment y accorder plus d'importance que ça, et qu'une fois que nous aurions terminé il se comporterait comme le pire des connards. Ainsi, tout reviendrait à la normale, et j'oublierais totalement les sentiments que j'avais développés pour lui.

Son attitude tendre et attentionnée me déboussolait totalement. À l'aide de l'une de ses mains, il caressa mon visage et descendit jusqu'à l'endroit où était nouée ma serviette. Quand il remarqua mon affolement, il s'arrêta pour retirer sa chemise, puis se pencha de nouveau, mes craintes s'étant apaisées.

— Qu'est-ce que tu m'as fait, Adria Lawrence ? chuchota-t-il à mon oreille.

Je frissonnai encore. Cette fois-ci je lui fis comprendre qu'il pouvait me faire ce qu'il voulait, que je ne l'en empêcherais pas.

Il dénoua ma serviette et, malgré les lumières tamisées, je me sentis complètement à sa merci, comme s'il avait tout le contrôle. J'avais aussi peur qu'envie d'aller plus loin.

— Tu es magnifique, dit-il en me contemplant.

Il se baissa pour embrasser ma mâchoire, mon cou, puis descendit jusqu'à ma poitrine et mordilla l'un de mes tétons, me volant un gémissement de plaisir. Sa main caressa ma cuisse, puis dévia jusqu'à mon intimité, me faisant presque sursauter quand il la toucha doucement. J'avais l'impression d'être une adolescente lors de sa première fois.

Je me cambrai, ce qui lui arracha un sourire de satisfaction. Il se redressa légèrement pour m'observer prendre du plaisir sous ses gestes intenses. Ses pupilles se dilatèrent quand je me mordis la lèvre pour contenir un deuxième gémissement. J'admirai ses tatouages, toute cette encre qui marquait son corps. Cet homme était une véritable œuvre d'art en train de me rendre folle.

Alors qu'une plaisante chaleur envahissait mon bas ventre, Hayden se leva du lit, attrapa un préservatif dans sa poche sous mon regard surpris et déboutonna son jean noir avant de le jeter au sol. Je me relevai légèrement pour l'aider à descendre son boxer, lui montrant que j'étais pleinement consentante.

Il enfila le préservatif et se remit sur moi tandis que je me laissais retomber sur le lit. Il écarta mes cuisses en faisant attention à mes blessures pour se placer entre mes jambes. Je n'arrivais pas à croire que nous y étions, que j'allais lui donner mon corps.

— Tu es sûre de toi ? demanda-t-il avant d'éliminer tout retour en arrière possible.

— Oui, je le suis.

Après avoir esquissé un petit sourire, il s'empara de mes lèvres, et je le sentis pénétrer doucement en moi, au début difficilement, puis finalement jusqu'au bout, unissant nos deux corps, rompant toute barrière entre nous.

C'était l'extase, il mettait tout en œuvre pour me donner du plaisir, pour me faire gémir encore et encore. Quand il commença à accélérer ses va-et-vient, il prit mes mains dans l'une des siennes et les bloqua au-dessus de ma tête, m'empêchant de faire tout mouvement des bras. Avec son autre main, il s'arrima à ma hanche pour intensifier la puissance de ses coups de reins.

Je fermai les paupières, sentant une vague de tremblements s'emparer de moi, et me cambrai de plaisir, me retenant de hurler tant ce qu'il me faisait était bon. Un feu d'artifice explosa dans mon bas-ventre, et quelques spasmes firent leur apparition.

— Hayden…, soufflai-je.

En rouvrant les yeux, je pus constater à quel point il était fier de m'avoir donné un orgasme mémorable.

J'entourai sa taille de mes jambes, prête à revivre cette sensation extraordinaire. Ses va-et-vient étaient rapides, mais il prenait soin d'aller jusqu'au bout, ne m'épargnant pas une seule seconde.

Tout en maintenant toujours mes mains au-dessus de ma tête, il m'embrassa de nouveau, et je pus profiter de ses petits gémissements dans mon oreille, ce qui aviva encore l'immense chaleur au fond de moi. Il accéléra tout en mordillant ma lèvre inférieure, et je pus le sentir trembler, tout comme je me remis à voir des étoiles tant c'était intense.

Il termina en me faisant jouir à nouveau, camouflant mes cris dans son cou, et les siens dans le mien.

Essoufflés, nous nous allongeâmes l'un à côté de l'autre, encore euphoriques à cause ce qui venait de se passer.

Hayden se leva ensuite et enfila son jean avant d'allumer une cigarette, qu'il partit fumer sur la terrasse, me laissant seule avec l'impression d'avoir commis une énorme erreur.

Chapitre 39

Je savais que Hayden allait me tuer mais j'avais besoin de ce petit moment de répit, seule. Je m'assis au milieu du jardin en forme de labyrinthe derrière l'hôtel pour faire le point après tous les événements de ces deux derniers jours.

Prétendre que je regrettais ma nuit intense avec Hayden aurait été un mensonge. Hier soir, il avait eu un comportement qui m'avait étonnée. Après avoir fumé sa cigarette, il était parti se doucher, puis, alors que je m'étais déjà habillée d'un short en coton et d'un débardeur, il m'avait rejointe dans le lit comme si nous étions un couple. Préférant ne pas avoir à parler, j'avais fait semblant de m'être assoupie, et il s'était contenté de dormir.

Ce matin, je m'étais réveillée avant lui. Ouvrir les yeux en constatant que j'étais dans ses bras m'avait grandement perturbée. Je m'étais dépêchée d'enfiler un jean slim et un pull fin avant de quitter discrètement la suite, accompagnée de ma perruque et de lunettes de soleil.

Si mon frère avait su ce que j'avais fait la nuit dernière, il aurait été certainement très déçu. Par ailleurs, j'ignorais dans quelle situation il se trouvait suite à l'évasion. J'espérais que son nouveau procès prendrait du temps et que l'annonce d'une potentielle peine de mort serait retardée au maximum comme me l'avait assuré Hayden.

— Adria Lawrence ?

Je sursautai en entendant mon nom. Moi qui pensais pouvoir méditer, il n'avait pas fallu longtemps pour qu'un des hommes de Hayden me retrouve. Je ne l'avais encore jamais vu. La quarantaine, il avait des cheveux bruns qui tendaient vers le gris et était plutôt grand et musclé, malgré le ventre qui ressortait à travers son costume.

— Je sais, je n'ai pas le droit de me balader où je veux si…

Alors que je terminais sagement ma phrase, agacée, je finis avec une arme pointée sur le front. Terrorisée, je voulus crier mais mon agresseur me fit signer de me taire avec un air qui n'avait rien de rassurant. S'agissait-il d'un coup bas de Smith pour me faire peur et me servir de leçon ?

— Tu vas la fermer et me suivre sans faire le moindre bruit.

— Et pourquoi ferais-je ça ? le questionnai-je.

Je ne pensais pas qu'avoir un pistolet contre ma peau – une fois de plus – me ferait tant trembler. J'avais beau me montrer forte, personne ne pouvait vraiment l'être face à une arme à feu.

Je fermai les paupières un instant, espérant me réveiller d'un terrible cauchemar.

— Parce que t'es une bonne petite et t'as aucune envie que des innocents meurent à cause de ta désobéissance.

Le noir de ses yeux me fit comprendre qu'il était très sérieux et prêt à faire feu sur n'importe qui si je n'obtempérais pas, puisqu'il ne pouvait apparemment pas m'abattre moi.

Il tira mon bras, me tourna dos à lui et enfonça son flingue au niveau de ma colonne vertébrale. Je déglutis difficilement, priant intérieurement pour que Hayden se réveille avant que cette espèce de cinglé ne m'emmène avec lui.

Certainement parce que je ne réagissais pas assez rapidement, mon ravisseur me secoua légèrement, serrant mon bras sans le moindre scrupule.

— Vous me faites mal ! me plaignis-je.

— T'as qu'à marcher plus vite.

— Je suis blessée, tentai-je de l'amadouer.

Nous traversâmes le hall de l'hôtel, et personne ne nous remarqua particulièrement, toutes les personnes présentes étant trop occupées à leurs petites affaires pour faire attention à une jeune femme en train de se faire discrètement kidnapper.

Une fois sur le parking, j'essayai de trouver de l'aide dans le regard des gens mais sans succès. De plus, je devais me rendre à l'évidence, je n'avais plus le droit de faire appel à la police…

Ma seule option était de tenter de gagner du temps pour ne pas être embarquée de force dans la voiture vers laquelle nous nous dirigions. Noire, très propre et brillante, vitres teintées, le moyen de transport du parfait criminel…

— Qui êtes-vous ? demandai-je.

— Je travaille pour ton pire cauchemar, se contenta-t-il de me répondre.

Quand nous arrivâmes au véhicule, j'eus un geste de recul, mais il me poussa contre la carrosserie.

— Monte.

Le parking était maintenant désert. S'il était tout seul, je pouvais m'en sortir. Mon problème était ma maudite blessure m'empêchant de courir.

Comptant sur l'effet de surprise, je lui assénai une droite dans le nez, qui me valut une vive douleur dans la main. Lorsque je voulus me forcer à marcher le plus vite possible, cet enfoiré parvint à me rattraper. Malgré les risques, je me mis à crier en me débattant, refusant de lui faciliter la tâche.

Mon cœur rata un battement quand j'aperçus Alec sortir de l'hôtel, au loin, le sourire aux lèvres, regardant son téléphone. Enfin, jusqu'à ce qu'il me voie et que son visage ne change complètement d'expression.

— Adria ! Putain ! hurla mon ami.

Il commença à courir tout en tapotant sur son portable, puis le plaçant contre son oreille. Malheureusement, mon ravisseur m'appuya un mouchoir sur la bouche. Et, bien que j'essaie de résister, ce fut bientôt le trou noir…

À mon réveil, j'eus l'impression d'avoir pris une grosse cuite la veille. Ma tête tournait, et je n'avais pas les idées claires. Je mis du temps à me souvenir que je m'étais fait enlever par un inconnu à l'hôtel.

En voulant bouger, je réalisai que mes mains étaient attachées, bien serrées entre elles. Paniquée, je me redressai et compris que j'étais sur la banquette arrière de cette voiture dans laquelle j'avais tout fait pour ne pas monter.

— Je te préviens que si tu me fais chier, je te rendors illico, déclara mon ravisseur. Je n'ai aucune envie de débattre avec toi.

Il n'avait rien du méchant de base, ses mains étaient crispées contre le volant, comme s'il détestait la situation dans laquelle il se trouvait. Je ne cessais de me demander pourquoi il avait pris le risque de me kidnapper tout seul en sachant que j'étais alliée avec Smith. Il aurait pu y laisser la vie si celui-ci s'en était rendu compte à temps.

Alec avait sûrement déjà rapporté mon enlèvement à ce dernier. Pourquoi ne l'avais-je pas écouté lorsqu'il me disait de ne pas sortir sans être accompagnée ?

— Où on va ?

— Il me semble t'avoir demandé quelque chose, m'agressa-t-il.

— J'ai au moins le droit de savoir pourquoi vous m'avez kidnappée ?

Il souffla sans cacher son agacement.

— Le célèbre Harry McCartney a mis une récompense sur ta tête. Tous les chasseurs de prime du pays sont à tes trousses. Je ne pensais pas avoir la chance de t'attraper, mais par chance, ma sœur qui travaille à l'hôtel t'a reconnue malgré ta pitoyable perruque et m'a rendu une fière chandelle.

Choquée par cette nouvelle, je m'enfonçai dans mon siège. Ce psychopathe de McCartney voulait certainement se venger pour l'évasion et me mettre hors jeu avant que je puisse retenter quelque chose pour sauver Jake. Je n'arrivais pas à croire que cet homme aille aussi loin pour nous faire du mal.

— Je vous en prie, je peux vous donner de l'argent si vous me laissez partir…

Mon kidnappeur rit. La situation ne me paraissait pourtant pas amusante. La rouquine de l'accueil était-elle celle qui m'avait repérée ? Je ne voyais aucune ressemblance avec mon ravisseur.

— À moins que tu aies dix millions de dollars sur toi, je suis désolé de t'annoncer que c'est foutu.

J'écarquillai les yeux en entendant le chiffre. Bien sûr que non, je n'avais pas une somme pareille, et même en économisant toute ma vie, il me serait impossible de les réunir.

— Il va me torturer et me tuer, soupirai-je, plus pour moi et que pour mon interlocuteur.

— Et j'en suis navré. Je n'aime pas spécialement l'idée de livrer une gamine à un homme comme lui mais j'ai trop besoin de cet argent.

L'appât du gain n'était pas sa seule motivation, ce qui m'intrigua.

— Pourquoi ?

— Ça ne te regarde pas.

— J'aimerais savoir pourquoi je vais être vendue à un monstre, s'il vous plaît.

Il soupira de nouveau, moins agressif qu'auparavant, alors qu'il aurait pu se montrer bien plus méchant avec le coup que je lui avais asséné sur le nez.

— Ma fille a besoin d'une opération du cœur et de soins particuliers dans les plus brefs délais, sinon elle mourra, et mon assurance ne prend pas ça en charge.

Cette nouvelle m'attrista, et je ne pus m'empêcher de ressentir de l'empathie pour ce père qui ne demandait qu'à sauver la personne la plus importante de sa vie. J'avais moi aussi fait du mal pour tenter de libérer mon frère…

— Elle attend depuis déjà trop longtemps et si elle n'est pas opérée dans les prochains jours, ce sera fini. Je sais qu'avec de l'argent, tout est plus simple. C'est pour ça que je ne pouvais pas passer à côté de cette opportunité, ma sœur était au courant.

— Quel âge a-t-elle ?

— Six ans.

J'eus un pincement au cœur en imaginant cette pauvre petite en phase terminale. Malgré l'horrible situation dans laquelle je me trouvais, je ne pouvais haïr cet homme pour ce qu'il me faisait subir.

— Je comprends.

Je perçus de l'étonnement dans ses yeux bruns quand il m'observa à travers le rétroviseur central.

— Ma vie pour celle de votre fille, c'est peut-être une belle raison de mourir, soupirai-je, même si au fond je n'hésiterais pas à m'enfuir à la première occasion.

— Et toi ? me demanda-t-il. Qu'est-ce que t'as bien pu faire pour énerver McCartney à ce point ?

Je décidai de tout lui dévoiler, après tout, je n'avais plus rien à perdre ni à cacher.

— Son fils Ethan a tué ma grande sœur en la tabassant une fois de trop, mon frère s'est vengé en l'assassinant, et quant à moi, j'ai voulu faire évader mon frère de prison mais ça a été un échec. McCartney fait tout pour le faire condamner à mort, et il veut d'abord se débarrasser de moi pour se venger de manière encore plus cruelle. Il a déjà tenté de me kidnapper, mais sans succès, j'imagine qu'il a mis en place cette récompense pour multiplier ses chances de m'attraper plus vite.

Mon ravisseur semblait réellement choqué par mes révélations, et une lueur de regret traversa son regard.

— Cet homme est un vrai con. S'en prendre à une famille de la sorte… Si seulement j'avais une autre option…

Je sentis que la culpabilité l'envahissait. Je ne pouvais plus le considérer comme un psychopathe mais juste comme un père qui aimait sa fille d'un amour inconditionnel. Malheureusement, j'étais obligée de tout faire pour qu'il abandonne cette idée de me livrer à mon pire ennemi. Quitte à le manipuler ou me défendre, quitte à lui faire du mal si nécessaire.

— J'espère au moins que vous pourrez sauver votre fille avec tout cet argent sale.

Il ralentit et s'arrêta sur une petite aire de repos déserte. Il n'y avait rien à part des toilettes publiques.

— Je n'ai aucune envie que cet homme te torture mais… bordel !

Il frappa son volant si fort que je sursautai. Pour le moment, le seul torturé de cette voiture n'était autre que lui. Je ne comptais pas le laisser gâcher mes chances de faire un jour évader Jake. Pas après tous les sacrifices que j'avais faits.

Je n'avais qu'une envie, m'échapper. Bien que je comprenne ses motivations, la perspective de me retrouver à la merci de Harry McCartney avait réveillé mon instinct de survie.

— Je peux… aller au petit coin ?

Il me toisa un instant et hocha la tête, avant de sortir pour m'ouvrir ma portière. Une fois dehors, j'analysai les alentours et réalisai qu'il n'y avait aucun endroit où je pourrais fuir sans être à découvert. Il détacha mes mains avec l'air sévère.

— Deux minutes, pas une de plus.

Une grosse voiture arriva, fonçant à vive allure, le conducteur fit ronfler le moteur. Je ne tardai pas à reconnaître le Range Rover de Smith. Une vague d'espoir m'envahit, et je souris, les larmes aux yeux. Il était venu me chercher…

— Rentre tout de suite ! hurla mon kidnappeur, tentant de m'obliger à rentrer dans son véhicule.

Mais l'adrénaline m'aida à me défendre, et je luttai de toutes mes forces pour ne pas lui faciliter la tâche, le frappant, me débattant. Lorsqu'il me souleva pour me balancer sur la banquette arrière, le clic d'un revolver que l'on préparait à tirer retentit.

Il se figea et tourna la tête vers celui qui, une fois de plus, venait à mon secours, Hayden Smith. Jamais je n'aurais cru être si heureuse de le voir.

Son arme pointée sur nous, il s'approcha. La colère que je pouvais lire sur son visage me donna froid dans le dos. Il n'était plus l'homme doux et passionné avec lequel j'avais passé la nuit mais le dangereux criminel prêt à tuer de sang-froid.

— Lâche-la tout de suite, espèce de sale fils de pute.

Je n'aurais jamais pensé qu'il puisse être si énervé pour moi.

Mon ravisseur planta son flingue contre ma tempe. Je commençais à avoir l'habitude de ce genre de situation. Je savais qu'il n'allait pas me tuer, il n'avait aucun intérêt à le faire.

— Mauvaise décision, cracha Hayden.

Nathan et Alec sortirent de la voiture, armés d'énormes fusils, leurs visages impassibles.

Comprenant qu'il était fichu, mon ravisseur me lâcha et me poussa pour m'inciter à rejoindre mon sauveur.

— Je suis vraiment désolé, dit-il.

La boule au ventre, j'avançai vers Smith, qui avait toujours son arme pointée sur celui qui m'avait kidnappée.

— C'est quoi ton nom ? l'interrogea Hayden en me mettant derrière lui.

— Michael, répondit-il.

— Eh bien, Michael, une dernière chose à dire avant de crever ?

Dans un geste complètement stupide, je me plaçai devant lui. Il haussa les sourcils avant de me fusiller du regard.

— Dégage de là, Adria.

— On peut se parler ? Je t'en prie…

Sa mâchoire se contracta. Il me prit le bras et nous emmena une dizaine de mètres plus loin tandis qu'Alec et Nathan avaient toujours Michael en joue.

— Est-ce qu'il t'a fait du mal ? m'interrogea Hayden en observant mon corps.

— Non, pas du tout. Hayden, je ne suis même pas sûre qu'il allait me faire quoi que ce soit ! Cet homme voulait juste me vendre à McCartney pour de l'argent !

— Quel fils de…

— Attends ! l'interrompis-je. Il voulait sauver sa fille avec cet argent ! Il n'a jamais voulu me faire de mal, je te l'assure… Quand il a su ce que ce psychopathe me voulait, il s'est arrêté, je suis persuadée qu'il ne m'aurait pas livrée à McCartney.

Hayden semblait lassé par mes paroles, probablement obnubilé par sa soif de vengeance.

— Je te le demande comme une faveur, sauve sa fille et, en échange, propose-lui de bosser pour toi. S'il refuse, laisse-le partir.

Quand Hayden planta ses yeux dans les miens, je ne pus m'empêcher de tressaillir. Bien que ma seule envie fût de sauter dans ses bras, ce n'était clairement pas le moment.

— Tu crois vraiment que j'ai besoin de m'encombrer d'un vieux con dans mon équipe ?

— S'il te plaît... Sa fille va mourir parce qu'elle attend une opération et des soins hors de prix, il est désespéré, elle n'a que six ans...

Il tourna son visage sur le côté et réfléchit un instant. Son attention se reporta ensuite sur moi, et je discernai sa contrariété.

— Très bien. Je t'accorde cette faveur, mais rentre-toi dans le crâne qu'on n'est pas une putain d'association pour connards désespérés.

Malgré ses paroles vulgaires, je savais qu'il avait fait un effort considérable en accédant à ma demande.

— Va vraiment falloir que t'arrêtes d'avoir pitié de tout le monde, chaton. T'es pas une bonne sœur, on le sait tous les deux.

Son petit rictus m'indiqua qu'il se moquait de moi. J'avais tout de même une folle envie de l'embrasser. Moi qui avais cru ne jamais le revoir, il m'avait prouvé une fois de plus que j'étais à l'abri avec lui.

— Par contre, s'il refuse de nous suivre, je le bute.

Mon sourire s'effaça instantanément. Je n'eus pas le temps de protester, car il marchait déjà en direction de Michael d'un pas déterminé en jouant avec son flingue.

— On dirait que t'as un bon ange gardien, déclara-t-il. La jeune femme que tu as kidnappée comme un lâche m'a demandé de t'épargner.

Michael tourna son regard vers moi, et je pus lire dans ses yeux sa surprise, mais aussi sa reconnaissance.

Nathan eut un petit rire mesquin montrant bien à quel point il me trouvait pathétique. Quant à Alec, il m'observait sans exprimer la moindre émotion. J'allais vraiment devoir avoir une sérieuse discussion avec lui.

— Mais ne te réjouis pas trop vite. Tu as deux options, celle de travailler pour moi avec en échange ta vie et celle de ta fille sauves, ou celle de mourir.

Michael sembla complètement abasourdi par cette proposition.

— Je… pour ma fille…

— Elle recevra ses soins si tu me rejoins, je t'en donne ma parole.

Voir Hayden faire preuve de bonté me toucha énormément et me montra qu'il pouvait être quelqu'un de bien quand il le voulait.

— C'est… c'est d'accord, répondit Michael, toujours choqué.

Je compris qu'il était heureux d'avoir la possibilité de sauver sa fille malgré l'engagement qu'il prenait. Probablement sans s'en rendre compte, il venait de vendre son âme au diable…

— Alors, qu'on soit clair, ta vie dépend de celle d'Adria. S'il lui arrive quoi que ce soit, ça finira très mal pour toi.

Je levai les yeux au ciel en réalisant qu'il restait toujours le même.

— Adria, tu montes avec moi, Alec aussi. Nathan, va avec lui et explique-lui comment ça marche avec nous.

Nathan ne cacha pas à quel point cette situation lui prenait la tête, mais obéit à son chef et suivit Michael jusqu'à son véhicule. Quant à moi, je grimpai sur le siège passager du Range Rover, et Alec s'installa derrière, dans le plus grand silence.

Hayden démarra la voiture et commença à rouler. En apercevant un panneau qui indiquait la sortie de l'Iowa pour le Minnesota, je réalisai que nous nous rapprochions du Canada, mais que Michael nous en avait éloignés.

L'homme avec qui j'avais passé une nuit de rêve posa sa main sur ma cuisse, puis la glissa dans la mienne, ce qui me procura des milliers de frissons. Après toutes ces émotions, ce geste tendre me fit un bien fou, mais je songeai à Alec, qui avait certainement une vue dégagée sur la scène.

Chapitre 40

Nous roulions depuis plusieurs heures quand je décidai de lui demander la chose qui me trottait dans la tête depuis que j'étais montée dans la voiture.

— Comment tu as su où j'étais ?

Alors que je fixais Hayden, je sentis son hésitation. Avec lui, je craignais le pire. Je l'aperçus qui jetait un coup d'œil à Alec dans le rétroviseur.

— Hayden ? insistai-je.

— Ton bracelet, avoua-t-il enfin. J'ai fait mettre un traceur dedans.

Je tombai des nues. Voilà pourquoi il m'avait offert ce cadeau hors de prix ! C'était juste encore l'une de ses méthodes pour garder un total contrôle sur moi.

— J'y crois pas ! criai-je. Tu m'as mis une puce comme si j'étais un vulgaire chien !

Il leva les yeux au ciel, et sa mâchoire se contracta. Alors là, c'était la meilleure ! C'était lui qui était énervé !

— C'est une putain de blague ! Je te protège et tu me hurles dessus ?

— Tu aurais tout simplement pu me le dire.

— Tu n'aurais pas voulu le porter, et je n'avais pas envie de perdre mon temps à te persuader.

Exaspérée, je laissai ma tête retomber sur le dossier de mon siège. Il n'y avait pas moyen de parler avec lui, il n'arrêtait pas de me rembarrer. Ce traceur, je devais bien l'avouer, m'avait peut-être sauvé la vie. Mais bon sang, je n'étais pas un animal !

— Dès que j'ai su pour la prime sur ta tête, j'ai pris des précautions. Je te connais assez pour savoir que tu as le don de te mettre dans la merde.

— Si j'avais été au courant pour cette prime, je me serais montrée plus prudente, rétorquai-je.

Ce qui me rendait dingue, c'était de ne pas réussir à réellement lui en vouloir, parce que je savais que c'était sa façon à lui de veiller sur moi. Cela me prouvait qu'il tenait un minimum à moi, même s'il avait une drôle de manière de me le montrer.

Il ne répondit rien, visiblement blasé par cette discussion.

Le silence d'Alec me pesait de plus en plus, mon ami me manquait. Après tous les moments que nous avions passés ensemble, qu'il m'ignore comme si j'étais une simple inconnue me faisait mal.

Hayden s'arrêta à une station-service pour mettre de l'essence. Alec sortit pour se dégourdir les jambes et attendit que son ami finisse pour aller fumer une cigarette avec lui.

— Je reviens, lui indiquai-je.

— Où est-ce que tu vas encore ? grogna Smith.

— Aux toilettes, répondis-je, lasse. J'ai ma puce si jamais t'as peur que je me noie dedans.

Il leva les yeux au ciel et ne contra pas ma remarque. De toute façon, je portais ma perruque, tout comme Hayden, qui avait pris la sage décision de remettre la sienne, accompagnée de ses lunettes.

Je rentrai dans la station et me dépêchai de faire mon affaire. En ressortant des toilettes pour femmes, je me figeai en découvrant ma photo à côté de celle de Hayden en première page de tous les journaux du jour. J'eus soudain la sensation que quelques personnes posaient sur moi des regards pesants. M'avait-on reconnue malgré mon déguisement ?

Tête baissée, je sortis de la station et fonçai jusqu'à la voiture.

— Qu'est-ce que tu fous ? m'interrogea Hayden.

— Nos têtes font la une des journaux, j'ai peur qu'on m'ait reconnue.

Smith jura, jetant sa cigarette, et m'ordonna de monter sur la banquette arrière. Il fit de même, et Alec prit le volant.

— Putain de merde ! Les flics ! lança Hayden.

Mon cœur rata un battement. Si nous nous faisions griller maintenant, tous nos efforts auraient été vains.

— Planquez-vous, nous conseilla Alec.

Hayden et moi nous baissâmes. J'écarquillai les yeux quand il ouvrit une trappe derrière son siège, qui nous permettait d'aller directement dans le coffre. Il y rentra en premier, et je le rejoignis. Il referma le passage derrière nous, et nous nous retrouvâmes allongés l'un contre l'autre, dans le noir presque total.

— T'as fini par y aller, dans ce foutu coffre, railla-t-il.

Je levai les yeux au ciel en sachant pertinemment qu'il ne le voyait pas. Être dans ce lieu sombre et étroit avec lui réveilla malgré moi ma libido.

Son bras musclé glissa sous ma tête afin que je sois installée plus confortablement, ce qui me toucha. Je ne me retins pas de me blottir contre lui. Quand je sentis sa main passer sous mon pull, caresser ma hanche et descendre délicatement sur mon ventre, une vague de frissons me traversa tandis que je me collais un peu plus à lui.

— Tu n'as pas idée de l'effet que tu me fais, murmura-t-il à mon oreille. Parfois, le danger rend ça encore plus excitant.

Alors qu'il ne faisait que me torturer par sa douceur, je me serrai un peu plus contre lui. Il jouait tendrement avec moi tandis que je mourais d'envie de gémir, mais imaginer qu'Alec puisse nous entendre me motivait à faire le moins de bruit possible.

Je pouvais sentir l'excitation de Hayden derrière moi, ce qui ne faisait qu'augmenter mon désir. Difficilement à cause du manque d'espace, je me tournai et écrasai mes lèvres sur les siennes. Il prolongea notre baiser comme si rien d'autre ne comptait à cet instant, comme si le temps s'était arrêté.

La voiture cessa bientôt tout mouvement, et nous nous interrompîmes brusquement, tels deux adolescents pris en faute.

Le coffre s'ouvrit deux secondes plus tard, ce qui me laissa tout d'abord sans voix, paniquée, puis je pus apercevoir Alec avant que la lumière du soleil ne m'aveugle. Hayden sortit le premier et me tendit la main pour que je puisse faire de même.

Une fois sur le sol, je croisai les yeux d'Alec. Ce dernier ne riait pas du tout, son regard sur moi exprimait plutôt de la colère, j'aurais presque dit… du dégoût.

Je constatai que nous nous trouvions sur un parking désert. Il n'y avait rien d'autre autour de nous qu'un ranch avec de nombreux chevaux. Cet endroit respirait la sérénité.

— Cesse de sourire, mon chat, me lança Hayden. On n'est pas venus faire de l'équitation, rentre dans la voiture.

Je levai à nouveau les yeux au ciel. Il ne pouvait pas s'empêcher de me vanner dès qu'il en avait l'occasion. Je montai sur la banquette arrière, et il reprit sa place de conducteur au côté d'Alec.

Ce dernier avait heureusement réussi à semer la police, ou les avait plutôt évités. Malgré son influence et son caractère, Hayden Smith n'était pas un surhomme et ne pourrait probablement rien faire face à une armée de forces de l'ordre.

Durant les heures de trajet qui suivirent, je m'endormis comme un bébé. Je fus réveillée par les voix de Hayden et Alec. Cependant, je restai allongée sur la banquette arrière, rongée par la curiosité.

— Je sais que tu m'as demandé de ne plus m'en mêler, mais c'est en tant qu'ami je te dis ça, elle va finir par apprendre la vérité.

Je fronçai les sourcils en écoutant Alec.

— C'est pas en tant qu'ami, Alec. Ne me prends pas pour un con.

— Quoi qu'il en soit, tu sais que j'ai raison.

— Peut-être, mais pour le moment elle n'a pas besoin d'être au courant.

— Tu vas la briser, je…

— Stop, je ne veux pas en discuter.

La manière ferme dont Hayden avait clos la conversation ne me rassura pas du tout. De quoi Alec parlait-il ? Il m'avait prévenue à plusieurs reprises que je risquais de souffrir avec Smith. Et cette fois-ci, le principal intéressé ne l'avait pas nié. Une boule de peur se forma dans mon ventre. Quelle était cette chose qui allait me briser ?

Je restai allongée encore de longues minutes pour ne pas éveiller de soupçons sur mon réveil prématuré. La voiture s'arrêta tandis que la nuit était tombée. Je fis mine d'ouvrir les yeux quand j'entendis Hayden sortir du véhicule. Je me redressai et croisai de nouveau le regard d'Alec.

— On est où ? demandai-je.

— À la frontière. Hayden avait le contact d'un douanier facile à soudoyer.

Je me souvins que Smith m'en avait parlé récemment et remarquai tout autour de nous des douaniers arrêtant des voitures, les contrôlant. Je me sentis pâlir en comprenant que nous nous trouvions dans une véritable cage aux lions.

— Ça va aller, il avait tout prévu, me rassura Alec.

Je hochai la tête et tentai tant bien que mal de me relaxer.

Quelques minutes suffirent pour que Hayden revienne et se réinstalle au volant du Range Rover en se frottant les mains. Le temps qu'il avait laissé la portière ouverte pour se rasseoir, c'est-à-dire trois secondes, la température de la voiture s'était considérablement rafraîchie.

Nous reprîmes la route, et peu après l'atmosphère se détendit.

— Bienvenue au Canada, déclara Hayden d'un ton enjoué.

Nous avions déjà réussi une étape décisive, celle de quitter les États-Unis sans nous faire attraper. Le plus dur était fait, il ne nous restait plus qu'à prendre l'avion pour le sud de l'Amérique centrale. Finalement, j'étais soulagée de m'éloigner le temps que l'histoire de notre évasion se tasse un peu, mais j'espérais que cette situation ne durerait pas trop et que mon frère et moi serions bientôt réunis…

Je n'avais jamais mis les pieds dans un aérodrome privé. Quand je descendis de la voiture, une heure après notre passage de la frontière, je fus étonnée par la vue de tous ces jets.

Je n'avais pas souvent pris l'avion dans ma vie, mais je m'étais habituée à la foule qui régnait dans les aéroports et à des engins volants absolument gigantesques. Celui qui se trouvait face à moi n'avait rien à voir. Il était à couper le souffle avec son blanc parfaitement brillant. Il ne portait aucun nom, et je supposais que Smith ne souhaitait pas que tout le monde sache que cet appareil lui appartenait. J'avais sous-estimé son pouvoir et son influence.

Toujours habillée d'un simple pull fin, je tremblais à cause du froid perçant. Je sentis qu'on déposait quelque chose sur mes épaules et compris qu'il s'agissait de la veste en cuir de Hayden. Je lui souris faiblement en me blottissant à l'intérieur de son vêtement.

— Il fait beaucoup plus chaud au Panama, dit-il, bien que je m'en doute un peu. Suis-moi.

Quand il me tendit son bras, je l'attrapai pour l'accompagner jusqu'à l'avion. Un petit escalier nous permit de grimper dedans. Je fus ébahie par les sièges en cuir beige à l'intérieur. Cet endroit était chaleureux et accueillant, j'observai partout autour de moi sous le regard amusé de Smith.

— Mais, tu es si riche que ça ? demandai-je un peu innocemment.

— Tu n'as encore rien vu, répondit-il avec un air malicieux.

Ce dernier pressa ma taille et me guida jusqu'à deux sièges face à face. Il m'invita à m'asseoir et prit place sur le second.

Alec ne tarda pas à arriver et se mit plus loin, où je ne pouvais plus le voir. D'autres hommes de Hayden firent leur entrée et s'installèrent également loin de nous. Ils savaient se montrer discrets, je ne les avais presque pas aperçus depuis l'évasion. Je remarquai alors ma valise, ce qui me ravit.

Hayden fronça les sourcils et se tourna pour voir ce qui m'avait tant fait plaisir.

— J'ai demandé à mes hommes de retourner la chercher. On est partis un peu… rapidement de l'hôtel.

— Où sont Michael et Nathan ? l'interrogeai-je en réalisant que je ne les avais pas vus entrer dans l'avion.

— Ils nous rejoindront dans quelques jours, quand la fille de Michael aura été opérée et sera en état de se déplacer. Elle vivra ensuite sa convalescence dans une clinique panaméenne très réputée.

Je fus rassurée de savoir que Hayden avait respecté son engagement.

Quand l'appareil démarra, je ne pus camoufler mon angoisse. J'avais toujours été anxieuse à l'idée d'être dans les airs et non sur la terre ferme.

Je sursautai lorsque Hayden prit ma main pour la caresser. Lui aussi semblait inquiet, mais je devinai que ça n'avait rien à voir avec le trajet en avion.

— Sache que j'ai passé une merveilleuse nuit avec toi, Adria. Je ne regrette rien.

Son ton était plus que sincère mais ne me rassura pas du tout, car cela avait tout l'air d'un au revoir, comme si ce n'était pas près de se reproduire…

Chapitre 41

Durant les quelques heures de vol, j'avais beaucoup réfléchi, essayant de faire abstraction du regard de Smith. Tandis qu'il travaillait sur un ordinateur portable qu'il avait trouvé je ne savais où, j'avais fixé le hublot en faisant le point sur tout ce qui m'était arrivé.

Je songeais à mes amis et à ce qu'ils devaient penser de moi après toute cette histoire. Avaient-ils collaboré avec la police pour les aider à me cerner davantage ?

Le visage de Shane m'apparut soudain à l'esprit. Machinalement, ma main se posa à l'endroit où j'avais été blessée. Cette espèce d'ordure ne s'en sortirait pas, je me l'étais juré. Il allait payer ce qu'il m'avait fait et ce qu'il avait fait à mon frère. Par ailleurs, il fallait que je me débrouille pour obtenir des nouvelles de Jake…

Cependant, c'était surtout le comportement de Hayden qui m'intriguait le plus pour le moment. J'avais presque l'impression qu'il s'inquiétait pour moi, les paroles d'Alec tournaient en boucle dans ma tête : « Tu vas la briser », avait-il dit. Comment pouvais-je être sereine après ça ? J'avais envie d'en parler avec mon ami mais je savais qu'avec Hayden dans les parages, ce serait impossible. Alec n'oserait rien me dire. Je n'avais qu'une seule chose à faire : prendre mon mal en patience.

Je croisai accidentellement le regard vert éclatant de Hayden. Je souhaitais tellement lui accorder ma confiance, mais comment le pourrais-je ?

— Nous ne resterons pas longtemps chez moi, déclara-t-il. C'est juste le temps que notre scandale se tasse un peu, qu'on élabore un plan parfait et après nous irons récupérer Jake.

Discernant la sincérité dans ses yeux, je hochai la tête et lui souris faiblement. Bien sûr que j'avais hâte d'aller libérer mon frère et j'avais pris conscience que sans Hayden Smith je ne pourrais rien faire.

Le pilote nous annonça que l'atterrissage était imminent et que nous étions entrés dans l'espace aérien du Panama. Je n'arrivais pas encore à réaliser que je me trouvais en Amérique latine.

Quand nous nous posâmes sur la terre ferme, je me sentis soulagée et anxieuse à l'idée de découvrir l'endroit où Smith vivait. J'avais bien compris qu'il était très riche et que tout cet argent n'avait rien de légal. Cela ne m'aurait même pas étonnée d'apprendre qu'il était le fils de Pablo Escobar.

À la sortie de l'avion, je pris une longue inspiration comme pour me donner du courage. La chaleur me surprit, et je retirai rapidement le pull que je portais pour ne garder que mon débardeur. À cet instant, j'aurais volontiers troqué mon jean pour un short. Hayden devait mourir de chaud tout de sombre vêtu, à moins qu'il n'y soit habitué.

Il me fit un signe de tête pour que je le suive. Ses hommes qui avaient partagé notre vol, ainsi qu'Alec, grimpèrent dans deux voitures noires, et j'attendis qu'il salue l'un de ceux venus nous chercher.

— Content de vous revoir, boss.

— Ça fait du bien de rentrer chez soi.

À son attitude, je devinai à quel point Hayden était heureux de retrouver le Panama. J'avais tendance à oublier qu'il avait passé les deux dernières années enfermé dans une prison, loin de son pays. J'ignorais toujours depuis combien de temps il vivait ici mais je comptais bien profiter des semaines à venir pour apprendre à le connaître sans pour autant retirer mes vêtements. Ou peut-être pouvions-nous faire les deux ?

— Qu'est-ce qui te fait sourire ?

Je sursautai en entendant sa question et ris doucement. S'il savait à quoi j'étais en train de penser, il trouverait une remarque embarrassante à me balancer.

— Je sens que je vais aimer cet endroit.

Il haussa les sourcils, visiblement surpris, puis esquissa un petit sourire. Il m'invita à monter dans un SUV, et je m'y installai alors que ma boule au ventre ne faisait que s'agrandir. Il s'assit à côté de moi sur la banquette arrière, et l'homme qu'il avait salué se mit au volant.

J'avais des milliers de questions à poser, aucune ne voulut sortir. Je pensais que Hayden allait me rassurer mais il était bien trop préoccupé par son téléphone. Je décidai donc de profiter du nouveau paysage s'offrant à moi. Nous traversâmes des quartiers délabrés où j'aperçus des enfants jouer dans la terre et rire malgré la précarité dans laquelle ils vivaient. C'était une belle leçon de vie à retenir.

Nous quittâmes les bidonvilles et commençâmes à passer devant des maisons de plus en plus belles pour enfin arriver à des villas. Je m'attendais à ce que nous nous arrêtions à tout instant, mais nous continuâmes encore une bonne vingtaine de minutes, nous enfonçant dans des bois. Plus nous avancions, plus la nature reprenait ses droits, nous offrant des arbres, des bougainvilliers donnant de jolies couleurs vives… Ces paysages, en plus d'être magnifiques, étaient très apaisants.

Je restai bouche bée face à la demeure qui se dressait devant moi, perdue après plusieurs kilomètres de forêt tropicale. Ce n'était pas une villa mais une véritable forteresse protégée par de très hauts murs de béton et des hommes armés. Cet endroit était bien plus surveillé que la prison de Floride dans laquelle il avait séjourné. Je me demandais d'ailleurs toujours comment il avait pu être incarcéré.

Après un signe du chauffeur, le grand portail en fer forgé s'ouvrit pour laisser notre véhicule entrer. L'espèce de château des temps modernes que j'aperçus au loin aurait fait pâlir de jalousie plus d'une star hollywoodienne. Il semblait gigantesque, ses murs blancs rappelaient ceux de la Maison-Blanche, ses colonnes, celles qu'on trouvait en Grèce, et son gazon parfaitement entretenu tout autour me faisait penser à un terrain de foot encore vierge de tout match. J'avais l'impression d'être entrée dans une dimension parallèle protégée de tous les événements extérieurs.

Quand le véhicule se gara sur un petit parking rempli de voitures de sport toutes plus onéreuses les unes que les autres, je lançai un regard curieux en direction de Smith qui haussa les épaules.

— C'est ma collection de petites voitures.

Je levai les yeux au ciel tandis qu'il sortait du SUV. Je l'imitai et continuai de contempler ce lieu incroyable.

J'avais presque l'impression d'être immergée dans un décor de série américaine tant tout était parfait, propre et lumineux. J'oubliai rapidement que l'endroit était encerclé d'hommes armés et de hauts murs. Je me sentais bien, comme si aucun danger ne pouvait nous atteindre. Il n'était pas compliqué de comprendre pourquoi Hayden était heureux de rentrer chez lui.

— C'est sympa ici, n'est-ce pas ? me demanda Alec en me rejoignant.

Je ne l'avais pas vu arriver, et l'entendre me parler me surprit. Lui qui ne faisait pratiquement que m'ignorer depuis sa conversation avec Smith dans la salle de bains du motel.

— C'est… impressionnant. Je comprends mieux pourquoi mon appartement te paraissait si modeste.

Il lâcha un petit ricanement qui me réchauffa le cœur, puis, après avoir croisé le regard de Smith, il s'éloigna d'un pas tranquille, comme si cette minuscule discussion n'avait jamais eu lieu.

Je fronçai les sourcils, mais préférai ne pas poser de questions pour le moment, bien trop intimidée par cet endroit. Il y avait un peu de monde, des hommes surtout, qui marchaient, téléphonaient et semblaient en plein travail. Beaucoup cessèrent leur activité pour nous observer, et notamment fixer Hayden. Certains avaient l'air ravis de le revoir, d'autres sceptiques. Peut-être avaient-ils des problèmes avec lui ? Ou eu une mauvaise expérience ? Cependant, aucun ne paraissait le détester ou, en tout cas, ils le cachaient bien. Je reconnus ceux qui étaient venus me sauver lorsque les hommes de McCartney m'avaient tendu un piège.

Hayden m'emmena devant une immense porte blanche qui fut ouverte par des majordomes synchronisés et parfaitement droits. Leurs attitudes, si similaires, portaient à croire qu'ils étaient frères jumeaux.

Après être passé auprès de Dupont et Dupond avec une furieuse envie de rire de leur comportement, je me retrouvai face à un très grand hall donnant sur un escalier central en marbre. J'avais la vague impression d'être dans un palais royal.

Des bruits de talons claquant sur le sol en marbre se firent entendre non loin de nous. Deux silhouettes féminines apparurent, descendant les marches le plus rapidement possible malgré leurs escarpins. À cause des ampoules et de la douleur, je ne comprenais pas que certaines mettent ce type de chaussures en pleine journée. Mais quand elles arrivèrent plus près, je compris le réel intérêt de leurs choix de tenue. Leur robe et leurs hauts talons les rendaient classes, tout ce que je n'étais pas.

— Que le spectacle commence, murmura Alec.

Sa remarque me laissa perplexe tandis que les deux femmes couraient jusqu'à nous. Elles sautèrent dans les bras de Hayden et Alec, presque en larmes. J'ignorais qui elles étaient mais visiblement, tous deux avaient créé chez elles un manque indéniable.

Gênée d'assister à un moment aussi intime, je préférai rester en retrait.

— Qu'est-ce que tu m'as manqué ! cria d'une voix stridente celle au regard noisette dans les bras de Smith.

Elle encadra son visage de ses mains et l'observa avec des yeux… brillants ? Elle était très grande avec ses talons aiguilles et faisait la même taille que lui. J'en vins à lui envier sa silhouette de mannequin, ses longs cheveux soyeux et lisses d'une couleur noir corbeau parfaite. Elle était d'une beauté ahurissante et devait certainement faire de nombreuses jalouses.

Hayden ne répondit rien mais mon cœur s'arrêta brutalement quand cette femme magnifique plaqua ses lèvres sur les siennes. Je sentis une main se poser sur mon épaule et tournai mon regard vers son propriétaire, qui n'était autre qu'Alec, l'air désolé.

Ce geste attira l'attention de l'autre jeune femme, qui m'observait désormais avec intérêt. Elle aussi était splendide. Ses cheveux étaient bruns, mi-longs, et elle avait la peau mate d'une latino. Ses petits yeux presque noirs étaient malicieux et très expressifs, ses belles formes ajoutaient à un charme immense.

Nous nous regardâmes un moment jusqu'à ce qu'elle décide d'avancer et de me tendre la main, un joli sourire me paraissant sincère sur les lèvres.

— Helena, m'informa-t-elle. Je suis la sœur de cet abruti de Hayden.

Je fronçai les sourcils à cette nouvelle. Il ne m'avait jamais mentionné une quelconque sœur. Il fallait avouer qu'il ne m'avait pas vraiment parlé de sa famille ou de sa vie en général. Il n'y avait aucune ressemblance entre eux deux. Contrairement à Smith, elle avait tout d'une hispanique.

— Adria, me contentai-je de répondre, encore sous le choc.

Que pouvais-je lui dire d'autre ? C'était difficile de réaliser que je n'étais absolument personne…

Alors que la grande brune lâchait Hayden, elle essuya ses larmes, qui me paraissaient fausses, puis me regarda longuement avant de s'approcher avec méfiance. Toute trace d'émotion semblait avoir disparu de ses yeux.

Helena put enfin prendre son frère dans ses bras quand l'autre m'annonça :

— Je m'appelle Lucy, je suis la femme de Hayden.

J'avais jusqu'ici espéré m'être trompée, que les habitants du Panama avaient juste une drôle de façon de se retrouver ou qu'elle n'avait été qu'un flirt, mais ce n'était pas le cas. J'avais l'impression qu'on m'avait planté un poignard en plein cœur.

La trahison que je ressentis était bien pire que tout ce que j'aurais pu imaginer. Quand j'eus enfin le courage de croiser le regard de Smith, je compris qu'il s'agissait de la vérité. J'avais été si stupide de croire qu'il méritait ma confiance, il venait de me briser le cœur.

Chapitre 42

Cinq jours s'étaient écoulés, certainement les cinq pires de ma vie. J'avais imaginé mon arrivée dans ce nouveau pays complètement différemment, mais après que la bombe eut été lâchée, tout avait changé.

Je n'avais pas eu l'occasion de reparler à Smith, pour deux simples raisons : il réglait des tonnes d'affaires, et j'étais bien trop remontée pour l'affronter.

J'avais passé les deux premiers jours enfermée dans l'immense chambre que l'on m'avait assignée, mangeant à peine les plateaux-repas que l'on m'apportait. Pourquoi mettre à ma disposition une pièce aussi luxueuse, avec un dressing rempli de vêtements hors de prix, une salle de bains qui rendrait jaloux n'importe quel millionnaire ? Ça n'avait aucun sens. Hayden m'avait clairement prouvé l'importance qu'il m'accordait, alors pourquoi se donner du mal en m'accueillant comme si j'étais une princesse monégasque ?

Le troisième jour, Helena était venue me rendre visite. Après m'être montrée très froide et distante avec elle, bien décidée à ne plus accorder ma confiance à un membre de la famille Smith, j'avais vite compris qu'elle ne ressemblait pas du tout à son grand frère. Elle était bien plus mature, fiable, gentille. Quand elle me raconta qu'elle avait été adoptée, tout devint clair et logique : ils n'avaient pas le même sang.

Bien que réticente au départ, j'avais fini par apprécier de passer du temps avec cette jeune femme à la fois douce et dynamique. Alec avait tenté de me voir mais j'avais instantanément refusé, peinée qu'il n'ait pas pris la peine de me prévenir. Malgré ses avertissements, il ne m'avait pas dit l'essentiel.

Pourtant, sûrement pour se faire pardonner, Alec m'avait fait apporter une guitare, et je jouai quelques fois pour me changer les idées. Encore blessée, je n'avais pas pu recommencer à m'entraîner à la boxe tout de suite. J'avais donc laissé parler mon côté artistique.

Ce soir, une grande réception était organisée pour fêter le retour du patron. J'avais décidé de ne pas y aller, ne souhaitant pas tomber sur lui et sa femme. Comment pourrais-je me résoudre à les regarder vivre leur amour alors que quelques nuits auparavant il couchait avec moi sans scrupules, me faisant croire que j'étais unique à ses yeux ?

J'avais songé à péter un câble, à tout avouer à Lucy, à m'en aller, puis j'avais réalisé que ces réactions ne montreraient que ma faiblesse et mon incapacité à prendre du recul. Je préférais rester dans l'ombre en attendant de faire le bon choix.

Alors que j'étais en train de lire un roman à l'eau de rose me rappelant un peu plus que ma vie sentimentale demeurait être une catastrophe, quelqu'un toqua à ma porte. Contrariée d'être dérangée, je soupirai et décidai d'aller ouvrir sans réel enthousiasme. Je ne trouvai personne derrière la porte, seulement une boîte.

Fronçant les sourcils, je cherchai du regard l'individu qui aurait pu la laisser mais sans succès. Je pris le colis et le déposai sur le lit. Quand je retirai le couvercle, je fus surprise de découvrir un smartphone dernier cri accompagné d'une lettre.

Adria,

Voici un téléphone qui remplacera l'ancien. Tu peux appeler qui tu veux, il ne peut pas être géolocalisé.

Tu trouveras également une robe que j'aimerais te voir porter ce soir.

H.S.

Je restai sans voix face à de tels présents. S'agissait-il d'une blague ? Avait-il oublié ce qu'il m'avait fait ? Cette espèce de connard croyait-il vraiment que j'allais revêtir sa stupide robe lors d'une réception en son honneur ?

La prenant pour la contempler, je fus forcée de constater qu'il avait très bon goût. Avec un bustier, elle était longue, rose pâle. Je n'aurais jamais imaginé avoir l'occasion de mettre une telle création un jour.

Oubliant cette pensée absurde, je la jetai sur le lit et saisis mon nouveau téléphone. Accepter l'un de ses cadeaux m'agaçait au plus haut point, mais je tenais à savoir comment mon frère allait, ainsi que tâter le terrain avec mes amis.

Après l'avoir configuré, je me connectai sur les informations pour en apprendre davantage sur la situation de Jake. Son procès était apparemment en cours et l'évasion l'avait mis en très mauvaise position. Avec sa fortune, il aurait certainement été plus simple pour McCartney de le faire tuer lui-même d'une manière ou d'une autre, mais cet enfoiré devait adorer imaginer Jake dans le couloir de la mort, prisonnier d'une cellule miteuse.

Je pris mon courage à deux mains et appelai la prison dans laquelle j'avais travaillé quelque temps, la boule au ventre. La voix automatique me demanda le détenu auquel je souhaitais parler et quand je prononçai le nom « Lawrence », un bip inhabituel retentit, suivi d'un message :

« Étant donné sa situation, le détenu Jake Lawrence n'est pas en mesure de recevoir un quelconque appel. » Quand la communication coupa, je me retins de ne pas pleurer.

Mon frère se retrouvait seul et abandonné, me sachant avec un criminel, et il m'était impossible de le rassurer.

Je devais trouver un moyen de communiquer avec Hayden sans lui arracher les yeux, afin de commencer à établir un plan d'attaque pour libérer Jake au plus vite.

Rongée par la culpabilité, je décidai de me changer les idées en appelant mon meilleur ami. J'espérais qu'il ne raccroche pas en découvrant qui était à l'autre bout du fil.

Il décrocha au bout de la deuxième sonnerie.

— Allô ? Qui est-ce ?

Entendre sa voix me créa une boule douloureuse dans la gorge. Je portai la main à ma bouche, me retenant de fondre en larmes.

— Adi… Est-ce que c'est toi ?

Son ton n'était pas méchant ou haineux, mais plutôt doux et rassurant. Je ne m'attendais pas vraiment à cet accueil de sa part.

— Oui…, répondis-je enfin.

Il y eut un long silence, seules nos respirations se faisaient entendre. Il était visiblement aussi choqué que moi.

— Dis-moi, es-tu en sécurité ? Es-tu toujours avec ce connard de criminel qui t'a entraînée dans son plan foireux ? Il t'a fait du chantage, n'est-ce pas ? La police pense que c'est lui qui a trafiqué les freins de ma voiture… Pitié, dis-moi qu'il ne t'a pas touchée !

Toutes ses questions me montrèrent pourquoi il ne m'en voulait pas encore. Il ne se doutait pas une seule seconde que je pouvais avoir des sentiments pour Hayden Smith et que je m'étais donnée à lui. J'avais couché avec l'ennemi, et Andy n'imaginait même pas que je puisse faire équipe avec lui.

— Andrew… je…

— Je peux venir te chercher où que tu sois et t'aider à prouver que tu n'y étais pour rien !

— Non, je…

— Rentre, je t'en supplie ! Madi est dévastée, moi aussi, j'ai cru que ce taré t'avait tuée !

— Arrête, Andrew. Laisse-moi parler, s'il te plaît.

Il se tut, et je regrettai de devoir lui dévoiler que j'avais été de mèche avec Hayden Smith de mon plein gré.

— Il ne m'a rien fait, en tout cas rien de grave. On a eu des rapports compliqués au début, mais il m'a sortie de nombreuses galères alors qu'il n'y était pas obligé.

— T'es en train d'insinuer que tu l'apprécies ou quoi ? T'es en train de péter les plombs, Adria ! Ce mec a essayé de me tuer !

— Je te dis juste que je suis en sécurité, qu'il ne m'a pas forcée à faire quoi que ce soit. Et, non, je ne l'apprécie pas.

C'était tellement bien plus que ça… Et ce malgré ce que j'avais appris quelques jours plus tôt. J'étais pourtant toujours autant en colère contre lui.

— Il est dangereux ! Il se sert de toi !

— Andy, je ne sais pas comment cette histoire va se terminer, mais je n'ai jamais voulu qu'il t'arrive du mal.

— Il faut que tu te ressaisisses, Adria. Tu ne peux pas rester avec un malade comme lui. Et si tu t'attachais à ce mec ?

— Je ne resterai pas éternellement avec lui, parce que bientôt, je n'aurai plus jamais besoin de le revoir. Je prends mon mal en patience en essayant de ne pas vomir chaque fois que je le croise.

Et là, j'étais totalement honnête. Hayden Smith me dégoûtait, je n'avais qu'une envie, le gifler et ne plus jamais poser les yeux sur lui.

— Je te recontacterai. Prends soin de toi et embrasse Madi.

— Atte…

Avant qu'il puisse terminer, je raccrochai, le cœur démoli. Il ne pourrait pas me rappeler, vu que mon numéro était camouflé et certainement intraçable. Du moins, je l'espérais, car il avait toujours été très doué en informatique. Mais j'étais persuadée que le domaine était difficilement trouvable et que, dans le cas contraire, les forces de l'ordre ne s'aventureraient pas ici. Helena m'avait vaguement raconté que son frère s'était fait attraper lors d'un déplacement en Floride, mais n'avait pas voulu m'en dire davantage.

Je fermai les yeux un instant avant que quelqu'un entre dans ma chambre sans frapper. Il ne pouvait s'agir que d'une seule personne autre que Smith.

— Salut, Helena, soupirai-je.

— Tu n'as pas encore commencé à te préparer ? s'écria-t-elle en me voyant toujours en short.

Je me souvins de la soirée organisée en l'honneur de Hayden et ris de façon ironique.

— Je ne compte pas y aller.

— Tu n'as pas le choix, mon frère est une vraie tête de con quand il veut quelque chose. Il a demandé à deux de ses hommes de t'emmener de force à 20 h 30.

J'écarquillai les yeux face à cette révélation. N'en avait-il dont jamais assez de me torturer ? Quel était son but ?

Elle regarda mon téléphone en fronçant les sourcils puis releva la tête vers moi. Maquillée d'un magnifique « smocky eyes » qui la rendait très sexy et mystérieuse, elle était splendide. Ses cheveux étaient parfaitement lisses et sa robe rouge, serrée au niveau du buste et évasée jusqu'aux genoux, moulait ses formes généreuses à la perfection. Le contraste de cette couleur avec sa peau mate était parfait.

— Ce téléphone est un cadeau de Hayden ? demanda-t-elle.

Je me contentai de hocher la tête, curieuse de savoir pourquoi elle me posait cette question.

— Fais attention à ce que tu dis et qui tu appelles. Je peux d'ores et déjà t'affirmer que tu es sur écoute.

Je venais de me prendre une seconde gifle. Comment avais-je pu naïvement croire qu'il m'offrait un présent par gentillesse ? Même la robe qu'il m'avait demandé de porter devait être piégée.

S'il écoutait mes appels, je réalisai qu'il avait donc pu entendre ma conversation avec Andrew. J'espérais de tout cœur qu'il n'oserait pas empiéter sur ma vie privée de la sorte.

— Je ne sais pas ce qui se passe entre lui et toi mais c'est… étrange.

Je préférai garder le silence. Elle était peut-être très gentille, mais je n'avais pas encore confiance en elle pour autant.

— Merci de m'avoir prévenue, me contentai-je de répondre.

Elle me sourit et attrapa la robe que son abruti de frère m'avait offerte.

— Elle est splendide !

— Je ne la porterai pas.

— J'ai une bien meilleure idée, dit Helena sur un ton enjoué. C'est moi qui ai choisi toutes les tenues de ton dressing, et je me souviens d'une petite robe très sexy. Je ne pensais pas que tu aurais l'occasion de la mettre, mais il faut croire que j'avais raison de prendre ce risque !

Elle avait compris que la seule chose qui m'intéressait actuellement était de faire enrager son frère. Cette jeune femme était très perspicace !

Hayden Smith était le grand patron ici, mais je n'étais pas l'un de ses pions et j'allais le lui prouver ce soir. Helena partit fouiller dans ma garde-robe et en sortit une tenue que je n'aurais jamais osé mettre dans d'autres circonstances.

Il avait réussi à éveiller ma haine comme jamais personne ne l'avait fait jusqu'à présent. Sauf peut-être Shane. Je ne supportais plus la façon dont il me traitait, je comptais lui montrer qu'avant d'être son alliée, j'étais une femme sachant aussi jouer de ses atouts.

Helena m'aida à me préparer du début à la fin, ce qui me permit d'être à l'heure. Alors qu'il me restait cinq minutes avant l'arrivée des hommes de Hayden, je me contemplais dans le miroir, fière du résultat, bien qu'un peu mal à l'aise de me montrer comme ça au milieu de plein de criminels.

— Tu sais, Adria, tu es une femme magnifique. Je ne suis pas étonnée que tu plaises à mon frère mais je pense qu'il va devenir fou de te voir comme ça devant tous ses hommes.

Même si elle m'avertissait par pure gentillesse, je discernais l'amusement dans son regard. Elle ne devait pas avoir l'habitude qu'une femme ose défier Hayden, et m'y avoir aidée accentuait son plaisir.

— Merci, Helena, mais il n'y a rien entre ton frère et moi.

— Tu peux nier si tu le souhaites, sache que je ne suis pas stupide.

Son clin d'œil m'amusa. Une seule pensée me traversa à cet instant : si elle l'avait remarqué, Lucy était-elle aussi au courant ? Contrairement à Helena, cette femme n'avait rien d'une bonne personne. Son regard me l'avait prouvé chaque fois que je l'avais croisée. Elle me toisait de ses yeux noisette et me montrait bien que je n'avais rien à faire ici dès qu'elle en avait l'occasion.

Je décidai de me ressaisir et d'arrêter de penser à elle. Après tout, c'était à Hayden d'assumer ses actes. Si j'avais su qu'il était marié, jamais je n'aurais eu une liaison avec lui, aussi beau soit-il.

Je passai une dernière fois les mains sur la robe que je portais ce soir grâce à l'aide précieuse de Helena. Elle était noire, moulante, avec des zones de transparences sombres un peu partout, laissant apercevoir mon corps. Seules les parties les plus intimes demeuraient cachées par le tissu noir opaque. Elle m'arrivait à mi-cuisses et dévoilait juste comme il le fallait ma poitrine. Très éloignée de mon habituel look classique, elle était définitivement bien trop osée à mon goût.

J'avais opté pour des escarpins noirs si hauts que j'avais la sensation d'être immense, mais heureusement, je savais marcher avec. J'anticipais la douleur que mes pieds allaient endurer. Ma paire de baskets me manquait déjà.

J'avais également enfilé une veste en cuir d'un style plus rock et mes cheveux étaient lâchés et soigneusement ondulés. J'avais aussi osé le rouge à lèvres rouge pétant, et le mascara que Helena m'avait appliqué me donnait l'impression d'avoir des faux cils.

Ne m'étant jamais trouvée si sexy auparavant, je souris, c'était le moment de voir si Smith se moquait totalement de moi ou s'il accordait une quelconque vraie importance à ma personne.

Quand quelqu'un frappa à la porte, mon cœur se mit à battre plus vite. Je m'apprêtais à provoquer le grand boss et j'adorais cette idée. Peut-être avais-je un gros problème psychologique ?

— Prête ? me questionna Helena en se levant de mon lit.

— Prête, répondis-je, déterminée.

Chapitre 43

Quand je fis mon entrée avec Helena dans la grande salle où se déroulait la soirée en l'honneur de Hayden Smith, tous les regards convergèrent sur nous. Je perdis totalement la confiance que j'avais tenté d'accumuler ces deux dernières heures, mais ne laissai rien paraître.

Il y avait beaucoup moins de femmes que d'hommes, mais la façon dont m'observaient ces derniers me mit affreusement mal à l'aise. Pourtant, certaines portaient des tenues bien plus osées que la mienne.

Soudain, comme si j'avais senti sa fureur, je croisai le regard de Hayden. Il était deux ou trois mètres plus loin, en train de me fixer d'un air sombre, la mâchoire contractée. Mon plan pour l'énerver semblait fonctionner à merveille. Je l'ignorai et continuai mon chemin jusqu'au bar avec ma nouvelle alliée, me retenant de sourire.

La pièce était immense. Le plafond était très haut, un magnifique lustre en cristal pendait en son centre. La décoration était digne d'un dîner royal. Des tables rondes étaient placées un peu partout dans la première partie de la salle et l'autre partie était consacrée à la piste de danse.

Tout le long d'un mur se trouvait un bar splendide avec au moins une dizaine de barmans prêts à nous servir. Hayden avait-il vraiment embauché tout ce personnel ?

Helena m'avait expliqué que cette demeure était en fait un héritage de leurs défunts parents et qu'ils ne manquaient pas d'argent, ce que j'aurais pu deviner seule.

— Un mojito, s'il vous plaît.

— Deux, ajouta Helena.

Le barman prépara rapidement nos commandes et nous pûmes savourer notre premier cocktail.

— Alors là, je dois avouer que je suis impressionné.

Je levai les yeux au ciel en me tournant en direction de celui qui venait de parler derrière moi.

— Alec, soufflai-je.

— Tu es…

Il ne continua pas sa phrase mais m'observa de haut en bas. Je lui en voulais toujours terriblement de ne rien m'avoir dit sur la situation de Hayden. Et encore plus de m'avoir lâchement ignorée ces derniers jours, juste après m'avoir avoué ses sentiments.

Je ne le remerciai pas et me retournai pour lui faire comprendre qu'il n'allait pas s'en sortir aussi facilement.

— Viens avec moi, me proposa-t-il alors.

Helena observait la scène avec de grands yeux inquisiteurs comme s'il s'agissait d'un film romantique, ce qui me donna envie de sourire malgré les circonstances.

Puis son regard se dirigea sur la droite, et toutes les étoiles disparurent de ses yeux. Je fronçai les sourcils et compris rapidement ce qui la mettait dans cet état. Hayden nous fixait d'un air bien trop nonchalant.

Je me retins de sourire une fois de plus. Son attitude flattait mon ego qu'il avait piétiné sans scrupule.

— D'accord, répondis-je à Alec.

Ce dernier ne semblait pas avoir remarqué l'attitude de son boss, et c'était sans doute mieux pour moi, car sinon son courage aurait probablement déjà mis les voiles.

Il prit ma main et m'emmena vers une baie vitrée donnant sur un petit jardin très intime. Ayant préféré rester le plus souvent possible dans ma chambre ces derniers jours, je n'avais pas encore eu la chance de découvrir les somptueux endroits que cachait cette villa.

Nous passâmes entre des personnes qui buvaient, et mon ex-colocataire me guida jusqu'à un banc isolé du monde.

Quand je m'assis, il s'installa juste à côté de moi. Il subsistait une certaine gêne entre nous, nous avions vraiment besoin de discuter.

— Je me suis comporté comme un con, déclara-t-il.

— Ça, c'est clair, acquiesçai-je.

— Et je le regrette.

Comment exprimer à quel point j'étais heureuse qu'il ose enfin me parler ? Même si l'avouer m'agaçait, il m'avait beaucoup manqué.

— Pourquoi tu ne m'as rien dit pour Hayden ?

Ma question parut le surprendre, il ne s'attendait probablement pas à ce que je la lui pose maintenant. Après un long moment à me fixer, il répondit :

— J'ai essayé de te prévenir.

C'était bien trop facile. Ces quelques avertissements étaient restés trop flous.

— J'ai vite compris qu'il faisait une fixette sur toi, c'était plutôt flagrant, mais je ne pensais pas que tu aurais vraiment des sentiments pour lui. Pour être honnête, j'imaginais te conquérir avant que ça n'arrive.

Cet aveu me prit totalement au dépourvu. Alec n'était veuf que depuis très récemment. L'idée de me mettre avec lui m'avait bien entendu effleuré l'esprit quelques fois, car c'était un très bel homme qui avait déjà admis que je lui plaisais. Malheureusement, Smith était toujours resté au centre de mes pensées, il m'avait fait ressentir des émotions puissantes qui me consumaient… Mais maintenant qu'il m'avait fait mal, je ne pouvais pas lui pardonner. C'était au-dessus de mes forces. Il n'était qu'un poison très dangereux.

— Pourquoi tu m'as ignorée ? Qu'est-ce qu'il t'a dit dans la salle de bains du motel ?

Alec baissa les yeux et se mordit la lèvre. Ce secret entre eux me rendait dingue, j'avais besoin de connaître la vérité pour savoir comment me comporter.

— Je ne peux rien te dire. Je lui ai promis de ne jamais dévoiler ce que l'on s'est dit ce jour-là.

La colère monta aussitôt en moi. Toutes ces histoires de promesses devenaient ridicules. J'avais l'impression d'être un vulgaire pion à l'écart de toutes leurs petites affaires.

— Mais je ne veux pas te lâcher ni m'éloigner de toi, reprit-il. Tu me manques.

Alec n'exprimait pas facilement ses sentiments, et qu'il m'avoue quelque chose d'aussi mignon me toucha énormément. Bien que je lui en veuille, comment pourrais-je lui reprocher sa loyauté ? C'était Hayden le vrai traître, pas lui. Alec était le seul ami qu'il me restait désormais. Et il m'avait également terriblement manqué.

En guise de réponse, je le pris dans mes bras, et il ne tarda pas à me serrer dans les siens, ce qui me fit un bien fou. J'avais besoin de ce contact physique et chaleureux en ce moment.

Cependant, quelque chose vint assombrir notre réconciliation. Je ne voulais pas qu'Alec se fasse des idées sur nous deux, qu'il croie que je ne le respectais pas ou que je m'amusais à jongler entre lui et Smith.

Je me décalai légèrement et essayai de trouver les bons mots.

— Alec, je…

— Ne t'en fais pas, m'interrompit-il. J'ai bien compris que pour le moment, toi et moi, ça ne sera qu'amical. Et ça me convient, parce que mon petit rayon de soleil me manque.

Émue par ses paroles, je l'étreignis à nouveau. Il était compréhensif et prévenant, ce qui devenait rare ces derniers temps.

— Tu m'as manqué aussi, Alec.

Je pouvais sentir son cœur battre rapidement lorsque ma tête fut posée contre son torse. Il avait réussi à apaiser un instant la boule que j'avais dans le ventre depuis mon arrivée ici.

— Comment tu te sens ? me demanda-t-il.

— Affreusement stupide, répondis-je en faisant semblant de sourire.

— Tu ne l'es pas.

Il n'arriverait pas à me faire croire une bêtise pareille. Je savais que je l'étais, j'avais joué avec le feu et avais fini par me brûler.

— Tu penses que je suis folle ?

— Pourquoi tu le serais ?

— Parce qu'il faut probablement l'être pour que mes premiers sentiments soient destinés à un homme dangereux, sans cœur, qui a sûrement tué plus d'hommes qu'il n'a eu de partenaires sexuelles.

Il m'observa avec un mélange de peine et d'amusement.

— Tu es humaine, Adria. Tu ne peux pas choisir de qui tu tombes amoureuse.

— Et alors pourquoi avoir choisi de m'engager dans un chemin qui n'a pas d'issue ?

— Parce que c'est ton cœur qui parle, pas ta tête.

Il avait définitivement raison, j'étais tombée amoureuse de Hayden Smith sans m'en rendre compte, et celui-ci m'avait brisée. J'avais laissé mon cœur s'exprimer pour la première fois de ma vie, j'avais laissé un poison s'immiscer à l'intérieur en croyant naïvement qu'il ne m'anéantirait pas.

Admettre que je m'étais fait avoir aussi facilement blessait ma fierté à un point inimaginable. Je le détestais de m'avoir trahie mais je me détestais encore plus d'y avoir cru.

— J'aimerais que tu m'accompagnes quelque part demain, reprit Alec.

Je haussai les sourcils, étonnée par sa requête.

— D'accord.

De toute façon, plus j'étais occupée, plus je m'éloignais d'ici, mieux c'était pour moi. La meilleure des thérapies était sans doute de rester avec une personne aussi lumineuse qu'Alec plutôt que broyer du noir.

— Faudra que je demande la permission pour sortir d'ici, ajouta-t-il.

Même si je ne connaissais pas encore vraiment les règles de cet endroit, je me doutais qu'on n'y rentrait pas comme dans un moulin. Cela devait être pareil pour le quitter.

— Et si on allait s'amuser un peu ? proposa-t-il. J'ai envie de profiter des célèbres soirées de Hayden ! Je n'y allais plus depuis l'arrivée de Meredith.

Je hochai la tête, comprenant qu'une vague de tristesse le traversait, et lui caressai la main avec affection.

— Je suis ravie de pouvoir profiter de ces « célèbres soirées » avec toi.

Alors qu'il avait retrouvé le sourire, je me dépêchai de le tirer par le bras et de le guider à l'intérieur de l'immense bâtisse. Il nous amena jusqu'au bar, et nous commanda une tournée de shooters. Helena, qui était passée je ne savais où, arriva.

— Je peux me joindre à vous ?

— Bien sûr ! s'exclama Alec.

Même s'ils ne purent effacer la trahison de Smith, ils réussirent à me rendre le sourire et à me faire oublier quelques instants à quel point je me sentais mal.

La musique latino résonnait dans toute la pièce et, après une quantité abusive d'alcool ingurgitée, je me mis à danser avec Helena. Nous nous déhanchions en riant aux éclats, au milieu d'autres personnes profitant de la soirée pour s'amuser ou trouver un partenaire.

— T'es peut-être pas une *bomba latina* mais tu sais bouger ! me dit Helena.

— Je te retourne le compliment, répondis-je en riant.

Mes yeux croisèrent ceux d'Alec, et mon cœur se réchauffa quand je constatai qu'il avait l'air heureux de ma bonne humeur. Je souhaitais à n'importe quelle célibataire de ce monde d'être regardée ainsi. Il était l'homme idéal, gentil, protecteur et surtout fidèle dont voulaient toutes les femmes. J'avais l'impression que mon bonheur lui importait vraiment, qu'il ne ressentait pas pour moi qu'une attraction physique.

Je lui fis signe de s'approcher et fus surprise qu'il accepte de partager une danse avec moi devant tout le monde, surtout que Smith nous scrutait, la mâchoire contractée. Si ses yeux avaient pu lancer des lasers, Alec et moi serions morts tous les deux. Heureusement, il ne pouvait pas intervenir sans que sa femme ou ses autres hommes le remarquent. Il était condamné à seulement observer même s'il se trouvait dans son royaume.

Alec posa sa main au creux de mes reins et prit la mienne avec la seconde, puis nous entamâmes une danse endiablée. Rire me faisait un bien fou après la pression de ces derniers temps, et j'avais l'impression qu'il l'avait parfaitement compris. Il souriait de toutes ses dents. Sa chemise blanche légèrement ouverte en haut lui donnait un style à la fois classe et détendu que j'adorais.

J'ignorais combien de temps nous dansâmes mais ce moment me parut trop court.

— Je vais nous resservir des verres, proposa mon ami.

Helena m'indiqua qu'elle devait aller au petit coin et m'abandonna également.

Je souris et, perdant un peu trop l'équilibre, décidai de m'aérer l'esprit. J'avançai jusqu'à une fontaine ronde et m'assis sur le rebord, contemplant l'eau aussi claire que du cristal. Cet endroit paraissait si paisible…

— Ça t'amuse de me rendre fou ?

Surprise, je faillis tomber dans le bassin mais une main attrapa mon bras, m'empêchant de me ridiculiser. Quand mon regard croisa celui de Hayden Smith, mon cœur cessa de battre une seconde. Peut-être pas si paisible que ça, finalement.

— On va avoir une petite discussion toi et moi.

Ses yeux ne m'indiquaient rien de bon, il semblait vouloir me faire regretter mon comportement de ce soir.

Malheureusement pour lui, l'alcool ne faisait que renforcer ma haine et mon courage, je comptais bien lui dire ses quatre vérités, même si cela devait me coûter cher.

Chapitre 44

Je soutenais le regard de Hayden avec défiance, espérant qu'il ne décide pas de me noyer dans la fontaine pour se venger. Sa main tenait toujours fermement mon bras, il me tira de force avec lui et nous emmena plus loin dans le jardin. Plus nous avancions, moins il y avait de lumière, et je commençais à croire qu'il allait me tuer.

— Lâche-moi, espèce d'abruti ! hurlai-je en me débattant.

Il s'arrêta net et prit une grande inspiration. Contrairement à ce que j'aurais pu penser, il ne me répondit pas et me poussa contre un mur. Je compris que nous étions contre la maison, au niveau de l'aile gauche. Assez loin pour que personne ne m'entende crier s'il décidait de me torturer.

Il me fixa longuement, comme s'il voulait m'assassiner du regard. Pourtant, je n'avais pas peur de ce qu'il pouvait faire. J'avais bien trop de haine en moi, et celle-ci n'avait fait qu'augmenter ces cinq derniers jours.

— Vas-y, finit-il par me dire, exprime-toi maintenant que t'es face à moi, au lieu de t'habiller comme une prostituée pour me provoquer.

Alors c'était ça qu'il voulait ? Que je lui balance en pleine figure qu'il n'était qu'un immonde connard ?

— Je n'arrive pas à croire que tu aies profité de moi. Tu savais que j'étais vulnérable. T'es un putain de manipulateur à deux balles !

— C'est vraiment ce que tu penses ?

Mais pourquoi fallait-il toujours qu'il réponde par une question ? Ne pouvait-il pas simplement avouer ses erreurs ?

— Parce que ce n'est pas le cas ? Tu n'as jamais essayé de me parler de ton mariage !

— Tu aurais pu le savoir en fouillant un peu dans ma vie quand tu travaillais à la prison, me reprocha-t-il d'un ton détaché.

— Je n'ai jamais voulu le faire, car je croyais que je pouvais avoir confiance en toi.

En réalité, j'avais ouvert son dossier, mais ma conscience m'avait poussée à le refermer après avoir regardé les derniers comptes rendus à son propos. Je n'avais pas pensé à vérifier s'il était marié car il m'avait paru évident que nous aurions évoqué ce sujet si cela avait été le cas.

— Tu n'aurais jamais dû faire confiance à un criminel.

Je ne pus retenir la claque qui partit droit sur sa joue et lui fit tourner la tête. Contrairement à la dernière fois, je ne regrettais pas une seule seconde de l'avoir frappé.

Alors que je m'apprêtais à recommencer, il attrapa mes avant-bras et les colla contre le mur au-dessus de moi, me rappelant un autre moment avec lui, tout à fait différent de celui-ci.

— Ne fais rien que tu regretteras une fois sobre, me menaça-t-il.

— Oh ! crois-moi, ce n'est pas l'alcool qui parle.

Si j'insistais, je risquais de faire ressortir son vrai visage, l'homme qui maîtrisait toujours toutes ses émotions, sauf la colère.

— Pour Jake aussi, j'ai eu tort de te faire confiance ?

— Ça n'a rien à voir, je t'ai promis quelque chose.

— En fait, tu n'as aucun respect pour personne. Ni pour moi ni pour ta femme.

— Tu ne sais absolument rien.

— Alors, explique-moi !

— Pour quoi faire ? Tu me détestes déjà.

Ses mots me firent l'effet d'une gifle équivalente à celle que je venais de lui mettre. Il avait raison, je le détestais. Mais pourquoi cette affirmation me touchait-elle autant ?

— Je suis comme ça, Adria. Je blesse les gens, je fais du mal, j'agis comme je crois qu'il est bien d'agir.

Comment pouvait-il prétendre que me cacher un mariage était une bonne solution ? Soit il était idiot, soit complètement à l'ouest.

— Au fond, j'ai toujours su que tu allais me faire du mal, mais je n'aurais jamais cru que ce serait de cette façon.

Mes paroles semblèrent avoir un réel impact sur lui, car il me relâcha et recula de quelques centimètres, comme s'il était choqué. Je continuai pour ma part sur ma lancée :

— Pourquoi avoir interdit à Alec de me parler ? Pourquoi me priver de me rapprocher d'un autre alors que tu es marié ?

Il tourna la tête sur la droite quelques instants, la mâchoire serrée, comme s'il réfléchissait à quelque chose qui ne lui plaisait pas du tout.

— Tu as raison. Je n'ai pas à vous interdire de passer du temps ensemble. Fais ce que tu veux avec lui, je ne m'en mêlerai plus. Si ça ne le dérange pas d'être le second choix, après tout…

Alors que je demeurais ébahie par ses paroles, il commença à s'en aller en me laissant là comme une idiote. Je pris mon courage à deux mains pour lui crier ce que je voulais lui envoyer en pleine figure depuis le début.

— Tu m'as dit que tu ne regrettais rien, la dernière fois, mais sache que moi, je regrette tout. J'aurais voulu ne jamais t'avoir approché.

Il s'arrêta mais ne se retourna pas. Après quelques secondes, il continua sa route sans me répondre. Il me prouvait encore une fois que je ne comptais pas du tout pour lui.

Les larmes me montèrent aux yeux, et je voulais à tout prix éviter de me ridiculiser en pleurant maintenant. Je me dépêchai donc d'entrer dans la maison et allai directement à ma chambre.

Une fois arrivée, je me démaquillai et enfilai un short en coton accompagné d'un débardeur. Je me blottis entre les draps en soie et donnai libre cours à mon chagrin à l'abri des regards.

Plus rien n'allait, et ça me tuait de voir à quel point la situation avait tourné au désastre.

Le réveil avait été difficile. J'avais pleuré une bonne partie de la nuit. Quand j'eus l'impression d'avoir enfin trouvé le sommeil, les rideaux s'ouvrirent, et je me retrouvai face au soleil aveuglant du matin.

Je ne mis pas longtemps à deviner qui était à l'origine de ce crime.

— Helena, me plaignis-je en ramenant la couverture sur mon visage.

— Allez, debout ! On doit parler !

Je levai les yeux au ciel et me résignai à ne pas me rendormir. Elle n'allait de toute façon pas me lâcher tant qu'elle n'avait pas de réponses à ses questions.

En me redressant, je constatai qu'elle avait apporté un plateau avec des viennoiseries, des fruits et du thé. Je la remerciai d'un grand sourire. Ses petites attentions me touchaient, même si j'aurais préféré déprimer toute seule toute la journée.

— Alors ?

Je l'interrogeai du regard, ne saisissant pas ce qu'elle attendait de moi.

— Oh ! arrête ! Tu sais très bien où je veux en venir ! Hier soir, à mon retour des toilettes, Alec faisait une drôle de tête, Hayden et toi aviez disparu. Quand mon frère est revenu seul avec un furieux besoin de se soûler, j'ai compris.

Elle était décidément loin d'être idiote.

— Tu te retrouves dans un sacré triangle amoureux ! Tu en as, de la chance !

Quelle chance ! Puis elle faisait totalement erreur, étant donné que mes sentiments pour son frère n'étaient pas réciproques.

— On n'est pas dans un roman à l'eau de rose, Helena. Nous sommes dans la réalité, celle où les gens mentent, manipulent et ne ressentent pas grand-chose de vrai.

— Tu te trompes. Alec est fou de toi, même un aveugle le verrait. Il est un peu l'homme parfait ici. Et depuis que Meredith la cinglée n'est plus dans le décor…

Je devinai que Helena ne portait pas la femme d'Alec dans son cœur de son vivant.

— J'apprécie énormément Alec, mais je…

— Tu ne veux pas lui faire du mal ? m'interrompit-elle. J'ai aussi compris qu'il s'était passé quelque chose entre mon frère et toi, dès l'instant où vous êtes arrivés dans cette maison.

Je soupirai. Quoi que je dise, Helena ne cesserait pas de me parler de celui que je voulais oublier. Oh que oui, il s'était passé quelque chose : j'avais été naïve et stupide. J'avais cru qu'il pouvait ressentir quelque chose d'autre que du mépris à mon égard et je m'étais bien trompée.

— Je sais ce que tu vas me dire, mais je n'ai jamais vu Hayden comme ça…

— Arrête, Helena.

Je n'étais pas certaine d'être prête à entendre de telles choses, surtout que j'étais persuadée du contraire.

— Mais c'est la vérité ! s'exclama-t-elle en prenant place à côté de moi. Je connais assez mon frère pour admettre qu'il peut être le pire connard au monde, mais son comportement avec toi prouve qu'il est capable d'éprouver des sentiments.

— Il m'a caché une femme ! m'agaçai-je. Ce n'est pas un secret anodin… je n'ai été qu'une idiote.

Je ne connaissais pas encore bien Helena et je venais de lui avouer une bombe. Elle avait parfaitement compris ce que j'avais fait avec Hayden. Je m'en voulais un peu d'avoir dévoilé ce secret mais réalisai que ce n'était pas moi qui avais tout à perdre s'il était dévoilé. Si Lucy le découvrait, Smith n'aurait qu'à assumer les conséquences de ses actes.

— Il a toujours été obligé de suivre certains codes légués par notre père, reprit Helena d'un ton calme, mais il n'a jamais été comme lui. On l'a éduqué dès son plus jeune âge pour qu'il se comporte ainsi. Hayden ne sait pas comment aimer parce qu'on ne le lui a jamais appris.

— Et ça excuse le mal qu'il fait ?

— Ça ne l'excuse pas, bien entendu ! s'écria-t-elle en faisant de grands gestes avec ses mains. Je veux juste te faire comprendre qu'il est comme ça malgré lui. Il n'a pas eu la chance de vivre une vie normale. Quand les jeunes de quinze ans jouaient à la console, lui devait organiser des meurtres. Quand les autres connaissaient leur premier amour, lui devait s'engager dans un mariage arrangé. Quand certains fêtaient leurs diplômes, lui devait interroger des prisonniers jusqu'à la mort s'il le fallait. Il n'a jamais été un homme normal, il ne peut pas le devenir du jour au lendemain. Mais ce que ce j'ai vu depuis votre arrivée, sa façon d'être avec toi, ses regards, son embarras quand il t'a fait du mal… Tu es en train de le changer, Adria. Pour la première fois, j'ai eu l'impression que mon frère était vraiment vivant.

Choquée par ce que m'avait dévoilé Helena, je mis un long moment à sortir de ma torpeur. Je n'avais jamais réalisé à quel point Hayden avait pu être conditionné par son enfance et l'éducation qu'il avait reçue. Peut-être ne comprenait-il pas qu'il me faisait du mal parce qu'il ne s'en rendait absolument pas compte. Son mariage était donc arrangé ? Ça ne changeait pas grand-chose à la situation mais étrangement, je le détestais légèrement moins.

— Ne le laisse pas tomber, s'il te plaît…, me supplia-t-elle.

Je pouvais sentir le souci qu'elle se faisait pour son frère et l'amour qu'elle lui portait. Je ne pouvais que la comprendre, étant donné ce que j'avais fait pour Jake.

— Il ne cherche pas à me retenir non plus, répondis-je finalement. Mais tout ce que tu as dit, je l'ai entendu et je t'avoue que… j'étais loin de me douter de tout ça.

— Ça n'était pas à moi de te dire la vérité mais il est tellement fier qu'il ne l'aurait jamais fait lui-même. Si tu dois renoncer à lui, autant avoir réuni toutes les pièces du puzzle avant.

Elle avait raison. Je le détestais pour l'idée que je m'étais faite de la situation, pas pour ce qu'elle était en réalité.

Alors que je dévorais le délicieux petit déjeuner que Helena avait apporté, cette dernière me raconta des souvenirs à la fois durs et émouvants, comme quand Hayden avait épargné la mère d'un nourrisson par pitié et que son père l'avait puni en l'enfermant une semaine dans une cave sombre.

— Il y a aussi son mariage avec Lucy qui a été très compliqué. À l'époque, Hayden sortait avec Rebecca, une jeune Panaméenne. Il n'était pas spécialement amoureux mais s'était attaché à une fille pour la première fois.

Imaginer Smith attaché à une autre femme me contrariait mais me touchait également. Il était capable d'avoir des sentiments réels.

— Quand il a refusé d'épouser la fille du plus grand cartel de Colombie, notre père a fait assassiner Rebecca. Ce jour-là, j'ai compris que mon frère refermerait son cœur pour toujours.

L'idée que cette fille ait été tuée pour une raison aussi absurde et que Hayden ait renoncé à ressentir quoi que ce soit me fit énormément de peine. Leur père semblait avoir été quelqu'un de vraiment horrible. Mais d'après ce que m'avait dit Hayden à la prison, il était mort peu de temps après sa maman, et c'était mieux ainsi, car le décès de sa femme l'avait rendu encore plus monstrueux.

J'eus plusieurs fois les larmes aux yeux en imaginant à quel point il avait souffert.

— Et toi ? demandai-je à Helena.

— Moi, c'est un peu plus particulier. Je suis colombienne, comme Lucy, mes parents biologiques travaillaient pour mes parents adoptifs en tant qu'espions sur leur territoire. Lorsqu'ils ont été tués pendant une mission, je me suis retrouvée seule et sans famille. Notre mère n'était pas une mauvaise personne, elle a même toujours refusé de mal se comporter comme son mari. Après qu'elle eut négocié avec lui, ils m'ont adoptée. J'avais quatre ans.

Je hochai doucement la tête, comprenant de mieux en mieux leur situation.

— D'aussi loin que je m'en souvienne, Hayden a toujours pris les coups à ma place quand notre père voulait me punir. Il m'a protégée des vices de notre monde et, même s'il a ses défauts, je ne pourrai jamais le détester pour ça.

En écoutant ce que sa sœur me racontait sur lui, j'avais presque envie de tout lui pardonner. Malheureusement, lui ne m'avait rien confié, il n'avait même pas pris la peine de s'excuser. Hayden Smith n'était pas un simple criminel, c'était bien pire que ça, il était devenu une machine de guerre formée à tuer par son propre géniteur.

Je voulus encore poser des questions à Helena, mais quelqu'un frappa à la porte à ce moment-là.

Chapitre 45

J'avais quitté rapidement Helena, lui faisant comprendre que j'avais besoin de réfléchir à tout ce qu'elle m'avait appris et que je devais m'habiller. La personne qui avait toqué à la porte n'était autre qu'Alec, qui souhaitait que je l'accompagne quelque part.

Après une douche froide pour me remettre les idées en place, je m'étais donc préparée le plus vite possible. Peut-être que Hayden Smith ne m'avait rien promis quant à notre relation, peut-être qu'il avait un passé pouvant expliquer son comportement, mais il n'avait cherché ni à se faire pardonner ni à me faire comprendre que je lui manquais. Je n'avais donc aucune raison de lui courir après ou même de l'excuser.

Vêtue d'un short en jean, d'un T-shirt et d'une paire de sandales, je ramenai mes cheveux en queue-de-cheval et quittai ma chambre pour rejoindre Alec, qui devait m'attendre à l'entrée.

Je croisai malencontreusement le chemin de quelqu'un que je n'avais aucune envie de voir à cet instant.

— Je ne te dis pas merci pour le baby-sitting que j'ai dû me taper à cause de toi.

Je levai les yeux au ciel et soupirai d'exaspération face à Nathan. Il était vraiment le pire boulet qui puisse exister, mais le voir ici signifiait que Michael et sa fille étaient bien arrivés dans le pays, qu'elle était désormais en train de se rétablir dans une clinique privée du Panama.

— Je ne te remercie pas d'avoir essayé de tuer mon meilleur ami.

Il fronça les sourcils, comme s'il cherchait à savoir de quoi je parlais. Puis, soudain, une étincelle atteignit ses yeux marron foncé, et il sourit d'un air narquois.

— L'ordre provenait de ton chéri, me lança-t-il.

Je fis mon possible pour ne pas lui montrer à quel point il me sortait par les yeux. J'avais effectivement passé l'éponge sur l'attitude de Hayden envers Andrew, même si je n'aurais sûrement pas dû, mais Nathan était un abruti fini qui n'avait certainement jamais rien fait pour se racheter et qui semblait fier de lui.

— Alors j'espère de tout cœur qu'il t'ordonnera de te jeter sous un train, lâchai-je d'un ton moqueur.

Ses yeux s'assombrirent et son sourire disparut pour laisser place à de la haine tandis que je continuais mon chemin, un air vainqueur sur le visage.

— Il finira par se lasser de toi, et ce jour-là je serai aux premières loges pour te voir tomber.

Je ne me retournai pas, mais le gratifiai d'un magnifique doigt d'honneur en avançant vers l'escalier.

Au bas des marches, je croisai cette fois-ci Hayden en pleine discussion avec deux hommes. Il me regarda de la tête aux pieds tout en restant de marbre, n'arborant aucune expression particulière.

Je ne m'approchai pas de lui mais je sentis qu'il continuait de m'observer. Il se demandait certainement où j'allais, et je ne comptais pas l'en informer, car je ne le savais pas moi-même.

— Tu devrais tenir tes chiens en laisse, me contentai-je de lui dire en visant Nathan.

Il fronça les sourcils et tourna la tête vers sa droite. Je pivotai pour savoir ce qu'il regardait et aperçus Nathan qui semblait bien moins serein face à son boss.

Je décidai de les abandonner tandis que Dupont et Dupond m'ouvraient la grande porte principale pour que je puisse sortir.

Je souris en découvrant Alec m'attendant appuyé contre une belle décapotable sportive rouge. J'avais presque oublié son goût pour les voitures « discrètes ».

Il portait un joli T-shirt blanc au col en V et un short en jean lui arrivant aux genoux, qui lui allaient à merveille. Ses lunettes de soleil lui donnaient un air mystérieux.

Je m'approchai de lui pour le saluer, car ce matin je n'avais pas été vraiment présentable, et il me prit délicatement dans ses bras. Chacun de ses gestes réchauffait mon cœur brisé.

Il m'ouvrit la portière côté passager et, après l'avoir refermée, monta de son côté.

— Où est-ce qu'on va ?

— Là où j'aurais dû aller dès notre arrivée.

Je compris qu'il ne comptait pas m'en dire davantage pour le moment et fus obligée de prendre mon mal en patience.

Je crus d'abord à une blague, puis finis par le suivre en réalisant qu'il était très sérieux. Il m'avait amenée dans un cimetière. Je marchai à ses côtés sans un mot pendant quelques minutes. Nous passâmes près de tombes, pour certaines très fleuries et d'autres abandonnées depuis sûrement bien longtemps.

Quand Alec s'arrêta devant l'une d'elles, toujours silencieux, mon hypothèse se confirma. Il était venu rendre visite à sa femme Meredith. Il baissa la tête et, malgré ses lunettes de soleil, je pus lire la tristesse sur son visage. Le voir aussi anéanti me permit de comprendre à quel point il avait tenu à elle.

— Pourquoi ne pas être allé à son enterrement ? me risquai-je à demander.

— Je n'avais rien à y faire puisqu'elle est morte en partie à cause de moi. Et j'avais une mission très importante à ce moment-là.

Je devinai qu'il parlait de moi et passai mon bras dans son dos, le caressant doucement.

— Tu n'as rien à te reprocher, Alec. Les actes des autres ne sont pas ta responsabilité.

— Mais sa sécurité l'était.

— Tu as pris soin d'elle autant que tu as pu, mais tu n'es pas un surhomme. Arrête de culpabiliser.

— Je ne me sens pas coupable que pour ça.

Je fronçai les sourcils.

— Je lui avais juré fidélité, enchaîna-t-il. Et pourtant, je suis tombé amoureux d'une autre alors qu'elle croupissait dans un hôpital psychiatrique.

Même si je savais que je n'aurais pas dû, je retirai aussitôt ma main. Pourquoi me dire ça ici et maintenant ?

— Je respecte ta décision, Adria. J'ai juste besoin de parler, c'est tout.

— Très récemment, un grand sage m'a dit que, parfois, c'est le cœur qui nous guide et non la tête.

Je ne fis que répéter ses paroles quand je lui avais demandé pourquoi mes premiers sentiments amoureux étaient destinés à un homme comme Hayden Smith.

Je parvins à lui voler un faible sourire et posai cette fois-ci ma main sur son avant-bras.

— Ce qu'elle t'a fait…

— C'est du passé, Alec, le coupai-je.

— Oui, mais tu dois savoir que quand je l'ai connue, elle n'était pas comme ça. C'était une jolie blonde pétillante qui ne demandait qu'à sortir de ce maudit réseau de prostitution dans lequel elle avait été embarquée de force lorsqu'elle était enfant.

Mon sourire s'effaça totalement pour laisser place à de la stupeur. Jamais je n'aurais imaginé qu'ils se soient rencontrés dans de telles circonstances.

— Hayden a accepté de l'accueillir au domaine, et je l'ai épousée pour montrer à son mac que c'était fini, qu'elle était avec nous. Malheureusement, son état psychologique n'a jamais cessé d'empirer ensuite.

Moi qui croyais que Meredith était la femme de sa vie, j'étais à côté de la plaque. Il avait voulu la sauver, lui donner une seconde chance. Alec était un homme bon, avec un cœur énorme. Et une fois de plus, Hayden montrait qu'il avait lui aussi un cœur.

— Tu as fait tout ce que tu pouvais, Alec. Tu lui as offert de l'amour et la protection, ça n'a pas de prix.

Pour la première fois depuis notre arrivée dans le cimetière, il me regarda droit dans les yeux. Il retira ses lunettes, et je pus observer son air étonné.

— Merci, se contenta-t-il de me répondre.

Suite à ce passage émouvant et plutôt triste, je proposai à Alec d'aller manger un plat typique. Il m'emmena dans un petit restaurant du centre-ville et regarda nerveusement son téléphone tout le long du repas.

— Quelque chose te préoccupe ? lui demandai-je enfin.

— Hayden insiste pour qu'on rentre.

Je posai brusquement ma cuillère dans les « cocadas » que j'avais commandées en dessert et levai les yeux au ciel en m'affalant dans ma chaise. Il avait visiblement vite oublié notre discussion de la veille.

— Il s'inquiète, il a peur que quelqu'un nous agresse ou essaie de te kidnapper. Il préfère que tu restes au domaine.

Autrement dit, il voulait contrôler tous mes faits et gestes. Pourquoi se préoccupait-il autant de ma sécurité alors qu'il m'avait clairement démontré qu'il se fichait de moi ? De plus, plusieurs de ses hommes nous suivaient partout depuis que nous avions passé l'immense portail en fer forgé.

— Je n'ai pas envie de rentrer.

— Je suis du même avis que toi mais il a raison, nos ennemis peuvent se trouver n'importe où. On ne sort tous que rarement du domaine.

Je compris qu'une fois de plus, je n'avais pas le choix. Ce lieu était une prison dorée pour tous ceux qui approchaient Hayden Smith de près.

De retour au domaine des Smith, je pris Alec dans mes bras et le serrai fort. Il était mon seul véritable repère ici, et j'avais besoin d'être rassurée. Il me rendit rapidement mon étreinte, mais je pus sentir son corps se tendre. Plissant les yeux, je cherchai la cause de son malaise et aperçus Hayden en train de nous observer, les bras croisés sur le torse.

— Alec, on doit parler.

Mon ami se détacha de moi et, étrangement, il eut le culot de déposer un baiser sur mon front.

— Je te retrouve plus tard dans ta chambre, m'indiqua-t-il.

Je hochai la tête tout en ignorant totalement Smith et montai à l'étage pour rejoindre ma suite princière vide de chaleur.

En passant la porte, je faillis avoir une crise cardiaque en découvrant la femme de Hayden assise sur mon lit, en train d'embrasser Nathan. Cette image m'écœura autant qu'elle me choqua.

Je refermai derrière moi, incapable de dire quoi que ce soit. Quand ils remarquèrent ma présence, ils cessèrent de se toucher et me fixèrent d'un air mesquin.

— Cinq minutes plus tard et tu nous aurais surpris en pleine action, déclara Lucy.

Je n'y comprenais rien ! Pourquoi me faire assister à une telle scène et risquer que je dévoile tout à Hayden ?

— Nathan m'a raconté ta façon de lui manquer de respect tout à l'heure, continua-t-elle. Il m'a aussi indiqué que mon mari et toi aviez été très, très proches après l'évasion.

Tout en parlant, elle s'avançait vers moi tel un félin prêt à bondir sur sa proie. Je pris sur moi pour ne pas reculer, ne voulant pas lui montrer le moindre signe de peur.

— Tu crois que parce qu'il s'est intéressé à toi un quart de seconde, tu as sa protection ? Ici, Hayden ne contrôle pas tout. Il a été absent pendant deux ans, deux longues années durant lesquelles j'ai dirigé le domaine avec l'aide de mon cher bras droit.

Nathan souriait comme un abruti. Je compris rapidement le problème : il était amoureux d'elle tandis qu'elle se contentait d'assouvir son manque avec lui.

— Tu n'es rien ni personne ici. Que tu veuilles te faire baiser par Alec est le cadet de mes soucis, mais si je te vois ne serait-ce que saluer mon mari, je te garantis qu'il ne pourra plus te protéger.

Elle me poussa assez violemment, me laissant bouche bée, et

quitta la pièce. Nathan s'arrêta près de moi, l'air narquois, passant la main dans ses cheveux bruns.

— J'espère que tu feras une erreur, que je puisse t'en faire payer le prix.

Il s'en alla, et je me retrouvai seule, perdue face à ces menaces que je n'avais pas méritées.

Moi qui pensais avoir atterri dans un endroit paisible, c'était tout l'inverse. J'avais cru qu'ils étaient tous alliés, qu'ils travaillaient en équipe, alors que ce n'était visiblement pas le cas.

Il ne me restait plus qu'à espérer que nous repartirions vite chercher mon frère.

Chapitre 46

Je n'avais parlé à personne des menaces proférées par Lucy et son chien de garde. Pour deux raisons : ne pas m'attirer plus d'ennuis et ne pas en attirer à Alec. Si je le faisais, il réagirait, et ce n'était pas ce je voulais.

Ma seule option était donc de rester le plus loin possible de Smith, et cette solution me convenait tout à fait. Malheureusement, je savais par avance que c'était lui qui finirait par me créer des problèmes.

D'après Alec, Hayden réglait quelques affaires importantes tout en essayant d'avoir de plus amples renseignements sur Jake et ce qui l'attendait afin que nous puissions élaborer un plan ensemble. Il faisait jouer ses contacts, et je lui en étais reconnaissante.

De mon côté, j'avais passé la semaine avec son bras droit et Helena. Nous nous entraînions à nous battre au corps à corps et à tirer également. Je n'aimais pas vraiment manier une arme mais j'étais probablement la seule ici à ne pas en avoir une, ce que je comptais bien changer. Ma nouvelle vie m'obligeait à m'adapter à tous les risques et dangers qui m'attendaient.

Alors qu'Alec m'affrontait à la boxe, Hayden fit son entrée dans l'immense salle de sport, ce qui me déconcentra et laissa le temps à mon ami de me donner un coup direct fatal. Je tombai à la renverse et mis quelques secondes à reprendre mes esprits.

— Désolé, Adria, j'y suis peut-être allé un peu fort ! s'exclama Alec en s'agenouillant près de moi.

Je lui fis signe que tout allait bien et m'aidai de ses bras pour me relever. Smith m'observait, le sourire aux lèvres. Autrement dit, il se moquait de moi.

— Tu peux faire le malin, râlai-je. En attendant, moi, je suis sur le ring, et toi sur le sol.

Son sourire s'effaça, et je regrettai mes paroles dès qu'il commença à déboutonner sa chemise. Il ne me lâcha pas des yeux tandis que je luttais pour ne pas baisser le regard vers son torse.

Il grimpa me rejoindre dans ce piège que je m'étais moi-même infligé. Il attrapa les gants d'Alec, qui venait de descendre et nous contemplait avec inquiétude. Son boss semblait prêt à me faire regretter ma provocation. Son corps musclé, tatoué de son histoire et marqué de plusieurs cicatrices, me démontrait que je ne faisais pas le poids face à lui.

— Qu'est-ce qu'on parie ? lança Smith.

Je décidai de lui demander ce que je voulais depuis que sa tarée de femme m'avait menacée. Cela tombait à pic qu'il propose un prix pour le gagnant.

— Je veux une arme à moi, annonçai-je avec fermeté.

Smith haussa les sourcils, l'air étonné, et croisa ses bras développés sur son torse, ce qui me montra à quel point ses biceps étaient…

— Et pour quoi faire ? m'interrompit-il dans mes pensées.

Tout en essayant de conserver mon sérieux et ma crédibilité, je fis en sorte de le regarder dans les yeux.

— Pour me protéger, juste au cas où.

Un petit sourire en coin se dessina sur son visage, et il décroisa les bras afin de s'échauffer les muscles. Je n'aimais pas quand il adoptait cette attitude faussement sereine, synonyme du calme avant la tempête.

— Tu sais, commença-t-il sans me quitter des yeux, s'il y a une chose que tu n'arrives pas à faire, c'est camoufler tous les petits signes qui prouvent que tu me caches quelque chose.

Je me sentis soudain mal à l'aise. Comment faisait-il pour toujours aussi bien me cerner ? Ça en devenait agaçant !

— Ah oui ? Lesquels ? demandai-je, les bras croisés.

— Si je te le disais, je n'aurais plus la chance de m'en servir pour te griller.

Il ne pouvait s'empêcher de me tacler dès qu'il en avait l'occasion, c'était plus fort que lui.

— Et toi ? l'interrogeai-je sans prendre la peine de répondre à ses provocations. Qu'est-ce que tu veux ?

Il me foudroya du regard sans que je comprenne vraiment pourquoi.

— Que tu ne redises plus jamais que tu te retiens de vomir dès que tu me vois.

Horriblement gênée, je réalisai qu'il faisait allusion à ma discussion avec Andrew quelques jours plus tôt. Il m'avait donc bien espionnée…

— C'est faux et blessant, dit-il d'un ton ironique.

— C'est souvent ce qui arrive quand on écoute les conversations qui ne nous regardent pas.

— Tout ce qui se passe ici me concerne, mon chat. Tu devrais le savoir.

Qu'il continue à m'appeler ainsi après ce qu'il m'avait fait ne me plaisait pas du tout. Je le lui fis comprendre en l'attaquant et le frappant au torse, reculant juste après en me protégeant.

— De toute façon, ça ne compte pas parce que c'était une conversation privée, déclarai-je. Je dis ce que je veux et tu ne m'en empêcheras pas.

Le voir sourire et s'amuser de cette situation me rendait dingue.

— Très bien. Si je remporte ce match, je voudrais un dîner, ce soir.

— Hors de question ! m'indignai-je.

— Alors tu n'as qu'à déclarer forfait.

Il désirait me faire plier, que je montre ma faiblesse face à lui, mais c'était inconcevable. De toute façon, j'avais mes chances, avec les nombreuses années de boxe que j'avais à mon actif.

— Je relève le pari.

Il parut plus que satisfait par mon choix final, et le combat démarra réellement.

Je devais me débrouiller pour le mettre K-O rapidement, car s'il me coinçait, j'étais fichue. Il avait bien plus de force que moi, et un seul coup de sa part suffirait à me faire voir des étoiles.

— Allez, viens m'attaquer, m'invita-t-il avec un signe de tête, je sais que t'as la haine contre moi et que tu rêves de me coller une droite.

— Ça, je ne te le fais pas dire, rétorquai-je en me jetant presque sur lui, puis en battant en retraite juste après.

J'aurais adoré que mon poing rencontre son visage d'orgueilleux ! Mais je ne comptais pas me faire avoir, il voulait que je me précipite et que je perde rapidement. Ça n'arriverait pas. Il jouait avec mes nerfs.

— J'ai enfin l'occasion de me venger de ton petit coup de l'autre fois, déclara-t-il.

Il faisait évidemment référence à ma tenue vestimentaire lors de sa réception, puis à la gifle qu'il s'était prise ensuite. Je souris à ce souvenir, fière de l'avoir énervé. Mais il m'envoya un magnifique crochet dans la tête, et je ressentis aussitôt une vive douleur. Ce connard avait de la force et, même si je savais qu'il se réfrénait pour ne pas m'assommer, il ne m'épargnait pas pour autant.

Je me remis en garde. Ma brassière et mon training taille haute me tenaient bien trop chaud, j'avais l'impression d'étouffer. Je n'étais pas totalement habituée au climat panaméen.

— Tu ferais mieux d'abandonner, ta blessure n'est pas totalement cicatrisée.

Il fit un signe de tête vers de ma cuisse. Ma plaie me lançait encore régulièrement, mais je ne risquais pas de la rouvrir. J'étais bien heureuse de ne plus boiter.

— Viens te battre au lieu de trouver des excuses bidon.

Mon attitude provocante semblait l'amuser. Il pouvait se moquer autant qu'il le voulait, il ignorait les années que j'avais passées à m'entraîner.

— Je vais te mettre K-O, chaton, tu n'as pas idée. Aucun risque que je te laisse avec une arme à la main, tu serais capable de te tirer dessus.

Encore un tacle, il ne savait faire que ça.

— Ou te tirer dessus, ajoutai-je.

Il haussa les sourcils et s'avança, protégeant son visage avec ses poings. J'en profitai pour me tourner sur le côté en m'approchant et lui envoyai le plus de coups possibles, passant par des crochets, des directs, des uppercuts, ne lui donnant pas l'occasion de m'en remettre un.

J'aperçus son maudit sourire en coin et compris rapidement la stratégie qu'il avait adoptée. Il me laissait me fatiguer pour pouvoir me démolir sans difficulté une fois que j'aurais épuisé mes forces. Cette espèce d'ordure m'avait piégée, et je m'étais fait avoir comme la pire des idiotes. Malgré leur puissance, mes coups ne suffiraient jamais à lui faire déclarer forfait.

Alors que je luttais pour continuer à le frapper, il s'avança, jusqu'à me coller au filet du ring, me coinçant. J'étais arrivée au bout de mon énergie, et il le savait.

— Quand je te dis que tu es stupide..., murmura-t-il.

Il commença à me donner des coups, heureusement contrôlés, mais qui ne tardèrent pas à me faire tomber au sol.

Je ne pouvais pas prétendre qu'il me frappait réellement, car s'il l'avait voulu, j'aurais déjà eu le nez cassé. Il essayait juste de me mettre K-O pour que le match se termine, sans pour autant toucher une seule fois ma jambe blessée.

Je n'arrivais pas à croire qu'il ait pu me battre si facilement. Cet abruti avait une technique parfaite, il devait pratiquer ce sport depuis aussi longtemps, voire plus longtemps, que moi.

— On peut considérer que j'ai gagné ? railla-t-il en se baissant à ma hauteur pour mieux me narguer. Je n'ai aucune envie que tu sois pleine de bleus pendant notre dîner.

Toujours au sol, essoufflée, je levai les yeux au ciel et lui fis mon plus beau doigt d'honneur quand j'eus retiré mon gant. Il m'avait encore eue, parce qu'il était le plus terrible des stratèges et que moi, j'avais laissé une nouvelle fois mes émotions prendre le dessus.

— Sois prête pour 20 heures.

Il lâcha ses gants et les jeta à côté de moi sans m'aider à me relever.

Lorsqu'il quitta la salle d'entraînement, je laissai ma tête retomber sur le sol, désespérée.

— T'aurais jamais dû le provoquer.

Et voilà maintenant qu'Alec s'y mettait lui aussi. S'il croyait que je prenais du plaisir à devoir manger face à l'homme qui m'avait brisé le cœur, il se trompait.

De plus, Lucy et son chien de garde n'allaient pas rater cette occasion parfaite de me faire payer ce repas.

Épuisée par ma séance de sport, je passai le reste de l'après-midi à dormir. Quand arriva 19 heures, je décidai d'aller prendre une longue douche afin de détendre mes muscles.

Ce soir, j'allais devoir dîner avec l'imbuvable Hayden Smith. Heureusement, cela ne durerait que le temps d'un repas. Je pourrais ensuite repartir dans ma chambre en essayant d'oublier qu'il m'avait une fois de plus humiliée.

Je m'habillai d'un haut classe et ample et d'un jean slim foncé. Pas question de sortir une jolie robe pour lui faire plaisir. J'enfilai une paire de sandales à talons compensés et ramenai mes cheveux en une queue-de-cheval haute.

On frappa à ma porte, et avant de partir, j'inspirai profondément pour me donner du courage. J'en aurais sans aucun doute grandement besoin.

Quand je me retrouvai face à un Hayden bien habillé, très charmant dans sa chemise blanche et son jean foncé, je mis plusieurs secondes à réaliser qu'il était vraiment là. Il était marié mais venait passer la soirée avec moi. C'était tragique, car sa femme se trouvait dans la maison, le trompait, et moi, j'étais vue comme son occupation du moment, celle dont il se lasserait rapidement. J'avais l'impression de jouer dans une mauvaise telenovela.

Il m'observa longuement avant d'esquisser un petit sourire. Peut-être comptait-il encore m'envoyer une vanne ? Étonnement, il n'en fit rien.

Je détestais l'électricité qui me traversait lorsqu'il posait ses yeux vert sombre sur moi.

— Suis-moi, se contenta-t-il de dire.

Je haussai les sourcils mais restai silencieuse. Nous descendîmes au rez-de-chaussée, et quand Dupond et Dupont ouvrirent la grande porte, je compris que nous allions quitter le domaine.

J'étais très heureuse d'enfin pouvoir voir autre chose que cet endroit, car ça ne s'était pas produit depuis ma petite escapade avec Alec. J'aurais dû craindre d'être en danger à l'extérieur, mais j'avais la conviction qu'il ne pouvait rien m'arriver avec lui. Ou en tout cas, pas à cause de mes ennemis.

Il me guida jusqu'à une jolie voiture noire chromée, une Lamborghini. Bien que n'ayant jamais manqué d'argent, je n'aurais pas cru monter un jour dans un tel véhicule.

Alors qu'il roulait comme un fou furieux, l'adrénaline que me procurait la vitesse m'empêchait de me plaindre. J'étais appuyée contre mon siège, le regard fixé sur le paysage défilant à toute allure. Nous ne nous parlions pas, mais il n'y avait aucun malaise.

Après une vingtaine de minutes de route, Hayden sa gara à côté d'un port. Son petit sourire me laissait penser qu'être ici lui faisait plaisir, même s'il ne me l'avouerait jamais.

Marcher au bord de l'eau était très agréable, j'avais toujours adoré ces balades nocturnes en respirant l'air marin. Nous nous arrêtâmes face à un yacht magnifique, et j'écarquillai les yeux quand Hayden me tendit la main pour m'aider à monter dessus. Ce contact physique suffit à faire frissonner tout mon corps. J'espérais qu'il ne l'avait pas senti.

Une table ronde était installée sur le devant du bateau, merveilleusement bien dressée. Dans un autre contexte, on aurait pu croire qu'il s'agissait d'un repas romantique.

Les mains moites, je m'assis sur une des chaises. J'étais nerveuse, comme si j'assistais à mon premier rencard alors que la situation était tout autre.

Un serveur arriva et s'apprêta à saisir une bouteille de champagne posée sur la table, mais Hayden l'arrêta d'un regard dur.

— Vous pouvez disposer, je m'occupe de la suite.

Le jeune homme hocha la tête avec politesse et quitta le bateau sans un mot.

Smith reprit la bouteille et fit sauter le bouchon. Il nous servit deux coupes alors que j'attendais avec impatience qu'il s'exprime enfin.

— Je peux savoir ce qu'on fête ? osai-je demander en fixant mon verre.

Il tendit le sien un instant dans ma direction pour ensuite boire une gorgée, avant qu'un petit sourire se dessine sur son visage.

— On fête notre nouveau départ, mon chat. Il est temps de faire la paix.

Hayden Smith avait une idée en tête, et je sentais déjà qu'il allait m'énerver.

Chapitre 47

Hayden Smith voulait faire la paix avec moi ? J'avais l'impression d'être la Corée du Sud en pleine négociation avec la Corée du Nord.

Bien sûr que j'avais réalisé qu'être son alliée était beaucoup plus stratégique et intelligent que d'être son ennemie. Mais après son mensonge, étais-je vraiment capable de le pardonner et de lui faire confiance ?

— Et tu crois qu'un dîner préparé par l'un de tes sous-fifres va me faire accepter ?

Son sourire s'évanouit lorsqu'il comprit que je ne comptais pas lui faciliter la tâche. Que s'imaginait-il ? Je n'étais pas l'une de ses poules de luxe qu'il pouvait acheter. Si Lucy excusait une trahison de son mari en mangeant un bon petit plat et en buvant un champagne hors de prix, c'était son problème, mais ce n'était pas mon cas.

Et de toute façon, elle ne se gênait pas pour agir aussi pitoyablement que lui…

— Que veux-tu, Adria ?

S'il avait su… J'aurais voulu ne jamais avoir eu de sentiments pour lui, je voulais que mon frère soit avec nous et qu'il puisse veiller sur moi, que cette histoire de mariage soit fausse, que notre complicité d'il y a quelques jours revienne, je souhaitais tant de choses que je ne pouvais pas avoir…

— Je veux que tu te montres honnête.

Il soupira et s'affala légèrement dans sa chaise, les bras croisés sur le torse.

— Pose-moi tes questions, j'y répondrai.

Je tombai des nues en réalisant qu'il acceptait ma requête. Hayden Smith venait de me prouver qu'il était capable de faire des efforts alors que je savais que se dévoiler n'était pas son fort ni son passe-temps favori.

— Très bien.

Être assise ainsi face à lui, voir son regard posé sur moi et sentir son parfum masculin m'embrasait tout entière. J'espérais qu'il ne se rendait pas compte de son effet sur moi. Mais, au vu de son expression, je sus qu'il avait tout compris.

Avant de lui demander quoi que ce soit, je terminai d'un seul trait mon verre de champagne pour me donner du courage. J'avais tant d'interrogations en réserve, dont des tonnes que je n'oserais jamais aborder par peur d'entendre la vérité, mais il y en avait une qui me trottait dans la tête depuis ma conversation avec Helena.

— Tu l'aimes ?

Il fut visiblement pris au dépourvu.

— Quoi ?

— Tu as très bien compris ma question, est-ce que tu aimes Lucy ? répétai-je froidement en le fixant droit dans les yeux.

Il camoufla ses émotions en n'affichant aucune expression particulière. Son regard me parut vide pendant quelques secondes.

— C'est ma femme, la réponse est évidente.

L'entendre me fit beaucoup plus mal que je ne l'aurais voulu, et je m'efforçai de ne rien laisser paraître non plus. Cependant, il venait encore de détourner la question pour ne pas y répondre. Je m'étais habituée à cette tactique qu'il adoptait pour éviter d'assumer.

— Dis-moi juste la vérité, s'il te plaît. Oui ou non ?

— La vérité, tu la connais déjà, mais tu ferais mieux de l'oublier avant qu'elle ne nous mette tous les deux dans la merde.

Choquée qu'il puisse admettre une telle chose, je haussai les sourcils. Il n'avait pas dit clairement « non » mais c'était ce que ça signifiait. J'avais secrètement espéré que ces mots sortent de sa bouche tout en sachant pertinemment que le meilleur pour tout le monde aurait été qu'il m'avoue aimer sa femme.

— Arrête de me regarder comme ça, c'est gênant, ajouta-t-il d'un ton moqueur.

Forcée de constater qu'il ne perdait pas son humour en toute circonstance, je soupirai et détournai les yeux vers le large éclairé par le crépuscule.

Il m'avait presque coupé toute envie de l'interroger davantage. J'ignorais s'il l'avait fait exprès, mais plus rien ne voulait sortir de ma bouche.

— Je sais ce que tu penses, déclara-t-il en reprenant son sérieux. Tu dois croire que je me fous encore de toi, que je te manipule.

Il n'avait pas tort sur ce point-là.

— Mais ce n'est pas le cas, enchaîna-t-il. Tout ce qui s'est passé entre nous était sincère. Je n'ai joué à aucun jeu.

— Comment je peux être sûre que tu ne mens pas ?

— Tu étais là aussi, dans cette chambre d'hôtel, répondit-il d'une voix suave, touchant ma main.

Effectivement, tout m'avait l'air authentique lors de ce moment intime que nous avions partagé. Malgré tout, je préférai retirer ma main.

— Pourquoi tu restes marié avec elle ?

— Je n'ai pas le choix. Son père dirige le principal cartel de Colombie et s'ils décidaient de se retourner contre nous…

Il se tut, mais je saisis le message. Il était prisonnier de cette situation, même le grand Hayden Smith semblait avoir des obligations. Moi qui croyais qu'il contrôlait tout, il y avait finalement certaines choses qui lui échappaient.

— Bref. Je veux qu'on fasse la paix, parce qu'on a du boulot qui nous attend, reprit-il d'un ton sérieux en se redressant sur sa chaise.

— Je veux que tu saches que je n'accepterai jamais d'être la seconde, le coupai-je.

Tant que Lucy serait dans sa vie, il ne devrait pas se rapprocher plus de moi. Je n'étais pas un jouet ni une vulgaire maîtresse.

— Qui t'a dit que j'avais envie de remettre ça ? m'annonça-t-il en souriant.

S'il continuait à me dire des choses aussi blessantes, le peu d'ego qu'il me restait allait finir par se désintégrer. Voyant que je n'avais pas pris sa réplique à la rigolade, il cessa de sourire et se pencha légèrement pour réduire la distance entre nous.

— Tu n'as jamais été un second choix.

Le rouge me monta aux joues, et je priai intérieurement pour que la pénombre camoufle cette preuve de vulnérabilité.

Hayden Smith venait de me présenter ce qui ressemblait à des excuses et m'avait également fait un compliment.

Il nous resservit en champagne, et nous trinquâmes à notre nouveau départ, même si j'étais parfaitement consciente que cette trêve entre nous était fragile. Le moindre faux pas pourrait lui être fatal…

Nous terminâmes de dîner en nous racontant des anecdotes de nos vies. Hayden me demanda de lui décrire mes souvenirs enfance avec Jake et Hanna. Je trouvais touchant qu'il s'intéresse ainsi à mon passé et je devais avouer que le tout le champagne que j'avais bu m'aida bien à me dévoiler.

— Hanna était une magnifique jeune femme, je l'ai toujours admirée. Mais elle aimait tellement le beau monde et le luxe, que fréquenter un homme riche était devenu une obsession. Elle était fan de Kate Middleton et voulait lui ressembler, mais elle n'a pas eu la chance de rencontrer son William.

La tristesse dans ma voix incita Hayden à se rapprocher de moi, il tenait désormais fermement ma main dans la sienne.

— Je comprends les agissements de Jake. Je ne supporterais pas que quiconque touche à Helena. Elle n'a pas eu une vie facile, moi non plus, et quand ma mère me l'a présentée, j'étais encore gamin mais je me suis juré de la protéger. Elle a égayé mon quotidien.

Il y eut un court silence pendant lequel il me fixa.

— Tout comme toi aujourd'hui.

Mon cœur accéléra considérablement, et je crus fondre sur place. Hayden n'était pas un homme qui exprimait ses émotions, et je savais que le faire lui coûtait.

Je sursautai quand une sonnerie se mit à retentir. Il souffla, contrarié d'être interrompu, fronça les sourcils en consultant son téléphone, puis s'excusa avant de se lever prendre l'appel plus loin.

En l'attendant, je profitai de cet instant paisible, de ce décor paradisiaque auquel je pourrais très facilement m'habituer.

Il revint quelques minutes plus tard, affichant de nouveau un air impassible, comme il savait si bien le faire.

Même si l'admettre m'écorchait, cette soirée à ses côtés était merveilleuse. Il m'avait fait rire et presque oublier le pétrin dans lequel j'étais fourrée.

J'eus l'impression de ne plus être face à l'imbuvable Smith mais devant le jeune et fougueux Hayden, avec qui j'avais passé une nuit et qui ne voulait plus sortir de mon esprit.

Les heures défilèrent et malgré son influence, Hayden n'avait pas encore le pouvoir d'arrêter le temps, nous dûmes donc rentrer au domaine. Je n'en avais aucune envie. Je sentais que Lucy et Nathan allaient me faire payer ce dîner en tête à tête.

J'aurais voulu en parler à Hayden, mais la peur m'en empêchait. Il ne croirait peut-être jamais qu'un de ses hommes de main puisse le trahir ainsi. Et s'il s'imaginait que j'essayais de lui mentir pour me venger ? En plus, d'après ce que j'avais compris, il ne pouvait pas se débarrasser de Lucy. J'avais beau lui en vouloir, je ne souhaitais pas non plus que les Colombiens se retournent contre lui à cause de moi.

Dans la voiture, je me touchais nerveusement les mains, silencieuse. J'avais peur des représailles. Et si Lucy dressait une armée contre son mari derrière son dos pour assurer ses arrières, et si jamais il venait à découvrir sa liaison ?

— Qu'est-ce qui ne va pas ?

Me retrouver dans une voiture si proche de Hayden dans la pénombre nocturne me rendait bien trop nerveuse, et entendre sa voix à la fois grave et douce ne faisait qu'accroître ce sentiment.

— Rien du tout, dis-je en espérant être crédible.

Il ralentit légèrement, et je pus apercevoir que quelque chose le tracassait bien plus que mon petit mensonge.

— Hayden ?

Je n'avais pas l'habitude de lire l'inquiétude sur son visage et pourtant, c'était ce que je discernais en ce moment.

— Faut que je t'avoue un truc. C'est par rapport à l'appel que j'ai reçu tout à l'heure.

Pas besoin d'être Einstein pour comprendre que ce qu'il s'apprêtait à me dire n'allait pas me plaire. Mais évidemment, le repas s'était trop bien déroulé pour qu'il ne veuille tout gâcher.

— La peine de mort a été prononcée aujourd'hui, c'est officiel, dit-il.

Mon cœur s'arrêta de battre quand Hayden lâcha cette nouvelle que je redoutais tant. Même si je m'y attendais avec l'agitation des médias ces derniers jours quant au procès de mon frère, la confirmation de cette abomination m'anéantissait.

— Ça n'apparaîtra dans la presse que demain.

J'écarquillai les yeux. Alors c'était vrai, Jake serait très probablement exécuté, car je le devinais, McCartney mettrait tout en œuvre pour que ses tentatives d'appel n'aboutissent jamais. Les larmes me montèrent aussitôt aux yeux.

Je commençai à manquer d'air et à trembler de tout mon corps, je paniquais totalement.

— Arrête la voiture !

Hayden obéit sans contester ma demande. Dès que nous fûmes garés, je sortis précipitamment du véhicule et m'appuyai contre un arbre de la forêt qui bordait la route, me retenant de vomir.

Ce n'était pas possible, non ! Si nous ne le faisions pas évader, mon frère risquait de vivre un long calvaire qui se terminerait sans nul doute par son décès prématuré. Je frappai contre l'immense tronc, m'écorchant légèrement le poing. Mais à cette heure-ci, la seule chose qui m'importait c'était Jake. Il ne pouvait pas mourir pour avoir vengé Hannah.

Je sentis bientôt un bras entourer ma taille et me retrouvai doucement serrée contre un torse dur et chaud. Je me retournai vers Hayden et oubliai la barrière que j'avais souhaité mettre entre nous pour me blottir contre lui.

Je fermai les yeux et collai la tête dans son cou, extériorisant ma peine, pleurant à chaudes larmes. Étonnamment, il me laissa faire et garda le silence. Il avait compris que c'était tout ce dont j'avais besoin.

Un long moment passa, et quand je repris mes esprits, Hayden m'observa avec la même expression inquiète que dans la voiture.

— Ça va aller, chaton. On va sauver le soldat Lawrence ensemble.

J'esquissai un faible sourire. Je savais que je devais lui faire confiance, mais c'était compliqué suite à ce qui s'était passé.

— J'ai des nouvelles infos, on va préparer un plan d'attaque rapidement. Les médias nous oublieront, et nous pourrons partir le chercher.

Je ne pus m'empêcher d'être soulagée. L'espoir que tout se déroule bien était présent. Nous devions réussir, je devais sauver la vie de mon frère.

— Il va être transféré dans la prison proche de Tallahassee qui pratique la peine de mort, le Penitentiary Steward, reprit-il d'une voix assurée tout en me serrant encore contre lui. J'ai envoyé quelques hommes là-bas qui pourront voir si des détenus font partie de mon réseau ou en soudoyer certains, et se démerder pour récupérer des plans de la prison. Je ne lâcherai rien, Adria.

Quand je fus totalement calmée, Hayden me relâcha, et nous remontâmes en voiture. J'étais heureuse qu'il ne se soit pas moqué de mes larmes, comme je m'y attendais. Il avait respecté mon moment de faiblesse.

— Merci, Hayden, lui soufflai-je, touchée par tout ce qu'il avait déjà entrepris.

Nous fîmes le trajet retour sans parler, comme si chacun réfléchissait de son côté. À notre arrivée au domaine, tout était éteint, tout le monde devait être dans sa chambre.

Hayden ne me raccompagna pas à l'étage et partit fumer une cigarette. Je montai dans ma chambre, des étoiles encore plein les yeux par cette soirée et pressée de pouvoir enfin partir chercher Jake.

Ce matin-là, je me réveillai avec un esprit plutôt positif. J'étais en trêve avec Hayden Smith, et nous allions tout mettre en œuvre pour sauver mon frère. Patienter ne serait pas facile, mais je savais que c'était nécessaire pour que tout se déroule bien.

Après une douche rapide, j'enfilai un jean slim accompagné d'un débardeur blanc et de petites baskets assorties. Mourant de faim, je sortis de ma chambre avec l'intention d'aller dévorer la moitié du buffet de midi. Il était tard, j'espérais qu'ils n'avaient pas tout débarrassé.

Mon pied rencontra un morceau de papier quand je franchis la porte et je me baissai pour découvrir de quoi il s'agissait.

Adria,

J'ai passé une très bonne soirée avec toi, j'aimerais la prolonger ce soir. Rendez-vous pendant le gala, sur le parking du domaine à 23 heures.

H.S.

Je fronçai les sourcils, curieuse de ce qu'il s'imaginait prolonger. J'espérais qu'il avait parfaitement saisi que je ne serais pas la seconde femme dans son mariage. Tant qu'il resterait avec Lucy, je ne pouvais rien faire avec lui. C'était contre mon éthique, contre mes principes. Bien qu'elle soit peut-être la pire des garces, je ne voulais pas être juste la maîtresse de son mari. J'étais bien décidée à me rendre au rendez-vous pour lui expliquer tout cela en face à face.

Après m'être servi une assiette conséquente, je m'assis à une des tables de la grande salle à manger. Je ne pus m'empêcher de sourire en contemplant tant de bonne nourriture.

Quelqu'un prit place face à moi, Alec. Il avait le visage fermé.

— Qu'est-ce qui t'arrive, cher ami ? lui demandai-je, soudain lasse.

— Tu le sais très bien.

Je lâchai mon bout de pain et m'enfonçai dans mon siège. Je me doutais effectivement que le problème était ma soirée passée en dehors de la villa avec Hayden Smith.

— Il avait gagné le pari, me justifiai-je.

— Et ça suffit pour que tu lui pardonnes tout ? Bravo, Adria.

Il se mit à m'applaudir, et immédiatement les gens autour nous observèrent. Gênée, je le foudroyai du regard.

— Arrête ça ! Tu ne comprends rien.

— Oh que si ! Je connais Hayden depuis bien plus longtemps que toi et s'il avait voulu quitter Lucy, il l'aurait déjà fait.

— Qui t'a dit que c'était ce que je voulais ?

— Ce n'est pas le cas ?

— Peu importe, je ne lui ai jamais demandé ça.

— Tant mieux, tu aurais été déçue, m'envoya-t-il avec sarcasme.

Je soupirai fortement pour lui faire comprendre qu'il m'agaçait.

— C'est en tant qu'ami que je te dis ça.

Je tournai le visage sur le côté quelques instants. Admettre qu'il avait raison me coûtait bien trop. J'étais consciente que Smith n'allait pas faire mon bonheur, qu'il était arrogant et que jamais il ne me ferait passer avant quoi que ce soit. Mais son comportement de la veille m'avait prouvé qu'il était capable de bien plus qu'il ne voulait le faire croire. Que derrière ce mur de glace se cachait un vrai cœur.

Et de toute façon, peu importait, nous allions sauver Jake ensemble, et ensuite, tout serait fini. Hayden Smith sortirait de ma vie, je n'aurais pas d'autre option possible.

— Merci, Alec, mais je t'assure qu'il n'y a rien entre Hayden et moi.

Mon ami ne sembla pas convaincu, mais fort heureusement il ne continua pas sur ce terrain dangereux.

— Y'a un gala ce soir avec les membres du cartel chilien, tu veux bien être ma cavalière ?

Je fus étonnée par sa demande. J'allais devoir quitter la soirée quelques instants pour faire comprendre à Hayden qu'il n'y aurait plus rien entre nous mais le reste du temps, je serais libre, je ne comptais pas m'attarder avec lui et sa femme. Et la perspective de m'y rendre avec Alec me faisait plaisir.

— Si tu veux.

Il sourit et se leva de table, heureux.

— Génial ! J'ai plein de trucs à faire aujourd'hui, à ce soir ?

Alec s'en alla, et je pus enfin manger tranquillement. J'aperçus

Hayden passer au loin, en tenue de sport en train de pianoter sur son téléphone. Il était terriblement sexy, j'ignorais s'il s'en rendait compte. Comme s'il avait senti mon regard, ses yeux se posèrent sur moi assez longtemps pour me gêner. Un petit sourire en coin apparut sur ses lèvres.

Pourquoi parvenait-il à faire s'emballer mon cœur d'un simple hochement de tête ? Malgré l'indéniable effet qu'il me faisait, il n'était qu'un homme parmi tant d'autres, après tout. Je devais absolument me ressaisir.

En retournant à ma chambre, je croisai malencontreusement cet enfoiré de Nathan. Lui aussi esquissa un petit sourire en coin en m'apercevant, et cette fois-ci j'eus un très mauvais pressentiment.

Chapitre 48

Une fois prête, je me regardai une dernière fois dans le miroir avant de rejoindre Alec, qui venait de toquer à ma porte. J'étais habillée d'une belle robe noire, courte sans être vulgaire, serrée au niveau du buste et évasée jusqu'au-dessus des genoux. J'avais ondulé mes cheveux, qui avaient beaucoup poussé ces derniers mois et qui m'arrivaient désormais au milieu du dos. J'avais également mis des talons, que j'avais déjà hâte de retirer.

Quand j'ouvris ma porte, je fus surprise de découvrir un Alec souriant, très classe, vêtu d'un costume gris clair qui lui allait à merveille. Il me tendit la main puis me fit tourner pour m'admirer entièrement.

— Tu es magnifique, Adria.

— Tu n'es pas mal non plus ! répondis-je avec un clin d'œil.

Je pris le bras qu'il me proposait, puis nous descendîmes au rez-de-chaussée, là où se déroulait la fête.

À peine fûmes-nous arrivés dans l'immense pièce que Hayden vint à notre rencontre, très beau, comme toujours, dans son costume bleu marine. Le voir me provoqua des papillons dans le ventre, et je me contrôlai pour ne pas sourire niaisement.

— Alec, Adria, nous dit-il.

Je hochai la tête. S'il savait à quel point je rêvais de m'isoler avec lui dès maintenant.

— Hayden, répondit Alec.

— Va saluer les invités au lieu de faire joujou, ordonna-t-il à Alec.

Je lui lançai un regard noir, imitée par Alec, sûrement contrarié d'être humilié par son boss devant moi.

Quand il nous quitta sans cacher son mécontentement, je toisai à nouveau Hayden.

— T'en as pas marre d'être méchant avec lui ?

— Mieux vaut que ce soit avec lui qu'avec toi, mon chat.

Je levai les yeux au ciel, exaspérée.

Avant que j'aie le temps de partir, Lucy débarqua avec Helena. Je devais avouer qu'elle était très jolie dans sa robe dorée à paillettes, dommage qu'elle ne soit pas très intelligente. Elle me donnait souvent l'impression d'être une coquille vide.

Elle s'approcha de son mari et déposa un petit baiser sur ses lèvres. Cette garce n'avait aucun scrupule à se taper son homme de main et à jouer les femmes parfaites.

Je ne pouvais pas me plaindre, au moins j'avais la paix, malgré la soirée que nous avions partagée Hayden et moi.

— Tu es beau, mon cœur, lui souffla-t-elle.

Il se contenta de lui sourire, d'un air faux.

Helena était toujours aussi ravissante dans une longue robe rouge. Cette couleur allait à merveille avec sa peau mate.

— Tu es magnifique, Helena, la complimenta Hayden.

Lucy leva les yeux au ciel, sûrement jalouse de ne pas avoir eu le même compliment, et s'en alla vers le bar. Si elle pouvait ne jamais revenir…

— Merci, Hayden, répondit sa sœur d'une voix douce. Et je ne suis pas la seule à l'être ici.

Smith sembla comprendre, puisqu'il sourit tout en me contemplant.

— Je suis d'accord avec toi.

Il nous fit un signe de tête, puis nous laissa pour parler avec ses invités.

Je restai discuter avec Helena, puis Alec nous rejoignit, et nous passâmes un bon moment à boire, danser et rigoler.

J'attendais nerveusement 23 heures, pressée d'être seule avec Hayden, mais aussi stressée à l'idée de cesser tout rapprochement avec lui. J'ignorais si j'en étais capable.

Lorsque l'heure arriva, je fis signe à Helena que je devais y aller, et elle comprit ce à quoi je faisais allusion. Elle m'adressa un sourire rassurant et me laissa partir, retenant l'attention d'Alec.

Je marchai jusqu'au parking, ne croisant personne. Tout le monde se trouvait à la fête et, en pleine nuit, il n'y avait aucun intérêt à s'y rendre. C'était certainement pour cette raison que Hayden m'avait demandé de l'y rejoindre.

Une fois sur place, je le cherchai du regard mais ne l'aperçus pas. J'attendis donc, impatiente et nerveuse.

— Bonsoir.

Une voix grave me surprit. En me tournant, je me retrouvai face à un inconnu, un homme assez grand, aux cheveux châtain clair, légèrement musclé.

— Bonsoir, répondis-je.

Je n'étais pas rassurée à l'idée d'être seule avec lui, mais j'imaginais que Hayden ne tarderait pas à arriver et le ferait dégager.

À ma grande surprise, l'homme se rapprocha, un peu trop à mon goût. Je le regardai de travers.

— Je peux vous aider ? demandai-je froidement.

Il m'observa d'un air étrange, presque… pervers.

— C'est moi qui vais vous aider, chérie.

J'écarquillai les yeux et, avant que j'aie le temps de réagir, il me plaqua contre l'une des voitures de Hayden.

Horrifiée, je poussai un cri.

— Vous êtes malade ? Mais lâchez-moi !

— Hors de question, répondit-il en attrapant mes poignets.

Envahie par la peur, je n'arrivais pas croire que ce genre d'agression puisse avoir lieu dans le domaine de Hayden.

Je hurlai à nouveau tandis qu'il s'appuyait sur moi, me coinçant. J'essayais tant bien que mal de le repousser.

— Je vous en supplie, laissez-moi ! pleurai-je.

Il ne m'écouta pas et passa la main sous ma robe. J'étais paralysée. Il me tenait si fermement que mes gestes de défense devenaient presque inutiles, ils l'empêchaient juste d'aller plus loin rapidement.

Alors que je perdais peu à peu espoir d'en réchapper indemne, je sentis le poids de mon agresseur s'alléger brusquement. Il venait d'être tiré violemment en arrière, puis il s'écroula sur le sol.

Les yeux embués de larmes, je parvins à voir Hayden, qui me contemplait avec inquiétude et avait surtout un regard de tueur. Qui qu'il soit, cet homme avait signé son arrêt de mort.

Hayden l'attrapa une nouvelle fois par le col de sa chemise et le projeta à au moins un mètre. Celui-ci cria de surprise, puis de douleur.

Du monde arriva en courant, notamment Helena et Alec. Ne prenant pas le temps de m'aider, Hayden reporta son attention sur mon agresseur et s'approcha de lui, le regard plus sombre que jamais.

— Debout ! Viens te mesurer à quelqu'un de ta taille.

Personne n'osa l'interrompre, sachant pertinemment qu'il le regretterait. Alec m'observa longuement, puis je détournai les yeux, gênée que tout le monde assiste à cette scène comme s'il s'agissait d'un spectacle.

Cette espèce d'ordure se releva, et alors qu'il regardait Hayden, effrayé, ce dernier lui colla son poing en pleine figure avec une telle force qu'il retomba aussitôt.

Smith lui asséna des coups de pied si violents qu'il lui brisa certainement plusieurs côtes, ce qui n'était pas forcément important, étant donné qu'il ne sortirait probablement jamais d'ici vivant.

Fou de rage, Hayden dégaina son arme et la lui plaqua sur le front.

— Pourquoi t'as fait ça ? !

Mon agresseur ne répondit rien tandis que le chef du cartel du Chili le regardait de façon impassible, n'ayant visiblement pas la moindre intention de sauver son homme de main.

— Les agressions sexuelles sont formellement interdites chez nous aussi, déclara celui-ci. Faites de lui ce que vous voulez. Joris est à vous.

Même lui avait honte du comportement de son larbin au point de laisser sa vie entre les mains de Hayden. Je ne voulais pas qu'il le tue, surtout pour moi. Et, au fond, j'étais persuadée qu'il détestait ça.

— Hayden, lançai-je.

Il se tourna un instant vers moi. Voir mon état dut le convaincre d'agir, qu'il ne pouvait pas laisser passer ça, et je le comprenais. C'était son domaine, ses règles, ses invités mais aussi ses protégés. Je lus dans ses yeux la haine qu'il avait envers celui qui m'avait touchée, et je devinai qu'il ne renoncerait pas avant d'avoir eu sa vengeance et que Joris rejoindrait très bientôt les flammes de l'enfer.

— Je… On est venu me dire qu'une fille m'attendrait sagement sur le parking, s'expliqua Joris, qu'elle voulait simuler un viol et… je… je pensais que c'était juste un étrange fantasme !

J'écoutai cette justification complètement absurde. Comment pouvait-il essayer de faire croire une chose pareille ? !

— Et je peux savoir qui t'a demandé ça ? le questionna Hayden, avec un regard toujours aussi noir.

Mon agresseur chercha le coupable à travers la foule qui s'était réunie autour de nous, mais un coup de feu retentit, ce qui fit sursauter tout le monde, y compris moi. Joris s'effondra, il venait de se prendre une balle en pleine tête. Je me sentis nauséeuse.

Un grand et pesant silence s'imposa, comme si chacun attendait la suite, s'interrogeant sur l'identité de celui qui avait osé tuer mon agresseur.

Quand je vis cette garce de Lucy arriver d'un pas assuré, une arme à la main, je compris aussitôt. Elle avait cherché à camoufler ses manigances, c'était à coup sûr elle qui avait demandé à Joris de m'attaquer pour prétendument réaliser mon fantasme, et c'était sans conteste elle qui m'avait transmis ce mot en se faisant passer pour Hayden.

— Personne n'a le droit de toucher à une femme, ici.

Sa fausse revanche me donna envie de la faire rejoindre mon agresseur. Elle nous prenait tous pour des cons. Il était évident qu'elle avait tout organisé et l'idée d'être dénoncée l'avait incitée à agir rapidement. Hayden ne pardonnait pas la trahison, et elle savait très bien que, sans preuves, son mari ne pouvait rien contre elle.

— C'est toi qui m'as tendu ce piège, espèce de salope ! hurlai-je à Lucy.

Hayden se retourna vers moi, silencieux, mais aussi surpris. J'avais conscience que la haine devait déformer mon visage. Je fonçai sur Lucy, mais de gros bras m'en empêchèrent. Hayden me maintenait fermement contre son torse. Mes jambes volèrent dans le vide, ce qui accentua ma rage.

— Lâche-moi tout de suite, Hayden ! Lâche-moi ! hurlai-je en me débattant. Tu protèges ta putain de femme alors qu'à cause d'elle, j'ai failli me faire violer !

J'étais tellement en colère et sous le choc que ma seule envie était d'étrangler cette garce de Lucy. Au fond de moi, je savais que Hayden ne pouvait pas régler ses comptes avec sa femme maintenant, devant tout le monde et surtout sans preuves. Je réagissais de façon impulsive, mais j'étais incapable de faire autrement, pour mon plus grand malheur.

Lucy se mit alors à sourire et tourna les talons pour repartir en direction de la maison. J'allais me venger, j'allais lui faire payer, si son mari ne s'en chargeait pas lui-même.

Helena demanda aux invités de la suivre, ayant certainement compris que je souhaitais être seule avec Hayden. J'aperçus Alec, qui eut du mal à quitter les lieux, mais elle parvint à le convaincre de l'accompagner. La plupart des gens s'éloignèrent, mais plusieurs restèrent pour assister à la scène.

Encore tremblante, totalement traumatisée, je m'assis sur un muret et passai les mains sur mon visage.

— Je suis désolé de ne pas avoir pu empêcher ce connard de t'approcher.

Hayden s'avança vers moi, mais je fus incapable d'accepter ses excuses, trop choquée par ce qui venait de m'arriver. J'avais souvent vu et lu des choses sur les agressions et les viols beaucoup trop fréquents sur les femmes, mais jamais je n'aurais pensé être concernée par un tel acte un jour.

— Hayden, je… j'ai besoin d'être un peu seule et de… prendre l'air.

Je mis les mains devant moi pour qu'il ne me touche pas, puis je reculai, ne souhaitant que me sauver et me cacher de tous les invités qui me dévisageaient.

Hayden resta silencieux mais je discernai l'inquiétude dans ses yeux. Malheureusement, je n'étais pas en mesure d'avoir une discussion normale maintenant.

Chapitre 49

J'ignorais combien de temps s'était écoulé, une ou peut-être deux heures. Les invités étaient rentrés dans leurs hôtels ou dans les chambres du domaine qu'ils occupaient. La fête s'était terminée juste après l'incident. J'étais encore bouleversée par ce qui s'était passé et je ne pouvais pas m'empêcher d'en vouloir à Hayden. Le fait qu'il ait protégé sa femme plutôt que moi était difficile à avaler.

Assise au bord de la fontaine, je regardais attentivement l'eau, n'arrivant toujours pas à recouvrer mon calme.

— J'ai envie de te noyer dedans.

Apeurée à l'idée qu'un autre homme profite de ma solitude pour abuser de moi, je sursautai et réalisai qu'il ne s'agissait que de ce stupide Nathan.

— Je suis ta passion ou quoi ? T'as pas une salope à combler ?

Il s'approcha d'un air peu amène, n'appréciant visiblement pas que je puisse manquer de respect à sa chère et tendre. Il tenait son rôle d'amant à merveille.

— N'essaie même pas de la toucher.

Heureusement pour moi, Alec venait d'arriver pile au bon moment, il fixait le chien de Lucy avec un regard noir.

Nathan recula, comprenant qu'il s'attirerait bien trop d'ennuis s'il se vengeait tout de suite.

— L'amour rend vraiment aveugle, cette pauvre fille ne sera jamais à toi, lâcha-t-il avec mépris. Si encore elle en valait la peine, mais même pas.

Du coin de l'œil, j'aperçus aussi Hayden sortir de la villa et nous observer avec attention. C'était maintenant ou jamais que je devais faire en sorte qu'il découvre la vérité.

Visiblement hors de lui, Alec s'apprêtait à foncer sur Nathan, mais je me levai précipitamment et positionnai mon bras devant lui pour l'arrêter.

— Laisse tomber, lançai-je, c'est un vrai débile qui croit naïvement qu'il est plus qu'une roue de secours pour Lucy.

N'appréciant pas du tout mes paroles, Nathan se tira lui-même une balle dans le pied comme je l'espérais.

— Lucy et moi on s'aime, espèce de petite conne. Et quand ton mec dégagera, je n'hésiterai pas à…

Un raclement de gorge l'empêcha de continuer, et quand il comprit qu'il s'agissait de Hayden, le teint de Nathan devint livide. Je souris, victorieuse.

Smith descendit les marches du perron et arriva jusqu'à nous d'un pas lent et assuré.

— Tu n'hésiteras pas à quoi, Nathan ?

Sa voix n'était pas agressive mais d'un calme qui n'annonçait rien de bon. Je discernai le dégoût sur son visage. La loyauté était une valeur si importante chez lui que je me demandais comment Nathan allait bien pouvoir se rattraper. Encore fallait-il qu'il en ait l'occasion…

Le concerné recula tandis que Hayden s'approchait, jouant avec une arme comme si cela l'amusait.

— Hayden, je… je…, bégaya Nathan.

— Tu quoi ? Tu n'as pas voulu coucher avec ma femme ? Tu n'as pas voulu menacer Adria ? Tu n'as non plus mis en place un plan pour la faire violer ?

Sa colère me donna froid dans le dos. Je fis un pas en arrière et me retrouvai au même niveau qu'Alec, qui regardait la scène avec attention sans réagir.

— Je…

— Je n'attendais que ça, une preuve. Une putain de preuve pour te faire payer tout ça.

— C'est n'est pas moi, pour Adria ! intervint Nathan pour essayer de se défendre, continuant de reculer.

— Si j'avais la preuve que tu étais concerné pour son agression, tu serais déjà mort. Mieux vaut pour toi que je ne trouve jamais quoi que ce soit qui t'incrimine.

Nathan s'arrêta, comprenant visiblement qu'il aurait beau reculer, Hayden ne le laisserait pas s'en tirer. Il était préférable qu'il accepte son sort en priant pour qu'il ne soit pas trop cruel.

— Malheureusement pour toi, tu m'as toi-même confirmé que tu te tapais ma femme.

Je détestais l'entendre appeler Lucy ainsi, même si je savais que c'était le statut qu'elle occupait.

Quand Hayden siffla, deux hommes débarquèrent pour attraper Nathan et le maintenir.

— On va aller régler nos comptes ailleurs, annonça-t-il d'une voix inflexible. Personne n'a besoin de voir ce qu'il va se passer.

Nathan ouvrit grand les yeux, et s'il n'avait pas une fierté disproportionnée, j'étais persuadée qu'il aurait pleuré. Sans même nous lancer un regard, Hayden partit avec deux de ses hommes, traînant le coupable sur le sol.

J'avais l'impression d'avoir retenu ma respiration tout le long de cette conversation animée. Hayden Smith n'était pas un homme qu'il était bon de trahir.

Une longue heure s'écoula, tandis que je buvais un verre au bar du domaine en compagnie d'Alec pour oublier ce qui s'était passé. Ce dernier était resté très silencieux, bien qu'il m'ait glissé quelques paroles gentilles et rassurantes suite à mon agression. Je le connaissais assez pour deviner que quelque chose le tracassait.

— Alec, dis-moi ce qui t'arrive.

Il m'observa quelques instants, de la tristesse dans les yeux. Il hésitait visiblement à m'avouer quelque chose.

— Je crains que Hayden fasse quelque chose qu'il pourrait regretter. Nathan lui a plusieurs fois sauvé la vie, et je sais que s'il a trahi Hayden, c'est parce qu'il est fou amoureux de Lucy. S'il le tue, il le regrettera tôt ou tard. Malgré ce qu'on peut penser, il a un cœur. Tu es la seule personne qui peut l'empêcher de commettre l'irréparable. Si tu tiens à lui, va sauver Nathan d'une mort atroce.

Je compris au regard d'Alec que je me devais de remplir cette mission, que c'était vital. Allais-je vraiment sauver l'homme qui avait, j'en étais persuadée, organisé cette tentative de viol ? C'était complètement fou mais il fallait croire que ce que je ressentais pour Hayden était plus fort que ça.

Quand je me levai de ma chaise, le petit sourire inquiet d'Alec me montra à quel point cela lui coûtait de m'envoyer là-bas. Mais il avait pris conscience de mes sentiments pour Hayden et ne cherchait désormais pas à aller plus loin avec moi. Il m'expliqua rapidement où se trouvait la salle d'interrogatoire, l'endroit où Smith réglait certainement ses comptes personnels aussi.

Par crainte d'arriver trop tard mais également de faire une mauvaise rencontre, j'y courus plus vite que je ne m'en serais crue capable. Malgré la détermination de l'un des hommes de main de Smith à vouloir me coincer à l'entrée, je pénétrai de force dans la pièce.

Ce que je découvris m'horrifia au plus haut point. Lucy était tenue par d'autres hommes et hurlait à la mort en pleurant tandis que Hayden frappait Nathan, assis sur une chaise, qui ne bougeait même plus.

Choquée par tant de violence, je portai la main à ma bouche. Même s'ils méritaient d'être punis, la torture n'était pas une solution. Je détestais l'idée que Hayden se salisse un peu plus les mains.

— Je t'en supplie, Hayden ! Arrête ! Ne le tue pas !

Lucy était dans tous ses états, et la trouver ainsi aurait pu être jouissif. Malheureusement, je n'étais pas là pour profiter de la vue de mon ennemie jurée en larmes.

J'ignorais si Nathan était encore vivant mais son visage était presque méconnaissable. J'en eus la nausée tant cette scène était répugnante.

— Alors, avoue, Lucy. Avoue ce que tu as fait à Adria, déclara Hayden d'une voix sombre.

Mon cœur rata un battement. Il ne voulait pas seulement punir

Nathan, il voulait aussi faire payer sa femme. Il me faisait passer avant elle, alors que j'avais cru qu'il préférait la protéger plutôt que moi.

Totalement perdue, Lucy ne savait plus quoi faire. Elle semblait avoir conscience d'être prise au piège. Soit elle avouait la vérité et se retrouvait bannie ou pire, soit elle laissait Nathan se faire assassiner.

Quand elle m'aperçut, ses yeux se mirent à cracher du feu.

— Tu es venue admirer ton chef-d'œuvre ? Je te jure que…

Avant qu'elle puisse continuer sa phrase, Hayden lui cria de se la fermer. Il se tourna ensuite vers moi, et je discernai sa surprise, il ne s'était pas attendu à me trouver ici.

— Dégage d'ici, Adria !

Son agressivité m'étonna mais je compris qu'il ne voulait que me protéger de cette vision de lui, de ce qu'il faisait.

Alors que je tremblais comme une feuille, je secouai la tête avec le plus d'assurance possible. Je détestais la violence, et voir l'homme pour lequel j'avais des sentiments se comporter ainsi me touchait bien plus que je ne l'aurais voulu.

— Ne le tue pas, le suppliai-je alors de ma voix la plus douce.

Son visage se décrispa légèrement, et je pus lire de l'étonnement dans son regard.

— Pourquoi je ne le ferais pas ? Il m'a trahi à plusieurs reprises.

— Viens avec moi, Hayden. S'il te plaît.

Il hésita un long moment avant de demander à ses hommes de surveiller ses deux victimes et de me suivre. Une fois de plus, il me prouvait qu'il était capable de m'écouter, d'accorder de l'importance à mon avis. De toute manière, au vu de son état pitoyable, Nathan ne risquait pas d'aller où que ce soit.

Une fois que nous fûmes à l'extérieur, nous marchâmes plus loin, jusqu'à nous retrouver dans un coin isolé à l'arrière de la gigantesque maison. Je me sentis perdre confiance en moi, surtout en observant Hayden essuyer le sang qu'il avait sur les mains, un sang qui n'était pas le sien.

— Ne me fais pas perdre mon temps, demanda-t-il d'un ton autoritaire.

Je détestais qu'il me mette la pression et encore plus qu'il se montre si froid. J'étais venue l'empêcher de tuer quelqu'un dont je me fichais royalement mais je ne savais même pas que dire ou faire pour le dissuader d'assassiner ce connard.

— Je peux savoir pourquoi tu te la joues de nouveau bonne sœur ? insista-t-il, comme s'il perdait patience.

Je pris une grande inspiration avant de me lancer :

— Je ne veux pas que tu tues l'un de tes hommes. Tu as besoin d'eux.

Il haussa les sourcils et s'appuya contre le mur en pierre, les bras croisés.

— Tu crois que j'ai besoin d'un traître ?

Je ne pouvais que comprendre Hayden, lui qui accordait tant d'importance à la loyauté, mais il n'avait pas besoin d'un meurtre de plus sur la conscience. Devoir porter ceux de ses ennemis était déjà assez lourd, même s'il ne l'avouerait jamais.

— Je crois que tu devrais peser le pour et le contre.

Il me regarda de nouveau curieusement, comme si j'étais folle. Je l'étais certainement pour défendre quelqu'un qui m'avait menacée plusieurs fois, mais c'est avant tout Hayden que je souhaitais aider.

— Il est tombé amoureux de Lucy, et l'amour peut faire faire des choses insensées ! Tu n'aimes pas cette femme, tu me l'as toi-même avoué. Je ne défends pas son comportement, loin de là, mais je pense qu'il a été un très bon coéquipier durant ces dernières années et qu'il mérite une seconde chance.

Hayden fronça les sourcils.

— Je vois qu'Alec ne sait pas fermer sa gueule.

— Alec cherche juste à te protéger, le contrai-je.

Il leva les yeux au ciel avant de fixer le sol quelques instants, comme s'il réfléchissait.

— Contrairement à ce que tu crois, ce n'est pas qu'il se tape Lucy qui me dérange le plus.

Quand son regard de feu croisa le mien, j'eus l'impression que mon corps allait entrer en combustion spontanée. Je détestais qu'il me fasse tant d'effet rien qu'avec ses yeux.

— Il a osé s'en prendre à toi. Et ça je ne peux pas l'accepter.

Tout en parlant, il s'était légèrement rapproché de moi. La tension entre nous s'accentua et je n'avais qu'une envie, me réfugier dans ses bras et évacuer toutes mes émotions.

— Lucy se vengera si tu le tues, tu sais qu'elle trouvera un moyen de me faire du mal, enchaînai-je. Il a assez payé.

J'espérais que ces arguments suffiraient à le faire changer d'avis.

Il m'entoura alors de son bras, me collant contre lui.

— Je ne le tue pas si tu reviens sur ta décision de l'autre soir. Je ne veux pas que l'on se contente d'être amis. Je veux plus. Je te veux toi.

J'écarquillai les yeux. Il me faisait du chantage alors que si je faisais tout cela, c'était uniquement pour le protéger. Mais son chantage, je devais l'avouer, me réchauffait le cœur.

Malgré tout, je ressentais le manque de nos moments intimes, quels qu'ils soient. Aujourd'hui, il me prouvait encore une fois l'importance que j'avais à ses yeux, même si c'était en tabassant un homme.

— C'est d'accord.

À cet instant, je ne pus m'empêcher de fixer ses lèvres. Mon souffle s'était accéléré, et sentir sa main dans le creux de mes reins réveillait ces maudits papillons dans mon ventre.

Il continua de m'observer un moment puis sembla décider qu'il était temps d'en finir. Il me lâcha et fit demi-tour sans un mot. Il n'en avait pas besoin, je savais qu'il avait fait le bon choix.

Je pus enfin souffler. J'essayai de passer outre mes jambes tremblantes et quittai les lieux à mon tour, le plus rapidement possible.

Quand je retrouvai Alec, il n'avait pas du tout l'air bien. Il fixait son verre en le faisant légèrement bouger sur le bar.

Je me raclai la gorge et avançai vers lui avant de me rasseoir à ma place sur un des tabourets.

— Alors ? s'enquit-il.

— Il a accepté.

Il hocha doucement la tête et regarda sur le côté, comme s'il réfléchissait.

— Ce qui m'inquiète, c'est ce qu'il a dû te demander en échange.

Je fronçai les sourcils, réalisant qu'Alec avait probablement anticipé la requête de son ami.

— En tout cas, ça confirme bien ce que je pensais, lâcha-t-il avant de terminer son verre cul sec et de quitter la pièce sans se retourner, me surprenant.

Bien que peinée qu'il réagisse ainsi, je ne pouvais malheureusement rien lui dire pour arranger la situation. C'était la triste vérité, Hayden passait avant tout à cause de ce que je ressentais à son égard.

Chapitre 50

Depuis que Hayden avait annoncé une nouvelle soirée, quelques jours plus tard, je m'attendais au pire, la dernière ayant plutôt très mal fini pour moi. Mais je devais avouer qu'il m'avait prouvé qu'il n'acceptait pas que l'on s'en prenne à moi et qu'il y avait plus entre nous qu'une attirance sexuelle.

Il m'arrivait de vouloir me forcer à l'oublier, mais il semblait s'être imprégné en moi. Je savais que j'avais tout à perdre en me rapprochant de lui, mais mon cœur me criait de continuer.

Les seuls moments que j'avais pu passer avec lui ces derniers jours étaient pour préparer le nouveau plan d'évasion pour Jake. Il ne m'avait pas menti, il s'agissait désormais de sa priorité.

Je n'avais pas revu Alec, qui semblait bien déterminé à m'éviter malgré ses précédents beaux discours sur l'amitié. Le mieux était sûrement de le laisser revenir quand il en aurait envie.

Je profitai du temps qu'il me restait avant la réception pour faire ce que je n'avais pas fait depuis longtemps, des soins pour ma peau, mes cheveux… Je me sentis rapidement bien mieux dans mon corps.

Je décidai de me montrer sous mon meilleur jour. En réalité, j'avais envie de séduire Hayden ce soir, et lui prouver que je pouvais aussi être une femme avenante et désirable.

J'optai pour une robe rouge moulante dessinant parfaitement mes formes. Son décolleté léger la rendait classe tandis que le fait qu'elle s'arrête au-dessus des genoux lui conférait un côté sexy. Je l'accompagnai d'escarpins nude et de quelques bijoux discrets, puis laissai mes cheveux légèrement ondulés détachés afin de me donner un air moins sérieux, plus libéré.

Helena entra dans ma chambre sans frapper. Elle sourit face à mon look.

— J'adore quand tu n'es pas toi-même ! s'écria-t-elle en tapant dans ses mains. Tu es tellement sexy !

Je la remerciai et la complimentai à son tour. Sa longue robe bleu ciel lui allait à merveille. Son chignon faisait ressortir les jolis traits de son visage gai en toute circonstance.

— L'heure de retourner la tête de mon abruti de frère a sonné !

Je ris et la suivis jusqu'au couloir. Hayden apparut devant nous, vêtu d'un magnifique costume noir et blanc. Mes yeux bloquèrent sur lui tout comme les siens se mirent à me scruter avec une petite flamme qui m'embrasa tout entière.

— Je… je vous attends en bas, déclara Helena en se raclant la gorge.

Aucun de nous ne répondit. Il s'approcha d'un pas sûr jusqu'à moi. Je hoquetai quand il colla son corps au mien, ce qui déclencha en moi des milliers d'étincelles. Ses yeux verts dégageaient quelque chose d'unique, quelque chose qui me rappelait notre première et seule nuit ensemble.

J'affrontai son regard, déterminée à ne pas flancher si vite.

— Tu portes très bien le rouge, chaton.

Quand sa voix grave prononça ces mots, je crus presque défaillir.

J'aimais cette perte de contrôle qu'il m'imposait, comme si je n'avais d'autre choix que de me laisser emporter par la flamme qui m'habitait lorsqu'il était près de moi.

Sans quitter un seul instant mon regard, il posa une main au creux de mes reins et m'obligea à reculer avec lui quelques secondes jusqu'à ouvrir une porte derrière moi.

Je lui faisais confiance, comme toujours. Si j'avais bien compris quelque chose, c'était qu'il accordait de l'importance à ma sécurité. Je n'avais aucune raison de me sentir en danger avec lui.

Quand il me tourna dos à lui, je devinai que nous étions dans son bureau. C'était un bel endroit, classe et sobre, ce qui ne m'étonna pas.

Je n'eus pas le temps d'admirer la décoration plus longtemps qu'il referma la porte et se mit à embrasser mon cou avec une délicatesse qui n'appartenait qu'à lui. Ses mains entourèrent ma taille, et il me serra contre lui avec force. Bien que surprise de cette étreinte inattendue, je me laissai faire et fermai les yeux pour profiter de ce moment intense et sensuel.

Il huma doucement mes cheveux, et je sentis son souffle dans ma nuque, ce qui éveilla mes sens et m'incita à me tourner pour lui faire face. Il me tenait toujours fermement, et nous nous fixâmes de nouveau, sans que le moindre malaise s'installe. J'avais envie de mémoriser chacun de ses traits parfaits, car chaque instant près de lui me donnait l'impression d'être le dernier. Notre situation était si instable et incertaine que rien ne me garantissait que nous puissions revivre cela plus tard.

Sans attendre, je pris les devants en déposant mes lèvres sur les siennes. Au bout d'un moment, il finit par répondre à mon baiser. Sentir sa langue caresser la mienne me provoqua des milliers de décharges électriques et fit naître en moi d'agréables frissons. Il dut s'en rendre compte, car un léger sourire se dessina sur son visage.

— Tu me rends fou, Adria Lawrence.

Sa main toujours posée en bas de mon dos, il se pressa encore davantage contre moi. La pièce semblait s'être considérablement réchauffée et le désir qui émanait de nos deux corps ne devait pas y être pour rien.

— Demain, nous partons à la première heure, chuchota-t-il à mon oreille.

J'ouvris grand les yeux, plus qu'étonnée par cette révélation. Je ne m'attendais pas à un départ si précipité, et je ne pus cacher ma joie. Nous allions peut-être nous jeter tout droit dans la gueule du loup, et les risques étaient considérables, mais la perspective de faire enfin sortir Jake de ce cauchemar ne pouvait que m'enchanter. J'ignorais précisément ce qu'il en était de son état psychologique, mais il devait être dévasté. Il avait certainement perdu tout espoir de ressentir le vent de la liberté sur son visage. Sa nouvelle prison était apparemment beaucoup plus stricte. Je n'avais pas réussi à l'avoir au téléphone une seule fois, même en me faisant passer pour notre cousine ou notre mère. Sa tentative d'évasion lui avait sûrement valu des semaines d'isolement, bien qu'il ait changé de centre pénitencier.

— Je… D'accord, me contentai-je de répondre. Mais notre plan n'est pas vraiment prêt !

— Ne t'en fais pas pour ça, j'ai bouclé tous les détails restés en suspens.

Je le regardai avec attention, attendant qu'il m'explique.

— Comme je t'en avais parlé, pendant qu'on rentrera dans la prison, une grosse émeute aura lieu pour faire diversion. J'ai payé cinq hommes qui s'amuseront à rendre les gardiens complètement dingues, et pendant ce temps nous rentrerons dans la prison par les sous-sols secrets.

— S'agit-il des tunnels que tu m'as montrés sur les plans de la prison ? Es-tu sûr que nous y aurons accès ?

— Nous avons appris qu'un ancien détenu de nos connaissances a longtemps pratiqué le trafic de drogue par cet immense tunnel. Le problème est qu'il est très bien gardé par des surveillants à longueur de journée. Avant, un maton complice aidait les trafiquants à faire entrer la marchandise par ce biais, mais tout a été arrêté depuis que ce dernier a été mystérieusement tué. Mais ceux qui avaient ce trafic ont accepté de nous donner tous les détails contre de l'argent, nous savons donc ce que ce tunnel dessert et nous avons même des informations sur les portes et les caméras.

— Je ne comprends pas l'utilité de ces sous-sols s'ils sont surveillés à longueur de journée.

— Ils sont la porte de sortie des gardiens et du personnel de la prison si elle venait à se transformer en terrain de guerre. De grands criminels sont enfermés là-bas, et pour rassurer les employés, ils ont dû mettre en place ce tunnel.

— Mais si nous faisons évader Jake et qu'ils le remarquent, ce sera le premier endroit où ils nous chercheront, ce tunnel !

Le petit sourire de Hayden me fit comprendre qu'il avait déjà tout prévu.

— Pas si leur attention est portée ailleurs pendant qu'on se casse. L'émeute ne suffira pas. Ils se rendront compte rapidement que le système a un souci. La moindre faille dans la sécurité déclenche une alarme appelant les forces de l'ordre. Le système se régénère toutes les vingt minutes. On aura donc vingt minutes pour entrer, récupérer Jake et se barrer le plus loin possible.

La limite de temps me paraissait excessive. Comment allions-nous faire pour trouver mon frère et qu'il nous suive ? Avec une émeute et des minutes comptées en plus…

— J'irai avec deux de mes hommes fouiller la prison de fond en comble. On sera déguisés en gardiens. Helena sera présente aussi, elle se chargera de la communication entre nous et le camion, et elle nous attendra dans un camion de pompiers volé il y a longtemps avec un autre de mes hommes hacker, qui s'occupera de désactiver les systèmes de surveillance à distance. Le meilleur moyen de se barrer est de se faire remarquer tout en se fondant dans la masse. Alec et toi, vous vous assurerez que le tunnel reste ouvert et que personne ne nous empêche de sortir. On n'aura aucune autre issue.

Un vent de panique me traversa… Et si le cauchemar de la dernière fois se reproduisait ? Que Hayden ou Jake ne parvenait jamais à ce dit tunnel ? La participation de Helena m'étonna. J'étais à la fois heureuse de la savoir présente et effrayée qu'il lui arrive quelque chose, elle qui était si innocente.

— Ça va aller, mon chat. On fera évader ton frère, comme je te l'ai dit.

J'essayais de me convaincre qu'il avait raison et réalisai qu'il avait omis de me donner un détail.

— Tu ne m'as toujours pas dit comment on va faire diversion en plus de l'émeute ?

— On a eu une idée. Un hélicoptère va débarquer et faire croire à une évasion par les airs.

Quelque peu rassurée par ce plan ingénieux, je décidai de me détendre et appuyai mon front contre l'épaule de Hayden, oubliant toute pudeur, toute retenue. J'étais en train de lui faire un câlin. Je craignais qu'il recule ou finisse par me faire comprendre que ce n'était pas son truc, mais il n'en fit rien. Il passa même ses doigts dans mes cheveux et caressa ma tête avec douceur.

Malgré ma peur, je me délectai de ce moment de tendresse avant de quitter le domaine sans être certaine d'y remettre les pieds un jour.

— Allons profiter de la soirée, me proposa-t-il en me tendant la main.

Bien qu'un tête-à-tête me paraisse plus tentant, je la saisis et le laissai me guider jusqu'à la soirée, puis jusqu'au bar. Ce simple contact avec sa paume me donnait envie d'embrasser chaque parcelle de sa peau.

Hayden commanda deux Cosmopolitan et, une fois servis, nous trinquâmes en nous fixant droit dans les yeux.

— J'ai hâte de commencer cette petite escapade avec toi, chaton.

Tout en parlant, il déposa la main au creux de mes reins en vérifiant rapidement que personne ne nous regardait, suffisamment de rumeurs circulaient pour que l'on en rajoute encore avant de partir.

Mon souffle accéléra, j'aurais tout donné pour que nous montions dans ma chambre et qu'on y finisse la soirée avec une bonne bouteille, rien que tous les deux.

— J'espère que tu ne feras rien de stupide et que tu m'écouteras enfin, me balança-t-il avec le sourire.

Étonnée par cette réflexion, je haussai un sourcil et lui donnai une petite tape dans l'épaule en guise de réponse.

Après avoir descendu un second verre, Hayden me fit comprendre qu'il était temps de partir.

— On devrait aller se coucher.

Je le suivis volontiers, et nous montâmes après avoir salué quelques personnes, dont Helena. Alec ne semblait pas là.

Une fois à l'étage, Hayden me fixa devant la porte de ma chambre, éveillant de nouveau un millier d'émotions en moi. Je pouvais lire dans ses yeux qu'il souhaitait rentrer avec moi, notre désir nous consumait sur place.

— Fais de beaux rêves, mon chat. C'est la dernière nuit que tu passes seule.

Je tressaillis, et ce fut satisfait de son effet sur moi qu'il regagna sa chambre à son tour. J'étais frustrée, bien que consciente qu'il nous fallait être en forme pour les jours qui s'annonçaient.

Je comptais bien profiter du temps qui nous serait accordé moi aussi.

Chapitre 51

Mon réveil fut compliqué. J'eus l'impression de n'avoir dormi que deux ou trois heures. Et quand je vérifiai, c'était effectivement le cas. Je soupirai et pris le temps de m'étirer avant de me lever doucement.

Je faillis faire une crise cardiaque en apercevant Helena debout face à moi, les mains sur les hanches avec un air contrarié.

— On doit partir en mission commando, et toi, tu traînes au lit ?

Son ton plein de reproche ne me vexa pas, car je savais qu'elle n'était pas réellement énervée mais juste pressée de sortir enfin de ce domaine qui lui servait de prison dorée depuis si longtemps.

Je n'imaginais même pas ce que ça devait être d'avoir Hayden Smith comme frère. Rien que pour ça, j'admirerais toujours Helena. Pour qu'il accepte sa présence, elle avait sûrement dû le supplier.

Constatant mon absence de réaction, ma nouvelle amie se dirigea vers le dressing de ma chambre et commença à piocher tout ce qui l'intéressait sur les cintres.

— On ne part pas en club de vacances, Hel, intervins-je.

Face à son regard noir, je me retins de rire. Elle soupira et déposa toutes ses trouvailles sur le lit.

— Tu as déjà vu des films d'action ?

Je hochai la tête, prête à entendre l'argument qui me clouerait le bec.

— Alors tu dois être au courant que la fille canon et badass qui tue tout le monde a toujours un joli rouge à lèvres, un teint parfait et des vêtements de rechange. C'est d'ailleurs grâce à ça qu'elle arrive à tous les coups à se taper le héros.

Je laissai échapper un petit rire. Elle était à la fois drôle et mignonne, bien qu'un peu naïve à l'occasion. Mais comment la critiquer là-dessus alors que j'étais pareille ?

— Mais nous ne sommes pas dans un film, rétorquai-je.

— Et tant mieux ! Parce qu'en plus d'être canons, nous n'aurons pas de concurrence. Et on pourra se taper de beaux mecs ! Enfin, si Hayden ne les tue pas avant, bien entendu.

Sa petite voix amusée me mit de bonne humeur. Malgré la situation stressante, elle et sa joie de vivre contribuaient à alléger l'ambiance.

Mais je savais que sous ses airs de jeune fille libérée prenant tout avec humour, elle rêvait secrètement de trouver le grand amour et de vivre une belle histoire. Cela pouvait se justifier, car à l'aube de ses vingt-quatre ans, elle n'avait pas encore expérimenté grand-chose.

Je décidai d'enfin quitter mon lit et me levai pour prendre une douche froide.

Je ne pouvais m'empêcher d'être anxieuse. J'avais énormément d'ennemis, qu'il s'agisse de Harry McCartney, de ses hommes ou de la police, il était désormais primordial de les éviter. Je savais que je retrouverais l'impression d'avoir une cible dans le dos dès le grand portail passé.

Heureusement, Hayden me protégeait, et j'étais persuadée qu'il ferait tout pour me garder en sécurité, il n'avait cessé de me le prouver jusque-là. Malheureusement, il restait un être humain. Les risques étaient importants, et nous en étions tous conscients.

Helena et moi attendions dans le hall d'entrée avec nos valises. Sa surexcitation avait laissé place à la nervosité, elle gigotait dans tous les sens, comme si elle réalisait enfin que notre départ était imminent.

— Ça va aller, Hel, la rassurai-je.

— Je sais. Tant que Hayden est là, on ne risque rien.

La confiance qu'elle avait en son frère était belle et émouvante. Il était son pilier et, même s'ils se chamaillaient pour un rien, ils s'aimaient à un point inimaginable. Je songeai à ma relation avec

Jake, si semblable à la leur malgré les années que nous avions passées loin l'un de l'autre.

— Ça me fait juste bizarre, lâcha-t-elle.

Son regard se perdit dans le vide, ce fut uniquement quand des bruits de pas résonnèrent qu'elle se reconnecta à la réalité.

Hayden, Alec et Michael descendaient les escaliers, chacun un sac sur l'épaule. Je fus étonnée que ce dernier nous accompagne.

— Contente de t'avoir avec nous, Mike, lui dis-je.

J'avais eu plusieurs occasions de lui parler pour avoir des nouvelles de sa fille. Je lui avais désormais pardonné d'avoir tenté de me kidnapper. Personne ne pouvait reprocher à un père d'être prêt à tout pour sauver son enfant, même si le mien serait probablement prêt à me forcer à me rendre à la police. La seule famille qu'il me restait était Jake, et je mettrais tout en œuvre pour l'avoir auprès de moi.

Trois hommes aux visages fermés débarquèrent et se mirent autour de nous, les bras croisés.

— Maintenant que nous sommes tous là, l'heure est venue de faire quelques rappels avant de partir, déclara Hayden d'un ton ferme.

Tout le monde attendit patiemment les ordres du chef.

— Pour commencer, personne ne doit jamais rester seul sauf si c'est nécessaire ou en cas d'extrême urgence. Quoi qu'il en soit, mettez-moi au courant de vos faits et gestes. Nos ennemis sont partout et la jouer loup solitaire peut vous coûter la vie.

Nous acquiesçâmes tous, conscients de l'importance de cette instruction.

— Ensuite, ne parlez avec personne si ça n'est pas utile. N'entrez pas en contact avec vos proches ou qui que ce soit.

Ses prunelles me fixèrent à cet instant. Il attendit mon hochement de tête avant de continuer. Je comprenais sa directive et, bien que ce soit tentant, je ne comptais pas contacter qui que ce soit.

— Restez discrets. Pas de bagarres, pas de disputes, rien qui puisse retenir l'attention des flics.

Hayden s'adressait plutôt à ses hommes de main cette fois-ci.

— Et dernière règle, la plus importante, personne ne lâche ma sœur et Adria du regard un seul instant.

Il attendit quelques secondes, nous observa tous un par un, comme s'il voulait être sûr que nous avions tous bien assimilé ses ordres.

— Maintenant allons-y. On a de la route.

Nous nous dirigeâmes vers le parking du domaine, et Hayden me fit un signe de tête afin de me montrer la voiture dans laquelle je devais monter. Il s'agissait d'une Mercedes noire qui devait certainement coûter une fortune mais restait relativement discrète.

Je rangeai ma petite valise dans le coffre et faillis faire une syncope en y trouvant un sac rempli d'armes. Si un réel danger nous menaçait, Smith n'hésiterait pas à ouvrir le feu, j'en avais pleine conscience.

Helena et Alec s'installèrent, elle sur la banquette arrière avec moi tandis qu'il prenait place sur le siège passager.

Hayden discuta quelques instants avec ses hommes et Michael, puis nous rejoignit. Le reste de notre équipe monta dans une BMW grise.

Lui se mit derrière le volant et démarra rapidement. Nous étions désormais partis, et j'avais déjà une boule au ventre en pensant à tout ce qui pourrait mal tourner.

— Si vous voulez vous reposer, vous pouvez dormir. On va se rendre jusqu'en Floride en voiture pour éviter d'être repérés. On s'est assurés de trouver un employé à soudoyer à chaque frontière. Mais la route va être très longue.

Je fronçai les sourcils, réalisant que nous étions vraiment très loin de notre point d'arrivée.

— Nous en avons pour à peu près une semaine en comptant une dizaine d'heures de voiture par jour.

Helena écarquilla les yeux en comprenant que nous n'étions pas partis pour une petite escapade.

— Mais pourquoi on ne prend pas le jet ? râla-t-elle.

— Parce que Harry McCartney a déjà diffusé un avis de recherche pour Adria et moi dans tous les aéroports d'ici aux États-Unis avec une prime pour celui qui nous attrapera. Il ne doit pas savoir qu'on arrive et il ne se doutera jamais qu'on est prêts à se taper plus de soixante-dix heures en voiture.

La prudence de Hayden me rassura énormément. Il n'avait rien laissé au hasard.

— On est partis pour une mission éprouvante. Si vous ne vous sentez pas le courage d'affronter ça, on peut vous redéposer au domaine, ajouta-t-il. Je prendrai deux de mes hommes à votre place.

C'était hors de question. Jamais je ne renoncerais à aider la personne la plus importante de ma vie.

— Je reste, déclarai-je avec détermination.

Je pus apercevoir les yeux brûlants de Hayden dans le rétroviseur intérieur. Je savais qu'il était satisfait de ma réponse.

— Bien sûr que je viens ! s'exclama Helena.

Maintenant qu'il avait notre confirmation, il appuya sur la pédale d'accélérateur, un petit sourire collé aux lèvres.

Nous avions roulé bien plus que prévu, je le compris quand la nuit tomba. Nous nous trouvions désormais au Mexique, et c'était moi qui étais au volant. Nous avions fait des pauses environ toutes les trois heures et alors que les garçons avaient conduit une bonne partie sans vouloir me laisser prendre les commandes, ils avaient fini par céder. Se concentrer durant des heures était compliqué, même pour des hommes avec leur endurance.

À côté de moi, Hayden n'avait pas dormi une seule seconde. Nous ne parlions pas énormément, mais sa présence m'apaisait.

— Tourne à droite dans deux cents mètres, m'indiqua-t-il. On s'arrêtera au prochain hôtel.

— Je peux encore conduire, m'empressai-je de riposter.

— Non, mon chat, tu tombes de fatigue. On ne va pas risquer de se planter, ça nous retarderait.

Je faillis proposer qu'Alec ou lui reprenne le volant mais Smith avait lui aussi les yeux rouges et son bras droit dormait à poings fermés à l'arrière, tout comme Helena.

— On a roulé seize heures aujourd'hui, ça suffit. C'est bien plus que ce que nous avions prévu.

Il avait raison. Nous étions épuisés, et je commençais à ne plus sentir mes jambes. Je m'arrêtai comme convenu sur le parking d'un hôtel plutôt classe.

— Réveille-les, je vais réserver les chambres.

Je hochai la tête, et il se dirigea vers l'entrée du bâtiment, une cigarette à la bouche.

Nous sortîmes tous de la voiture. Alec s'étira sans un mot, l'air fatigué. Je le trouvais bien silencieux depuis notre départ, nous semblions avoir perdu notre complicité légendaire. Il me manquait beaucoup mais j'avais déjà créé assez de froids entre lui et Hayden, bien que ne l'ayant jamais souhaité. Helena était émerveillée par l'hôtel luxueux qui nous faisait face.

Nous rejoignîmes Hayden, et je ressentis un pincement au cœur en l'apercevant faire les yeux doux à la réceptionniste. Cela me rappela la dernière fois que nous avions passé une nuit à l'hôtel, lorsque nous avions…

— Adria ! Pas la peine de tirer cette tronche, il la manipule, sûrement pour avoir les meilleures suites.

Helena avait le don de lire dans mes pensées, c'était incroyable. Elle avait directement perçu ma jalousie, qui par ailleurs n'aurait même pas dû pointer le bout de son nez.

Hayden nous tendit bientôt à chacun une carte. Nous avions tous des chambres différentes. Il n'avait donc pas jugé bon de nous rassembler comme la dernière fois, ce qui m'étonna, car c'était en contradiction avec ses instructions.

— Tu aurais pu me mettre avec Adria, râla Helena.

— Hors de question, vous auriez piaillé jusqu'à demain matin, et on a une longue journée qui nous attend. Mes hommes surveilleront les couloirs de l'hôtel.

La sœur de Hayden leva les yeux au ciel.

— J'ai commandé un repas pour quatre qui sera servi dans ma

chambre d'ici une demi-heure. C'est la suite 608 au sixième étage. À tout à l'heure.

Il nous laissa et se dirigea vers l'escalier, certainement pour s'y rendre.

Ma douche m'avait fait un bien fou, j'étais désormais prête à aller dîner. Décidant de ne pas me maquiller, je me contentai d'enfiler une petite robe T-shirt kaki toute simple avec de jolies baskets blanches.

Je fis le chemin jusqu'à la chambre de Hayden accompagnée de Michael, au cas où. Celle-ci était située tout comme la mienne au dernier étage, et je songeai aux paroles qu'il m'avait prononcées la veille : « C'est la dernière nuit que tu passes seule. » Avait-il changé d'avis ? Avait-il dit ça uniquement pour me perturber ?

Je décidai de ne pas y penser maintenant et toquai à sa porte.

— Ah ! Enfin ! s'écria Helena en se poussant pour me laisser entrer. On commençait à mourir de faim.

Je souris puis pénétrai dans l'immense suite. Les murs de couleur crème et les meubles en chêne d'un style moderne donnaient un aspect chaleureux à la pièce bien trop spacieuse.

Mes yeux se posèrent rapidement sur le dos de Hayden, qui était en train de fumer sur la terrasse avec Alec. Tout m'attirait chez cet homme, mon cœur se mettait à battre plus vite dès qu'il se trouvait dans mon champ de vision.

Quelque chose me disait que cette nuit était loin d'être terminée…

Chapitre 52

Le dîner se déroula bien et calmement. Alec demeurait toujours aussi silencieux tandis que Helena se resservait du gâteau pour la troisième fois. Je me demandais où elle pouvait bien stocker toute cette nourriture.

Il commençait à se faire tard, le sommeil nous gagnait tous un par un. Hayden ne montrait pas sa fatigue, mais ses yeux le trahissaient, ce qui le rendait encore plus charmant.

— Je vous souhaite à tous une bonne nuit, dit enfin Alec.

Il quitta la suite, suivi de Helena, qui me lança un clin d'œil avant de refermer la porte.

Alors que nous étions désormais seuls, mon corps se tendit. Je devais sortir d'ici au plus vite avant de faire quelque chose que je pourrais regretter.

— Je…, commençai-je en m'apprêtant à partir.

— Tu ne vas aller nulle part, m'interrompit Hayden en passant un bras autour de ma taille.

Ce contact inattendu me provoqua des frissons partout. Comme toujours, tout mon être était réceptif au sien.

— Tu as déjà oublié ce que je t'ai dit hier soir ? gronda-t-il.

Je secouai la tête doucement tout en le fixant avec attention.

— Tu veux une cigarette ? proposa-t-il.

Même si j'avais eu l'occasion de fumer lors de fêtes, je n'étais pas fan de l'odeur.

— Non, merci.

Il en prit une et me fit signe de le suivre sur le balcon afin que lui puisse fumer. Je le rejoignis dans l'air frais de la nuit.

Je n'avais jamais mis les pieds au Mexique auparavant, je ne connaissais rien à propos de ce pays ni personne qui y habitait. J'ignorais de quoi serait fait demain et si l'avenir me sourirait ou se transformerait en cauchemar sans fin, mais j'étais bien et détendue à cet instant. J'avais certes certaines craintes concernant ma relation ambiguë et étrange avec Hayden, mais je ne me sentais pas en danger. J'avais cette impression d'être enfermée dans une bulle avec lui, comme si rien de mal ne pouvait nous arriver.

Il se tenait légèrement penché, les avant-bras posés sur la rambarde, et regardait droit devant lui. Je le trouvais encore plus attirant lorsqu'il tirait sur sa cigarette et que la fumée s'évadait dans l'air.

— Pour la première fois de ma vie, je fais quelque chose sans être sûr de réussir.

Je haussai les sourcils face à cette réflexion. Venait-il de m'avouer qu'il avait des craintes ? Pourtant, son visage n'affichait ni peur ni angoisse. Il semblait calme, comme à son habitude.

— Alors, pourquoi tu le fais ? me risquai-je à demander.

J'avais comme besoin qu'il me confirme qu'il n'agissait pas uniquement pour respecter une promesse. Peut-être mes sentiments pour lui m'aveuglaient-ils mais je ne pouvais m'empêcher de rêver d'un avenir serein entre nous.

— Pour toi.

Mon cœur rata un battement. Jamais je n'aurais espéré une réponse aussi directe. Il ne me regardait pas et fixait toujours l'horizon. Malgré la fatigue de cette journée, j'étais désormais tout à fait réveillée.

— Merci pour ce que tu fais pour moi, pour mon frère…

Il jeta alors sa cigarette par-dessus la rambarde et s'approcha de moi jusqu'à me coller complètement. Sa main s'empara de mon menton et ses prunelles se plantèrent dans les miennes.

— Crois-moi que j'aimerais n'en avoir rien à foutre, mais je n'y arrive pas. Tu as cette capacité à me faire changer qui ne me plaît pas du tout.

Persuadée qu'il s'en irait après de telles révélations, je fus surprise qu'il n'en fasse rien. Mon rythme cardiaque était si rapide que l'idée qu'il puisse l'entendre me perturbait.

— Tu as quelque chose d'unique. Quelque chose qui a le don de me rendre fou.

Incapable de me contenir plus longtemps, je fonçai sur ses lèvres pour les goûter à nouveau. L'intense délice de ce baiser me rappela à quel point la passion s'éveillait dès que nous nous touchions. J'étais prête à parier qu'il ressentait l'électricité entre nous, c'était impossible que ce ne soit pas réciproque.

Nos langues se caressèrent, jouèrent ensemble durant quelques secondes, jusqu'à ce qu'il passe les mains sous mes fesses et me soulève. J'entourai mes jambes autour de sa taille et le laissai nous guider où il le voulait.

Je libérai sa bouche et m'attaquai à son cou, le mordillant délicatement. Je devinai à ses réactions qu'il prenait du plaisir. Il s'abaissa bientôt pour me déposer sur le lit king size trônant en plein milieu de la chambre.

Smith se chargea de me retirer mes petites baskets blanches et les balança à travers la pièce accompagnées de mes chaussettes. Il caressa ensuite chacune de mes jambes, démarrant aux chevilles et remontant jusqu'aux cuisses jusqu'à atteindre ma robe, me faisant frissonner.

Ses yeux brûlants embrasaient ma peau jusqu'à qu'il vienne les poser sur mon visage. Il était agenouillé devant moi tandis que je demeurais assise au bord du lit, c'était étrange de le voir plus bas que moi. J'avais l'habitude de le trouver si imposant.

Nous ne nous quittions pas du regard, comme si cette scène devait rester gravée longtemps dans nos mémoires. Plus rien ne comptait à cet instant si ce n'était nos deux corps pleins de désir l'un pour l'autre.

Doucement, ses mains vinrent relever le tissu de ma robe, ce qui lui permit de s'approcher peu à peu de mon intimité et accentua mon envie de lui. J'aurais dû l'arrêter là, mais j'en étais tout bonnement incapable.

Hayden n'était pas du genre bavard, il n'exprimait pas ses sentiments, ses émotions, ses ressentis. Sa seule manière de montrer ce qu'il éprouvait était le contact physique, c'était son langage à lui.

Je savais que je devais profiter de ces instants magiques qu'il m'offrait, car ils ne se reproduiraient peut-être jamais.

Rapidement, je sentis mon tanga glisser le long de mes jambes jusqu'à mes pieds, puis il le retira complètement, me donnant la sensation d'être à sa merci. Ma robe suivit mon sous-vêtement en passant par-dessus mes épaules puis vola dans la pièce. J'étais désormais totalement à nue face à Hayden, totalement vulnérable.

Il enleva son T-shirt, et je pus admirer sa parfaite musculature recouverte de tatouages, qui, au lieu de la cacher, la mettaient en valeur. Il profita de mon inattention pour glisser la main entre mes cuisses et put constater mon excitation. À son sourire en coin provocateur, cela sembla lui plaire. Je n'étais plus mal à l'aise, bien au contraire.

— Tu ne peux pas savoir comme j'ai attendu ce moment, me souffla-t-il.

Quand ses doigts se mirent à jouer à l'intérieur de mon intimité, je me cambrai et fermai les yeux pour profiter pleinement de ce plaisir intense que lui seul était capable de me procurer. Mon corps répondait au sien sans relâche, sans limites. Je ne résistai pas longtemps à l'envie de me redresser pour l'embrasser sauvagement, caressant la langue, mordant sa lèvre, lui démontrant qu'à cet instant je lui étais totalement dévouée.

Hayden décida de vite passer les préliminaires pour en arriver à la finalité, que j'attendais avec impatience. Prendre notre temps alors que cela faisait si longtemps que la frustration nous guettait était au-dessus de nos forces.

Il se releva pour descendre son jean et son boxer. Ce soir, je voulais oublier toute timidité et lui montrer que, moi aussi, je pouvais prendre les devants et être une femme pleine d'initiatives qui guidait son amant.

Je le poussai tout en l'observant intensément et, bien que dérouté, il se laissa faire. Je pus donc le chevaucher, liant nos corps alors que des sensations explosives me traversaient. Il parut tout d'abord surpris, mais le plaisir se lut également sur son visage. Je continuai à l'embrasser en jouant sur lui, me tortillant pour atteindre le summum. Il attrapa mes hanches avec vigueur et accéléra le mouvement.

Quand l'orgasme s'empara de moi, Hayden ne tarda pas à jouir lui aussi. Ainsi se conclut un moment dont nous avions tous deux eu besoin.

Alors que je me remettais difficilement de mes émotions et pensais que Hayden quitterait la pièce, il se passa quelque chose d'étonnant. Il se colla à moi et déposa un doux baiser sur mes lèvres. Il ne m'avait jamais embrassée comme ça. Les battements de mon cœur s'accélèrent encore plus fort qu'auparavant.

— Tu es à moi, Adria Lawrence.

Chapitre 53

— Je vais me doucher, annonçai-je à Hayden.

Nous étions restés ensemble toute la nuit, et bien que cela m'ait comblée de bonheur, j'étais plutôt anxieuse ce matin. J'avais besoin d'être seule un moment. Alors que le jour n'était pas encore levé, je me redressai timidement, évitant son regard, emportant le drap avec moi pour me couvrir.

Je fis glisser la porte de la salle de bains calmement puis, quelques secondes plus tard, j'ouvris l'eau de la douche et la laissai couler sur mon corps.

Alors que je m'apprêtais à sortir de la petite pièce, une serviette me cachant, Hayden me rejoignit, les yeux brûlant de désir. Pris d'une pulsion, il décida de me faire l'amour une seconde fois, car il n'y avait que de cette manière que nous arrivions à nous exprimer, à nous dévoiler. J'oubliai rapidement mes doutes pour m'abandonner à lui.

Quand le réveil sonna, j'eus du mal à ouvrir les paupières. J'avais eu des difficultés à trouver le sommeil ces derniers temps et le stress de cette évasion n'arrangeait en rien le problème.

En revanche, je n'avais qu'une envie, traîner au lit avec Hayden et apprendre à mieux le connaître. Après qu'il m'eut rejointe dans la douche, nous nous étions rendormis un moment.

Je me permis de me servir d'un de ses T-shirts en tant que chemise de nuit.

— Bonjour, chaton, dit-il en me faisant sursauter.

Je me tournai vers lui, un petit sourire collé aux lèvres.

— Qu'est-ce que tu avais tout à l'heure ? demanda-t-il enfin.

Je haussai les sourcils.

— Eh bien, par où commencer…

Mon ton ironique parut l'étonner, et il reprit son air froid que je détestais de plus en plus, surtout lorsqu'il m'était destiné.

— J'ai peur, peur de ce plan dans lequel on se lance, peur de cette relation étrange qu'on vit toi et moi, peur de la suite. Et aux dernières nouvelles, tu es toujours un homme marié, je t'avouerai que je suis légèrement déboussolée.

— Je trouve ça sympa, le rôle de maîtresse. Être la méchante de l'histoire te va à merveille, déclara-t-il, le sourire aux lèvres.

J'ouvris la bouche en le fusillant du regard et lui balançai un coussin dans la tête, mais en réalité je n'étais pas en colère, je savais très bien qu'il me taquinait uniquement pour me faire oublier mes craintes. Il fallait bien qu'il réponde quelque chose sans dévoiler ses sentiments. Il était assez malin pour ça.

— T'es vraiment nul, soufflai-je.

— Ce n'est pas ce que tu disais hier soir…

Je me sentis rougir à ses paroles. Cela dut lui plaire, car il n'hésita pas à me sauter dessus une nouvelle fois.

Alec conduisit durant ce qui me parut une éternité. Un silence de plomb régnait dans l'habitable, seul le moteur de la Mercedes grondait quelques fois. Helena avait la tête collée à la vitre et semblait pensive, Hayden regardait devant lui sans bouger, et son bras droit se concentrait sur la route comme s'il passait son examen du permis de conduire.

Ce soir-là, nous pûmes profiter d'un bel hôtel encore une fois. À l'aide de nos faux papiers, Hayden demanda différentes chambres, également pour ses hommes fatigués d'avoir veillé toute la nuit dernière et d'avoir conduit pendant deux jours sans vraiment avoir l'occasion de se reposer. Ils allaient enfin pouvoir souffler un peu.

Je pensais qu'il me rejoindrait, mais les heures s'écoulaient et je ne le voyais pas arriver. Il ne m'avait pas non plus suggéré de venir à lui. J'eus le temps de me doucher et de manger, même de me caler devant une émission humoristique à la télévision.

Il était maintenant très tard et toujours aucune trace de lui. J'avais conscience qu'une des règles de la mission était de ne pas sortir des chambres la nuit, pourtant je décidai de désobéir, une fois de plus. Je devais savoir où il était et s'il allait bien. Je me rendis d'abord à sa chambre mais après avoir frappé plusieurs fois à la porte, je n'eus aucune réponse.

Arrivée à la réception, je ne croisai que quelques couples de riches étrangers un peu pompettes. Je les ignorai et continuai mon escapade jusqu'à l'entrée de l'hôtel. Il n'y avait que peu de lumière.

En allant un peu plus sur la droite, je plissai les yeux pour être sûre d'avoir bien repéré une petite lueur rouge orangée. Aucun doute, il s'agissait du bout incandescent d'une cigarette. J'avançai timidement, toujours sur mes gardes.

— T'as décidé de ne jamais respecter ce que je dis ?

Je soupirai de soulagement en me rendant compte que c'était bien Hayden.

Sans lui répondre dans l'immédiat, je m'approchai doucement jusqu'à le toucher. Il était adossé contre le mur du bâtiment.

Avec lui, cette sensation de sans cesse marcher sur des œufs ne me quittait pas. Se lasserait-il de moi ? De notre relation instable et impossible ?

Étrangement, il ne me rabroua pas d'une quelconque manière. Au contraire, sa main vint frôler le décolleté de mon chemisier et joua avec l'un des boutons jusqu'à le détacher.

— On a encore seulement cette nuit pour profiter. Ensuite, tout deviendra plus compliqué.

Je fronçai les sourcils. À moins qu'il ait des pouvoirs de téléportation, nous avions encore plusieurs jours de route et n'arriverions pas à destination demain.

— J'ai pu contacter un riche Mexicain avec qui j'ai déjà fait des affaires et qui va régulièrement aux États-Unis pour des réunions professionnelles. On décollera à la première heure demain matin dans son jet en tant que passagers clandestins. On sera assez déguisés pour ne pas se faire remarquer à l'aérodrome privé. Avec de l'argent, on peut acheter n'importe qui.

Il prononça ces paroles avec un petit sourire satisfait mais ironique. Sa loyauté était la seule chose que l'on ne pouvait jamais lui reprocher, il était donc parfaitement légitime à se moquer de ceux qui n'en avaient pas. Mais finalement, les personnes soudoyées nous permettraient d'arriver plus vite que prévu.

— On atterrira sur une piste privée en Alabama. De là on se rapprochera de la Floride, et on finalisera le plan pour faire sortir Jake de taule.

Nous étions si près du but ! Un immense sourire de dessina sur mon visage.

Hayden jeta sa cigarette, se redressa du mur et me contempla avec envie.

— Mais avant, je compte bien profiter de toi, chaton.

Chapitre 54

Le lendemain, je me réveillai très difficilement. Hayden et moi avions passé une longue, très longue nuit. J'avais peut-être dû dormir deux heures à tout casser.

Mais je ne regrettais rien, du moins pour l'instant. Je me sentais plus proche de lui que jamais et les sentiments que j'éprouvais n'avaient fait que s'accroître. J'en étais consciente, la chute viendrait, et elle serait violente, car s'il avait de l'affection pour moi, cela ne pouvait être de l'amour.

Ma tête me criait de fuir, mais mon cœur était incapable d'obéir. Je buvais ses paroles et savourais chaque instant avec lui comme s'il s'agissait du dernier.

Depuis notre rencontre quelques mois plus tôt, tant de choses s'étaient passées… Je lui avais pardonné d'innombrables erreurs, et comme toutes ces filles naïves, j'espérais pouvoir le changer. Malgré moi, je continuais à croire qu'au fond de lui il était quelqu'un de bien et que ce côté sombre était seulement dû à l'éducation monstrueuse que lui avait prodiguée son père.

J'avais toujours secrètement rêvé de vivre une belle histoire d'amour, à la fois stable et intense, dans laquelle le respect était l'élément le plus important. Mais en observant ma situation actuelle, je ne pouvais que croire au karma, et il ne m'avait pas épargnée.

Toutes mes diverses pensées se dissipèrent quand Hayden sortit de la salle de bains, habillé uniquement d'une serviette autour de la taille. Sans me lasser, je dévorai des yeux son torse musclé.

Il me lança un regard presque attendri avant de retrouver son air sérieux et de se diriger vers sa valise pour trouver des vêtements.

— Prépare-toi, on doit aller à l'avion avant que le plan tombe à l'eau. Chaque minute perdue est un risque en plus.

Désormais en mode « professionnel », il ne plaisantait pas. Il était le grand patron froid et impartial qu'il était difficile de cerner. Même si c'était très perturbant, je m'y étais quelque peu habituée et savais que ce n'était en aucun cas contre moi.

Avant de monter dans l'avion, Hayden et moi nous déguisâmes de perruques et lunettes de soleil. Une fois que nous fûmes dans l'appareil en tant que passagers clandestins, un mélange de stress et d'appréhension m'envahit. Nous allions être exposés aux autorités américaines qui nous cherchaient sûrement encore, mais nous nous rapprochions de Jake.

Hayden réglait des détails à quelques mètres avec ses hommes, qui nous avaient bien sûr accompagnés. Pendant ce temps, je rêvais d'un avenir idéal… Je serais loin de tout, dans une ville européenne avec mon frère, et nous aurions chacun une nouvelle identité… Nous nous trouverions tout deux quelqu'un avec qui partager notre vie afin d'agrandir notre belle et grande famille…

Sans que je sache pourquoi, l'image de Hayden m'apparut. Il était avec moi dans ce « monde parfait ». Mais c'était impossible, je devais me ressaisir ! Il n'était pas un homme calme et fiable que l'on pouvait épouser et qui s'accommoderait d'un quotidien banal.

— À quoi tu penses ?

Je sursautai quand Alec m'adressa la parole. Cela devenait tellement rare que je mis quelques secondes à lui répondre.

— À plus tard.

Il fronça les sourcils.

— Je m'imaginais avec Jake loin de tout ce bordel.

Il m'observa un instant avant de se reculer dans son siège placé de l'autre côté du couloir, face à moi.

— Je pense donner ma démission à Hayden après l'évasion.

Cette nouvelle me brisa le cœur. Pas pour lui, mais pour Hayden. Ce dernier avait peu d'amis, encore moins de personnes en qui il pouvait avoir confiance. Si son bras droit le quittait, il aurait probablement du mal à encaisser son départ. Mais un homme aussi bon et loyal qu'Alec n'avait pas sa place dans une organisation criminelle telle que celle de Smith. Il savait se battre, il savait tuer, mais à côté de ça, il avait une immense conscience et un besoin de mener une vie normale qui se lisaient dans ses yeux.

— Peut-être que si je passe dans la même ville que toi un de ces quatre, on pourra se revoir, me proposa-t-il.

Je lui adressai un sourire en hochant la tête, et il me le retourna.

Un raclement de gorge nous sortit de nos projets futurs. Sans faire mine de nous avoir entendus, Hayden annonça :

— Nous allons atterrir, mettez vos ceintures. À l'arrivée, faudra vite dégager les lieux dès que possible.

J'acquiesçai, Alec m'imita. Nous nous lançâmes un regard inquiet dès qu'il quitta notre champ de vision pour aller je ne savais où. Les choses pouvaient dégénérer à tout moment, et imaginer avoir fait tout ce chemin pour rien me rendait affreusement nerveuse.

L'atterrissage se déroula bien, et nous remerciâmes Miguel Santos, le propriétaire du jet, ainsi que son équipage pour sa discrétion. Notre sortie de l'avion fut rapide. Un SUV noir nous attendait, et une fois à l'intérieur avec mes principaux complices, je me sentis rassurée. Nous ne semblions par avoir été trahis. Ni la police ni les hommes de McCartney n'étaient là pour nous accueillir malgré le stratagème de ce dernier pour repérer notre présence éventuelle sur le sol américain.

Helena se frottait les yeux, mal réveillée. Elle avait dormi durant tout le vol dans un coin de l'avion.

— Je n'arrive pas à croire que je suis aux États-Unis ! Tout est tellement beau et luxueux ici !

Elle n'avait visiblement pas conscience du nombre de quartiers pauvres à travers tout le pays.

— Pas de vague, Hel. Je te vois déjà venir, on n'est pas là pour faire du tourisme, lança son frère.

Elle leva les yeux au ciel alors que celui-ci semblait agacé, renfermé. Je me demandais ce qui pouvait le mettre dans un tel état.

Il faisait une température très correcte en Alabama, cela changeait du climat étouffant du Panama. Une veste en jean me suffisait amplement pour me tenir au chaud ce soir-là.

Après avoir dévoré un bon dîner copieux qu'un des hommes de Smith nous avait ramené dans cet appartement loué sous une fausse identité, je me détendis quelques instants sur la terrasse. Je me grattai la tête à cause de cette maudite perruque blonde me tombant jusqu'au bas du dos.

Je fus étonnée de voir Hayden, que je reconnaîtrais même avec tous les déguisements du monde, quitter le petit immeuble et marcher dans la ruelle longeant le bâtiment. Avec son habituelle cigarette à la bouche, il pressa le pas.

Sans hésitation, je me précipitai à la porte pour le rejoindre sans prévenir les autres. De toute façon, il n'avait pas beaucoup d'avance, je le rattraperais forcément.

Une fois à l'extérieur, je pris la direction que Hayden avait empruntée quelques instants plus tôt. Pourquoi le suivais-je ? J'avais envie de savoir ce qui le contrariait. Et peut-être pour cesser de tourner en rond, mes peurs me consumant.

Il n'y avait pas grand-chose dans ces rues à part de petits commerces locaux. Après avoir tourné en rond quelques minutes sans réussir à le retrouver, je décidai de m'asseoir sur un banc à seulement quelques mètres de l'appartement. Il était certainement déjà loin et ne serait probablement pas content s'il découvrait que j'étais sortie seule, mais ma première intention avait été bonne, j'avais voulu tenter de lui parler pour le soutenir s'il en avait besoin.

Me vint alors une idée. Après avoir encore vérifié autour de moi que je n'étais pas suivie, je récupérai le téléphone offert par Hayden, celui qui se trouvait être indétectable. Je savais que je n'en avais pas le droit, mais s'il n'y avait aucun risque, pourquoi appeler quelqu'un serait mal ?

Mon pouce passa plusieurs fois au-dessus du numéro d'Andrew. Que pensait-il de moi désormais ? Notre dernière conversion remontait à un moment, mais il n'avait jamais eu l'air de vouloir me trahir. Malgré les complications et le tournant qu'avait pris ma vie, j'avais confiance en lui.

Quand j'appuyai enfin sur l'écran tactile et que l'appel débuta, mon cœur accéléra considérablement. Me raccrocherait-il au nez ? Aucune idée.

— Allô ?

Entendre sa voix m'apaisa instantanément. Elle était légèrement hésitante, comme s'il se doutait qu'il s'agissait de moi mais qu'il avait besoin d'une confirmation.

Étrangement, je fus d'abord incapable de répondre.

— Adria, si c'est toi, sache que j'attendais ton appel avec énormément d'impatience…

Cette phrase me toucha en plein cœur. Il ne paraissait pas en colère contre moi, juste stressé par la possibilité que je raccroche.

— Andy…

Sa respiration devint plus forte, puis il ajouta :

— J'ai tout étudié en détail et j'ai compris ! Je sais pourquoi tu as fait tout ça et, même si je ne suis pas pour tous ces trafics et ces manigances, je te soutiens, Adi. Tu as voulu sauver la personne que tu aimes par-dessus tout, comment pourrais-je t'en tenir rigueur ?

— J'aurais tellement voulu que tout se passe autrement, répondis-je enfin, ne pouvant plus me retenir.

Je commençai alors à pleurer. Je souffrais d'être loin de la seule famille qu'il me restait et de mes amis.

— Dis-moi où tu es.

Comment être certaine qu'il ne s'agissait pas d'un piège ?

— Je ne peux pas…

— Dis-moi, s'il te plaît, et je pars de chez moi dès que possible.

Chapitre 55

Bien sûr que j'étais tentée de donner ma position à Andrew pour qu'il puisse me soutenir…

— Je ne peux pas, je suis désolée, lâchai-je, catégorique.

Ma confiance en lui avait finalement des limites, rien ne me garantissait qu'il ne retournerait pas sa veste. Si je lui indiquais ma localisation, je risquais de mettre en péril chaque personne venue m'aider à sortir mon frère de prison. C'était hors de question.

— Adria, je t'en prie, c'est moi, Andy ! On a partagé tellement de choses ensemble, comment tu peux douter de mes intentions…

Un de mes rares alliés allait certainement me tourner le dos mais je ne pouvais pas faire autrement. En suivant Hayden dans son pays, j'avais définitivement choisi son camp.

— Ce n'est pas contre toi, mais je ne suis pas la seule concernée dans cette histoire.

— Tu crois que ce mec va t'aider ? C'est un putain de connard recherché et soupçonné de je ne sais combien de crimes !

S'il savait… s'il savait à quel point cela ne me paraissait plus important, à quel point je l'aimais malgré son passé, son présent et probablement son sombre futur… J'en avais presque oublié qui il était, ou pire, je l'aimais pour ce qu'il était.

— Il te fait chanter, c'est ça ? Il te retient en otage depuis son évasion ?

J'avais envie de tout lui raconter pour qu'il m'aide à retrouver la raison, mais je craignais qu'il suggère que je souffrais d'une sorte de syndrome de Stockholm. Andrew était un homme cartésien, mais tout ne pouvait pas s'expliquer par des théories psychologiques.

— Je ne peux rien te dire, à part que tu me manques et que j'espère te revoir un jour.

Visiblement pris d'un élan de panique, Andrew leva le ton :

— Ne raccroche pas, Adria ! J'ai besoin de savoir que tu vas bien, que tu ne feras rien de stupide et…

Mon téléphone me fut soudain arraché de l'oreille et de la main. Je hoquetai de surprise, avec l'impression que mon cœur allait s'arrêter. La police… ils m'avaient retrouvée !

— T'es réellement insupportable. J'aurais dû te laisser au domaine, putain.

Entendre la voix de Smith me rassura aussitôt. Il était debout derrière moi, l'air furieux. Je me levai afin de lui faire face et d'affronter sa colère.

— Comment…

— Comment je t'ai trouvée ? À cause de ton traceur, bien sûr.

Le bracelet qu'il m'avait offert… Je l'avais totalement oublié, sans doute à cause de la fatigue et du stress.

— J'ai vu deux choses, que tu es sortie sans permission et que tu t'amuses à appeler tes potes.

Bien qu'il soit énervé contre moi, son attitude était moins assurée que d'habitude.

Je fronçai les sourcils, étonnée.

— Qu'est-ce que tu as encore ? dit-il d'une voix lasse.

— Tu as bu ?

— T'es de la police, Adria ? Parce que si c'est le cas, t'es vraiment nulle.

C'était évident, il était bourré. Je l'avais vu boire plusieurs fois lors de soirées au domaine, mais jamais il n'avait été dans cet état.

— Allez, on rentre, déclarai-je d'un ton sec.

Alors que je prenais sa main pour le guider vers l'appartement, il me tira le bras jusqu'à que je perde l'équilibre et me retrouve contre lui, mon visage à quelques centimètres du sien.

— Y a quelque chose que t'as pas l'air de vouloir comprendre, me chuchota-t-il, c'est moi qui décide.

Je n'aimais pas sa manière de me contrôler comme si j'étais une vulgaire petite fille et non pas une femme du même âge que lui.

— Suis-moi.

Je m'exécutai, finalement curieuse de savoir ce qu'il comptait faire. J'aurais pu lui proposer de rentrer de mon côté à l'appartement, mais je ne voulais pas le laisser arpenter les rues seul. Et s'il faisait une mauvaise rencontre ? Qu'il se battait avec d'autres hommes et que la police intervenait ? Nous ne pouvions pas nous permettre de nous faire remarquer. Mais au fond, je me doutais qu'il était assez malin pour ne pas tout faire capoter.

Il attrapa ma main, comme pour m'inciter à aller plus vite, et au contact de sa peau, une agréable petite décharge me traversa. Nous marchions comme un couple lambda dans cette belle petite cité côtière d'Alabama, Point Clear.

Hayden nous emmena dans une boutique sur le point de fermer et acheta une bouteille de rhum. Le vendeur, presque endormi, nous prêta à peine attention lors de l'encaissement.

Une fois que nous fûmes de nouveau à l'extérieur, Hayden reprit ma main et nous guida cette fois-ci vers la plage. Moi qui adorais la mer, je ne pouvais que me réjouir de son idée.

La nuit était noire, les rues presque désertes, la météo particulièrement clémente pour la saison.

Nous traversâmes un joli chemin en bois, une sorte de petit pont menant jusqu'au sable fin et presque blanc. Hayden lâcha ma main et contempla le golfe du Mexique devant nous. Il s'assit et ouvrit la bouteille de rhum. Il en avala une gorgée et m'observa m'installer près de lui avant de me la tendre. Hésitant un instant, je décidai de l'imiter.

Après de longues minutes de silence, Hayden devint un peu plus bavard, m'expliquant qu'il avait commencé à boire avec ses hommes puis que l'envie de prendre l'air lui avait pris. L'alcool jouant fortement sur son attitude, il me raconta des anecdotes. J'appris de quelle manière il procédait à un trafic de cigarettes lorsqu'il était en prison et comment il se procurait du whisky. En tant qu'ancienne employée de ce centre pénitentiaire, je me rendis compte que nous n'étions pas au courant de tout ça.

Un nouveau blanc s'ensuivit. La bouteille se vidait de plus en plus, et je pouvais déjà sentir les effets de l'alcool. J'étais plus détendue, plus bavarde…

— Dis-moi, Hayden, il y a quelque chose qui me tracasse depuis un certain temps…

— Je t'écoute.

Il était toujours face à la mer, embelli par le crépuscule qui l'éclairait, mais son visage était tourné dans ma direction. C'était presque surréaliste d'être sur cette plage d'Alabama avec lui.

— Après l'évasion, quand nous étions dans ce motel… tu nous as trouvés Alec et moi en train de discuter dans la salle de bains et ensuite tu es resté seul avec lui pour discuter.

J'attendis quelques instants qu'il se remémore le moment dont je lui parlais.

— De quoi l'as-tu menacé pour qu'il se montre aussi distant depuis ?

— Je ne l'ai pas menacé dans cette salle de bains, Adria. Je lui ai juste dit quelque chose qu'il n'avait jamais entendu de ma bouche.

— Et qu'est-ce que c'était ?

Tout ce temps, j'avais cru qu'il l'avait fait chanter, ou pire. Je lui avais collé une étiquette de manipulateur alors que c'était loin d'être le cas, visiblement.

Hayden but une longue gorgée et avec un regard fuyant il m'annonça :

— Que j'étais en train de tomber amoureux de toi.

Mon cœur accéléra si fort que j'eus l'impression qu'il allait sortir de ma poitrine. Venait-il d'avouer qu'il avait des sentiments pour moi ?

Chapitre 56

Cette scène était surréaliste. Peut-être que ce rhum était plus fort que je ne voulais bien l'admettre et qu'il m'avait fait avoir des hallucinations.

Le blanc qui s'était installé n'était pas gênant. Hayden regardait attentivement l'étendue d'eau, sa bouteille à la main. De mon côté, je compris que je n'avais rien imaginé.

— Bon, on se casse ? proposa-t-il soudain.

Le changement d'ambiance fut trop brutal, et il me fallut un moment pour réagir.

— Pourquoi ?

Il ne répondit pas. Alors qu'il se levait en tapant sur ses vêtements pour retirer les grains de sable qui s'y étaient accrochés, j'eus un élan de folie et lui sautai dessus, le faisant tomber avec moi, à sa grande surprise. Il me lança un regard noir mais s'arrêta net quand je déposai mes lèvres sur les siennes. C'était peut-être mon dernier moment de tranquillité avec lui, et je comptais bien en profiter jusqu'au bout.

Il nous fit basculer pour se retrouver au-dessus de moi et glissa la main sous mon haut, caressant rapidement ma poitrine dépourvue d'un soutien-gorge, ce qui me rendit complètement dingue. Ce que je ressentais pour lui était bien plus qu'un simple désir, c'était animal, bestial.

Je me redressai pour enlever ma veste en jean et retirai la barrière de tissu qui m'empêchait de toucher la peau de son torse. Je déposai quelques baisers sur ses muscles développés et en profitai pour retracer quelques-uns de ses tatouages du bout des doigts.

Il embrassa à son tour mes côtes et remonta jusqu'à ma poitrine, m'arrachant un gémissement de plaisir. Il s'attaqua ensuite à mon short, le déboutonnant et le faisant glisser jusqu'à mes pieds. Face à mon tanga, il me regarda avec des yeux de prédateur, prêt à dévorer sa proie.

S'il y avait bien quelque chose d'incroyable entre nous deux, c'était le sexe. Il était à la fois intense et beau, comme une drogue devenue indispensable.

Malgré la fraîcheur nocturne, nous nous déshabillâmes totalement, et constatant à quel point il me désirait, je grimpai sur lui pour faire en sorte qu'il me pénètre rapidement et intensément.

Une de ses mains était posée sur ma hanche et l'autre sur ma nuque, il me tenait fermement et m'aidait à faire des mouvements de va-et-vient, qui nous faisaient tout deux gémir de plaisir.

Après de longues minutes, alors que la sensation au creux de mon ventre était devenue insupportable, j'étouffai le cri de mon orgasme en mordant son épaule, et il jouit tout en me serrant très fort contre lui. Son souffle court et fort dans mon oreille me provoqua des milliers de frissons.

Je n'arrivais pas à croire que nous venions de faire l'amour ainsi sur une plage d'Alabama.

Submergée par les émotions, je le regardai avec intensité.

— En tout cas, moi, je le suis.

Il haussa les sourcils, ne comprenant pas où je voulais en venir. Je pris mon courage à deux mains, bien décidée à dévoiler ce que j'avais sur le cœur.

— Amoureuse de toi.

Il m'observa avec attention tandis que mon rythme cardiaque accélérait. Il s'approcha de moi et me serra contre lui. Je sus que j'avais bien fait de lui avouer ce que je ressentais. Il embrassa mon front, puis mes lèvres, et enfin s'attaqua à mon cou. Mais cette fois-ci, avec une autre attitude. Il était tendre, apaisé. Il me plaqua encore plus fort contre lui et me réchauffa contre son torse. Je fermai les yeux, savourant ces derniers moments de calme avant la tempête qui nous attendait et dont nous ne connaissions pas l'issue finale.

La route pour rentrer à l'appartement se fit en silence, mais ce n'était pas pesant. Nous profitions juste de pouvoir marcher en toute liberté dans des rues désertes à cette heure si tardive de la nuit.

Je commençais à avoir vraiment très froid. Hayden passa son bras autour de mes épaules pour que j'avance tout en étant collée à lui. Nous avions franchi un certain cap ce soir-là. Nous avions découvert la réciprocité de nos sentiments.

Une fois que nous fûmes dans l'appartement, Hayden m'embrassa avec tendresse, et je rejoignis rapidement la chambre où dormait Helena afin de me coucher avec elle. Mieux valait rester discrets sur notre début de relation si cela en était un. Je ne pus m'empêcher de sourire en constant que ma perruque était couverte de sable, après que je l'eus retirée sur la plage.

Encore hypnotisée par ce qui venait de se passer, j'eus du mal à trouver le sommeil. J'avais l'impression que des milliers de papillons se baladaient dans mon ventre.

J'ouvris soudain les paupières, comme perturbée par quelque chose…

Je compris rapidement qu'il s'agissait de Helena, qui m'observait avec un petit sourire plein de fausse malice.

— Ah, enfin !

À moitié endormie, je me frottai les yeux.

— Je sais que tu étais avec Hayden hier soir, dis-moi tout !

Oh que non, si elle connaissait les détails de ce que son frère et moi avions fait, elle se tairait immédiatement, trop gênée par la situation. Cette pensée me fit rire, et elle me regarda comme si j'étais devenue folle.

— Laisse-moi me préparer et manger quelque chose, je te raconte ça après !

Elle soupira de manière excessive pour me montrer son agacement et quitta la pièce tandis que je me rendais à la salle de bains avec une tenue propre en passant par le couloir.

— En principe on frappe avant d'entrer.

Je sursautai en pénétrant dans la pièce, réalisant que Smith se trouvait juste en face de moi, une serviette autour de la taille, le torse encore mouillé.

Contrairement à ce que sa phrase pouvait laisser croire, il n'avait pas l'air énervé.

— Excuse-moi, j'étais ailleurs.

Il ne répondit pas et se contenta de saisir ses vêtements avant de se diriger vers la porte. Son comportement me fit mal, j'avais imaginé qu'il puisse nier ce qu'il m'avait dit hier, mais pas qu'il m'ignorerait comme ça.

— C'était donc le rhum, déclarai-je à voix haute, mais assez doucement, persuadée qu'il n'y ferait pas attention.

Je me regardai dans le miroir au-dessus du lavabo. Comment avais-je pu croire que mes sentiments étaient réciproques ?

— Non, Adria, m'annonça-t-il alors de manière claire et distincte. Ce que je t'ai dit hier soir n'avait aucun rapport avec l'alcool.

Il ne me laissa pas réagir et quitta la pièce. Je souris, soulagée, je n'avais rien imaginé, et il ne remettait surtout rien en question.

Je pus méditer tout ce qui s'était passé sous la douche, me rappelant chaque instant, même les plus intimes…

Une fois prête, habillée d'un pull noir à dentelle et d'un jean clair, je décidai d'enfin affronter le reste du personnel de Hayden, notamment Alec. Ce dernier savait toujours tout, et j'appréhendais déjà de me retrouver face à son regard accusateur comme si j'avais commis un crime.

Quand j'arrivai dans le grand salon, tout le monde était assis et semblait m'attendre. Je croisai les yeux de Hayden, qui se mit à parler dès que je m'adossai au mur, à côté du fauteuil en cuir où se trouvait Helena.

— Demain on part pour la prison. On va sortir Jake Lawrence de cette merde.

Je n'avais pas anticipé que le plan serait pour demain, imaginant que nous patienterions encore un ou deux jours. Mon cœur accéléra aussitôt. Si tout se passait bien, je serais avec Jake dès le lendemain…

— Aujourd'hui, relaxez-vous, faites du sport, dormez, comme vous voulez. Nous ferons une petite soirée, histoire de détendre l'atmosphère avant le grand départ. J'ai fait commander des pizzas pour midi et un buffet. Régalez-vous.

Je n'arrivais pas à croire qu'il veuille qu'on pense à autre chose le temps d'une journée. Dans tous les cas, cela me permettrait de profiter un peu de ceux qui étaient devenus comme ma famille.

Tout le monde se rua vers la salle à manger d'où émanait une alléchante odeur, et je restai quelques secondes avec Hayden, qui me regardait avec intensité.

— Tu ne seras plus jamais seule, Adria.

Il me chuchota ces mots dans l'oreille, et je crus que mon cœur allait sortir de ma poitrine. Même si nous serions probablement bientôt séparés, je préférai mettre mes craintes quant à l'avenir de côté pour l'instant. Hayden avait raison, cette journée nous appartenait, et nous nous devions de l'honorer en ne pensant qu'à nous.

Plusieurs heures passèrent, et après que nous eûmes dévoré de délicieuses pizzas, la bonne ambiance demeurait toujours présente. J'avais l'impression d'avoir eu le pouvoir d'appuyer sur le bouton pause.

Hayden et Alec riaient ensemble, comme si toute rancune entre eux avait disparu, c'était beau à voir. Michael nous avait concocté de délicieux cocktails, puis était parti téléphoner à sa fille Tess un bon moment. Helena participait aux conversations, de temps en temps rembarrée gentiment par son frère dès qu'il s'agissait de garçons ou d'histoires un peu croustillantes. Il se comportait comme un père avec elle, et on pouvait sentir tout l'amour qu'il lui portait.

Smith n'avait plus rien du dangereux chef de cartel, il était désormais un jeune homme qui s'amusait avec ses amis.

La soirée était vraiment sympa. Helena et moi avions mis d'anciens morceaux nous rappelant notre adolescence. Et surtout, mon innocence…

Je bus cul sec quand je reconnus la musique d'un boys band, les Backstreet Boys, dont Hanna avait été fan durant des années. Je me souviens de la fois où elle m'avait emmenée à leur concert, criant comme une hystérique, tandis que j'avais hâte de m'échapper de cette foule étouffante.

— C'est quoi cette tête que tu tires ? me gronda Helena. Bon sang, Adria ! Garde cette tête de déterrée pour demain !

— Je vais prendre l'air, lui indiquai-je, avec un faible sourire.

Il était tard, et nous avions passé une bonne partie de l'après-midi à boire et parler. J'étais fatiguée, attristée, avec un furieux besoin de m'aérer.

J'ignorais de quelle manière les autres faisaient abstraction de ce qui se déroulerait demain, mais personnellement, je n'en étais pas totalement capable.

Une fois à l'extérieur, je pris une grande inspiration et essayai de me détendre un peu. L'air marin me faisait du bien, et malgré la fraîcheur j'avais envie d'en profiter encore un peu.

Je fis le point sur ces derniers mois. Je n'avais pas vu le temps passer, tout était allé trop vite, et la folie qu'était devenue ma vie ne me permettait pas d'en appréhender toutes les conséquences.

Alors que je savourais ce moment de solitude, un étrange bruit se fit entendre en bas de la terrasse. Je fronçai les sourcils, ne comprenant pas d'où cela pouvait venir, on aurait dit qu'il s'agissait d'un animal.

En me penchant, j'aperçus un homme en sweat à capuche noir en train de grimper jusqu'à moi. Affolée, je reculai et voulus crier de peur avant de penser à nos voisins. Je n'avais aucune envie qu'ils appellent la police.

Alors que je comptais rentrer pour prévenir Hayden de cette intrusion, l'homme arriva face à moi, sur la rambarde de la terrasse, et je crus m'évanouir en reconnaissant son visage.

Chapitre 57

— Andrew ? !

Il sauta le dernier obstacle entre nous et se redressa face à moi, le visage sombre. Je ne sus comment réagir, bien trop bouleversée de le trouver ici.

— Mais qu'est-ce que… Comment…

— La première fois, je n'ai pas réussi à tracer ton appel mais là, je n'attendais que ça, et j'y suis parvenu au moment où tu as raccroché. Quand j'ai vu que t'étais à seulement sept heures, je n'ai pas réfléchi, je suis monté dans ma voiture et je suis venu.

J'étais émue mais aussi en état de choc. Andrew m'avait retrouvée !

— Ça fait des heures que je tourne dans la rue, essayant désespérément de te trouver. Et là, telle une apparition, t'es arrivée sur ce balcon.

Sans plus attendre, je sautai dans ses bras et le serrai le plus fort possible, sans même connaître ses intentions. Ça m'était égal, j'étais juste contente que mon meilleur ami soit là !

Il s'écarta bientôt et me contempla, vérifiant certainement que je n'avais rien.

— J'espère qu'il ne t'a pas fait de…

Soudain, je me souvins où nous étions et surtout avec qui. Prise de panique, je poussai Andrew en arrière.

— Tu dois t'en aller ! Si Hayden te voit…

— Que se passera-t-il si Hayden le voit ? répéta une voix que je ne connaissais que trop bien.

Quand je me retournai en jurant, tous s'étaient réunis à la baie vitrée, que Smith ouvrit entièrement. Il avait les bras croisés et un regard assassin, celui que je détestais chez lui.

Helena s'était mise à l'écart, et je l'observai du coin de l'œil s'éloigner légèrement avec Alec, qui lui parlait doucement. Il lui expliquait certainement qui était l'intrus.

Andrew fixa Hayden de la même façon que lui, ce qui ne sembla pas lui plaire. Ce dernier s'approcha brusquement de nous, me bousculant au passage, et empoigna mon meilleur ami par son sweat, le soulevant presque du sol.

— Je te laisse cinq secondes pour me convaincre de ne pas te jeter par-dessus la rambarde et te descendre ensuite pour être sûr que tu fermes ta gueule.

Je m'agitai, nerveuse à l'idée qu'il commette une erreur que je ne pourrais jamais lui pardonner.

— Hayden, lâche-le, s'il te plaît ! le suppliai-je.

Il me regarda dans les yeux, certainement contrarié que j'accorde autant d'importance à la vie d'Andrew alors qu'il ne le connaissait pas.

— Tu peux le lâcher, Hayden. Il est très lourd mais ce n'est pas quelqu'un de dangereux, intervint Alec, à mon grand soulagement.

Alec savait qu'il faisait juste partie de mon entourage. Hayden n'apprécia visiblement pas de ne pas connaître l'identité de cet intrus culotté.

— Je suis Andrew, le meilleur ami d'Adria.

Hayden parut mettre un peu de temps à comprendre de qui il s'agissait et hocha la tête, le visage toujours fermé. J'étais persuadée qu'il se souvenait très bien d'avoir ordonné à cet abruti de Nathan de trafiquer les freins de sa voiture. D'ailleurs, Andrew le savait aussi, j'étais étonnée qu'il ne soit pas plus en colère.

Heureusement, Hayden le relâcha et l'observa avec attention, se demandant certainement pourquoi il était là et ce qu'il allait faire de lui.

— Comment t'es arrivé là ? le devança son bras droit.

Andrew me regarda une demi-seconde, puis Alec, avec une rancœur qui ne datait pas d'aujourd'hui.

— Je suis spécialiste en hacking depuis des années. Je suis resté suffisamment longtemps au téléphone avec Adria pour la géolocaliser.

— Très bien, petit malin, répondit Hayden avec ironie avant de lui attraper le bras. On va donc avoir une discussion toi et moi. Tu peux nous laisser, Adria. Alec, viens avec moi.

Hayden empoigna mon meilleur ami par le col et l'emmena jusqu'à une petite pièce consacrée au sport. Il l'assit de force sur une chaise en plein milieu et je les suivis, malgré ses instructions. Alec était là aussi, amusé par la situation, ce qui lui valut un regard noir de ma part.

— Ne lui fais rien, enchaînai-je aussitôt, ayant peur pour mon meilleur ami.

— Adria, me coupa Hayden d'un ton sévère mais calme, s'il coopère, il restera en vie.

Je décidai de ne pas quitter les lieux, histoire d'être prête à intervenir s'il le fallait.

— Andy, sois honnête et réponds à ses questions. Tout ira bien si tu dis la vérité, le rassurai-je.

Ma façon de lui parler avec délicatesse et de l'apaiser parut agacer Smith, qui soupira d'ennui. Mais quand il se tourna vers moi pour me regarder de travers, ses yeux montrèrent une autre émotion. Il semblait hésitant, comme s'il avait conscience de ma confiance en lui et du fait qu'il ne devait pas me décevoir.

Le fait qu'il tienne compte de mon avis me touchait.

— Tu devrais aller te coucher, je veux juste connaître ses intentions, m'indiqua Hayden, de son éternel ton autoritaire.

J'avais peur qu'il en profite pour torturer mon meilleur ami.

— Pas avant que tu ne viennes avec moi dans la chambre, répliquai-je.

Il m'adressa un léger rictus qui suffit à réchauffer mon cœur.

— Tu couches avec ce malade ? Tu es sérieuse ? intervint Andrew, sa voix reflétant un dégoût profond.

Je ne pouvais pas accepter qu'il manque ainsi de respect à Smith, pas devant moi, et pas comme ça. Plus maintenant.

— Ne parle pas de lui de cette façon, tu ne le connais pas.

Hayden sembla plus que surpris que je le défende face à l'un de mes proches, qui pourtant était légitime à le haïr.

— C'est un putain de criminel, Adria ! Mais qu'est-ce qui te passe par la tête, merde !

— Bon, ferme-la avant de prendre mon poing dans ta gueule, lui ordonna Hayden. On va parler sérieusement, et si j'estime que tes raisons sont valables, tu pourras rester.

Il se tourna vers moi et attrapa ma main avec délicatesse.

— Va te coucher, mon chat.

— Hayden…

— Je te promets de ne rien lui faire, je veux juste être sûr de ses motivations, mais je suis certain qu'il nous sera utile, vu qu'il a réussi à venir jusqu'ici.

Il parvint à me convaincre. Je hochai doucement la tête et ne luttai pas plus longtemps. Demain serait une très grosse journée, et j'avais besoin de repos. J'avais bien compris que je ne pourrais pas partager de moment avec mon meilleur ami ce soir.

Malgré cette tension palpable entre Andrew et moi, je m'approchai donc de lui et le serrai très fort dans mes bras, heureuse de sa présence. Il répondit à mon étreinte, m'étouffant presque.

— Peu importe tes choix, chuchota-t-il, je suis là pour que tu puisses retrouver ton frère. Je veux faire partie de ta vie, Adi.

— Les risques sont énormes, lui rappelai-je, émue.

— Mais ça en vaut la peine. Tu connais mon amour pour la justice, la vraie. Je vais t'aider, et une fois que Jake et toi serez réunis, je reprendrai le cours de ma vie, et ça restera entre nous.

Il marqua un temps d'arrêt, et soupira avant de me dire :

— Si tu m'en avais parlé depuis le début, je t'aurais soutenue, tu sais…

Andrew était un ami plus que fidèle. Il allait même faire affaire avec un homme qui avait essayé de le tuer pour moi.

Hayden se racla la gorge, et je compris que je devais maintenant quitter la pièce.

Je croisai les doigts pour que tous deux réussissent à s'entendre.

Chapitre 58

Après avoir pris une douche la boule au ventre, je croisai Andrew dans le couloir, il avait l'air fatigué. J'avais dû dormir aussi mal que lui tant j'avais passé la nuit à me tourner dans tous les sens.

— Comment tu te sens ? osai-je lui demander.

— Bien, me répondit-il en me serrant dans ses bras. J'ai bien cru que Smith ne me lâcherait jamais, il m'a cuisiné une bonne partie de la nuit.

Je n'étais pas vraiment étonnée. Quel genre de boss serait-il s'il laissait entrer n'importe qui dans son équipe ? J'étais d'ailleurs bien consciente que s'il avait donné sa chance à Andrew, c'était juste pour moi et pour me rassurer. J'espérais que nous n'aurions pas à le regretter, car même si mon meilleur ami respirait la sincérité, j'avais énormément de mal à faire confiance désormais.

— J'ai dû lui répéter des dizaines de fois que si mon but était de vous dénoncer, je ne me serais pas embêté à venir jusqu'ici.

Et c'était logique, finalement. S'il l'avait voulu, nous aurions pu finir en prison et ça aurait été de ma faute. Il était temps que je me montre plus forte, moins sentimentale.

— Je suis désolée, Andy. J'ai conscience de ce qu'il t'avait fait, et pourtant, ça ne m'a pas empêchée de faire équipe avec lui.

Et tellement plus… J'ignorais s'il avait une idée de l'ampleur de mes sentiments pour Hayden mais je ne me sentais pas capable d'assumer ça devant lui.

— Je sais, Adria. Il m'a expliqué hier que ce n'était pas contre moi, que je n'avais été qu'un dommage collatéral.

Il sourit, ce que je trouvai étrange. Andrew était quelqu'un de gentil, mais rancunier.

Il fut appelé par le hacker de Hayden, Valerio, qui souhaitait certainement faire un point avec lui avant le départ. Je décidai de rejoindre les autres dans la salle à manger de l'appartement.

Une fois à la table du petit déjeuner, j'eus l'impression que ma vie allait se jouer sur un coup de poker : soit je gagnais tout, soit je perdais tout. Il n'y avait plus de place pour le hasard, tout devait être minutieusement préparé pour ne pas échouer.

J'avais mis tous mes jetons sur Hayden, et si nous nous plantions, nous risquions tous de nous retrouver à la case prison, sauf qu'aucune carte chance ne pourrait nous libérer. Nous n'étions malheureusement pas dans un jeu mais dans la réalité, ce qui changeait la donne.

J'avais appris à lui faire confiance. Mais bien que Hayden soit un homme puissant et malin, il n'était pas à l'abri des erreurs. La preuve, il avait passé deux ans en prison…

Je devais cesser de cogiter à m'en donner la migraine et plutôt me dépêcher de me préparer à vivre cette journée pleine d'épreuves.

Je sentis une main se poser sur la mienne et croisai le regard encourageant de ma nouvelle amie, Helena. Ce petit bout de femme énergique risquait aussi énormément. Si les choses ne se déroulaient pas comme prévu, sa propre vie serait gâchée.

— Il faut qu'on mange un peu pour prendre des forces, dit-elle.

Elle avait raison, mais comment pourrais-je avoir de l'appétit au vu de la situation ? J'avais l'impression qu'aucun aliment ne pouvait passer.

— Hel, si ça devait mal tourner…

— Stop, Adi, m'ordonna-t-elle presque tendrement en posant les mains sur mes épaules. On doit rester positives, c'est la clé de la réussite.

J'admirais son optimisme, même s'il ne suffirait pas à tous nous sauver si cela venait à dégénérer.

— Je sais mais je ne me pardonnerai jamais s'il vous arrivait quelque chose par ma faute.

Mon amie soupira tout en me regardant avec affection.

— Depuis que tu es dans nos vies, les choses vont tellement mieux ! J'ai enfin trouvé une amie honnête et pas payée par mon frère pour soigner ma solitude. Hayden est devenu plus sentimental, plus… vivant. Il m'a même autorisée à venir ici !

Ce qu'elle me disait me touchait énormément. Elle ne me considérait pas comme un fardeau mais une belle rencontre.

— Puis, au-delà de notre envie de t'aider, ton frère mérite sa liberté. Sa cause était noble et l'acharnement d'un mafieux politicien contre lui est intolérable.

Face à ses paroles, je ne pus m'empêcher de la serrer dans mes bras. Jake n'était pas un meurtrier à leurs yeux, et son soutien ainsi que celui de son frère comptaient beaucoup pour moi.

— Mon père adoptif était un sale con mais s'il m'a bien appris quelque chose d'important, c'est que partir en héros vaut bien mieux que rester en lâche.

Peut-être que Hayden et Helena n'avaient pas le même sang, mais ils avaient le même courage. J'étais si heureuse d'avoir des personnes comme les Smith dans ma vie.

Nous nous préparâmes de la manière dont Hayden nous l'avait recommandé : des vêtements simples, sombres et confortables. Nous étions en pantalons de training noirs et en sweat-shirts assortis. En réalité, existait-il une tenue idéale pour faire évader quelqu'un de prison ?

Une fois que nous fûmes tous réunis dans le salon de l'appartement, le chef décida de refaire un dernier point sur les consignes à respecter même si nous les connaissions déjà.

— Règle numéro un, personne ne la joue superhéros à tenter d'improviser un nouveau plan, sauf si le nôtre n'est plus réalisable et qu'il est question de vie ou de mort.

Cette réflexion augmenta encore ma crainte que les choses tournent mal.

— Règle numéro deux, et c'est sûrement la moins marrante, si l'un d'entre nous est attrapé ou gravement blessé, nous devrons le laisser. C'est une opération très délicate, nous n'avons pas le temps de jouer dans le social.

Je trouvais cette consigne dure et presque inhumaine. Je me souvenais encore quand Hayden avait refusé de m'abandonner lorsque mon frère n'avait pas pu sortir. Il avait pris le risque de se faire capturer, il m'avait sauvée et, sans lui, je n'osais imaginer où j'en serais aujourd'hui.

— Règle numéro trois, ne vous faites pas choper. Ne la jouez pas prétentieux, on ne maîtrise pas toutes les surprises que peut nous réserver cette nouvelle prison. Restez au maximum cachés et discrets.

Les hommes de Hayden l'observaient avec attention.

— Règle numéro quatre, si vous devez tuer, faites-le. N'hésitez pas une seule seconde.

Il intercepta mon regard en prononçant ces mots. Je croisai les doigts pour que ça n'arrive pas. M'imaginer ôter la vie de quelqu'un qui ferait peut-être juste son travail était au-dessus de mes forces. J'espérais que Hayden le savait et qu'il ferait son possible pour m'éviter ce genre de situation.

Je détournai le regard et constatai qu'Andrew me fixait d'une drôle de façon, l'air à la fois inquiet et triste. Je lui souris discrètement et me reconcentrai sur Hayden.

Celui-ci pouvait prononcer autant de règles qu'il le voulait, rien ne garantissait la survie de notre équipe ni celle de mon frère. L'éventualité de perdre l'un de mes nouveaux amis, parce qu'ils avaient souhaité m'aider me rendait dingue. Plus que tout, je craignais de le perdre lui.

Je m'étais toujours imaginé que le premier homme que j'aimerais serait quelqu'un de stable, avec un travail banal, qui aurait une petite vie paisible. Mais j'étais tombée amoureuse de l'exact contraire. L'ironie du cœur n'avait vraiment aucune limite.

Tel un chef de clan, Hayden continua son discours avec sérieux et nous rappela ensuite les grandes lignes du plan.

À l'intérieur de la prison, des détenus qu'il avait soudoyés étaient censés débuter une émeute pour distraire les gardiens.

Andrew et le hacker de Hayden s'occuperaient de pirater les

caméras depuis le camion de pompiers où Helena resterait avec eux et se chargerait de la communication entre nous et le véhicule, à l'aide de talkies-walkies. Ils feraient en sorte que les caméras tournent en boucle sur des images pré-enregistrées et ouvriraient les portes selon nos besoins.

Nous allions entrer par les souterrains de la prison pour éviter au maximum de nous faire repérer. Hayden et deux de ses hommes iraient chercher mon frère déguisés en gardien. Pendant ce temps-là, Alec et moi surveillerions la porte pour accéder au tunnel afin que l'on puisse effectivement tous sortir de là.

Quand il fut l'heure de partir, nous nous séparâmes dans différentes voitures pour ne pas éveiller les soupçons. Nous étions une petite dizaine, et de deux à trois par véhicule.

Hayden souhaita monter seul avec moi tandis qu'Alec prit Helena et Andrew, notamment pour garder ce dernier à l'œil.

— Tu es sûre de vouloir aller avec lui ? chuchota mon meilleur ami, me retenant le bras sous le regard meurtrier de Smith.

— Ne t'inquiète pas, Andy. Il ne me fera pas de mal.

Ne semblant pas convaincu, il fut obligé d'accepter la situation lorsque Alec lui demanda de l'accompagner, un peu trop agressivement à mon goût. Décidément, ils n'aimaient pas les intrus dans les cartels.

— Quand Jake sera dehors, que penses-tu que vous ferez ? m'interrogea Hayden d'un air nonchalant alors que nous n'avions pas parlé un long moment pendant que nous roulions.

Je ne m'attendais pas à cette question.

— Comment ça ?

— Tu penses que Jake voudra rester au domaine ? Il est enfermé depuis presque sept ans, ça m'étonnerait qu'il accepte de rester sagement chez moi sans broncher.

Cette idée m'angoissait depuis des jours, et Hayden avait raison de s'en soucier. À mon avis, mon frère voudrait partir, et je n'aurais alors d'autre possibilité que de le suivre, comme le principal objectif de cette évasion était que nous soyons réunis.

— Je ne sais pas, Hayden, répondis-je néanmoins. J'ignore totalement l'état d'esprit dans lequel il se trouve. Est-il au courant qu'on va venir aujourd'hui ?

— Non, m'avoua-t-il. On ne pouvait pas prendre le risque que son comportement change. Il ne doit pas démontrer une seule once d'espoir.

Imaginer Jake attendre le jour sa mort me donnait la nausée. Finalement, j'avais bien fait de ne rien manger.

Comme s'il avait compris ce que je ressentais, Hayden se saisit de ma main et la serra fort, ce qui m'apaisa un peu.

— Ton frère sera avec toi ce soir.

Je détestais qu'il soit si sûr de lui alors que personne ne pouvait totalement prévoir la façon dont se terminerait cette journée.

— Rien n'est certain. Tu as beau être puissant, la police pourrait nous attraper…

— Ils n'auront pas le temps de nous remarquer qu'on sera déjà loin. Comme je l'ai expliqué, l'un d'entre nous va les distraire en faisant croire à une évasion par les airs. Il fera en sorte que les gardiens paniquent à l'idée qu'un détenu s'échappe. Les consignes dans ces cas-là sont claires : leurs supérieurs leur demanderont d'abattre l'appareil, et toute leur attention sera accaparée par ça.

Je réalisai soudain que quelqu'un devrait se sacrifier.

J'eus du mal à prononcer les mots :

— Mais alors, quelqu'un va…

— Quelqu'un va mourir, me confirma Hayden sans que j'aie à terminer ma phrase.

Il venait bel et bien de me balancer une bombe. C'était insensé ! Et puis qui serait prêt à faire une chose pareille ? !

— Qui sera le pilote ? demandai-je, ébahie et inquiète.

Il restait silencieux. Attendait-il que je devine toute seule ? Osait-il s'amuser de moi dans un tel moment ?

— Je peux y aller s'il le faut, proposai-je alors.

Il eut un petit rire moqueur montrant bien qu'il ne me prenait pas au sérieux.

— Très drôle.

— C'est pour mon frère !

— Justement, tu ferais foirer le plan en ne sachant même pas faire décoller l'hélico. On se passera de toi, merci.

En me rabaissant, il me prouvait qu'il ne voulait pas que je sacrifie ma vie. Il n'empêche qu'il avait raison sur un point, j'étais incapable de piloter un hélicoptère.

— De toute façon, on a déjà un volontaire. C'est moi.

Mon souffle se coupa instantanément. Non, il ne pouvait pas avoir fait un tel choix !

Chapitre 59

Je voulus parler mais la boule dans ma gorge bloquait chaque mot que je tentais de prononcer.

— Calme-toi, je déconne, je ne vais quand même pas sacrifier une vie aussi précieuse que la mienne.

Je le frappai à l'épaule tant il venait de m'effrayer. Sa blague n'avait absolument rien de drôle !

— Abruti ! m'énervai-je.

— Je ne relèverai pas l'insulte parce que ta réaction était bien trop satisfaisante. Tu tiens peut-être beaucoup plus à moi qu'on le pensait tous les deux.

J'étais effectivement amoureuse de lui… Mais je n'arrivais pas à le redire, bien qu'une petite voix le répète en boucle dans ma tête. Nous nous étions avoué une seule et unique fois ce que nous éprouvions, lors de notre virée alcoolisée sur la plage, et je savais que nos sentiments étaient toujours réciproques. J'aurais donné cher pour revivre ces instants.

— Je ne supporterai pas de te perdre, admis-je.

Le silence tomba dans l'habitacle, Hayden prit de nouveau ma main dans la sienne. En avais-je trop dit ? Y avait-il réellement un moment idéal pour avouer ce que l'on avait sur le cœur ? C'était peut-être ma dernière chance de lui faire savoir.

— Tu ne me perdras pas, et je ne te perdrai pas non plus.

Il se tut à nouveau après ces quelques mots. J'ignorais donc toujours qui avait décidé d'affronter la mort comme si elle n'était pas irréversible.

— Qui est-ce alors ?

Hayden soupira, comprenant qu'il était obligé de me répondre. J'en avais besoin.

— Michael.

Michael ? C'était impossible ! Et puis il ne m'avait jamais dit savoir piloter un hélicoptère, c'était du grand n'importe quoi !

Comme par hasard, Hayden se gara sur un terrain vague, où les voitures de ses hommes étaient déjà postées avec d'autres véhicules, dont un SUV et un camion de pompiers. Ce dernier servirait d'abri au hacker, à Andrew et à Helena, puis nous l'utiliserions pour ne pas nous faire remarquer.

Quand je vis Michael émerger d'un des véhicules, je sortis et courus vers lui sans réfléchir.

— Qu'est-ce que c'est que ce bordel, Mike ?

Malgré nos débuts chaotiques, nous avions été proches lors de la convalescence de sa fille. Son côté protecteur et paternel me touchait et me rassurait. Il n'avait pas toujours fait les bons choix mais n'était sûrement pas quelqu'un de mauvais.

Il comprit aussitôt à quoi je faisais référence et répondit :

— Laisse-moi t'expliquer pourquoi j'ai pris cette décision.

Tous nous regardaient, ce qui rendait la situation terriblement gênante.

— Non, Michael, tu vas renoncer à cette idée stupide immédiatement ! T'as pensé à Tess ? !

Je sentis mes larmes arriver. Sa fille n'avait plus de mère, il ne pouvait pas l'abandonner. Il aurait vendu son âme pour la sauver, pour qu'elle puisse vivre.

— Viens marcher un instant avec moi.

Choquée par sa sérénité, je secouai la tête.

— S'il te plaît.

Il me tendit le bras, et je me résolus à le suivre, l'angoisse grandissant dans mon ventre.

— Ne traînez pas, gronda Hayden.

Michael acquiesça et m'emmena un peu plus loin, derrière des carcasses de voitures abandonnées. Cet endroit semblait calme et isolé de la ville. Étant donné les quelques heures que nous avions déjà roulé, nous devions être près de la Floride.

— Je sais ce que tu crois, que je suis un père abominable et stupide, dit-il enfin. Mais j'ai pris ma décision, et elle est irrévocable, Adria.

— Mais comment tu peux faire ça à ta fille ? ! Je ne mérite pas que tu fasses une chose pareille !

Il essaya en vain de retenir ses larmes.

— Calme-toi et écoute-moi.

J'inspirai profondément et acquiesçai.

— Je suis malade. On m'a découvert un cancer bien trop avancé pour être soigné. Tess me perdra dans tous les cas. Je t'ai fait du mal et, malgré ça, malgré l'erreur monumentale que j'ai failli faire en te livrant à McCartney, tu m'as sauvé, et tu as contribué à sauver ce qui compte le plus au monde à mes yeux, mon enfant.

Michael était condamné, la nouvelle me laissa bouche bée. Tout ce temps j'avais pensé qu'il allait à des rendez-vous à l'extérieur du domaine pour Hayden ou pour voir sa fille, mais il rencontrait sûrement des spécialistes.

— Hayden a tout fait pour me sauver comme il a sauvé Tess, poursuivit-il, mais ça a été un échec. Alors, quand il m'a parlé du plan pour Jake, j'ai tout de suite compris que j'étais la bonne personne. Il fallait quelqu'un de prêt à se sacrifier et qui sache piloter un hélicoptère. Comme tu dois t'en douter, ça ne court pas les rues.

Malgré mes larmes, je souris en constatant qu'il ne perdait jamais son humour, même dans un tel moment.

— Tu as sauvé ma seule famille, je vais sauver la tienne. Il n'y a pas de plus belle mort à mes yeux.

Sans réfléchir, je me blottis contre lui et le serrai très fort, comme s'il était mon propre père. Ce qu'il faisait allait changer ma vie et celle de Jake.

— Et ta fille ?

— J'ai négocié avec Hayden, il s'assurera de son avenir, elle ne manquera jamais d'argent. En revanche, j'ai besoin que tu veilles sur elle, de près ou de loin… j'ai confiance en toi.

— Je te le promets, répondis-je aussitôt. Elle pourra toujours compter sur moi aussi longtemps que je vivrai.

Nous nous serrâmes très fort dans les bras l'un de l'autre, et j'eus du mal à le lâcher, car je savais que je ne le reverrais jamais.

— Merci, lui murmurai-je. Merci pour tout.

Michael allait se sacrifier, nous n'avions pas le droit à l'échec. Il ne fallait pas qu'il perde la vie pour rien.

Les adieux furent difficiles, mais je ne pus m'attarder plus longtemps, le temps était compté. Hayden serra la main de Michael, qui partit seul avec l'un des véhicules. Il allait sûrement rejoindre directement l'hélicoptère.

Avant de remonter dans la voiture avec Smith, je constatai qu'Andrew, Helena et Valerio, le hacker, n'étaient plus là. Ils avaient probablement pris de l'avance avec le camion de pompiers, qui avait disparu aussi.

Nous roulâmes en silence quelques minutes, j'étais trop sonnée pour parler.

J'avais peur. Et si je ne revoyais jamais Hayden ? Je ne pouvais me résoudre à le perdre. J'avais beau me répéter qu'il ne me restait que Jake, c'était faux.

Quand j'aperçus un panneau indiquant que nous arrivions bientôt à destination, mon cœur se serra dans ma poitrine. C'était la seconde fois que je me rendais dans une prison pour faire évader un détenu, mais je n'avais jamais été aussi nerveuse. Aujourd'hui, il y avait beaucoup trop d'enjeux.

— Ça va bien se passer, me rassura Hayden.

— Je t'en supplie, ne meurs pas.

Je n'avais pas remarqué que je m'étais remise à pleurer. Si tout ne se finissait pas très vite, je risquais de perdre la raison si ce n'était pas déjà arrivé.

Il posa la main sur ma cuisse et la serra. Lui-même n'était visiblement sûr de rien. Je fixai finalement la route, profitant du calme de la voiture, vivant ce moment comme s'il était le dernier.

Quand il s'arrêta près d'une forêt, je compris que nous allions abandonner le véhicule ici. Il éteignit le moteur mais ne descendit pas tout de suite. Je l'admirai quelques instants, ébahie par sa beauté. Il n'y avait plus aucun doute sur ce que je ressentais pour lui.

— Je t'aime, Hayden, soufflai-je.

Il fallut plusieurs secondes avant qu'il se retourne vers moi. Il me regardait avec une drôle d'expression. Bien qu'il conserve une certaine froideur, il était visiblement touché.

Me dévoiler ainsi n'avait pas été facile, c'était la première fois que je disais ces mots à un autre homme que mon grand frère ou Andrew, mais le sens n'était pas du tout le même. Je ne regrettais rien, mais j'avais l'impression d'être plus vulnérable que jamais.

Il ne me répondit pas mais attrapa ma nuque pour m'embrasser avec passion. Sa langue caressant la mienne me procura des frissons à travers tout le corps. Quand il mit un terme à ce baiser, j'étais triste et essoufflée. Si j'avais pu faire durer ce moment éternellement, je n'aurais pas hésité.

Les deux autres voitures nous rejoignirent. Il était temps de marcher pour se rapprocher de la prison. Nous avions tous nos affaires. Une fois arrivés au camion de pompiers, nous les rangeâmes à l'arrière, Hayden et ses deux hommes revêtirent les tenues de gardien qui avaient été prévues, et nous nous mîmes en rond. Le calme régnait, et personne ne semblait serein, mis à part les deux hommes de main.

— Que la chance soit de notre côté.

Suite aux paroles de Smith, nous hochâmes tous la tête.

— Valerio et Andrew sont en train de désactiver le système de surveillance. Le tunnel est à deux cents mètres. Carter, Pitt, allez vous occuper de ceux qui le gardent. Ils seront maximum deux, trop peu de personnes connaissent cet endroit, ils n'ont pas besoin de déployer plus de sécurité.

— On doit toujours les endormir avec les fléchettes, chef ? demanda le premier.

Je me réjouis qu'il ait décidé d'utiliser cette méthode, il ne l'aurait probablement pas fait les premiers temps où je l'avais connu. Mais depuis Hayden avait développé une conscience, il avait choisi de ne pas assassiner des innocents sauf si c'était nécessaire.

— Affirmatif.

Carter et Pitt partirent en courant tandis que nous restâmes là, Hayden, Alec, Helena et moi.

— Si tout va bien, on se retrouve ici dans moins de vingt minutes. Si ce n'est pas le cas, ne vous faites pas tuer, que je puisse venir vous chercher dès que j'en aurai la possibilité plus tard, dans la prison où vous serez.

Hayden disait ça comme si c'était simple, il tentait probablement juste de nous rassurer avec un peu d'humour.

Il nous distribua des armes, des fusils à fléchettes qui endormiraient nos potentiels ennemis et, après avoir terminé, il regarda droit devant lui, plus déterminé que jamais.

— Allons sauver le soldat Lawrence, déclara-t-il en chargeant son arme, qui elle tirait de vraies balles.

Chapitre 60

Alors que nous attendions le signal, le silence qui régnait était extrêmement pesant. La mission évasion allait démarrer d'une seconde à l'autre. Malgré un plan précis, personne ne pouvait garantir ce qui se passerait à l'intérieur de cet immense bâtiment très sécurisé.

Je songeai ensuite au fait que Hayden n'avait pas répondu à ma déclaration dans la voiture. Peut-être ne le ferait-il jamais. J'étais anxieuse quant à la possibilité qu'il puisse ne pas m'aimer en retour. Peut-être était-il seulement attaché à moi.

Je constatai alors qu'il me fixait avec attention, comme s'il essayait de lire dans mes pensées. Je détournai le regard, de peur qu'il devine ma déception de ne pas avoir entendu les trois petits mots dont j'avais tellement besoin pour apaiser mon cœur.

Soudain, un sifflement semblable à celui d'un oiseau s'éleva, le signal donné par l'un des deux hommes de main, c'était l'heure.

Je fis de mon mieux pour me mettre en mode guerrière et éviter de laisser filtrer mes émotions et mes peurs. Nous ne pouvions plus faire demi-tour, tout se jouait à partir de maintenant.

Un mélange d'espoir et d'inquiétude dans le regard, Helena nous encouragea d'un signe de tête, puis repartit en direction du camion de pompiers, là où se trouvaient déjà le hacker et Andrew.

Nous commençâmes à courir le plus vite possible et arrivâmes rapidement à la première porte du tunnel. Deux gardiens étaient endormis sur le sol, pieds et poings liés.

Mon cœur se mit à battre la chamade lorsque Hayden força la première porte à l'aide d'un pied de biche. Peut-être que nous ne ressortirions jamais d'ici. Peut-être entrions-nous dans notre tombeau sans le savoir.

Ce tunnel était sombre, il sentait fortement l'humidité et ne donnait pas du tout envie d'y pénétrer. C'était comme se trouver dans des égouts, sans les rats. Du moins, je priais pour qu'il n'y en ait pas.

Les deux hommes de Hayden avançaient rapidement en éclaireur tandis que j'étais à l'arrière avec le grand patron et Alec. Nous devions tenir la cadence, chaque seconde perdue pouvait se montrer fatale.

J'eus un instant l'impression que mon cœur allait lâcher, mais l'adrénaline et le désir de réussir me firent bientôt oublier tous mes maux.

Hayden se chargea d'une deuxième porte. Mais en apercevant une caméra de surveillance allumée, je paniquai à la perspective que les autorités puissent nous prendre en flagrant délit.

— Si Valerio et Andrew ont bien fait leur travail, ils voient une courte vidéo qui se répète, me rassura Alec, devinant ce qui me troublait. Ils n'ont aucune idée de ta présence ici, t'en fais pas.

Je hochai la tête, espérant qu'il avait raison. Une fois la porte ouverte, nous reprîmes notre chemin en courant un peu plus vite.

Un brouhaha s'éleva alors que nous nous rapprochions de la dernière séparation à l'intérieur de la prison.

— La rébellion a commencé, annonça Smith.

Plus déterminé que jamais, il ouvrit la dernière porte du tunnel. Grâce à leurs fléchettes, ses hommes endormirent instantanément et le plus silencieusement possible deux nouveaux gardiens. Ils étaient d'une efficacité redoutable, leur technique m'impressionna.

— Fais le guet avec Alec, m'ordonna Hayden. Je vous le rappelle à tous les deux, si ce tunnel n'est plus accessible, on est tous morts.

Il m'observa une seconde et partit en courant vers le vacarme très certainement provoqué par les détenus payés pour se révolter. J'eus presque envie de pleurer. Dès qu'il s'éloignait, je n'avais plus l'impression d'être en sécurité. J'étais effrayée. Effrayée de ne plus jamais le revoir, ou qu'il revienne sans Jake.

Après seulement quelques instants qui semblèrent durer une éternité, Alec agrippa mon épaule en regardant devant lui.

— J'espère que t'es prête à te battre, je ne pourrai pas m'occuper d'eux tout seul.

Mon cœur se figea lorsque j'aperçus les cinq hommes arrivant droit sur nous du tunnel. Comment était-ce possible ? !

— Va falloir tirer et bien viser avec tes fléchettes, Adria, m'annonça Alec. On ne va pas avoir le choix. Ils ne mourront pas, donc pas besoin de réfléchir.

Je n'arrivais pas à y croire. Michael avait probablement déjà donné sa vie pour créer une diversion et sauver mon frère, mais cela n'avait visiblement pas suffi à distraire tous les gardiens, qui d'ailleurs étaient entrés par le même chemin que nous.

— Lâchez vos armes ! lança celui sur la gauche.

Alors que j'hésitais toujours à utiliser mon arme, paniquée comme jamais, ce ne fut pas le cas d'Alec, qui tira. Nos adversaires répliquèrent aussitôt, et j'entendis une rafale de coups de feu. Mon ami se jeta devant moi pour me protéger. Quand il s'effondra au sol en criant, je compris avec horreur qu'il avait été touché, et pas par une fléchette. Je m'accroupis près de lui sans réfléchir, tremblante de peur. Nous étions dans une sacrée merde !

Celui qui avait déjà parlé répéta son ordre :

— Lâchez vos armes !

Je levai la tête, leurs cinq armes étaient dirigées vers moi. Je crus que mon cœur allait s'arrêter sur place. Ils semblaient prêts à nous descendre si nous respirions trop fort à leur goût. Avec Alec blessé, je n'avais que d'autre choix que de m'exécuter. Celui-ci me donna son accord en acquiesçant, et je fis glisser nos fusils vers eux, avec rage.

Nous étions désormais à leur merci. Ils nous demandèrent de les suivre, et c'est ce que nous fîmes, contraints et forcés. Nous nous retrouvâmes bientôt dans une petite pièce juste à côté. Tandis que trois matons étaient à l'extérieur, deux étaient toujours avec nous, déterminés et armés. Ils avaient certainement déjà prévenu la sécurité, et nous étions piégés.

— Il ne te laissera pas, déclara Alec, la main posée sur son épaule ensanglantée.

— Il le faut, repris-je d'un ton assuré.

Ma vie n'était pas la seule à être en danger, Alec risquait gros lui aussi. Si ces gardiens décidaient de nous remettre à la justice et non de nous tuer, nous passerions le restant de nos jours enfermés et loin de tous nos proches.

— Je suis désolée, dis-je en posant mes mains sur sa blessure pour ralentir l'hémorragie. Laisse-moi t'aider !

— Tu n'as pas à l'être. Si je suis là, c'est parce que je l'ai voulu. Tout ce qui compte, c'est que Hayden parvienne à faire sortir Jake de là.

Touchée par son courage et sa loyauté, je me blottis contre lui tout en continuant de maintenir la pression. Mes mains furent rapidement imbibées de sang, ce qui m'inquiéta. J'arrachai un bout de mon haut et appuyai à nouveau, même si je craignais que ça ne suffise pas si nous restions ici trop longtemps sans assistance.

Soudain, j'eus un éclair de génie. Mon talkie-walkie se trouvait dans ma poche arrière, j'avais juste à l'attraper et discrètement lancer un signal à Helena et Hayden.

Tout en surveillant le moindre fait et geste de nos ravisseurs, je parvins à le saisir, le cœur battant à mille à l'heure.

— Adria ! me cria Alec.

Alors que j'avais porté mon attention un quart de seconde sur le talkie-walkie, je reçus une immense claque sur la joue et perdis l'équilibre. Je réussis à appuyer plusieurs fois sur le bouton pour communiquer avec les autres, mais sans pouvoir parler, j'espérais qu'ils avaient compris que quelque chose n'allait pas. Mon agresseur me l'arracha des mains et m'attrapa par les cheveux, ce qui me fit gémir de douleur.

— Tu te fous de ma gueule ? ! me hurla-t-il dessus.

Alec jura et se leva pour m'aider, paniqué.

— Lâche-la tout de suite !

L'homme se marra, me tenant toujours fermement.

— T'as de la chance qu'on ait l'obligation de vous garder vivants, cracha-t-il à Alec, sinon je t'aurais flingué l'autre épaule.

Il se contenta de lui donner un coup de pied pour replaquer son dos contre le mur. Mon ami n'avait plus de force, il avait grandement besoin d'aide !

L'homme me relâcha enfin et me poussa sur Alec, qui se retint sûrement de crier de douleur quand je lui tombai dessus.

Nous étions maintenant conscients qu'il y avait peu de chances que nous puissions sortir libres d'ici ou même simplement vivants. Mais si Hayden réussissait à faire évader mon frère, alors c'était l'essentiel. Cette idée me donnait à nouveau la nausée. Je m'étais inquiétée pour tout le monde, sauf pour moi-même.

— Vous allez adorer ce qu'on a prévu pour vous, déclara l'un des hommes, le plus grand et musclé de tous.

Il ne me lâchait pas du regard, et cela attisait ma curiosité.

— McCartney a hâte de t'avoir, ma jolie, annonça-t-il.

— Et nous, on a hâte d'avoir notre prime, ricana son collègue, plus petit et rondouillard.

Soudain, tout devint clair. Ils n'étaient pas des matons, voilà pourquoi ils étaient arrivés par le tunnel, tout comme nous ! Malgré la prudence dont nous avions fait preuve, cette espèce de psychopathe avait prédit notre coup, il avait fait en sorte d'avoir des hommes sur place. Nous avions visiblement sous-estimé la puissance de notre ennemi.

— Comment ? Comment vous…, commençai-je à demander avant d'être interrompue par des coups de feu.

Nous entendîmes bientôt des cris, des bruits d'affrontements et d'autres tirs. Tout mon corps tremblait et mon cœur s'apprêtait à imploser. Les deux personnes que j'aimais le plus au monde venaient peut-être d'être assassinées de l'autre côté de cette porte.

— Va voir, Tom ! hurla l'homme le plus éloigné de nous.

— Calme-toi, Dave, ils ont dû descendre Smith, comme prévu.

Sans que je m'en rende compte, un torrent de larmes avait envahi mon visage. Je ne pouvais pas accepter qu'on ait pu faire du mal à Hayden, l'idée me faisait l'effet d'avoir reçu un coup de poignard en plein cœur. Elle m'était bien plus douloureuse que toutes les blessures dont j'avais souffert jusqu'à présent.

Ledit Tom s'approcha avec prudence de la porte. Quand il l'ouvrit, je retins mon souffle. Sans avoir eu le temps de réagir, les deux hommes qui nous gardaient captifs avaient été tués de sang-froid, égorgés sauvagement par le couple de nouveaux arrivants.

— J'espère au moins que tu pleures de joie, me lança Nathan. Helena avait raison, si vous ne répondiez pas à ses appels, c'est que vous étiez dans la merde. Si on n'était pas venus en renfort, vous auriez probablement terminé dans un cercueil. Ou pire.

Lui et Lucy se tenaient debout face à nous, et je ne comprenais plus rien. Pourquoi seraient-ils ici pour sauver un membre de ma famille ? Pourquoi auraient-ils risqué leur vie, leur précieuse liberté ?

Je continuais à pleurer toutes les larmes de mon corps, imaginant les pires scénarios pour mon frère et Hayden.

— Bon, vous comptez rester là ? s'impatienta Nathan, le visage encore tuméfié par les coups de Hayden. Parce que dès que ton frère arrive, on se casse, Adria.

Choquée, j'écarquillai les yeux. Était-ce du bluff ? Une tentative de manipulation de leur part ?

— Elle n'a pas l'air de percuter, comme d'habitude, souffla sa coéquipière en râlant. Bon, chérie, tu vas te lever, on n'a pas la vie devant nous ! Sinon on peut aussi te laisser là.

Semblant surpris mais beaucoup moins sceptique que moi, Alec se redressa difficilement et me tendit la main de son bras encore valide. Je l'attrapai, hésitant toujours à accorder ma confiance à ceux qui m'avaient malmenée lors de mon séjour au domaine Smith.

— Faut qu'ils se grouillent ! lança Nathan, soudain très nerveux.

Incertaine quant à ce que se passait, je me tenais légèrement à l'écart et les observai lui et Lucy en silence. Elle me sourit de la manière la plus fausse qui soit tandis que son compagnon s'approchait de moi, se rendant compte de ma méfiance.

— Tu as vraiment cru qu'on vous avait trahis ? m'interrogea-t-il, visiblement très amusé, effrayant à cause de tous ses hématomes.

— Je ne suis toujours pas sûre que ce ne soit pas le cas, répondis-je d'un ton mauvais.

— Tu m'as sauvé de la mort et je t'en devais une, annonça-t-il, cette fois-ci avec sérieux. Je déteste être redevable.

Il était vrai que sans mon intervention il serait probablement décédé à l'heure actuelle. Mais c'était également grâce à Alec.

— Helena nous a discrètement demandé de vous rejoindre avant votre départ. Elle ne le sentait pas et savait que nous avions une dette envers toi. Et vraisemblablement, elle avait raison.

— Et pourquoi Lucy est là ? repris-je.

— Elle adore répéter qu'elle te hait, mais tu m'as sauvé et elle t'en devait une aussi. Puis le fait que Hayden l'ignore pour être avec toi l'arrange. Maintenant qu'elle a réalisé qu'ils n'ont rien à faire ensemble, ça ne la gêne plus.

Bien qu'il semble étrangement sincère, j'avais encore du mal à y croire. J'avais cette mauvaise habitude de me montrer naïve et je ne voulais pas prendre le risque de me faire avoir. Je préférais donc rester sur mes gardes avec eux.

Les minutes s'écoulaient, et toujours aucune trace de Hayden ni de Jake. J'avais contacté Helena grâce à mon talkie-walkie que j'avais récupéré. Elle nous avait confirmé qu'ils étaient censés arriver, même si comme nous elle ne parvenait plus à les joindre. Avaient-ils rencontré des problèmes ? Tant d'idées sombres me passaient par la tête que j'en devenais complètement folle…

Soudain, alors que je commençais à croire que tout notre plan avait été un désastre total et qu'avec les cadavres à nos pieds nous serions probablement enfermés à vie, des bruits de pas se firent entendre, au loin, dans la direction par laquelle Hayden et ses hommes étaient partis. Des gardiens qui couraient vers nous ? Ou bien…

— Ah, enfin ! cria Nathan.

— Nathan ? Qu'est-ce que tu fous là, putain ! déclara avec étonnement une voix familière.

Chapitre 61

Mon cœur se remplit aussitôt de joie quand je les aperçus tous les deux, les hommes les plus importants de ma vie.

Je crus que mes jambes n'allaient plus me tenir tant le stress était à son comble, j'avais presque peur qu'ils ne soient qu'une hallucination, un tour que me jouait mon cerveau épuisé par tous ces événements.

— Tu es là, me dit alors Jake.

Il était réel, il était vraiment devant moi. J'avais envie de fondre en larmes dans ses bras mais je savais que ce n'était pas le moment. Nous devions d'abord sortir de cette maudite prison pour éviter d'être capturés à nouveau.

Jake prit tout de même un instant pour me serrer contre lui, si fort que je crus étouffer. Mais ça ne me dérangeait en aucun cas, j'avais attendu ça trop longtemps. Beaucoup trop longtemps.

Soudain, alors que je retrouvais espoir, l'alarme générale se mit à retentir, indiquant que des intrus se trouvaient dans la prison. Nous devions sortir de cet endroit, chaque seconde comptait.

Automatiquement, mon regard se dirigea vers Hayden, le seul que je savais capable de nous faire nous échapper d'ici sans perdre l'un d'entre nous.

— Courez ! hurla-t-il avec détermination. Quoi qu'il se passe, ne vous arrêtez pas.

Mon frère me tira par la main, et nous nous précipitâmes dans le grand tunnel. J'avais du mal à imaginer que nous pourrions tous arriver à bon port sans qu'il y ait le moindre problème.

— Bordel, Alec !

Smith s'arrêta près de lui, et nous en fîmes autant. Mon ami était penché en avant et semblait souffrir le martyre.

— Allez, encore un peu de courage ! lui cria Hayden, plus nerveux qu'à son habitude.

Jake et Carter revinrent sur leurs pas, et tous aidèrent à porter Alec. Nous continuâmes à nouveau à avancer, bien que beaucoup plus lentement.

Avant que nous les ayons atteintes, les portes commencèrent à se refermer, mon angoisse augmenta terriblement.

— Bougez-vous, putain ! hurla Nathan depuis l'extérieur où il était déjà avec Lucy.

Nous courûmes aussi vite que nous pûmes, c'était désormais une question de vie ou de mort. J'étais terrorisée à l'idée que tout échoue maintenant. Le système de sécurité s'était remis en place et nous n'aurions plus aucune chance de le pirater une seconde fois.

Quand nous franchîmes enfin le seuil, la porte se referma juste dans notre dos. Une seconde de plus, et nous aurions été coincés.

Désormais à l'air libre, je ne demandais qu'une chose, me laisser tomber sur le sol, épuisée physiquement et psychologiquement. Mais comme s'il lisait en moi, Hayden m'interrompit dans mes pensées :

— Encore un petit effort, mon chat.

J'acquiesçai doucement et parcourus quelques mètres jusqu'à arriver au fameux camion de pompiers au bord d'une route de campagne. Tant que nous ne serions pas loin de cet endroit, je ne me sentirais pas rassurée.

Hayden me donnait force et courage. Avec lui, je ne cessais de me surpasser. Je ne pouvais nier qu'il m'avait permis d'en apprendre sur moi-même ces derniers mois passés à ses côtés.

Une fois dans le camion, je m'installai à l'arrière avec mes amis et mon frère. Les hommes de Hayden prirent le volant et nous laissèrent nous retrouver.

Jake me serra de nouveau dans ses bras, et ce fut à cet instant que je sus que tout ce que nous avions fait n'était pas vain.

— Merci, petite sœur, chuchota-t-il. Je n'arrive pas à croire que ce soit réel.

Nous avions gagné, aujourd'hui. Je profitai de ce moment unique, ignorant le mauvais pressentiment qui m'habitait, cette boule dans mon ventre qui ne me quittait pas.

Et, comme si le destin s'acharnait toujours sur les mêmes personnes, le pire arriva.

— Putain de merde ! s'écria Hayden. Alec ne respire plus !

Je compris qu'il fallait agir rapidement, qu'Alec était en train de nous quitter.

— Sortez ! ordonna Hayden. Nathan, tu restes.

Je voulus aussi aider, car avec mes connaissances en soins infirmiers, j'étais quasiment sûre d'être plus compétente que n'importe lequel d'entre eux, mais Smith me fusilla du regard.

— Pour une fois, écoute-moi, merde !

Il pouvait me hurler dessus, je ne céderais pas ! La vie de quelqu'un a qui je tenais énormément était en jeu.

Le camion s'arrêta d'un coup, et bientôt les portes s'ouvrirent. Andrew apparut, l'air sérieux.

— Je peux aider, je travaille au service réanimation de ma clinique.

Et il était doué ! Alors que je m'approchais, Hayden fit barrière entre le blessé et moi, tandis que mon meilleur ami et Nathan commençaient les soins.

— On est trop nombreux, me déclara Hayden. Va attendre avec Helena et ton frère, je te promets de faire tout ce qui est en mon pouvoir pour le sauver.

Je compris que je ne devais pas faire perdre de temps supplémentaire et qu'Alec était entre de très bonnes mains. Je dus prendre sur moi pour descendre du véhicule, qui redémarra immédiatement, conduit par Valerio.

Helena me tira par le bras, Jake sur les talons. Je me laissai emmener dans un autre véhicule. L'idée de perdre Alec me donnait la nausée, je ne pouvais pas l'accepter. Monter dans notre voiture de secours, qui se trouvait à quelques kilomètres de la prison, me brisa le cœur.

Un pesant silence s'était abattu dans l'habitacle. J'étais à l'arrière, assise la tête contre la vitre teintée. Helena était entre Jake et moi. Je pouvais sentir leurs regards sur moi mais n'avais pas le courage de parler. Après tant d'années incarcéré, mon grand frère était enfin dehors, nous avions gagné ! J'aurais dû être heureuse, pourtant, la boule dans ma gorge ne voulait pas disparaître. Et si Alec nous quittait…

Helena prit ma main dans la sienne et les posa toutes les deux entrelacées sur sa cuisse. Elle avait perçu mon désespoir et c'était sa manière à elle de me soutenir.

Je n'osais même plus regarder Jake dans les yeux, de peur qu'il soit déçu par ma réaction. Il s'attendait certainement à d'autres retrouvailles qu'un silence de plomb.

Nous roulâmes pendant tellement de temps que la nuit était tombée depuis un bon moment lorsque nous effectuâmes notre premier arrêt. Nous arrivâmes devant une sorte de chalet perdu au milieu d'une forêt.

Le camion de pompiers n'était pas là, et les deux hommes de Hayden nous accompagnant ne semblaient pas avoir envie de nous tenir au courant de ce qu'ils savaient. Je leur criai presque dessus, ne supportant pas le doute qui m'habitait.

— On n'en sait pas plus que toi, soupira Carter, las.

— On veut pas non plus qu'Alec meure, continua Pitt, attristé. C'est un bon gars.

J'acquiesçai, dépitée, regrettant de ne pas être restée tout à l'heure.

— Allez, viens, on va boire un petit verre.

Je m'apprêtais à suivre Helena quand j'aperçus mon frère qui regardait la nature devant lui, comme s'il la redécouvrait. Je souhaitais qu'il sache à quel point j'étais soulagée de l'avoir enfin retrouvé.

— Je te rejoins dans une minute, dis-je à mon amie, qui sembla comprendre la situation et, après un hochement de tête à mon intention, entra dans la maison.

Sans plus attendre, j'avançai vers Jake. Sa tenue de prisonnier grisâtre me rappela qu'il n'avait pas ressenti ce sentiment de liberté depuis trop longtemps.

— Je sais ce que tu penses, mais sache que t'avoir ici avec moi…

— Adria, me coupa-t-il avec douceur. Je ne suis pas stupide. Tout ce temps, tu l'as passé avec d'autres personnes que moi et j'ai conscience qu'Alec compte pour toi. Tu as le droit d'être inquiète et triste pour ton ami.

J'avais presque oublié à quel point j'avais de la chance d'avoir un homme aussi compréhensif dans ma famille.

Je me blottis aussitôt dans ses bras, profitant du calme de cet endroit perdu, de l'air frais de la nuit caressant ma nuque.

— Merci, merci pour tout ce que tu as fait, ajouta-t-il. Tu m'as sauvé. Maintenant on a de nombreuses choses à rattraper.

Je n'eus pas le temps de répondre qu'un bruit de moteur se fit entendre au loin. Le camion de pompiers !

Je courus vers l'endroit où il s'était arrêté, le cœur battant la chamade, mon stress à son comble.

Quand les portes s'ouvrirent, je jetai un regard vers l'intérieur, cherchant Alec des yeux. Mais quand je croisai ceux de Hayden, je compris instantanément, et mon cœur se brisa en mille morceaux.

— Non… non, c'est impossible !

Il baissa la tête, Nathan avait la même attitude. Il n'y avait plus aucun doute.

— Où est-il ? criai-je, sentant les larmes couler sur mon visage.

— On ne pouvait pas se permettre de transporter un corps…

Hayden ne termina pas sa phrase et se précipita vers moi pour me prendre dans ses bras, j'étais totalement effondrée.

— Ça va aller, Adria, me murmura-t-il dans l'oreille. Il n'aurait pas voulu qu'on soit malheureux.

Certes, mon frère et l'homme que j'aimais étaient à mes côtés, mais la perte de mon ami et celle de Michael étaient des tributs bien trop lourds à payer pour cette victoire. Ma vie ne serait plus jamais comme avant, et je ne savais pas si je me pardonnerais un jour toutes les conséquences qui avaient découlées de mes actions.

Épilogue

Deux mois plus tard…

De longues semaines s'étaient écoulées depuis l'évasion de Jake, et beaucoup de choses avaient changé. Nous logions au domaine des Smith, isolés du reste du monde, et je ne m'en plaignais pas. La vie me paraissait beaucoup plus simple, et je me sentais en sécurité.

Je n'avais pas eu de nouvelles d'Andrew depuis qu'il m'avait fait ses adieux après avoir tout fait pour sauver Alec. Quand j'avais découvert le décès de mon ami, il était resté quelques heures à me soutenir, puis avait finalement décidé de repartir. Valerio l'avait raccompagné à Point Clear, afin qu'il puisse récupérer sa voiture. Je savais que tout avait changé entre nous, et bien que je n'oublierais jamais ce qu'il avait fait pour mon frère et moi, je respecterais son choix de se tenir à distance de cette nouvelle vie de criminelle que je menais.

Lucy et Nathan passaient leur temps ensemble, désormais à la vue de tous. Elle et Hayden avaient dû beaucoup négocier avec son père, le chef de l'un des cartels colombiens les plus influents, et ils avaient obtenu l'autorisation de divorcer. Malgré leur séparation, l'alliance entre leurs deux organisations persisterait et elle était restée habiter ici, près de l'homme dont elle était tombée amoureuse.

Smith était donc redevenu officiellement un homme libre de ses choix, sentimentalement parlant. Cela faisait déjà plus d'un mois qu'il vivait en tant que célibataire, en tout cas en public. À mon grand regret, notre relation demeurait encore plus discrète qu'auparavant.

Cela m'attristait beaucoup, car partager le lit de Hayden ne me suffisait plus. En réalité, ça ne m'avait jamais suffi.

Depuis notre retour, le calme régnait sur le domaine. Hayden continuait de mener ses affaires habituelles, c'est-à-dire son trafic de drogue que je rêvais de le voir abandonner. Seulement, il m'avait bien fait comprendre que ce n'était pas dans ses intentions.

Il m'avait aussi expressément demandé, pour ne pas dire obligée, de me reposer quelques semaines. Selon lui, j'avais accumulé trop de peine, de haine et de chocs ces derniers mois.

Et il avait raison. Chaque nuit, j'étais réveillée par des cauchemars. Chaque jour, je finissais par plonger dans de sombres pensées qui me donnaient envie de souffrir d'amnésie.

Mais j'étais là. Jake était là. Tous ces sacrifices m'avaient permis d'atteindre mon but, et j'avais toujours su que, si je réussissais, je ne m'en sortirais pas indemne.

Seulement, j'avais perdu une personne que je considérais comme ma famille et c'était bien trop lourd à porter. Hayden évitait de parler de son bras droit et ami, mais j'étais allée au cimetière avec Helena, toujours sous la surveillance des hommes de son frère bien entendu, et nous avions déposé sur la tombe de Meredith une photo de son mari pour lui rendre hommage et lui faire nos adieux, le cœur brisé.

Il m'arrivait de fondre en larmes seule dans ma chambre ou dans les jardins du domaine, rongée par la culpabilité de sa mort. Lui qui aspirait à un nouveau départ, son projet ne pourrait jamais se réaliser, et tout ça parce qu'il m'avait fait passer avant. Je lui en serais éternellement reconnaissante et n'oublierais jamais cet homme plein d'entrain qui aimait la vie.

Bien qu'Alec me manque énormément, une partie de mon mal-être était compensée par le bonheur d'être avec Jake et ceux que je considérais désormais comme mes proches. Malgré tout, je ne pensais pas réussir à digérer le décès de mon ami un jour.

J'avais passé beaucoup de temps avec Tess, l'adorable fille de Michael. Cette petite rouquine aux yeux marron ne cessait de m'impressionner par son intelligence. Du haut de ses six ans, elle avait compris que son père ne reviendrait pas. Ce dernier lui avait expliqué être malade, et que Hayden et moi serions là pour la soutenir. Elle avait eu beaucoup de chagrin, et j'avais tout fait pour lui changer les idées, jouant avec elle, l'occupant au maximum.

Nous avions conscience que McCartney continuait à tout mettre en œuvre pour nous retrouver. Mais si nous restions au Panama, nous pourrions vivre heureux sous la protection de Hayden jusqu'à la fin de nos jours. Enfin, dans un monde idéal, car dans les cartels, rien n'était définitif.

Si mon frère venait à se lasser de cet endroit, il serait toujours temps pour moi de trouver les arguments pour le convaincre que c'était dans son intérêt de ne pas partir. Je pensais y parvenir, car désormais, bien que tout ne soit pas parfait, j'étais persuadée que ma place était aux côtés de Hayden Smith.

Une des célèbres fêtes de ce dernier se déroulait ce soir-là. Dans les pays d'Amérique latine, il était coutume pour les jeunes femmes de tout faire pour ne pas passer inaperçues. Gagner le cœur d'un mafieux était leur porte d'entrée pour accéder à la richesse, une chance unique pour celles qui n'avaient connu que la misère. Je redoutais déjà que Hayden devienne la cible de choix de certaines.

— Laisse-moi juste t'appliquer de ce joli rouge à lèvres, me dit Helena en s'exécutant.

Passer un moment avec elle me faisait du bien.

— Et voilà ! s'exclama-t-elle en reculant et en admirant son œuvre.

Je mis une dernière fois ma main dans mes cheveux châtains pour donner un aspect plus naturel à mes boucles et réajustai ma robe patineuse noire ornée de dentelle et de voiles transparents.

— Tu es sublime, chaton.

Cette voix, ce son délicieux qui accélérait sans cesse mon rythme cardiaque, me fit décrocher un petit sourire. Bien que je le fréquente depuis un certain temps, Hayden Smith me faisait toujours le même effet.

— Helena, peux-tu nous laisser, s'il te plaît ? lui demanda-t-il.

Mon amie hocha la tête d'un air satisfait et sortit de ma chambre.

Alors que je me remémorais comment mon histoire avec Hayden avait commencé, je souris à nouveau. Au départ, nous ne semblions pas du tout faits l'un pour l'autre, tout portait à croire que jamais nous ne tomberions amoureux. Pourtant, aujourd'hui, j'étais dans son domaine et je ne l'aurais quitté pour rien au monde. Cet homme avait bouleversé tous mes plans.

— Te voir comme ça me comble de bonheur, me confia-t-il.

Il était très rare qu'il s'exprime ainsi, il était plutôt du genre pudique quant à ses émotions.

Dès qu'il s'approcha, je me levai pour aller à sa rencontre et me coller à lui. Peut-être qu'il n'y avait rien d'officiel entre nous, mais ce que nous avions construit était bien plus fort que ce que j'aurais jamais pu espérer.

Je n'avais plus honte d'assumer l'amour que je lui portais, il était devenu un pilier dans ma vie. Je ne pouvais plus imaginer mon existence sans lui.

— Merci, murmurai-je en le regardant droit dans les yeux.

Sans plus attendre, il passa une main au creux de mes reins et déposa un doux baiser sur mes lèvres, réchauffant l'intégralité de mon corps.

— J'ai quelque chose à te dire, m'annonça-t-il.

Il avait repris son sérieux, ce qui m'inquiéta.

— Ce soir, j'aimerais te présenter officiellement. Je crois qu'il est temps que tout le monde sache qui est la femme que je fréquente.

Je dus me retenir pour ne pas crier de joie. J'avais tant attendu ce moment que j'avais pensé qu'il n'arriverait jamais. Bien qu'il ne m'ait encore jamais dit les trois mots que j'espérais, j'étais convaincue qu'il m'aimait, il me l'avait sans cesse prouvé.

— Tu vas en briser des cœurs, ce soir ! répliquai-je en riant.

— C'est l'inconvénient quand on est le plus beau mec du pays, pour ne pas dire du continent.

Je lui tapai l'épaule avant de le serrer dans mes bras et de l'embrasser. Je ne me lassais jamais de le toucher, d'être en contact avec lui. Avant lui, j'ignorais qu'il était possible d'aimer à un tel point.

— Allons-y.

Il me tendit la main, et je la saisis sans attendre. Nous quittâmes ma chambre pour rejoindre la réception.

À notre arrivée, le silence tomba d'un coup sur la salle remplie d'invités alors que tous m'observaient au bras de Hayden. De nombreux murmures s'élevèrent bientôt. Certaines femmes me regardèrent de travers, d'autres avec un air hautain. Je n'étais pas très à l'aise avec l'idée de me retrouver sous le feu des projecteurs, mais c'était le prix à payer lorsqu'on fréquentait un homme de pouvoir, et je l'acceptais.

— Tu attises juste la curiosité et la jalousie, me chuchota Hayden. Ne montre pas que tu es impressionnée, et tu les mettras tous à tes pieds.

J'avais conscience qu'il avait raison alors je décidai de suivre ses conseils, car à ses côtés je me sentais prête à tout affronter.

Le bras de Hayden autour de ma taille, j'observai face à moi Jake, Helena, Lucy et Nathan. Malgré nos divergences d'opinions, malgré les pertes douloureuses, nous étions désormais liés et jouions dans la même équipe. Quoi qu'il advienne, peu importe les épreuves qui m'attendaient, je savais que je ne serais plus jamais seule.

Remerciements

Il y a de cela trois ans, j'ai commencé une histoire qui me semblait compliquée à écrire sur Wattpad, prenant le risque, laissant courir mon imagination. Je m'amusais à faire évoluer ces personnages auxquels je me suis finalement très attachée… Et je me suis rapidement aperçue que de plus en plus de personnes s'étaient prises d'affection pour Hayden et Adria, les rendant plus vivants, plus réels.

C'est pour cela que je souhaite dans un premier temps remercier toute ma communauté Wattpad envers laquelle je suis infiniment reconnaissante ! J'ai énormément de chance d'avoir des lectrices et lecteurs comme vous, car au-delà de me lire, vous m'avez aussi fait rire, émue, touchée… j'ai été vraiment heureuse de faire ce chemin avec vous, et si j'en suis là aujourd'hui, c'est en grande partie grâce à vous ! Donc mille mercis, vous êtes à jamais gravés dans mon cœur.

Je remercie également toute ma famille pour son touchant soutien, même lorsque je restais très secrète sur mes écrits, par pudeur.

Mention spéciale à ma maman et ma petite sœur, que j'aime très fort et qui m'ont toujours soutenue et encouragée dans mes rêves, même si pour les réaliser je devais rester enfermée dans ma chambre durant des heures.

Thomas, tu m'as toujours poussée vers le haut, donné confiance en moi. Merci pour ta patience, merci de m'avoir rassurée quand j'en avais besoin. Tu es exceptionnel, j'ai énormément de chance de t'avoir dans ma vie.

Merci à tous mes amis, qui m'ont toujours conseillée, écoutée parler de mon livre, de mon histoire, qui m'ont fait rire en s'intéressant et en participant à ce qui tournait autour, merci à eux d'être ma deuxième famille. J'ai tellement de chance de vous avoir, tous autant que vous êtes ! Petite mention spéciale à ma *dream team* et ma Léa, qui a été la première lectrice de mon entourage.

Enfin, je tiens à remercier tout particulièrement HarperCollins, notamment Sophie Lagriffol, pour m'avoir donné ma chance, et

Florence Chevalier, pour m'avoir aidée à rendre cette histoire la meilleure possible. Merci pour ton implication, tes super idées, ton adaptation face à mon emploi du temps chargé, et surtout, ton aide précieuse. Merci également à toute l'équipe qui a travaillé sur cette histoire.

J'espère que l'histoire d'Adria et Hayden vous aura plu, on se retrouve très vite pour un second tome plein de rebondissements.

En attendant, n'hésitez pas à venir me rendre visite sur les réseaux sociaux ou à m'envoyer un message pour me donner votre avis sur mon livre, si vous le souhaitez :

Wattpad : Victoria Arabadzic (@-queenvik-)

Instagram : Victoria Arabadzic (@queenvikwp)

Composé et édité par HarperCollins France.

Achevé d'imprimer en juin 2020.

CPI
FIRMIN-DIDOT

à Mesnil-sur-l'Estrée (Eure)

Dépôt légal : juillet 2020.

Pour limiter l'empreinte environnementale de ses livres, HarperCollins France s'engage à n'utiliser que du papier fabriqué à partir de bois provenant de forêts gérées durablement et de manière responsable.

Imprimé en France